Corinna Kohfink

Tür an Tür mit Mr. Depp

Tür an Tür mit Mr. Depp

Alice ist stolze Besitzerin ihres Wunderlands, eines Kleinods, in dem sie hochwertige Handwerkskunst verkauft. Ihr wohlsortiertes Leben gerät jäh durcheinander, als plötzlich John auftaucht und aus dem traumhaften Woll-Laden ihrer großmütterlichen Freundin Dorothea ein Fußballgeschäft macht. Für Alice eine Katastrophe, denn sie hasst Fußball – und Fußballer noch viel mehr. Groß, sportlich, gutaussehend und mit einem frechen Lächeln ausgestattet, verkörpert der neue Nachbar alles, was Alice seit ihrer Kindheit Angst einjagt.

Trost findet sie einzig und allein in ihren romantischen Gefühlen für Henrik, einen Kunden, der ihr mit seiner höflichen und klassischen Art das Herz erwärmt. Unterstützt von ihren Freundinnen Sophie und Clara unternimmt sie alles, um ihn für sich zu gewinnen. Unterdessen fliegen zwischen Alice und dem »Mr. Depp« getauften Ex-Profifußballer John die Fetzen.

Als plötzlich ein rätselhaftes Buch auf ihrer Türschwelle liegt, wird Alices geordnete Welt endgültig auf den Kopf gestellt.

Corinna Kohfink, geboren 1966 in Esslingen am Neckar, ist – seit sie denken kann – ein Bücherwurm. Mittlerweile erfüllt sie sich ihren großen Lebenstraum und verbringt einen bedeutenden Teil ihrer Lebenszeit mit dem Schriftstellern. »Tür an Tür mit Mr. Depp« ist ihr vierter Roman.

Wenn sie nicht schreibt, coacht sie mit genauso viel Begeisterung Unternehmen und Privatpersonen. Menschen zu bewegen, ist ihre Lebensmission, der sie mit beiden Standbeinen folgt.

Privat lebt sie mit ihrem ebenfalls schriftstellernden Mann in Pliezhausen im Großraum Stuttgart. Sie hat zwei erwachsene Söhne und zwei Zusatzsöhne. Lange Spaziergänge in der Natur, Tanzen und Musik hören, vor allem von deutschen Singer-Songwritern, sind neben dem Lesen ihre liebsten Freizeitaktivitäten.

Tür an Tür

MIT

Mr. Depp

CORINNA KOHFINK

ISBN: 9789403648934
Selfpublishing-Portal: Bookmundo

Erste Auflage mit neuem Cover 2024

Verfasserin: Corinna Kohfink
Uhlandstraße 7, 72124 Pliezhausen
Kontakt: Corinna.kohfink@sinnfee.de, www.sinnfee.de
Cover-/Umschlaggestaltung:
Buchgewand Coverdesign | www.buch-gewand.de
unter Verwendung von Motiven von:
depositphotos.com: alenaganzhela, NinaNovikova,
vadikovskiy@gmail.com, lisagerrard
stock.adobe.com: dianadiana233, Katy's Dreams, Екатерина
Голоднюк, Riad Seif - jarma

Für alle Menschen, die den Mut finden, ihre Komfortzone zu verlassen und Vorurteile zu überwinden.

Mein Wunderland

Womöglich hält ja jeder seine Heimatstadt für die schönste der Welt, wobei es mir – ehrlich gesagt – bei so manchem Ort, den ich schon gesehen habe, schwerfällt, mir das vorzustellen. Doch mir ist nie jemand begegnet, der nicht umgehend dem Zauber von Tübingen erlegen wäre. Und ich? Ich bin bis über beide Ohren verliebt in diese Stadt. Tübingen hat Flair. Der Neckar mitsamt der idyllischen Neckarinsel, an der Stocherkähne, Ruder- und Tretboote vorbeitreiben, kreiert eine geradezu mediterrane Atmosphäre. Die alten Fachwerkhäuser mit ihrem Charme, die allgegenwärtigen Blumengebinde, das Sprachen- und Kulturengewirr, das dem Ruf der bedeutenden Universitätsstadt geschuldet ist, und die tolerante Entspanntheit der Menschen machen diese Stadt im Südwesten Deutschlands zu einem einzigartigen Ort. Doch nicht nur Tübingen ist mein Wunderland. Ich habe mir darüber hinaus einen eigenen Mikrokosmos geschaffen, der sogar diesen Namen trägt.

Mein Ritual ist schon seit Jahren jeden Morgen dasselbe, und montags genieße ich es immer besonders. Der Fußmarsch von meinem kleinen Häuschen dauert knapp zwanzig Minuten, bis ich über einen belebten Platz in einer ansonsten stillen Ecke der Stadt, in »meine« Gasse einbiegen kann. Linkerhand fließt die Ammer in einem schmalen Kanal direkt an den Häuserfronten entlang.

Vom Kopfsteinpflaster der Straße führen Holzstege zu den dahinterliegenden Läden. Hier gibt es keinen Ramsch und keine Discounter. Jeder, der sich hier angesiedelt hat, steht für eine Leidenschaft, die sich in seinem Sortiment widerspiegelt.

Ich laufe immer rechts, weil ich von dort aus schon von weitem die sonnengelbe Fassade jenes Hauses auf der linken Seite sehen kann, das mein tägliches Ziel darstellt. Der Steg vor diesem Gebäude ist breiter als die meisten anderen und bietet Platz für zwei kleine runde Tische und passende Holz-Klappstühle. Die üppige Fensterfront zur Straßenseite besteht aus ebenfalls gelb lackierten Glasflügeln im Sprossen-Design. In geschwungenen Lettern prangt darauf der Schriftzug »Alices Wunderland«.

Alice bin ich, und das Wunderland ist mein Laden, den ich abgöttisch liebe. Schon als ich ein Kind war, bot er mir ein Zuhause, einen Zufluchtsort, an dem ich mich vor der Welt »draußen« verstecken konnte. Jeden Tag, direkt nach der Schule, eilte ich hierhin, und ab dem Moment, wenn die Tür hinter mir ins Schloss fiel, war ich in einem anderen Land. In einem Land, in dem die Liebe regierte, in dem es Herzenswärme gab, und in dem mich kein Spott meiner Mitschüler zu erreichen vermochte.

Seit ich denken konnte, war ich wegen meines Namens aufgezogen worden. »Alice, wo hast du denn dein Kaninchen gelassen?«, hatten sie gerufen, oder: »Alice, warum bleibst du nicht in deinem Wunderland?«.

Ich hatte es gehasst und meine Mutter mehr als einmal dafür verflucht, dass sie mich unbedingt so taufen wollte. Sie liebt »Alice im Wunderland«, wenngleich mir absolut unverständlich ist, warum. Ich habe dieser Erzählung nie etwas abgewinnen können. Ja, ich weiß, sie gilt als Weltliteratur, nur die Gründe dafür liegen für mich im Verborgenen.

Doch in dem Moment, wenn mich bei der Ankunft in diesem Laden Omamas Arme umschlossen, mit den immer gleichen Worten: »Willkommen, meine liebe Alice, in deinem Wunderland«, spielte all das keine Rolle mehr. Ich hätte nach der Schule genauso gut nach Hause oder zu meinen Eltern gehen können – wie mein Bruder Peter, aber hier bei meiner Großmutter in ihrem Wunderland lag meine wahre Heimat.

Unsere Eltern führten erfolgreich einen Fliesenhandel mit angeschlossenem Fliesenleger-Fachbetrieb und hätten sich gefreut, wenn ich häufiger bei ihnen in der Firma vorbeigekommen wäre. Doch irgendwann hatten sie akzeptiert, dass mein Glück in Omamas Laden wartete, den sie eher belächelten. Oma verkaufte selbstgedrehte Kerzen in den unterschiedlichsten Erscheinungsformen und präsentierte sie zusammen mit Teelichtern, Windlichtern und anderen Deko-Artikeln. Sie stellte nie große Ansprüche und war glücklich, davon leben zu können. Opa war früh verstorben und hatte ihr sein Elternhaus, in dem sie gemeinsam gelebt hatten, vererbt. Und dann gab es noch dieses inzwischen sonnengelb gestrichene Haus, in dem sie so lange ihr

Geschäft geführt hatte, bis sie dort vor fünf Jahren, in ihrem Lieblingssessel sitzend, in der Mittagspause für immer eingeschlafen war.

Seitdem ist das mein Laden. Gegen den Protest meiner Eltern gab ich meinen gut bezahlten Job bei einem Automobilzulieferer auf, um Omamas Vermächtnis anzutreten. Und ich bin stolz auf das, was ich aufgebaut habe. Alle Dämonen meiner Kindheit habe ich verjagt, indem ich ihn »Alices Wunderland« nannte. ›Wenn schon, denn schon!‹, hatte ich trotzig gedacht, und ein Wunderland erschaffen, das jeden umfängt, der den Weg hierher findet. Am Anfang waren das wenige Menschen, doch von Jahr zu Jahr wurden es mehr, und inzwischen bin ich so etwas wie eine lokale Berühmtheit. Selbstgedrehte Kerzen (von einer Tübinger Kerzenmacherin) gibt es hier immer noch. Aber ich habe dem Laden ein vielfältigeres Gesicht gegeben. Ich biete Künstlern aus der Region Ladenfläche an und verkaufe deren Produkte auf Provisionsbasis. Bei mir bekommt man den ausgefallenen Schmuck meiner Freundin Sophie, feine Holzarbeiten, Handgetöpfertes aus einer Tübinger Keramik-Werkstatt, Skulpturen des Böblinger Kunstschmieds Klaus und Arbeiten der Glasbläserin Janine. Für den leiblichen Genuss offeriere ich den exquisiten Kaffee einer Rösterei von der Schwäbischen Alb und einzelne erlesene Teesorten. All das kann man an drei Tischen im Innenbereich und an zwei weiteren im Außenbereich auf dem Holzsteg direkt verkosten. Abgerundet wird das Ganze von ein paar Leckereien, die mir eine benachbarte Bio-Bäckerei tagesfrisch liefert. Außerdem veranstalte ich regelmäßig in Zusammenarbeit mit der Lokalpresse Vernissagen für unbekannte Künstlerinnen und Künstler gegen eine bescheidene Unkostenpauschale. Mir bringt das Aufmerksamkeit und den Ausstellenden die Möglichkeit, sich einen Namen zu machen und Kontakt zu Kunstinteressierten aufzubauen.

Entgegen den Prognosen meiner Eltern ist der Laden in dieser neuen Konstellation ein einträgliches Geschäft und noch dazu eines, das ich liebe. Das Wissen, etwas Sinnvolles zu tun, und von Menschen umgeben zu sein, die zumindest für die Zeit, die sie im Wunderland verbringen, glücklich sind, schenkt meinem Dasein eine tiefe Erfüllung.

Als ich an jenem sonnigen Mai-Morgen, an dem die bedeutsamsten Umwälzungen meines Lebens ihren Anfang nahmen, direkt vor Alices Wunderland angelangt war, blieb ich auf der gegenüberliegenden Straßenseite stehen. Ich saugte den Anblick der sonnengelb strahlenden Fassade und der wunderschön dekorierten Schaufenster auf und überließ die Glücksgefühle mit entspannten Atemzügen ihrer allmorgendlichen Freudenexplosion. Dann begab ich mich zu Dorothea, meiner Nachbarin. Bis zu diesem Zeitpunkt war alles noch wie immer!

Woll-Lust-Paradies

»Guten Morgen, mein Engel«, wurde ich begrüßt, als ich das Woll-Lust-Paradies betrat.

»Guten Morgen, Dorothea«, erwiderte ich glücklich. Auch dieser Teil meines morgendlichen Rituals versüßte mir jeden neuen Tag. Dorothea war einfach eine Wucht! Seit der Kindheit war sie Omamas allerbeste Freundin und für mich eine außerfamiliäre Großmutter, die mich zumindest ein klitzekleines bisschen über Omas Tod hinwegtrösten konnte. Sie war zwar schon fünfundachtzig Jahre alt oder – wie sie selbst immer sagte – fünfundachtzig Jahre jung, aber sie war fit wie ein Turnschuh. Keiner hätte sie daran hindern können, Tag für Tag in ihrem Laden zu stehen, den sie bereits seit sechzig Jahren führte.

Dorothea hatte nie geheiratet und auch Kinder gab es nicht in ihrem Leben. Deswegen war ich für sie eine Ersatz-Enkelin. So sehr, wie ich sie liebte, liebte sie mich, und es verging kein Tag, den ich nicht mit einem Besuch bei ihr begonnen und auch wieder beendet hätte. Sie war eine selbstsichere und emanzipierte Frau, die keine Lust hatte, sich ihre Freiheit von einem Mann nehmen zu lassen. Liebhaber waren gekommen und gegangen, was einer Frau ihrer Generation einen reichlich verruchten Anstrich gegeben hatte. So gesehen passte der Name ihres Ladens »Woll-Lust-Paradies« auf eine pikante Weise hervorragend, auch wenn sie dort etwas so

Gesittetes und Traditionelles wie Wolle, Strick- und Häkelnadeln verkaufte.

Dorothea selbst war die beste Werbung für ihr Sortiment – nicht nur, was den Namen anging. Sommers wie winters kleidete sie sich ausschließlich in Strick. Alle Kreationen, die sie trug, hatte sie mit ihren eigenen Händen hergestellt. Ihre Schnitte und Muster gereichten jedem Mode-Designer zur Ehre und waren genauso frech und verwegen wie ihr Lebenswandel. Abgerundet wurde ihr unkonventionelles Erscheinungsbild durch einen kurzen, pfiffigen Haarschnitt, der in einem leuchtenden Orange gefärbt war.

»Liebes, wie war dein Wochenende?«, fragte sie.

»Danke, schön. Wie immer. Und deines?«

Dorothea runzelte die Stirn und schüttelte missbilligend den Kopf. »Liebes, so geht das nicht weiter. Seit Jahren höre ich von dir nichts anderes als ›wie immer‹. Du willst mir nicht allen Ernstes erzählen, dass du schon wieder nur zuhause gesessen hast?«

»Nein, ich habe nicht nur zuhause gesessen. Ich war im Baumarkt, habe Blumen gekauft und hinterher meinen Garten verschönert. Du müsstest mal sehen, wie wunderbar er jetzt ausschaut. Omama hätte ihre helle Freude daran.«

»Alice, ich bin sicher, dass es deine Oma glücklich machen würde, zu sehen, wie du ihr Haus in Ehren hältst und was du daraus gemacht hast. Aber sie wäre noch viel glücklicher, wenn du das Leben und die Liebe genießen würdest.«

»Aber ich genieße das Leben doch!«

»Einen Teil davon. Wie lange ist es her, dass du die Beziehung mit Tom beendet hast?«

»Fünf Jahre.«

»Fünf Jahre!«, stöhnte Dorothea auf. »Seitdem hattest du keinen Mann mehr, nicht mal einen Lover. Du bist dreiunddreißig. Wo soll das hinführen? Willst du irgendwann eine verknöcherte Alte sein, die den Krückstock schwingt und mit Gott und der Welt unzufrieden ist? Du brauchst einen Mann, Kinder, ein ganz normales Leben. Du bist nicht wie ich, du bist ein Familienmensch. Was soll aus deinen Träumen werden?«

»Ach, Dorothea! Du weißt genau, dass ich mit den meisten Männern nichts anfangen kann. Die wollen entweder eine schnelle Nummer, eine unverbindliche Beziehung oder haben, wenn sie der beständige Typ sind, mit Romantik nichts am Hut.«

»Blödsinn! Natürlich gibt es romantische Männer, aber die findest du nicht, indem du zuhause sitzt. Was ist mit Clara und Sophie? Wann zieht ihr mal wieder wie früher um die Häuser?«

»Na ja, für Clara ist das nicht so leicht. Sie stillt. Und Sophie ist frisch verliebt. Ist doch logisch, dass sie da beide ihre Wochenenden nicht mit Mädels-Abenden verbringen wollen oder können.«

Clara und Sophie waren schon immer meine allerbesten Freundinnen. Bereits in der Schulzeit bildeten wir ein Dreigestirn und sind seitdem stets zusammen durch Dick und Dünn spaziert.

»Trotzdem, mein Herz, es muss sich dringend etwas ändern. Du kannst nicht nur in deinen romantischen Büchern leben. Manchmal würde ich diesem Roman Tischer am liebsten das Fell über die Ohren ziehen, weil er dich mit dem romantischen Stuss, den er schreibt, komplett für die Realität verdirbt.«

Roman Tischer war mein Lieblingsautor. Ich verschlang seine Geschichten. Ungefähr zweimal im Jahr veröffentlichte er einen neuen Roman, und ich war jedes Mal ganz zappelig, wenn wieder einer angekündigt wurde. Allein schon das Wortspiel in seinem Pseudonym fand ich genial, denn seine Erzählungen waren wirklich roman-tischer als alles, was die heutige Zeit sonst hervorbrachte. Für mich war er die männliche Jane Austen der Moderne (sofern nicht hinter dem Pseudonym eine Frau steckte, was ich insgeheim vermutete). Seine Protagonisten machten Mr. Darcy und Mr. Knightley (Letzteren zog ich eindeutig vor) alle Ehre, nur dass sie in unserem Zeitalter verwurzelt waren. Die Romane waren heiter, frisch und sehr romantisch, ohne in den Kitsch abzugleiten. Die Plots, die er verarbeitete, waren pfiffig und voller unerwarteter Wendungen. Statt sich in endlosen Erzählungen expliziter Szenen zu ergehen, überließ er Erotik und Sex der Fantasie seiner Leserinnen und Leser. Kurz: Er bot exakt die Art von Liebesromanen, die mir gefiel.

»Dorothea!«, widersprach ich in belehrendem Tonfall. »Erstens schreibt Roman Tischer keinen Stuss und zweitens kann er nichts dafür, dass Männer wie seine

Protagonisten so selten in der Wirklichkeit vorkommen. Ich bin froh, dass es seine Bücher gibt. Die erhalten mir die Hoffnung für meine Träume!« Ich kannte Dorothea. Wenn sie sich in dieses Thema verbiss, dann bestand die Gefahr, dass sie nicht mehr davon ablassen würde. Deswegen brauchte ich dringend ein Ablenkungsmanöver. »Wie war eigentlich dein Wochenende?«

»Kindchen, es war wundervoll!« Ein schwärmerischer Ausdruck trat auf ihr Gesicht. Oh, là, là, was war denn da passiert?

»Was hast du unternommen?«

»Ich war Stocherkahn fahren und habe neben einem reizenden Mann gesessen. Wir haben uns angeregt unterhalten und waren danach noch zusammen was trinken.«

»Du hast jemanden kennengelernt?«, hakte ich verblüfft nach. Zwar war mir bekannt, dass Dorothea ein wildes Leben geführt hatte, aber in den letzten zehn Jahren hatte ich nichts von amourösen Abenteuern mitbekommen. In aller Regel verkündete sie, mit »alten Männern« nichts anfangen zu können.

»Ja, stell dir vor! Er heißt Hajo, und obwohl er schon fünfundsiebzig ist, ist er auf Zack. Heute Abend will er mich zum Essen abholen. Unser abendliches Geplauder muss also ausfallen.«

Ich schmunzelte vor mich hin. Es war typisch Dorothea, einem zehn Jahre jüngeren Mann gönnerhaft zu bescheinigen, dass er trotz seines Alters einigermaßen in Form sei. Trotzdem war ich überrascht. Ich hätte nicht gedacht, dass sie bereit sein könnte, sich noch einmal in ein Liebesabenteuer zu stürzen. Und zugegebenermaßen fühlte es sich komisch an, dass Dorotheas Liebesleben lebendiger war als meines mit fünfzig Jahren weniger auf dem Buckel. Kein Wunder, dass sie heute dieses Thema angeschnitten hatte. Wahrscheinlich hatte sie ein schlechtes Gewissen angesichts dieser vermeintlichen Ungerechtigkeit. Es war wohl an der Zeit für eine Entwarnung.

»Das freut mich für dich, Dorothea!«, strahlte ich sie an.

»Ja, Liebes, mich auch. Und trotzdem brauchen wir einen Mann für dich!«

Und Mr. Knightley gibt es doch!

Nachdenklich betrat ich das Wunderland. Natürlich hatte Dorothea recht. Ich liebte den Laden und alles, was damit zusammenhing, und dennoch war es mein Lebenstraum, *den* Mann zu finden. Den einen, der zu mir passt und der mein Herz mit Freude erfüllt. Der jeden Weg mit mir geht und mich liebt, wie ich bin. Für den ich mich nicht verbiegen muss, der mich versteht und gemeinsam mit mir die Zukunft gestaltet. Und selbstverständlich träumte ich von Kindern, die wir zusammen ins Leben begleiten, denen wir die Welt zeigen und von denen wir uns inspirieren lassen können.

Doch Männer und ich, das war ein schwieriges Kapitel. Seit der Kindheit hatte ich ein Problem mit ihnen. In der Schule waren es die Jungs gewesen, die mich drangsaliert, an den Haaren gezogen, verspottet hatten. Die mir Spinnen in den Schulranzen gelegt, meine Stifte zerbrochen und mir auf dem Nachhauseweg aufgelauert hatten. Ich war ein ideales Opfer gewesen. Mit meinen roten Haaren und den zahlreichen Sommersprossen sah ich anders aus als die Mädchen in meiner Klasse. Und ich trug diesen ungewöhnlichen Namen, der zum Verhohnepipeln einlud. Obendrein war ich damals schon ein Bücherwurm und eines von den schlauen Kindern, das mehr wusste als andere.

Vor allem die attraktiven, sportlichen Jungs machten mir das Leben schwer. Die, die beliebt waren, Fußball spielten und eine Traube von Anhängern um sich geschart hatten. Die Mädchenschwärme, die mit ihrem frechen Lachen, den blitzenden Augen und ihrem besonderen Charisma die Herren der Welt zu sein schienen. Die vielleicht altersbedingt dummen Jungs, denen das Gefühl für Grenzen fehlte, und die mir diese unsägliche Erinnerung beschert hatten, als ich empfindsame dreizehn Jahre alt gewesen war. Die Erinnerung, die ich so tief in meinem Herzen versteckt hatte, dass ich meistens selbst vergaß, dass sie dort hauste.

Meine Kindheits- und Jugenderfahrungen hatten mich geprägt. Je besser ein Mann aussah, desto mehr stieß er mich ab. Je frecher sein Lachen, je ausgeprägter sein Selbstvertrauen, umso mehr schüchterte er mich ein. Ich brauchte nur einen großen, durchtrainierten Männerkörper mit einem attraktiven Gesicht zu sehen, und schon ging alles in mir auf Gegenwehr. Und gleichzeitig zogen mich genau diese Typen auf eine unerklärliche Weise an. Nicht in dem Sinne, dass ich mit ihnen hätte zusammen sein wollen, aber sie faszinierten mich. Ich beneidete sie um das, was sie waren und was ich niemals sein konnte. Ich wünschte mir, ein kleines bisschen von ihrem Selbstwertgefühl abzubekommen. Und weil das ein schmerzhafter Gedanke war, stieß ich sie mit brachialer Gewalt von mir.

Es ist nicht so, dass ich nicht hübsch wäre. Meine seit der Kindheit deutlich dunkler gewordenen rotbraunen Haare sind lang und fallen in üppigen Wellen um das Gesicht. Ich bin schlank, einen Meter siebzig groß und verfüge über fein geschnittene Züge. Selbst mir gefallen die grünen Augen, die andere ausdrucksstark finden. Tom hatte sie immer als Feenaugen bezeichnet.

Ich merkte damals durchaus, dass ich Blicke von Männern auf mich zog, nur konnte ich damit nicht umgehen. In der Zeit, in der ich mit Tom zusammen gewesen war, hatte es mir nichts ausgemacht. An seiner Seite hatte ich mich sicher gefühlt, doch als Single irritierte es mich.

Tom und ich waren sieben Jahre lang ein Paar gewesen. Ich hatte ihn bei meinem früheren Arbeitgeber kennengelernt. Erst war er nur mein Kollege, dann verliebten wir uns ineinander. Sein Äußeres lag weit entfernt von dem meiner Schulhof-Schrecken – er entsprach eher dem Typ »unauffälliger Mann mit vorzeitigem Haarverlust und Bauchansatz«. Dafür glänzte er mit einem feinen Charakter und einem gewinnenden, höflichen Wesen. Er hatte mich nicht durcheinandergewirbelt wie ein Orkan. Stattdessen fühlte es sich an wie ein angenehmes, laues Lüftchen. Seltsamerweise hatte genau das am Ende nicht gereicht. Nach ein paar Jahren hatte ich gemerkt, dass nicht nur das Lüftchen, sondern die ganze Luft raus war. Zunächst versuchte ich, das zu ignorieren, doch irgendwann gelang es mir nicht mehr, wegzusehen. Es gab eine schmerzhafte und gleichzeitig freundschaftliche Trennung. Tom nahm nach unserem Auseinandergehen das Angebot an, in Kanada zu arbeiten. Seitdem hielten wir nur noch sporadisch Kontakt.

Tja, wie sah er denn nun aus, der Mann, mit dem ich gern mein Leben verbringen würde? Mein Schwarm im Reich der Bücher war seit jeher Emmas Mr. Knightley. Als großer Jane-Austen-Fan folgte ich nicht dem Mainstream, Mr. Darcy anzuhimmeln. Den fand ich zumindest zu Beginn der Geschichte zu dünkelhaft und arrogant. Doch Mr. Knightley machte seinem Namen alle Ehre und benahm sich die ganze Zeit ritterlich. Er beurteilte Menschen nach ihrem Charakter und nicht nach ihrer Stellung. Integrität, Höflichkeit und Liebenswürdigkeit bedeuteten ihm etwas.

Dumm nur, dass es ihn ausschließlich in einer Fantasie-Welt gab, die schlappe zweihundert Jahre alt war. Aber wenn ich die Essenz zusammenfasste, dann ging es mir tatsächlich darum: Ich wollte einen Mann, der anständig und integer ist, auf den ich mich verlassen kann, der über Herz und Verstand verfügt und obendrein eine romantische Ader hat. Bis auf den letzten Punkt hatte Tom alles erfüllt, doch das Fehlen jedweder Romantik hatte mir am Ende mehr zugesetzt, als ich akzeptieren konnte. Ich sehnte mich nach einem Mann, der sich von Leidenschaft mitreißen lassen kann, der es trotz aller Bodenhaftung genießt, dem Träumer in sich Raum zu geben und der es versteht – zusammen mit mir – jedem Tag eine besondere Note zu verleihen.

Einerseits wollte ich die Hoffnung, das zu finden, auf keinen Fall loslassen. Andererseits machte es beständig mit einem hässlichen, nervtötenden Geklacke tick-tack-tick-tack in meinem Inneren. Mit dreiunddreißig Jahren ließ sich die biologische Uhr nicht mehr überhören – beim besten Willen nicht!

Ich seufzte und schüttelte mich. Schluss jetzt! All das führte zu nichts, und meine geliebte Arbeit wartete auf mich. In ein paar Minuten um Punkt neun würde ich die Ladentüren öffnen, damit die herrliche Frühlingsluft hineinströmen und die ersten Besucher mitbringen konnte. Meistens kamen um diese Uhrzeit bereits Kaffeedurstige, die lieber in der Wunderland-Atmosphäre in Ruhe ihren Kaffee genießen wollten, als im Trubel eines der großen Cafés gleich mit der Hektik des Tages in Berührung zu kommen. Vor allem die beiden Außen-Tischchen waren beliebt. An den Geländern des Steges hatte ich üppigen Blumenschmuck angebracht und die eleganten Holztischchen schufen ein einladendes Ambiente.

Gestern Abend hatte mir Klaus ein paar seiner neuesten Schmiede-Kreationen vorbeigebracht, die ich dekorativ in eines der in Sonnenfarben lackierten Holzregale einräumte. Dann bereitete ich meine exklusive italienische Barista-Kaffeemaschine vor, die mich eine unglaubliche Stange Geld gekostet hatte, dafür aber einen exzellenten Kaffee zubereitete und obendrein eine besondere Augenweide war. Zufrieden sah ich mich um. Der Tag konnte beginnen.

Ich war gerade dabei, Sophies aktuellste Schmuckkreationen in ein optimales Licht zu rücken, da erklang meine herrlich nostalgische Glocke, die sich dank einer nicht ganz so nostalgischen Lichtschranke immer aktivierte, wenn jemand den Laden betrat. Ich wandte mich der Tür zu, schaltete mein fröhlichstes Lächeln an und erstarrte mitten in der Bewegung.

Ein Mann stand vor mir. Er mochte ungefähr in meinem Alter sein, war schlank und hochgewachsen. Sein dunkles Haar hing ihm etwas zu lang in ein blasses, schmales Gesicht, dessen hohe Wangenknochen ihn männlich-markant wirken ließen. Seine braunen, langbewimperten Augen sahen mich freundlich und ein wenig zurückhaltend an. Er trug einen klassischen grauen Anzug, der nichts von der neuesten Mode wissen wollte, sondern eher einen zeitlosen Charme versprühte. Ja, in gewisser Weise traf das auf seine ganze Erscheinung zu. Er hätte genauso wie diesem auch einem der vorangegangenen Jahrhunderte angehören können. Auf den ersten Blick faszinierte er mich. Eben hatte ich noch von Mr. Knightley geträumt, und nun stand er plötzlich vor mir – in einer lebenden und realen Ausgabe!

»Guten Morgen«, grüßte er mich förmlich.

Mit angesichts meiner Verwirrung leicht belegter Stimme antwortete ich: »Guten Morgen, was kann ich für Sie tun?«

»Ich suche ein Geschenk für eine Dame.«

Wer sagte heute noch Dame? Ich war zugleich hingerissen von seiner Ausdrucksweise und entsetzt von der Tatsache, dass es bereits eine Frau in seinem Leben gab. Aber kein Problem, nähere Details würde ich gleich herausfinden.

»In welcher Beziehung stehen Sie denn zu der Dame? Oder anders gefragt, wie persönlich darf das Geschenk sein?«

»Oh, verzeihen Sie, dass ich mich unklar ausgedrückt habe.«

Von Wolke sieben aus sah ich ihn an. Diese Art, zu sprechen, unglaublich! Ich fühlte mich wie in einer Zeitkapsel.

»Meine Schwester hat morgen Geburtstag, und ich habe noch kein Geschenk. Die letzten Wochen war ich beruflich sehr eingespannt, sonst hätte ich mich früher darum gekümmert. Und ein Kollege hat Sie mir empfohlen. Er meinte, hier fände ich sicher etwas.«

»Bestimmt«, gab ich ihm begeistert recht. »Was mag Ihre Schwester denn? Woran hat sie Freude?«

Ratlos starrte er mich an. »Wissen Sie, das ist für mich als Mann schwer zu beurteilen.«

Halleluja, das würde zwar ein kniffliger Fall werden, doch seine Art fand ich absolut zum Niederknien. Der betroffene Ausdruck in seinen Augen; seine Hand, die unsicher über den Nacken strich; die Blicke, die er hektisch durch mein Sortiment streifen ließ und die leicht gebückte Körperhaltung, die sein Unwohlsein verriet – all das ging mir unter die Haut. Diesen Mann hier wollte ich unbedingt glücklich machen, zunächst bei der Geschenke-Suche, aber ehrlich gesagt am liebsten auch gleich bei allem anderen.

»Dann fangen wir von vorne an. Erzählen Sie mir was von Ihrer Schwester. Wie ist sie eingerichtet? Welche

Dekorationen stehen in ihrer Wohnung? Trägt sie gern Schmuck und wenn ja welchen?«

»Tja«, murmelte er nachdenklich und rieb sich mit der rechten Hand über die Bartstoppeln, die seiner sonst so klassischen Erscheinung einen leicht verwegenen Touch gaben. »Auf so etwas achte ich gar nicht.«

»Vielleicht spazieren Sie einfach gedanklich durch ihre Wohnung. Was sehen Sie?«

Mr. Knightley sah mit abwesendem Gesichtsausdruck durch mich hindurch. »Also, meine Schwester hat viele weiße Möbel, kombiniert mit Edelstahl. Auch die Vorhänge sind weiß. Dafür hat sie auf dem Sofa bunte, farbenfrohe Kissen. Genau genommen sieht das aus wie in diesen Wohnzeitschriften, die immer in den Arztpraxen herumliegen. Alles ist perfekt aufeinander abgestimmt.« Sein Blick wanderte zu den Kerzen, und er ging auf die Regale zu, in denen sie dekoriert waren. »Diese Bienenwachs-Kerzen sind wunderschön. Das könnte ihr gefallen. Sie hat Glasgefäße auf dem Boden stehen, in die man Kerzen stellen kann. Ich denke, das wäre etwas.«

»Windlichter, meinen Sie.«

»Ja. So nennt man das wohl.«

Mr. Knightley streifte weiter durch den Laden und stoppte vor den Schmuckauslagen. »Jetzt, wo ich darüber nachdenke, fällt mir auf, dass sie meistens eine Kette trägt, und zwar immer wieder eine andere. Vielleicht könnte ich ihr damit eine Freude bereiten.«

»Das ist ebenfalls eine schöne Idee. Der komplette Schmuck hier ist handgefertigt von meiner Freundin

Sophie, einer gelernten Goldschmiedin. Jede ihrer Kreationen ist ein Unikat, und es gibt für den Käufer eine Karte, auf der die Entstehungsgeschichte von der Inspiration bis zum fertigen Produkt beschrieben ist. Das macht es zu einem besonderen Geschenk. Allerdings lassen sich manche Frauen Schmuck lieber von ihrem Partner schenken. Ist Ihre Schwester alleinstehend oder in einer Beziehung?«

»Sie ist schon eine ganze Weile Single. Allerdings ist sie ja auch ein paar Jahre jünger als ich. Sie hat wohl den Richtigen noch nicht gefunden.«

Ich lachte. »Ja, als wenn das so einfach wäre. Wem sagen Sie das!«

Interessiert musterte er mich. »Dann sind Sie ebenfalls ungebunden?«

»Ich habe mir erst heute Morgen einen Rüffel deswegen eingefangen«, schmunzelte ich. »Und Sie? Ich interpretiere Ihre Aussage so, dass Sie die Richtige bereits gefunden haben?«

Verwirrt starrte er mich an. »Nein, wie kommen Sie denn darauf?«

Oje, wie peinlich! Da hatte ich den Hinweis auf das Jünger-Sein seiner Schwester anscheinend vollkommen fehlinterpretiert. Ich merkte, wie mir das Blut in den Kopf stieg und ich in meinem leergefegten Gehirn verzweifelt nach einer Antwort forschte. Das Universum meinte es gut mit mir in diesem Moment. Mitten in meine geistige Leere hinein erschallte ein weiteres Mal die Türglocke.

Mit dem gewohnt strahlenden Lächeln, das in Millisekunden ganze Räume fluten konnte, kam Peter zur Tür herein. Auch er verdankte seinen Namen einer literarischen Vorlage, nur dass er mehr Glück gehabt hatte als ich. Bei ihm war es Peter Pan, ebenfalls eine der Lieblingsfiguren unserer Mutter. Und es schien, als hätte er die besten Seiten seines namengebenden Vorbilds für sich adaptiert. Es wäre übertrieben zu behaupten, dass er nicht erwachsen werden wollte. Peter hatte den Fliesenhandel unserer Eltern übernommen, seit diese sich zur Ruhe gesetzt hatten und nach Sylt umgesiedelt waren, und führte ihn außerordentlich erfolgreich, allerdings mit einer jungenhaften Lässigkeit. Ich bewunderte ihn generell für die Unbekümmertheit, mit der er durchs Leben wandelte.

Im Grunde genommen entsprach er exakt dem Bild meiner Schulhofschrecken – gutaussehend, sportlich, immer gut gelaunt, mit zahlreichen Fähigkeiten und Talenten gesegnet und, um dem ganzen die Krone aufzusetzen, ein Sonnyboy, dem die Frauen scharenweise verfielen. Peter genoss das. Eine feste Bindung war nichts, was ihm attraktiv erschien. Lieber lebte er jeden Tag, wie es kam. Doch im Gegensatz zu meinen Schulhofschrecken war er durch und durch liebenswert zu mir – schon seit jeher. Unsere Eltern hatten immer behauptet, wir wären Geschwister wie aus dem Bilderbuch. Auch wenn ich mir meiner Unzulänglichkeiten bewusst war, hatten sie damit zumindest im Hinblick auf die Liebe, die wir füreinander empfanden, absolut recht.

»Hey, meine Wunder-Alice, wie geht's dir heute?«, rief er durch den ganzen Laden, bevor er mich stürmisch umarmte. »Hast du einen deiner fantastischen Kaffees für mich übrig?«

»Klar, für dich jederzeit!« Da mir mein Fauxpas Mr. Knightley gegenüber nach wie vor peinlich war, wandte ich mich an ihn. »Möchten Sie ebenfalls einen Kaffee? Ich lade Sie ein.«

»Oh, das ist reizend von Ihnen! Sehr gern.« Dann schob er fragend mit einem Blick auf Peter hinterher: »Ich dachte, Sie wären ungebunden?«

»Bin ich ja auch«, gab ich lachend zurück. »Darf ich Sie mit meinem Bruder Peter bekanntmachen. Bitte entschuldigen Sie, ich kenne Ihren Namen nicht.«

Mr. Knightley, der offensichtlich noch ein echtes Ass im Ärmel hatte, errötete und stammelte: »Verzeihen Sie bitte, ich bin Henrik, Henrik Ritter.«

Ich musste alles geben, um nicht lauthals aufzulachen. Spätestens jetzt war er für mich der personifizierte Jane-Austen-Held.

Peter lief auf ihn zu, strahlte ihn an und klopfte ihm auf die Schulter. »Hey, Henny, schön dich kennenzulernen. Komm, wir zwei Jungs setzen uns raus in die Morgensonne, bis Alice aus diesem Monstrum hier den besten Kaffee von ganz Tübingen rausgelassen hat.«

Henrik warf ihm einen undefinierbaren Blick zu, und ich amüsierte mich still über den Kontrast zwischen Peters unkonventioneller, kumpelhafter Art und Henriks förmlichem Auftreten. Versonnen widmete ich mich meiner Kaffeemaschine und bereitete zwei Milchkaffees zu. Dann trat ich zur Tür heraus, griff mir einen Stuhl vom Nachbartisch und setzte mich zu den beiden Männern.

Peter plauderte munter vor sich hin, berichtete von seinem Beruf und seinen Freizeitaktivitäten, während Henrik buchstäblich an seinen Lippen hing. Ich beschloss, es Peter nachzutun, und auch zum Du zu wechseln.

»Was machst du beruflich, Henrik?«

Er errötete und knetete verlegen seine Hände. »Ach, im Vergleich zu Peters Arbeitsumfeld geht es bei mir eher beschaulich zu. Ich habe ein kleines Antiquariat ein paar Straßen von hier entfernt, das stundenweise öffnet, und außerdem bin ich Geschichtswissenschaftler. Ich arbeite in Teilzeit an der Uni als wissenschaftlicher Mitarbeiter und Dozent.«

»Das klingt doch spannend!«, antwortete ich entrüstet angesichts seines abwertenden Kommentars. »Und vor allem ist es vielseitig. Zwei Berufe unter einen Hut zu bringen, stelle ich mir herausfordernd vor. Bei mir dreht sich alles nur um eine Sache, um meinen Laden, und das lastet mich schon vollständig aus.«

»Finden Sie?«, entgegnete er mit einem schüchternen Lächeln.

»Absolut! Aber wollen wir uns nicht duzen? Ich bin Alice.«

Er deutete im Sitzen eine leichte Verbeugung an, die mich zum Dahinschmelzen brachte, und errötete. »Sehr gern, Alice.« Ich hätte ihn am liebsten in den Arm genommen und ihm die Haare aus der Stirn gestrichen.

Peter grinste verstohlen vor sich hin. Er kannte mich, und natürlich merkte er, was in mir vorging. Entschlossen griff er nach seiner Tasse, leerte sie und sprang voller Energie auf. »So, Leute, die Arbeit ruft. Ich bin dann mal weg!« Er gab mir einen Kuss auf die Wange und klopfte Henrik erneut auf die Schulter. »Ciao, Henny. War schön, dich kennenzulernen!« Mit ausladenden Schritten stapfte er davon.

Henrik warf ihm einen wehmütigen Blick hinterher, und es dauerte eine Weile, bis er seine Aufmerksamkeit wieder mir widmete. »Ist dein Bruder häufig hier?«, fragte er interessiert.

»Ja, Peter schaut meistens morgens vorbei, staubt sich eine Tasse Kaffee ab und verschwindet dann gut gelaunt zur Arbeit.«

»Er ist eine faszinierende Persönlichkeit, so energiegeladen und selbstsicher. Hat er Familie, eine Frau?«

Ich konnte es nicht verhindern, schallend loszulachen. »Eine? Viele! Peter genießt das Leben in vollen Zügen. Er hält nichts von langfristigen Beziehungen und tanzt auf sämtlichen Hochzeiten, nur nicht im wörtlichen Sinne.«

»Aha.« Er wirkte nachdenklich. Was ihn wohl beschäftigte?

Mittlerweile waren auch unsere Tassen geleert, und wir widmeten uns wieder dem Geburtstagsgeschenk für seine Schwester. Am Ende entschied er sich für eine besonders schöne Kette von Sophie, die ich in einer der lilafarbenen Papiertüten verpackte, auf die ich so stolz war. Mit ihrem eleganten Lilaton und dem aufgesetzten, hauchdünn geschnittenen Holzherz verpassten sie jedem Präsent noch eine Portion Extra-Schliff.

Erleichtert, die Herausforderung des Geschenkkaufs bewältigt zu haben, verließ er mit beschwingten Schritten das Wunderland. Verträumt sah ich ihm hinterher. Er würde wiederkommen, da war ich mir sicher!

Deutschland-Trio und Mr. X

Den ganzen Tag über schwebte ich förmlich durch den Laden. Für einen Montag war viel Betrieb, und ich kam kaum zum Durchatmen. Trotzdem hatte ich permanent Henrik in meinem Kopf. War das vorstellbar, dass ich mich auf den ersten Blick in ihn verliebt hatte? Oder war es einfach nur unfassbar tröstlich, dass es noch Männer gab, die anders waren als meine Schulhofschrecken und dabei trotzdem attraktiv aussahen? Ich wusste es nicht, weigerte mich allerdings, darüber nachzugrübeln. Mein Herz sang vor sich hin, und ich wollte das genießen.

Kurz vor Ladenschluss erklang noch einmal das Läuten der Glocke. Innerlich stöhnte ich auf. Das würde eine Verzögerung des Feierabends bedeuten, und heute wollte ich rasch nach Hause, um meinen angenehmen Träumen nachhängen zu können. Doch als ich das »Hallo« von zwei vertrauten Stimmen hörte, legte sich mein Frust sofort wieder. »Sophie, Clara, meine Güte, wie schön, euch zu sehen!«, rief ich voller Begeisterung aus.

Die beiden sahen erst sich an und warfen mir dann einen schuldbewussten Blick zu. Mit zerknirschten Mienen traten sie zu mir und umarmten mich nacheinander.

»Welche Laus ist euch denn über die Leber gelaufen?«, lachte ich.

In diesem angespannten Modus kannte ich meine Freundinnen gar nicht. Sophie war schon als Kind eine unbekümmerte Strahlefrau gewesen – und eine Schönheit obendrein. Inzwischen war sie zehn Zentimeter größer als ich und verfügte über Model-Maße. Ihre dunklen, beinahe schwarzen Locken quollen in üppiger Pracht den kompletten Rücken hinunter und waren so voluminös, dass sie keine Chance hatte, sie kürzer zu tragen, wenn sie sich nicht gerade mit einem Afrolook schmücken wollte. Doch nicht nur ihr Äußeres machte sie anziehend. Zudem war sie temperamentvoll, liebenswürdig, mit sich und der Welt im Reinen und fast immer gut gelaunt. In diesem Moment war ihr sonst so einnehmendes Strahlen allerdings einer sorgenvollen Miene gewichen.

»Dorothea hat uns zusammengefaltet!«, erklärte sie.

Clara nickte bestätigend. »Und zwar schön nacheinander, erst Sophie, dann mich.«

Clara war ein ganz anderer Typ – ruhig und nachdenklich. Mit ihrer zierlichen Statur wirkte sie eher zerbrechlich. Da sie zehn Zentimeter kleiner war als ich, gaben wir drei nebeneinander ein lustiges Bild ab. Die Größenunterschiede hatten bereits in der Kindheit bestanden und uns den Namen »Deutschland-Trio« eingebracht. Oben Schwarz, in der Mitte Rot und unten Gold. Die goldblonden Haare trug Clara in einer fransigen Kurzhaar-Frisur. Angesichts ihres Erscheinungsbilds war es kaum vorstellbar, dass sie wie ein Berserker zulangen konnte. Sie war Physio-Therapeutin.

Wenn sie einen beim Massieren in die Finger bekam, glaubte man, es mit einem Zwei-Meter-Hünen zu tun zu haben. Mit ihrem Mann Clemens betrieb sie eine eigene Praxis, die sich im Erdgeschoss des Wohnhauses befand, sodass sie stundenweise arbeiten und sich trotzdem, unterstützt von ihren nebenan wohnenden Eltern, um ihr Baby kümmern konnte.

Verständnislos musterte ich meine Freundinnen. »Zusammengefaltet? Wieso in aller Welt?«

Clara sah mich an und kaute nachdenklich auf ihrer Unterlippe herum. »Sie hat uns vorgeworfen, dich zu vernachlässigen. Wir wären Egoistinnen, hat sie gesagt.«

Sophie stöhnte laut auf. »Das ist noch nicht alles. Sie hat uns vorgehalten, wir wären schuld daran, wenn du dich zur alten Jungfer entwickelst, die nur auf ihrem Sofa sitzt und sich in die Welten von Roman Tischer und Jane Austen flüchtet. Und wir sollten gefälligst unsere Hinterteile hochbekommen, um mit dir mal wieder auszugehen und dich zum Flirten zu bringen.«

Ich begann schallend zu lachen. »Oh, Dorothea! Sie schwebt gerade auf einer Liebes-Wolke durch die Gegend, seit ihr am Wochenende ein heißer fünfundsiebzigjähriger Feger begegnet ist. Nun hat sie ein schlechtes Gewissen, weil ihr Liebesleben vielversprechender ist als meines. Deshalb müsst ihr jetzt herhalten, um das Gleichgewicht wiederherzustellen.«

»Dorothea ist verliebt, ernsthaft?« Clara sah mich erstaunt an. »Sie hatte doch bestimmt die letzten zehn Jahre keinen Typen mehr.«

»Stimmt, die sind ihr alle zu alt«, bestätigte ich.

»Wow, das muss ja ein toller Hecht sein, wenn sie mir nichts dir nichts ins Schwärmen gerät«, warf Sophie nachdenklich ein.

»Wisst ihr was, Mädels. Das schauen wir uns genauer an. Dorothea hat vorhin erzählt, dass er sie heute abholt und zum Essen ausführt. Wir drei setzen uns jetzt schön nach draußen und beobachten das Schauspiel.«

Sophie explodierte fast vor Begeisterung. »Oh ja, das tun wir. Früher hatte sie immer die Hammer-Männer. Auch wenn das damals für mich Opas waren, fand ich die trotzdem irgendwie heiß.«

»Ich setze uns einen Tee auf, aber nur, wenn ihr mich umgehend rausholt, wenn der mysteriöse Unbekannte auftaucht.«

»Na klar, machen wir«, beruhigte mich Clara.

Als ich mich mit einem Tablett nach draußen begab, hatten Clara und Sophie bereits drei Stühle im Halbkreis um einen Tisch gestellt, sodass wir alle einen perfekten Blick auf Dorotheas Ladeneingang hatten. Noch war Mr. X nicht aufgetaucht. Wir nahmen unsere Teetassen in die Hand und fixierten die Umgebung, als könne die kleinste Ablenkung dazu führen, den entscheidenden Moment zu verpassen. Lange mussten wir nicht warten, bis ein adretter älterer Mann mit federnden Schritten um die Ecke bog. Gebannt hielten wir die Luft an und atmeten enttäuscht wieder aus, als er am Woll-Lust-Paradies vorbeizog.

»Schade, der hätte gut zu ihr gepasst«, ließ Clara verlauten.

Nur wenige Augenblicke später betrat erneut ein älterer Herr die Bühne. Im Gegensatz zu seinem Vorgänger hatte er eine unscheinbare Erscheinung. Er wirkte untersetzt, und mir war ja bekannt, dass Dorothea ein Faible für große, stattliche Männer hatte. Sein Schädel glänzte kahl, und aus der Ferne sah er aus wie achtzig. Erst beim Näherkommen realisierte ich, dass er einen braungebrannten Teint hatte, seine Augen strahlend die Gegend erkundeten und er über eine äußerst energetische Ausstrahlung verfügte. Vor dem Woll-Lust-Paradies blieb er kurz stehen und betrachtete interessiert den Laden. Dann fiel sein Blick auf uns, als würde er realisieren, dass wir ihn neugierig in Augenschein nahmen. Ein charmantes Lächeln trat auf sein Gesicht.

»Guten Abend, die Damen«, sagte er augenzwinkernd in unsere Richtung. »Ich wusste gar nicht, dass ich die Attraktion des Abends bin.«

Ich errötete schlagartig, doch Sophie war um keine Antwort verlegen. »Aber hallo! Sie waren doch bestimmt schon oft in Ihrem Leben die Attraktion des Abends.«

Mr. X lachte schallend. »Reizend, junge Dame. Ich bin gern die Attraktion des Abends, allerdings vorzugsweise für Frauen meines Alters.« Er zögerte kurz. »Und wenn ich viel Glück habe«, nun deutete er auf Dorotheas Woll-Lust-Paradies, »dann treffe ich gleich auf eine solche.« Mit einem Augenzwinkern lief er auf die Eingangstür zu. »Drücken Sie mir die Daumen!«

»Das machen wir!«, erwiderte Sophie keck und streckte ihm die geballten Fäuste mit eingeklemmten Daumen entgegen. Lachend verschwand er im Laden.

»Und, wie findet ihr ihn, Mädels?«, wollte ich wissen, während ich fragend zwischen meinen Freundinnen hin und her sah.

»Na ja, nicht Mr. Senior Universum, aber ...«, begann Sophie. »Aber er wirkt total sympathisch und jung geblieben«, vollendete Clara den Satz.

Ich schmunzelte in mich hinein. Dieses Spiel spielten die beiden, seit ich denken konnte. Sophie war für den ersten Teil des Satzes zuständig, Clara für den zweiten. Am lustigsten wurde es, wenn Clara nicht das aussprach, was Sophie dachte. Dann konnten sie sich in minutenlangen Streitereien ergehen, wie der Satz richtig weiterzugehen hatte. In diesen Momenten saß ich dazwischen und amüsierte mich königlich.

Wir mussten nicht lange warten, bis die Tür zum Nachbarladen erneut aufschwang. Dorothea und Mr. X traten heraus, und Dorotheas Blick fiel in unsere Richtung, wobei sie heftig errötete. Dorothea errötete? Fassungslos starrte ich sie an. Ich kannte sie schon mein ganzes Leben, hatte zahlreiche Männer kommen und gehen sehen, doch eine errötende Dorothea war etwas Neues. Bis eben hatte ich mir das noch nicht einmal vorstellen können, denn es passte nicht im Mindesten zu ihrem freien, selbstbestimmten Wesen! War das hier viel ernster, als ich es je für möglich gehalten hätte? Urplötzlich überkam mich ein beklommenes Gefühl.

Sie sah aus, als müsse sie sich einen Moment sammeln, dann war sie wieder die Frau, die ich kannte. »Soso, da war mein Eingreifen wohl erfolgreich. Das Deutschland-Trio friedlich vereint!« Zufrieden nickte sie und konnte sich eine Runde Spott nicht verkneifen. »Mädels, die Vorstellung ist vorbei. Ihr könnt euch jetzt normal hinsetzen und euch euren Themen zuwenden. Ich bin sicher, davon habt ihr reichlich!«

Mr. X schenkte uns ein verschmitztes Lachen, winkte uns zu und verschwand mit Dorothea, die sich bei ihm untergehakt hatte, Richtung Innenstadt. Ich kämpfte irritiert mit dieser ungewöhnlichen Entwicklung.

»Was sagt ihr?«, meldete sich Clara zu Wort.

»Also, ich fände es cool, wenn Dorothea in Sachen Liebe durchstartet«, äußerte sich Sophie. »Wie siehst du das, Alice?«

»Ich bin gerade ganz perplex. Dorothea ist rot geworden, habt ihr das gesehen? Ich kann mich nicht erinnern, dass das jemals vorher passiert wäre.«

»Einmal ..., ... ist immer das erste Mal«, gaben Sophie und Clara zum Besten.

»Schon, aber was hat das zu bedeuten? Dorothea ist fünfundachtzig. Ihr wollt mir jetzt nicht ernsthaft sagen, dass sie zum ersten Mal rettungslos verliebt ist?«

Sophie zuckte mit den Achseln. »Und wenn es so wäre? Das wäre doch wundervoll für sie.«

»Ja, schon.«

Ich konnte selbst nicht benennen, was mich daran störte. Vielleicht hatte ich einfach Angst. Dorothea war mein Fels in der Brandung, der wichtigste Bezugspunkt in meinem Leben. Omama war nicht mehr da, und es verging kaum ein Tag, an dem ich sie nicht schmerzlich vermisste. Meine Eltern wohnten auf Sylt und waren damit beschäftigt, ihren wohlverdienten Ruhestand zu genießen. Und Peter war, na ja, eben Peter! All das, was mich umtrieb, war für ihn in seiner lockeren, unbekümmerten Welt nur bedingt nachvollziehbar. Clara und Sophie als meine besten Freundinnen hatte ich zwar immer in der Nähe, aber, von Notfällen abgesehen, hatten sie genug mit ihrem eigenen Alltag zu tun. Clara war mit Mann, Baby und Job ausgelastet, und Sophie hatte vor drei Monaten ihren Traummann gefunden. Ich konnte nachvollziehen, dass sie die Wochenenden lieber mit ihrem Marvin verbrachte als mit durchfeierten Mädels-Abenden. Bei mir wäre das bestimmt genauso.

Mein sicherer Hafen war Dorothea. Ihr begegnete ich mit schönster Regelmäßigkeit zweimal täglich, und oft kam es vor, dass wir nach Ladenschluss ein Restaurant besuchten oder in einer Bar einen Absacker genossen. Wenn ich mir vorstellte, das würde wegfallen, überkam mich Panik. Was sollte ich dann mit meiner freien Zeit anfangen, und wen hätte ich als Konstante im Leben? Düster starrte ich vor mich hin.

Sophie schlug mir fröhlich mit der Hand auf die Schulter. »Hey, Alice, komm mal aus deinem Wunderland zurück in die Wirklichkeit!«

»Das sieht mir nicht nach Wunderland aus«, widersprach Clara. »Du machst dir Sorgen, stimmt's?«

»Ja«, nickte ich. »Dorothea ist der Mensch, mit dem ich die meiste Zeit verbringe. Nicht auszudenken, wie es wäre, wenn das wegfiele. Natürlich gönne ich ihr alles Glück der Welt. Nur, was wird dann aus mir?«

Meine Freundinnen sprangen von ihren Stühlen hoch und umarmten mich von beiden Seiten. »Hey, du hast uns ..., ... und wir sind jederzeit für dich da!«

Ich lachte. »Klar, das weiß ich doch. Aber ihr habt viel um die Ohren.«

Sophie und Clara warfen sich einen Blick zu, und Clara meldete sich zögerlich zu Wort. »Was haltet ihr denn davon, wenn wir uns ab sofort jeden Tag für eine halbe Stunde hier treffen? Immer um Viertel vor sechs. Dann bin ich mit meinen Patienten durch, und Felix ist noch bei Oma und Opa. Alice hat fast Feierabend, und du, Sophie, hast Zeit, bis Marvin nach Hause kommt.«

Sophie klatschte in die Hände. »Super Plan, das machen wir. Das Deutschland-Trio täglich beisammen und mit einer Mission ausgestattet: Wir suchen einen Mann für Alice! Zusammen wird uns schon was einfallen.«

»Nicht so hastig, da habe ich ja wohl ein Wörtchen mitzureden!«, intervenierte ich. »Außerdem, da war heute jemand im Laden ...«

Sophie riss ihre Augen auf, und auch Clara sah mich erstaunt an. »Ein Mann?«, rief Sophie derart euphorisch, dass sich Passanten grinsend nach uns umdrehten.

»Mr. Knightley«, antwortete ich mit bedeutungsschwerer Stimme.

»Mr. Knightley?«, fragte Clara irritiert.

»Na ja, eigentlich Henrik Ritter«, lachte ich. »Und nicht nur sein Name erinnert mich an Mr. Knightley. Er ist genauso, wie ich mir einen Mann immer erträumt habe, herrlich klassisch und förmlich. Außerdem sieht er attraktiv aus, auf eine zeitlose Art. Es ist ihm überhaupt nicht bewusst, er ist eher leicht unsicher. Weit entfernt von meinen Schulhofschrecken.«

Sophie warf mir einen missbilligenden Blick zu. »Alice, solltest du nicht irgendwann aufhören mit deinen Schulhofschrecken? Du suchst dir permanent Eigenbrötler aus, nur damit du dich ja nicht deinen Dämonen stellen musst. Ein Eigenbrötler passt aber nicht zu dir. Du bist eine moderne, junge Frau, die mitten im Leben steht. Wenn du dein ewiges Männer-Feindbild ablegen könntest, dann hättest du viel mehr Möglichkeiten.«

»Sophie hat recht«, schaltete sich Clara ein. »Tom war ja wirklich ein Netter, und trotzdem kein Mann, der dir gerecht werden würde. Du brauchst jemanden, der Energie und Leidenschaft hat und vor Ideen strotzt.«

»Und keinen verklemmten Typen aus der Vergangenheit«, ergänzte Sophie, der Claras Worte mal wieder zu zart und vorsichtig waren.

Ich merkte, wie Wut in mir aufstieg. »Was soll das werden? Ihr kennt Henrik nicht einmal und lästert bereits über ihn ab. Er ist toll und würde wunderbar zu mir passen, das weiß ich.«

»Hey, nichts für ungut«, beschwichtigte Sophie. »Wir kennen dich schon ein paar Jahre, und deine Furcht vor gutaussehenden, modernen und im Leben stehenden Männern nimmt langsam groteske Züge an. Wir meinen es gut mit dir, das ist alles. Und ja, wir schauen uns deinen Henrik an. Hat er denn Interesse an dir?«

»Keine Ahnung. Er war nett zu mir, und ich bin mir sicher, dass er wiederkommt. Außerdem habe ich einfach das Gefühl, dass da was zwischen uns ist.«

»Na dann ..., ... lassen wir uns überraschen«, hakten Sophie und Clara das Thema gemeinschaftlich ab.

Ein Leben ohne Woll-Lust

Unruhig irrte ich durch mein Wunderland. Eine halbe Stunde noch, dann würde ich für heute schließen. Und ich hatte keinen Plan, was mich erwartete. Acht Wochen war es her, seit mir Dorothea von Hajo berichtet hatte. Seitdem war er in ihrem Laden ein- und ausgegangen, hatte sie nahezu täglich abgeholt und auch gern mal ein Schwätzchen mit mir gehalten. Ich mochte ihn. Er war ein feiner, älterer Herr mit Würde, Liebenswürdigkeit und einer wunderbar heiteren, lebensfrohen und unternehmungslustigen Ausstrahlung. Ich konnte erkennen, wie wohl sich Dorothea in seiner Gegenwart fühlte, und oftmals hatte ich den Eindruck, als würde sie gerade ihre zweite Pubertät erleben. Wenn er nicht dabei war und sie von ihm erzählte, kicherte sie wie ein junges Mädchen mit blitzenden Augen und geröteten Wangen.

Heute hatte sie mich gebeten, am Abend mit ihr essen zu gehen. Sie müsse mir etwas Wichtiges sagen, hatte sie erklärt. Und in mir gärten mittlerweile die wildesten Szenarien, was das sein könnte. Dass sie mit ihm zusammenziehen wolle, war das harmloseste. Das schlimmste war, dass sie in den Hafen der Ehe einsteuern und ihr Woll-Lust-Paradies an jemanden Fremdes verpachten würde. Schon den ganzen Tag spukten mir komplette Filme durch den Kopf, und ich war inzwischen so weit, dass ich einfach nur noch Gewissheit haben wollte, welcher davon real werden würde.

Um kurz nach sechs sperrte ich meinen Laden ab und stakste mit bangen Schritten zu Dorothea. Sie erwartete mich bereits an der Tür. Zusammen machten wir uns auf den Weg und setzten uns ein paar Straßenzüge weiter in ein italienisches Restaurant. Nachdem wir unsere Bestellung aufgegeben hatten, begann Dorothea, unruhig auf ihrer Sitzbank hin und her zu rutschen. Ich hatte das Gefühl, die Anspannung keine Sekunde länger auszuhalten.

»Was ist los, Dorothea?«, fragte ich sie mit ängstlichem Blick.

Ihre Gesichtszüge waren angespannt, und zum ersten Mal in meinem Leben wurde ich Zeugin davon, wie sie vor sich hin stotterte. »Also, es gibt da etwas. Etwas Neues. Etwas, das ich dir sagen muss. Was Wichtiges. Also, Hajo ... Na ja, du weißt ja, dass ich ihn sehr mag.«

»Dorothea!«, stöhnte ich auf. »Könntest du bitte zum Punkt kommen! Ich halte das sonst nicht mehr aus. Ich befürchte schon, dass du mir gleich erzählst, dass du nach Australien auswanderst.«

Ihre Augen blitzen zuversichtlich auf. »Nein, nicht nach Australien. Nur nach Mallorca.«

»Ach so, nur nach Mallorca«, antwortete ich erleichtert, bis die Botschaft in den Tiefen meiner Gehirnwindungen gelandet war. »Waaas? Du willst nach Mallorca auswandern? Das kann unmöglich dein Ernst sein!«

»Doch, Liebes. Das ist mein voller Ernst.«

»Aber … aber … das kannst du nicht machen.«

Dorothea legte beschwichtigend ihre alte, faltige Hand auf meine. »Ich weiß, dass das für dich ein Schock ist, Liebes. Und glaub mir, es bricht mir das Herz, dich hier zurückzulassen. Nur, es würde noch viel mehr brechen, wenn ich Hajo allein nach Mallorca zurückkehren lassen würde.«

»Hajo lebt auf Mallorca?«

»Ja, ich wusste einfach nicht, wie ich dir das sagen soll. Er hat dort eine Finca mit Blick aufs Meer und war nur für kurze Zeit in der Heimat, um geschäftliche und familiäre Angelegenheiten zu regeln. Am Wochenende fliegt er wieder, und ich werde so bald wie möglich – wahrscheinlich in der Woche danach – folgen.«

»Nächste Woche schon? Aber Dorothea, du kannst doch nicht Knall auf Fall dein ganzes Leben aufgeben. Du hast hier dein Zuhause, deine Freunde, deinen Laden. Das, was du bist und was du dir jemals aufgebaut hast, ist hier. Und du kennst Hajo kaum. Du willst tatsächlich alles hinschmeißen für einen Mann, dem du gerade erst vor ein paar Wochen begegnet bist. Ist das nicht ziemlich übereilt?«

Sie fing an zu lachen. »Kindchen, ich bin fünfundachtzig. Wie stellst du dir das vor? Zwei Jahre eine Fernbeziehung führen, und wenn es dann geklappt hat, in Ruhe die nächsten Schritte bedenken? Ich verfüge über eine ganze Menge wunderbarer Geschenke: Gesundheit, Energie, Lebenslust, die Fähigkeit zum Glücklich-Sein. Nur eines habe ich nicht: einen Riesen-Fundus an verbleibender Lebenszeit. Ich bin bis über beide Ohren verliebt, vielleicht sogar das erste Mal im Leben, und ich will jeden einzelnen Tag, der mir bleibt, mit Hajo zusammen sein. Die einzige Zeit, die dafür existiert, ist *jetzt*. Ich lasse dich ungern zurück, mein Herz, aber bei dieser Geschichte gibt es für mich nur einen Weg.«

Stumm und betroffen saß ich da. Selbstverständlich verstand ich Dorothea. Mit fünfundachtzig lag es wohl in der Natur der Sache, umwälzende Entscheidungen nicht auf die lange Bank zu schieben. Doch die Vorstellung, sie nicht mehr in der Nähe zu wissen, schnürte mir die Luft ab. Ich stierte auf die Tischplatte. Es fühlte sich an, als würde ich meine geliebte Omama ein zweites Mal verlieren. Erst sie und nun auch noch Dorothea.

Ihre Hand streichelte meine. »Liebes, wir werden telefonieren. Und ich werde mir von Hajo erklären lassen, wie dieses Dings funktioniert, mit dem man sich sehen kann beim Sprechen. Er kennt sich damit aus. Dann halten wir trotzdem jeden Tag unser Schwätzchen. Ich bleibe bei dir.«

»Skype meinst du«, murmelte ich. »Aber das ist nicht dasselbe, wie dir gegenüberzusitzen und deine Nähe zu spüren.« Dorothea zuckte hilflos mit den Achseln.

Plötzlich kam mir ein weiterer beängstigender Gedanke in den Sinn. »Was machst du mit dem Laden? Verpachtest du ihn?«

Dorotheas Gesicht nahm eine noch schuldbewusstere Nuance an. »Nein, mein Schatz. Ich werde ihn verkaufen. Von Mallorca aus kann ich mich nicht gut darum kümmern, und ich möchte frei sein, ohne immer wieder aus der Ferne irgendwelche Schwierigkeiten lösen zu müssen.«

»Verkaufen?«, fragte ich konsterniert.

»Ja, glaub mir, das ist das Beste. Ich habe alle Optionen durchdacht. Liebes, natürlich bekommst du ein Vorkaufsrecht und einen Spezialpreis, falls du Interesse hast. Vielleicht könntest du einen Mauerdurchbruch vornehmen und deine Ladenfläche vergrößern.«

Spontan schüttelte ich den Kopf. »Nein, mein Laden ist perfekt, wie er ist. Er hat genau die richtige Größe. Mehr Ladenfläche bedeutet mehr Arbeit, mehr Kunden und zwangsläufig auch, Mitarbeiter einstellen zu müssen. Ich habe keine Ambitionen diesbezüglich. Ich bin ja schon froh, dass Sophie bei mir die Urlaubsvertretung übernimmt, wenn ich nicht da bin.«

Dorothea nickte. »Ja, das dachte ich mir. Ich habe morgen einen Termin mit einem Makler, der sich um den Verkauf kümmern wird. Er erhält alle Vollmachten, sodass er mich notariell vertreten darf. Selbstverständlich schaue ich mir trotzdem den Käufer an. Ich werde auf jeden Fall vorher über dieses Sky mit ihm sprechen.«

Obwohl meine Welt in Scherben lag und mir zum Weinen zumute war, zauberte sie mir ein Schmunzeln aufs Gesicht. »Skype, Dorothea!«

»Meinetwegen auch so.«

Am nächsten Morgen hatte ich mich immer noch nicht wieder gefangen. Die Nacht war schlecht gewesen. Erst hatte ich mich stundenlang hin und her gewälzt. Dann war ich irgendwann doch eingeschlafen und hatte wirres Zeug geträumt. Den Höhepunkt bildete der Moment, in dem ich vor dem Rechner sitzend über Skype beobachten musste, wie Hajo mit Dorothea baden ging und beide Hand in Hand durchs Wasser laufend darin verschwanden. Ich wollte hinterherspringen, um sie zu retten, aber die Öffnung des Monitors war zu klein. Ich blieb hängen, bis Henrik erschien und mich herauszog. Als es mir endlich gelang, mich aus dem Schlaf in den Wachzustand zu kämpfen, war mein Gesicht tränenüberströmt.

Selbst mein alltäglicher Lichtblick verschaffte mir heute nicht denselben Seelenfrieden wie sonst. Seit unserem Kennenlernen hatte es sich zum allmorgendlichen Ritual entwickelt, dass Henrik seinen ersten Kaffee in meinem Laden trank. Fast jeden Tag kam auch Peter vorbei, und dann saßen die beiden Männer zusammen an einem Tisch und unterhielten sich. Um es zutreffender zu beschreiben: Peter unterhielt Henrik. Meist lauschte Letzterer gebannt und genoss es, sich von Peter zum Lachen bringen zu lassen. Seine ansonsten so ernste Miene frischte dann auf, und er sah mit der Reihe strahlendweißer Zähne, die er entblößte, und den funkelnden Augen einfach zum Verlieben aus.

Okay, verliebt war ich ja schon, aber leider nahm die Sache keine Fahrt auf. Henrik war freundlich zu mir, höflich wie am ersten Tag, mittlerweile auch ein wenig lockerer, doch der Atmosphäre zwischen uns fehlte jeder

Flirt-Charakter. Wenn ich ihn schelmisch neckte, schien es ihm peinlich zu sein, und er ging nicht darauf ein. Mir kam es so vor, als wäre ich für ihn eine gute Bekannte – geschlechtslos, ohne eine verführerische weibliche Ausstrahlung.

Während ich ihm von meinem aktuellen großen Kummer berichtete, hörte er aufmerksam zu, stellte Fragen und versuchte, mich zu beruhigen, aber als Peter auftauchte, galt sein Interesse nur noch ihm. Irgendwie war das alles in diesem Moment zu viel für mich. Ich musste hier raus!

Rasch schnappte ich mir einen Einkaufskorb, bat Peter, für eine halbe Stunde das Wunderland zu hüten, und verschwand Richtung Markt. Ich hatte keine Vorräte mehr zuhause, und in meiner desolaten Stimmung schrie mein Körper nach einer köstlichen, selbst gekochten, gesunden Mahlzeit, die ich mir heute Abend als Kummertröster zubereiten würde.

Ich schlenderte zwischen den Marktständen hindurch, kaufte das Gemüse, das mich am meisten anlachte, frische Kräuter, eine Packung Risotto und einen wunderbaren Parma-Schinken. All das würde ein Festmahl abgeben.

Ich war gerade dabei, den Marktplatz zu verlassen, und warf im Vorübergehen noch einen Blick auf einen kunterbunten Blumenstand, als jemand mit viel zu hoher Geschwindigkeit geradewegs in mich hineinrannte. Verflixt, warum wurden Fußgänger nicht geblitzt? Der Zusammenprall war schmerzhaft, und vor lauter Schreck ließ ich meinen Korb fallen. Meine ganzen Habseligkeiten ergossen sich über den Boden. Beim Versuch, die Situation zu retten, verlor ich das Gleichgewicht und landete auf dem Hinterteil.

»Oje, das tut mir aber leid«, erklang eine erschrockene männliche Stimme.

Als ich mich halbwegs sortiert hatte, schaute ich zornig auf, und der Anblick, der sich mir da bot, steigerte meine Wut ins Unermessliche. Vor mir stand eines meiner personifizierten Feindbilder, und auf einmal fühlte ich mich, als wäre ich wieder dreizehn. Der Mann war vielleicht wenige Jahre älter als ich, hatte volles dunkelbraunes Haar, das lockig zu sein schien, allerdings so kurz gehalten war, dass die Locken keine Chance zum Kringeln erhielten. Er war groß, sportlich und sah auf den ersten Blick aus wie einer der Fußball spielenden Jungs aus meiner Kindheit. Doch das war noch nicht das Schlimmste. Sein Lächeln, das bedauernd und gleichzeitig ein bisschen frech aussah, hatte genau den verwegenen Charme der einstigen Schulhofschrecken.

»Kommen Sie, ich helfe Ihnen hoch!«, sagte er freundlich und reichte mir die Hand. Mir stand jedoch nicht der Sinn nach Freundlichkeit.

»Können Sie nicht aufpassen, verdammt?«, fauchte ich ihn an. »Aber klar, so ein Schneller-höher-weiter-Typ wie Sie kennt eben nur den Überholgang. Haben Sie schon mal was von Rücksichtnahme auf andere gehört? Nein, natürlich nicht! Schauen Sie sich diesen

Schlamassel an, mein ganzes Abendessen liegt auf der Straße.« Ich war so empört, dass ich gegen die Tränen ankämpfen musste.

Der Kerl kniete sich neben mich. »Das tut mir wirklich sehr, sehr leid. Selbstverständlich ersetze ich Ihnen den Schaden. Warten Sie, ich helfe Ihnen, alles einzusammeln.« Kurz hielt er inne, dann breitete sich ein unverschämtes Grinsen auf seinem Gesicht aus, als hätte er eine fantastische Eingebung. »Na ja, ist ja irgendwie typisch für junges Gemüse, sich gern auf der Straße herumzutreiben.«

Fassungslos starrte ich ihn an. »Wie bitte? Junges Gemüse?«

Erschrocken sah er mich an und hob abwehrend die Hände. »Um Himmels willen, ich meinte nicht Sie, sondern das Gemüse im wörtlichsten Sinne.« Mit einer ausladenden Bewegung deutete er auf das Schlachtfeld um uns herum.

»Toll, dass Sie sich hier bestens amüsieren!«, stieß ich aufgebracht hervor.

»Hey, beruhigen Sie sich! Passiert ist passiert. Es tut mir leid. Ich entschuldige mich gern ein weiteres Mal und bin bereit für Buße in jeder Form. Was halten Sie davon, wenn ich Sie als Wiedergutmachung heute Abend zum Essen einlade? Und selbstverständlich zahle ich Ihnen Ihr junges Gemüse.« Während er mir anfänglich beim Sprechen ernst in die Augen geblickt hatte, kehrte nun wieder sein freches Grinsen zurück. Meine Hand wollte unbedingt in sein Gesicht, um ihm alles andere als sanft eine zu scheuern, aber meine gute Erziehung verbat mir, dem Impuls nachzugeben.

»Denken Sie nicht mal daran! Und selbst wenn ich wie eine Freundin von mir fünfundachtzig Jahre alt werden sollte, wird es in diesem Leben nichts und niemanden geben, der mich dazu bringen könnte, mit einem wie Ihnen essen zu gehen!« Da es mir extrem unangenehm war, so nah bei diesem Typen auf dem Boden zu sitzen, rappelte ich mich auf und rieb mir mein schmerzendes Hinterteil. Außerdem wollte ich ihn lieber auf Augenhöhe anfauchen, als von unten zu ihm aufzusehen und mich dabei unterlegen zu fühlen. Er richtete sich ebenfalls auf. Verflixt und zugenäht, das war wohl nix mit Augenhöhe! Immer noch überragte er mich um einen halben Kopf. Mit einem leicht belustigten Blick musterte er mich.

»Das interessiert mich nun ja wirklich. Was ist denn einer wie ich?«

Ich schnaubte, nur um mir nicht eingestehen zu müssen, dass ich mir ziemlich hilflos vorkam. Ja, was genau wollte ich ihm eigentlich vorwerfen? Dass er zufälligerweise unverschämt gut aussah? Dass er groß, kräftig und durchtrainiert war? Dass er ein verwegenes, blitzendes Lächeln hatte? Dass er eine Neigung zu vollkommen bescheuerten Witzen hatte?

Für einen winzigen Augenblick dachte ich darüber nach, wie sich wohl Sophie in so einer Situation verhalten hätte, bevor sie mit Marvin zusammengekommen war. Sie hätte kokett mit ihren ellenlangen Wimpern geklimpert, sich von dem Mann aufhelfen lassen, wäre ihm dabei nicht ganz so unabsichtlich mit einem »Ups« zu nahe gekommen und hätte sich von ihm exquisit zum Essen ausführen lassen. Danach hätte sie dann huldvoll entschieden, ob es sich lohnt, ihn nach Hause mitzunehmen oder nicht. Ich hingegen stand hier und behandelte ihn wie einen Schwerverbrecher. Das Einzige, was ich ihm bei objektiver Betrachtung vorwerfen konnte, war ein Moment der Unachtsamkeit und ein misslungener Scherz.

In meine Gedanken hinein wurde mir bewusst, dass der Kerl immer noch auf eine Antwort wartete. Mittlerweile stand er lässig auf einem Bein, hatte die Arme herausfordernd verschränkt und sah mir mit einer Mischung aus Unverschämtheit und Amüsiertheit direkt ins Gesicht.

»Einer wie Sie, der meint, dass ihm die Welt gehört!«, stieß ich bockig hervor. Inzwischen richtete sich meine Wut eher gegen mich, weil ich erstens spürte, wie ich errötete, und mich zweitens ärgerte, dass ich die Kontrolle über dieses Scharmützel verloren hatte.

»Ach, das ist ja interessant! Und woran meinen Sie das erkennen zu können?«

Eine weitere Wutwelle brach über mir zusammen. Statt einer schlauen Antwort, die mir partout nicht einfallen wollte, zischte ich ein lautes »Pfff!« durch die Zähne und begann, das Gemüse zusammenzuklauben. Sofort bückte sich auch dieser Volltrottel von einem Mann und half mir dabei, meine Einkäufe in den Korb zu befördern. Am liebsten hätte ich ihn weggeschubst, doch befürchtete ich, dann endgültig das Gesicht vor ihm und, schlimmer noch, vor mir selbst zu verlieren. Wie konnte ich mich nur so wenig souverän präsentieren?

Als ich alles wieder beieinanderhatte, machte ich auf dem Absatz kehrt, um so schnell wie möglich zu verschwinden – nur weg von diesem Kerl! Allerdings hatte ich die Rechnung ohne ihn gemacht.

»Hey, warten Sie! Ich würde das wirklich gern wiedergutmachen. Ein Abendessen wäre doch nett. Ich bin neu in der Stadt und kenne hier noch niemanden.« Er lief hinter mir her und griff nach meinem Arm. »Geben Sie mir einfach eine Chance, Ihnen zu beweisen, dass ich keiner bin, der glaubt, ihm gehöre die Welt«, bat er mit versöhnlicher Stimme.

Unwillig schüttelte ich seine Hand ab. »Nochmal Klartext: Ich werde niemals mit Ihnen essen gehen, und es ist mir egal, wer oder was Sie sind. Ein schönes Leben!« Mit hocherhobenem Haupt eilte ich davon und würdigte ihn keines weiteren Blickes.

Als ich in das Wunderland zurückkehrte, sank meine Laune unter den Gefrierpunkt. Henrik war verschwunden. Er hatte es offensichtlich nicht für nötig befunden, meine Rückkehr abzuwarten. Nur Peter war noch da und sah mich fragend an, als ich wütend an ihm vorbeistürmte und den Korb mit Schwung auf die traumhafte Holztheke knallte, auf der sich die Kaffeemaschine befand.

»Wunder-Alice, was ist los?«, fragte er, während er beruhigend seine Hände auf meine Schultern legte.

Ich atmete tief durch. Peter war der Einzige, der mich so nennen durfte und der mir – ohne, dass ich das jemals zugeben würde – mit dieser Anrede dabei half, meine Schulhof-Dämonen zu zähmen. Ich lehnte mich kurz an ihn und fühlte mich wie damals als Kind, wenn mein großer Bruder mir nach einem miesen Tag Trost gespendet hatte.

»Geht wieder, Peter Pan. Mich hat so ein eingebildeter Kerl über den Haufen gerannt, und wir sind ziemlich aneinandergeraten.«

Peter lachte. »Oha, ich kann es mir lebhaft vorstellen. Und lass mich raten: Er sah gut aus, und allein das hat gereicht, um dich gegen ihn aufzubringen. Stimmt's?«

»Ja, ja«, grummelte ich.

»Ach, Alice«, seufzte er. »Wann hörst du endlich damit auf, dich von deinen alten Feindbildern so beherrschen zu lassen, als wärst du immer noch dreizehn Jahre alt?«

»Gar nicht!«, blaffte ich ihn an. »Ich fahre wunderbar mit diesen Feindbildern und sehe keinen Grund, etwas daran zu ändern.«

Tränenreicher Abschied

Die nächste Woche zog in erschreckendem Tempo an mir vorbei, obwohl ich sie mit bleischwerem Herzen verbrachte. Mit unglaublicher Energie und voller Tatendrang hatte Dorothea ihren Laden ausgeräumt. Einen Großteil der Materialien hatte sie an den Großhandel zurückgeben können, den Rest hatte sie mir geschenkt. Ich würde versuchen, die Ware an strick- und häkelbegeisterte Kundschaft weiterzugeben.

Auch die Schlüssel zu ihrem Wohnhaus hatte sie mir in die Hand gedrückt. Selbst wenn sie sämtliche Zelte abbrach, dieses kleine Schlupfloch schien sie sich erhalten zu wollen. »Für alle Fälle!«, hatte sie gesagt. Und mich beruhigte der Gedanke, dass dadurch zumindest ein Teil von ihr in Tübingen zurückblieb. Auf meine Frage, welchen Part ich übernehmen solle, hatte sie abgewinkt. »Ab und zu nach dem Rechten sehen, im Winter die Heizung anstellen und den Handwerkern auf die Finger schauen!« Sie hatte einen Vertrag mit einer Immobiliengesellschaft abgeschlossen, die sich um Wartungsarbeiten und um die Gartenpflege kümmern würde. Dorothea war schon immer eine »Macherin« gewesen, und organisierte auch jetzt alles perfekt. Bei alledem war es ihr zusätzlich gelungen, ein Abschiedsfest auf die Beine zu stellen. Sie hatte Freunde, langjährige Wegbegleiter und treue Kundinnen zu einem rauschenden Fest am Samstagabend eingeladen. Das

Catering sowie die Party-Möblierung für den mittlerweile nahezu vollständig geleerten Laden wurden von einem Partyservice geliefert, bei der Dekoration legten Sophie, Clara und ich mit Hand an.

Kurz vor sechs Uhr klatschte Dorothea begeistert. »Das sieht alles wunderbar aus!«, rief sie freudig aus. An der hinteren Wand befand sich ein langgestrecktes Buffet, auf dem das Catering-Team köstlich duftende kalte und warme Speisen aufgebaut hatte und sich für die Versorgung der Gäste bereithielt. Über die Ladenfläche verteilt standen zahlreiche mit weißen Hussen überzogene Bistro-Stehtische, auf denen in wunderschönen grünschimmernden Glasvasen, die Janine angefertigt hatte, kleine Olivenzweige dekoriert waren. Im Eingangsbereich hatten wir ein großes Transparent mit »Danke für Eure jahrzehntelange Treue und Freundschaft!« ausgerollt, das die Künstlerin unter uns, Sophie, mit verwunschenen Blumenranken und quietschbunten Wollknäueln verziert hatte. In den noch vorhandenen Ladenregalen hatten wir Wollknäuel, weitere Olivenzweige und Muscheln arrangiert. Es sah wundervoll aus – wie eine Symbiose aus dem Besten von zwei Welten.

Ich trat neben Dorothea und nahm sie in den Arm. »Ach, Dorothea. Wie soll das hier nur alles ohne dich werden?«

»Kindchen, das wird schon. Du wirst sehen, hier kommt ein anderer wunderbarer Laden rein, und am Ende bist du froh, dass ich weg bin.«

Entrüstet schaute ich sie an. »Niemals!«, rief ich empört aus. »Egal, was oder wer hierherkommt, es kann unter keinen Umständen besser werden als mit dir.«

»Warten wir es ab, mein Herz!«

»Dorothea, verheimlichst du mir was? Weißt du etwa, wer den Laden übernehmen wird?«

»Iwo, aber ich werde auf jeden Fall jemanden aussuchen, der dir guttut. Darauf hast du mein Wort.«

Ich lachte und warf ihr einen schelmischen Blick zu. »Wenn das so ist, dann musst du an dich selbst verkaufen.«

Dorothea schüttelte mit dem Kopf, doch sie lächelte, als sie antwortete: »Mein Herz, das Thema ist durch.«

Augenblicke später war Schluss mit gemütlicher Unterhaltung. Eine Vielzahl von Gästen strömte gleichzeitig in Dorotheas ehemalige Arbeitsstätte. Obwohl unsere Läden von außen ziemlich klein aussahen, waren sie wahre Raumwunder, was dem Umstand zu verdanken war, dass die Häuser eine von der Straße aus nicht zu erkennende Tiefe besaßen. Auch bei mir reagierten neue Kunden regelmäßig überrascht, wie groß mein von außen winzig wirkender Laden tatsächlich war. Die ungefähr dreißig Personen, die sich mittlerweile um die Bistro-Tischchen geschart hatten, fanden jedenfalls locker Platz. Dorothea sprach ein paar Begrüßungsworte und eröffnete das Büffet. Ich war ihr dankbar dafür, dass sie keine lange, emotionale Abschiedsrede gehalten hatte. Mich brachte die

Situation ohnehin permanent dicht an einen »Feuchte-Augen-Zustand«, und es hätte nicht vieler Worte bedurft, um mich in einen heulenden Schlosshund zu verwandeln. Außerdem war ich froh, von meinen Freundinnen umrahmt zu sein, die mir in dieser schmerzlichen Phase Trost spendeten.

Während ich meinen düsteren Gedanken nachhing, hörte ich eine Stimme hinter mir, deren Klang mich immer wieder mit Freude erfüllte. »Alice, meine Liebe, wie zauberhaft, dich zu sehen!«

Begeistert drehte ich mich um und strahlte aus tiefstem Herzen. »Ina, wie schön, dass du heute da bist. Wie geht es dir? Und Erwin, meine Güte, wir haben uns ja ewig nicht gesehen!«

Sophie und Clara stimmten ebenfalls in die Wiedersehensfreude ein und begrüßten das alte Ehepaar voller Begeisterung. Ina und Erwin waren uralte Freunde von Omama. Ina und sie hatten sich in der Ausbildung kennengelernt und waren über die ganzen Jahrzehnte in Verbindung geblieben. Erst seit Omamas Tod hatte ich keinen Kontakt mehr zu ihnen. Zwar wusste ich, dass Dorothea immer mal wieder mit Ina telefonierte und Letztere auch ab und an in Dorotheas Laden vorbeischaute, doch das Wunderland schien sie nicht betreten zu wollen. Ich könnte mir vorstellen, dass es sie schmerzte, dort nicht, so wie früher, auf ihre alte Freundin zu treffen, und dafür alles verändert vorzufinden.

»Danke, Alice, uns geht es wunderbar. Und dir? Was macht das Leben und die Liebe?« Ina war einer von wenigen Menschen, denen ich eine derart persönliche Frage nicht übelnahm. Sie war eine wundervolle Frau voller Herzenswärme, Nächstenliebe und Weisheit. Ihre Motivation, sich für mein Leben zu interessieren, war fern von jeder Neugier, sondern entsprang einem tiefen Gefühl der Verbundenheit und der Anteilnahme.

»Ach, Ina«, seufzte ich, »das ist der falsche Zeitpunkt, das zu fragen.« Erwin warf mir einen verständnisvollen Blick zu und befand wohl, dass es besser wäre, mich mit Ina allein zu lassen. Er wandte sich Sophie und Clara zu und verstrickte die beiden in eine lockere Plauderei.

»Wegen Dorothea?«, fragte Ina mich mitfühlend.

»Ja, wegen Dorothea. Ich weiß nicht, was ich ohne sie machen soll. Sie ist mein Fels in der Brandung, und ohne sie…« Ich ließ den Satz in der Luft hängen, weil mir ohnehin die Worte fehlten, um zu beschreiben, was in mir vorging. »Na ja, und die Liebe in meinem Leben ist mein Laden und Omamas Häuschen. Einen Mann zum Liebhaben gibt es bei mir nicht. Und wenn mir einer gefällt, will er nichts von mir wissen. Alles nicht so einfach.« Bekümmert starrte ich vor mich hin.

Ina schenkte mir ihr zauberhaftes, weises Lächeln, das ich bereits als Kind geliebt hatte. »Du wirst ihn finden, irgendwann. In fünfzig Jahren stehst du dann vor einer jungen Frau, wie ich jetzt, und tust so, als wüsstest du alles besser, nur weil du ein paar Jährchen länger auf der Welt bist.« Sie zwinkerte mir schelmisch zu.

Trotz meiner Schwermut musste ich lachen. Ja, das war eine wundervolle Vorstellung und ich konnte mir die Szene lebhaft ausmalen – mit Mr. Knightley an der Seite, der im echten Leben Henrik Ritter hieß und leider bislang so gar kein Interesse an mir zeigte. Ich schüttelte die verzweifelten Gedanken ab.

»Wie geht es eigentlich Kevin? Er muss doch inzwischen auch schon Anfang zwanzig sein.« Ina und Erwin hatten einen Enkel, den sie nach dem Tod ihrer jüngeren Tochter zusammen mit ihrer anderen Tochter und deren Familie großgezogen hatten.

Inas Augen strahlten. »Es geht ihm wunderbar. Er hatte riesiges Glück, gleich nach der Schule einen Medizin-Studienplatz hier in Tübingen bekommen zu haben. Er kommt oft bei uns vorbei. Neuerdings hat er sogar eine Freundin. Er ist und bleibt einfach unser Sonnenschein.«

»Ach, wie schön!« Ich freute mich sehr, das zu hören. Als Kevins Eltern mit dem Auto tödlich verunglückt waren, war ich zwar noch ein junges Mädchen gewesen, doch die Geschichte war mir extrem nahegegangen. Ich hatte etliche Tränen bei dem Gedanken vergossen, wie es für einen kleinen Jungen sein musste, ohne Mutter und Vater aufzuwachsen. »Ich nehme an, es war nicht nur Glück, dass er gleich studieren konnte. Da war sicher sein Abi erstklassig.«

Ina lächelte stolz. »Ja, das war es. Für ihn war seit der zehnten Klasse klar, dass er Arzt werden wollte, und darauf hat er eisern hingearbeitet. Am Ende war das Abi trotzdem noch nicht gut genug, doch er hat einen ausgezeichneten Medizinertest hingelegt, sodass es in

Summe gereicht hat. Du glaubst nicht, wie froh wir sind, dass sich alles so gut entwickelt hat.« Kurz verdunkelten sich ihre Augen. Ich konnte mir lebhaft vorstellen, wie sehr sie ihre Tochter vermisste. Spontan bekam ich das Bedürfnis nach einem Mehr an Ina in meinem Leben. Vielleicht konnten wir davon ja beide profitieren.

»Ina, ich weiß, du hast in all den Jahren einen Bogen um das Wunderland gemacht, aber wie fändest du es, wenn wir uns nun wieder regelmäßig dort treffen würden? Vielleicht hast du ja Lust, die Lücke, die Dorothea hinterlassen wird, ein bisschen kleiner werden zu lassen. Du bekommst bei mir jederzeit einen Kaffee spendiert, und ich höre dir zu, bei allem, was du erzählen magst.«

Sie schwieg einen Moment. Es schien, als müsse sie abwägen, ob der Schmerz der Erinnerungen an ihre alte Freundin oder die Freude am Zusammensein mit deren Enkelin mehr Gewicht hatte. Dann richtete sie sich auf und sah mich mit ihren warmherzigen Augen direkt an. »Weißt du was, meine Liebe, ich glaube, die Zeit ist reif, das zu tun. Ich werde dich gern die Tage mal besuchen, und wir schauen einfach, was daraus entsteht.«

»Ina, das ist ein Wort!«, lachte ich. »Ich freue mich.«

Der Rest des Wochenendes verstrich, und ich hatte jede freie Sekunde mit Dorothea verbracht. Wir hatten zusammen in ihrem Haus gesessen, die restlichen Kartons gepackt mit den Dingen, auf die sie auch auf Mallorca nicht verzichten wollte, und hatten alles für eine längere Abwesenheit vorbereitet. Dabei hatten wir stundenlang geredet, Erinnerungsstücke betrachtet, zu denen sie mir ihre Geschichten erzählte, und gemeinsame Erlebnisse mit einer Mischung aus Wehmut und Dankbarkeit Revue passieren lassen.

Viel schneller, als ich es mir gewünscht hätte, eilte der Donnerstag herbei und brachte die schmerzhafte Stunde des Abschieds. Wir hatten übereinstimmend festgestellt, dass es für uns beide einfacher sein würde, uns in meinem Laden »Auf Wiedersehen« zu sagen, da sich keine von uns eine herzzerreißende Szene in der Endgültigkeit ausstrahlenden Atmosphäre des Flughafens zutraute. Um elf Uhr kam Dorothea mit einem Taxi angebraust, das sie vor dem Haus warten ließ. Mit tränengefüllten Augen trat sie durch die Tür und warf mir einen Blick zu, der mir den Boden unter den Füßen wegriss. Sie eilte auf mich zu und riss mich mit ihrer ganzen Dorothea-Energie in die Arme.

»Liebes, lass es dir gutgehen. Und pass auf dich auf! Ich werde mich täglich bei dir melden, ja?«

»Ach, Dorothea. Ich werde dich so vermissen. Sag Hajo einen Gruß von mir und richte ihm aus, dass er dich gefälligst glücklich machen soll, sonst komme ich persönlich vorbei und mache ihm die Hölle heiß!«

Mitten in ihre Tränen hinein begann Dorothea zu lachen. »Das sage ich ihm. Und Herzchen, kümmere du dich um dein Glück, hörst du!« Sie warf mir einen strengen Blick zu, der jedoch auf ihrer aufgewühlten Miene nicht allzu gut gelang.

Wir pressten uns noch einmal fest aneinander, und ehe ich begriffen hatte, was gerade passiert war, brauste auch schon das Taxi davon. Dorothea, meine Dorothea, mein Fels in der Brandung, war weg!

Rabenschwarze Entwicklungen

Die kommenden Tage überstand ich mehr schlecht als recht. Das Loch, das Dorothea in mein Leben gerissen hatte, war riesig. Immer wieder spürte ich den Impuls in mir, schnell zu ihr hinüber zu laufen, um ihr irgendetwas zu erzählen, was mir durch den Kopf ging. Dann setzte ich mich ganz automatisch in Bewegung und machte ein, zwei Schritte Richtung Tür, bis mir bewusst wurde, dass keine Dorothea da war, die im Laden nebenan auf mich wartete.

Klar, wir telefonierten täglich am Abend, entweder über WhatsApp oder Skype, aber das war eindeutig nicht dasselbe. Das Einzige, was mich über meinen Abschiedsschmerz hinwegtrösten konnte, war die Tatsache, dass Dorothea bei jedem Video-Telefonat das Glück nur so aus den Augen strahlte. Sie liebte Hajos Haus, die Lage und den Blick, und konnte mir stundenlang von den Spaziergängen am Meer, den liebenswerten Mallorquinern und der sympathischen deutschen Gemeinde, die sie mit offenen Armen empfangen hatte, vorschwärmen. Ich gönnte ihr ihr spätes Glück von ganzem Herzen, und doch vermisste ich sie.

Ina hielt Wort und besuchte mich. Sie wohnte nicht weit entfernt und schien aus einer kurzen Stippvisite in meinem Laden ein neues tägliches Ritual zu machen. Mal kam sie allein, mal begleitete Erwin sie. Bei ihrem ersten Besuch war sie mir nervös erschienen, und ich merkte ihr an, dass es sie Überwindung kostete, nach so vielen Jahren wieder hier zu sein, ohne von ihrer Freundin in Empfang genommen zu werden. Doch dann überwog ihre Freude über das, was das Wunderland heute ausstrahlte. Sie fand lobende Worte über das Kleinod, das ich mit und nach Omamas Geist geschaffen hatte, und der Bann war gebrochen.

Zwei Wochen nach Dorotheas Wegzug traf ich kurzentschlossen eine Entscheidung. Ich hatte das Gefühl, dringend einen Tapetenwechsel zu brauchen, um den Kopf frei zu bekommen. Mein letzter Besuch bei meinen Eltern lag bereits ein Jahr zurück, und ich sehnte mich nicht nur nach ihnen, sondern auch nach Sylt. Ihre Liebe zu dieser Insel konnte ich nur zu gut nachvollziehen. Wenn man sich dort abseits der touristischen Trampelpfade bewegte, konnte man in vollen Zügen die Wildheit der Landschaft und der See sowie die Stille der endlosen Strände genießen, die nur überlagert wurde vom Tosen der Wellen und vom Heulen des Windes. So verrückt es klingen mochte: Vor allem im Winter liebte ich die Insel. Nun allerdings war Hochsaison, und mir war bewusst, dass Ende Juli vielerorts Remmidemmi herrschen würde. Doch das störte mich nicht. Ich kannte genug wundervolle Orte, an die sich keine Menschenmassen verirrten und an denen ich die alte Beschaulichkeit aus der Vor-Touristen-Ära spüren konnte.

Meine Mutter jubelte, als sie von meinen Plänen erfuhr. Also buchte ich einen Flug, der mich wenige Tage später dorthin bringen würde. Sophie hatte sich bereit erklärt, das Wunderland zu hüten. Sie genoss es, ab und zu mal direkten Kontakt zur Kundschaft zu haben. Außerdem hatte ich einen Arbeitsbereich, in dem sie auch weiterhin zumindest einen Teil ihrer Schmuckmanufaktur fortführen konnte.

Am Morgen vor der Abreise saßen wir beide zusammen, um die letzten Details abzusprechen, als ein Handwerkerfahrzeug vorfuhr und bei Dorotheas Laden stoppte. »Malerfachbetrieb Schleicher« prangte in großen Lettern darauf.

Irritiert starrte ich nach draußen und sah Sophie fragend an. »Was wird das denn?«

Sie zuckte mit den Achseln. »Keine Ahnung. Hat Dorothea einen Renovierungsauftrag erteilt?«

»Nein, sicher nicht. Sie hat gesagt, dass sie das dem Käufer überlassen will, damit er oder sie alles nach eigenem Geschmack gestalten kann.«

Neugierig sprang ich zur Fensterfront, nur um beobachten zu müssen, wie ein Trupp, bestehend aus drei Männern, Elemente für ein kleines Gerüst und Farbeimer entlud und vor Dorotheas Haus abstellte. Da musste ein Irrtum vorliegen! Dorothea hätte es mir erzählt, wenn es irgendeine neue Entwicklung im Hinblick auf ihren Laden geben würde. Spontan eilte ich auf die Straße.

»Hallo, zusammen«, grüßte ich die Handwerker. »Was wird das hier?«

»Wonach sieht's denn aus, junge Frau?«, fragte mich ein etwa fünfzigjähriger Mann, der der Chef zu sein schien. Jedenfalls grienten seine beiden deutlich jüngeren Mitstreiter spöttisch vor sich hin.

Ich beschloss, den herablassenden Tonfall zu ignorieren. »Sagen, Sie's mir!«

»Junge Frau, ich habe hier einen Auftrag«, entgegnete er ein wenig freundlicher.

»Das muss ein Irrtum sein. Ich bin mit der Hausbesitzerin eng befreundet und weiß, dass sie keinen Malerauftrag vergeben hat.«

Der Malermeister wirkte irritiert, öffnete seine Fahrertür und zog ein Auftragsformular heraus. Dann besah er sich die Adresse und verglich sie mit der Hausnummer über Dorotheas Ladeneingang. Kopfschüttelnd streckte er mir den Zettel entgegen. »Bitte schön, junge Frau. Das ist mein Auftrag und der gilt für dieses Haus hier.«

»Das ist ausgeschlossen. Warten Sie, ich kläre das.« Verwirrt rannte ich zurück und kramte unter Sophies verdutzten Blicken nach meinem Handy. Als ich es endlich aus den Tiefen meiner Tasche geborgen hatte, wählte ich Dorotheas Nummer und aktivierte den Lautsprecher. Glücklicherweise erwischte ich sie sofort.

»Alice, mein Herz, wie schön, dich zu hören! Was verschafft mir die Freude deines Anrufs mitten am Tag?«

»Dorothea«, atmete ich erleichtert auf, »ich bin so froh, dich zu erreichen. Hier gibt es ein Problem. Gerade ist ein Malertrupp angekommen, der behauptet, einen

Auftrag für deinen Laden zu haben. Ich habe dem Chef zwar erklärt, dass das unmöglich sein kann, aber er hat mir die Papiere gezeigt und da steht tatsächlich deine Adresse drauf.«

»Ach, Liebes«, Dorothea klang zu meiner Verwunderung, als habe sie ein schlechtes Gewissen, »das hat seine Richtigkeit.«

»Wie?« Konsterniert starrte ich Sophie an, die genauso entgeistert aussah wie ich.

»Ich habe den Laden verkauft. Es ging alles wahnsinnig schnell, sodass ich keine Gelegenheit hatte, dich vorzuwarnen. Und ich habe dem Käufer erlaubt, schon mit den Renovierungsarbeiten zu beginnen, auch wenn die notarielle Beurkundung noch ein wenig dauert.«

»Du … hast … den … Laden … verkauft«, stammelte ich fassungslos. Ich atmete tief ein und aus, bis ich meine Sprache wiedergefunden hatte. »Aber du hast doch gesagt, du willst den Käufer vorab kennenlernen und schauen, ob er hierher passt.«

»Natürlich, Liebes. Das habe ich ja getan. Wir haben zwei Stunden lang geskyt. Er ist der Richtige für den Laden und der perfekte Nachbar für dich. Ich bin mir sicher, dass er für dich da sein wird, wenn du Unterstützung brauchst. Außerdem ergänzt ihr euch wunderbar in euren Talenten und Fähigkeiten.«

»Er? Ich hatte gehofft, du verkaufst an eine Frau.« Der Satz »Außerdem ergänzt ihr euch wunderbar« klang verheerend in meinen Ohren. Was sollte das heißen? Was führte Dorothea, verdammt noch mal, im Schilde?

»Glaub mir, Alice. Ich habe eine gute Entscheidung getroffen. Und sein Geschäft wird dir neue Kundschaft bringen. Bei ihm werden viele junge Mütter einkaufen, die im Vorbeigehen bestimmt das eine oder andere bei dir entdecken.«

Ich war von den plötzlichen Entwicklungen so überrascht, dass ich vergaß, auf Dorothea sauer zu sein, weil sie mich mit all dem derart überrumpelt hatte. »Junge Mütter? Was wird das für ein Laden?«

»Weißt du was, Liebes? Jetzt gibst du einfach endlich mal die Kontrolle auf und lässt dich überraschen. Du wirst sehen, dass das Viertel neu belebt wird.«

Sämtliche Alarmglocken schrillten in mir mit einem hohen Fiepton. Das klang nicht gut, das klang überhaupt nicht gut! »Kindchen, ich muss Schluss machen. Hajo wartet. Wir wollen baden gehen. Adiós, mein Herz.« Ehe ich irgendetwas erwidern konnte, hatte sie aufgelegt.

Mit offenem Mund und vermutlich ziemlich wirrem Blick ließ ich das Handy sinken. Im Gegensatz zu mir schien Sophie ihre Sinne beieinanderzuhaben. Zielstrebig stapfte sie nach draußen und teilte den Malern mit, dass alles seine Richtigkeit habe. Als sie zurückkehrte, hatte ich immer noch das Gefühl, nur Watte im Gehirn zu haben. Sie setzte sich neben mich und nahm mich in den Arm.

»Ach, Alice, Kopf hoch! Dorothea weiß, was sie tut. Und du kennst sie doch. Sie ist eine resolute alte Dame, die sich von niemandem die Butter vom Brot nehmen lässt. Wenn sie zwei Stunden mit dem Käufer geskypt hat, dann ist der in Ordnung. Und wenn sie als erfahrene Geschäftsfrau behauptet, dass eure Sortimente sich miteinander vertragen, dann stimmt das auch. Das wird schon werden.«

Langsam hob ich den Kopf und sah Sophie an. In mir herrschte tiefe Ratlosigkeit. »Warum hat sie mir das nicht gesagt? Da ist etwas megafaul. Glaub mir, ich spüre das.«

»Warte es einfach ab. Alice, niemals will dir Dorothea etwas Schlechtes. Vertrau ihr, vertrau dem Leben, und alles wird gut!«

Die Neuigkeiten wummerten den ganzen Tag über in meinem Inneren. Ich war damit so beschäftigt, dass ich nicht einmal Augen für Henrik hatte, der wie immer Peters unterhaltsamen Anekdoten gelauscht hatte. Da es für Juli erstaunlich kalt und bewölkt war, hatten die beiden drinnen gesessen, und ich hätte reichlich Gelegenheit gehabt, mich an ihren Gesprächen zu beteiligen. Doch mir war einfach nicht danach.

Dann war es im weiteren Tagesverlauf hektisch zugegangen, weil sich die Kunden buchstäblich die Klinke in die Hand gaben und ich kaum zum Durchschnaufen kam. Ich hatte noch nicht einmal die Zeit für eine Mittagspause gefunden, sondern nonstop durchgearbeitet. Als ich um Viertel vor sechs die Türklingel hörte und wusste, dass der tägliche Besuch von Sophie und Clara anstand, war ich redlich müde. Ich sah auf und freute mich, in die Gesichter der Freundinnen zu schauen. Beim Anblick von deren betroffenen Mienen verschwand meine Freude jedoch so schnell, wie sie gekommen war.

»Lieber Himmel, was ist nun wieder los?«, fragte ich entsetzt. »Ihr guckt in die Gegend wie bei einer Beerdigung.«

Die beiden tauschten einen betretenen Blick. »Das trifft es ziemlich genau«, begann Sophie und schaute unsere gemeinsame Freundin hilfesuchend an. »... Nur dass die Beerdigung nebenan stattfindet«, ergänzte Clara.

Ich spürte, wie mir alle Farbe aus dem Gesicht entwich. Erschrocken rief ich aus: »Um Gottes willen, was ist mit Dorothea?«

Clara fuhr zusammen. »Wie dumm von mir! Bitte entschuldige. Nein, nein, es ist nichts mit Dorothea. Es geht nur um ihren Laden.«

Nach dem plötzlichen Schrecken durchflutete mich eine Welle der Erleichterung. »Um ihren Laden? Was ist mit ihrem Laden?«

Sophie und Clara sahen sich unsicher an. »Das musst du dir selbst anschauen«, ergriff Sophie die Initiative.

Gefasst auf die nächste Katastrophe stürmte ich zur Tür heraus, um zu besehen, was nebenan Schreckliches geschehen war. Mitten auf dem Holzsteg blieb ich stehen und starrte entgeistert auf den Anblick, der sich mir am Nachbarhaus bot. »Oh mein Gott!«, entfuhr es mir.

Sophie und Clara traten neben mich. In stiller Eintracht besahen wir das Desaster. Erst nach einer gefühlten Ewigkeit meldete sich Clara zu Wort: »Wer auf diesem Planeten kann auf die Idee kommen, ein Haus rabenschwarz anzustreichen?«

Sophie stammelte: »Was außer einem Beerdigungsinstitut kann hier reinkommen?«

»Und was hat ein Beerdigungsinstitut mit jungen Müttern zu tun?«, komplettierte ich unsere Raterunde.

Begegnung der unschönen Art

Mein Bedürfnis, aus der gewohnten Umgebung auszubrechen, war nach dem Auftauchen des schwarzen Lochs, das Dorotheas traumhaften Laden verschluckt hatte, noch größer geworden. Mit dem ersten Einatmen der salzhaltigen Sylter Luft schienen mir die Probleme in der Heimat auf einmal in weite Ferne gerückt zu sein. Meine Eltern verwöhnten mich, verbrachten viel Zeit mit mir und waren gleichzeitig so einfühlsam, mir ruhige Stunden für mich zuzugestehen. Ich streifte über die Insel, unternahm lange Dünen- und Strandspaziergänge, trank Tee in idyllischen Strandcafés, fuhr Fahrrad und genoss die Stille, die plötzlich meine Tage prägte.

Ab und zu skypte ich mit Dorothea, doch sie mochte weder meine Empörung über die ungewöhnliche Hausfarbe teilen, noch verriet sie mir, was für ein Laden dort Einzug halten würde. Stattdessen wiederholte sie gebetsmühlenhaft ihre Beteuerungen: »Du wirst sehen, das wird wunderbar!«

Auch Sophie und Clara meldeten sich zwischendurch, ließen aber sämtliche Fragen nach dem Fortschritt im Nachbarhaus unbeantwortet. Ich war mir nicht sicher, ob es nichts Neues gab oder ob sie es mir aus guten Gründen vorenthielten. Da sich alles erstaunlich entfernt anfühlte, verschwendete ich keine weiteren Gedanken an dieses Thema und tauchte genüsslich in ein intensives Urlaubsfeeling ein.

Schneller als mir lieb war, ging die Woche vorüber und ehe ich mich's versah, saß ich im Flieger nach Stuttgart. Am Flughafen empfing mich eine strahlende Sophie, die sichtlich erleichtert war, wieder in ihr gewohntes Leben zurückkehren zu dürfen.

Eine meiner ersten Fragen war: »Und was passiert nebenan?«

Sie antwortete zögerlich: »Noch nicht viel, schau es dir morgen selbst an.«

»Mensch, Sophie, lass dir nicht jeden Wurm einzeln aus der Nase ziehen! Was kommt da für ein Laden rein?«

»Ach, das kann man nicht eindeutig erkennen. Vielleicht wirst du ja schlau aus der ganzen Sache.«

Egal, wie sehr ich insistierte, weitere Informationen ließ sie sich nicht entlocken. Da es bereits spät am Abend war, fügte ich mich der unabänderlichen Tatsache, dass ich heute nichts Näheres mehr erfahren würde.

Am nächsten Morgen eilte ich mit schnelleren Schritten als sonst die Gasse entlang, um so rasch wie möglich einen Blick auf die neuesten Entwicklungen zu werfen. Mein Herz klopfte laut, als ich mich dem sonnengelben Haus näherte, dessen warmes Strahlen von dem daneben lauernden Abgrund absorbiert zu werden schien. Beim Näherkommen entdeckte ich, dass über der Tür ein geradliniger Schriftzug prangte, den ich jedoch aus der Ferne nicht erkennen konnte. Ich sah lediglich, dass er weiß war. Schwarz und weiß, was sollte das sein? Ein

Laden für Schachbretter und Schachfiguren? Oder vielleicht Tanzschuhe und Tanzkleidung? Abendgarderobe für Damen und Herren? Ein Fotoatelier? Meine Fantasie lieferte mir zahlreiche Assoziationen, doch das, was in der Realität auf mich wartete, hätte mir kein noch so verwinkelter Abschnitt meines Gehirns präsentieren können.

Als ich mich so weit genähert hatte, dass ich die Schrift lesen konnte, blieb ich abrupt stehen. Unmöglich, meine Augen mussten mir einen Streich spielen. Nie, nie, nie würde mir Dorothea das antun! Nicht bei all dem, was sie über meine Kindheit, die damit verbundenen Feindbilder, die schlimmsten Wochen mit dreizehn und meine Dämonen wusste. Tränen stiegen in mir auf. Konnte sie mich dermaßen verraten haben oder hatte der Käufer sie übers Ohr gehauen und ihr Lügenmärchen erzählt? In meinem Kopf ratterten die Gedanken in atemberaubender Geschwindigkeit. Doch trotz der Höchstleistungen kam nichts Vernünftiges dabei heraus. Wie in Zeitlupe griff ich in die Tasche, zückte mein Handy und rief mechanisch Dorotheas Nummer an.

»Liebes, wie geht es dir?«, flötete sie ins Telefon.

»Dorothea, über deinem Laden steht ›Tor‹, mit drei ›O‹ und einem Ausrufezeichen. Er hat dich reingelegt!«

»Wer hat mich reingelegt, Liebes?«, fragte sie verwundert.

»Na, dein Käufer. Hier ist nichts mit jungen Müttern und dergleichen. Das wird irgendetwas mit Fußball, vielleicht ein Wettbüro oder so.«

»Nein, mein Herz, kein Wettbüro. John verkauft Fußballartikel, und er trainiert eine Jugendmannschaft. Die ganzen Mamas werden kommen und für ihre Kinder dort einkaufen. Dabei sehen sie dein Wunderland und werden gar nicht anders können, als sich in deine wundervollen Sachen zu verlieben.«

Ich begann zu stottern. »Aber, Dorothea, Fußball. Ich meine, das ist doch nicht möglich. Aus deinem bezaubernden Woll-Lust-Paradies kann kein Fußball-Geschäft werden. Das geht nicht!«

Dorothea lachte auf. »Selbstverständlich geht das, Kindchen. John ist ein reizender junger Mann, der seinen Laden mit genauso viel Herz führen wird wie du deinen. Er engagiert sich für den Sport, ehrenamtlich, und er liebt Kinder. Da wird eine ganz andere Atmosphäre im Viertel Einzug halten. Es wird bunt und lebendig werden. Und du hast jemanden, der nebenan für dich da ist und sich um dich kümmern kann.«

»Aber, Dorothea«, meine Stimme klang nun eindeutig weinerlich, und ich fürchtete, jede Sekunde in Tränen auszubrechen, »du weißt, dass ich Fußball hasse und Fußballer noch viel mehr.« Ich schluckte und bemühte mich, tief einzuatmen. »Wie kannst du mir das antun?«

»Ach, Liebes«, seufzte es durch den Lautsprecher. »Findest du nicht, dass es langsam an der Zeit ist, deine hanebüchenen Vorurteile abzustreifen? Du bist ja schlimmer als Elizabeth Bennet in ›Stolz und Vorurteil‹. Vertrau mir! Wenn John nicht so ein wunderbarer Mann wäre, hätte ich diese Entscheidung nie getroffen.«

Ich war zu keiner Gegenwehr mehr in der Lage. Sprachlos drückte ich das Telefonat weg und machte mir nicht einmal klar, dass das grob unhöflich war. Mein Kopf war wie vernagelt und konnte keinen sinnvollen Gedanken fassen. Ich starrte stumm und fassungslos vor mich hin. Ein Fußball-Laden! Meine persönlichen Dämonen direkt neben mir. Wenn ich allein schon daran dachte, was sich da für Typen herumtreiben würden. Im Winter ging es ja, da konnte ich mich in der Sicherheit meines Wunderlands verschanzen. Aber im Sommer, wenn sich das Leben draußen abspielte, wie sollte da mein Alltag aussehen? Ich würde nicht mal mehr eine genüssliche Tasse Kaffee auf dem Holzsteg einnehmen können, ohne zu befürchten, im nächsten Augenblick von frechen, verwegen lächelnden Schulhof-Schrecken malträtiert zu werden. Unbehagen, sogar Angst, breitete sich in jeder Faser meines Körpers aus. Das Wunderland, mein Paradies, war verwüstet worden, vernichtet durch den Sport und vor allem durch dessen Anhänger.

Ich stand auf der anderen Straßenseite meines Ladens und war zur Salzsäule erstarrt. Keine Ahnung, wie lange ich dort regungslos verharrt hatte, bis sich die Tür des schwarzen Lochs öffnete. Ein Mann trat heraus, und wenn ich bis eben gedacht hatte, dass es nicht mehr schlimmer werden könnte, wurde ich nun eines Besseren belehrt.

Der Mann blieb stehen und sah irritiert in meine Richtung. Dann breitete sich ein Strahlen auf seinem

Gesicht aus, das ich allerdings weder wahrnehmen konnte noch wollte. Mit geschmeidigen Bewegungen überquerte er die Straße und stoppte lächelnd direkt vor mir. Er streckte mir seine Hand entgegen, die ich ignorierte – nicht einmal mit planvoller Absicht, sondern wegen meiner Unfähigkeit, mich zu rühren.

Er schien es mir nicht übelzunehmen, denn er sagte weiterhin lächelnd: »Das ist ja schön, Sie wiederzusehen!« Nach einem Blick auf mein erstarrtes Gesicht schlich sich Besorgnis in seine Mimik. »Ist alles in Ordnung bei Ihnen? Sie sehen so blass aus!«

»Ein Fußball-Laden?«, stammelte ich vor mich hin. Geistig war ich definitiv auf dem Stand eines dreijährigen Kindes angelangt.

»Äh, ja«, antwortete er, folgte meiner Blickrichtung und musterte mich, als frage er sich ernsthaft, ob ich noch alle Tassen im Schrank hätte. Das konnte ich ihm nicht einmal verdenken, obwohl nicht nur sein blöder Laden, sondern auch er selbst mein persönlicher Albtraum war. Der Mann, der meinte, ihm gehöre die Welt. Der Mann, der rücksichtslos Frauen über den Haufen rannte. Der Mann, der unfassbar miese Witze riss. Der Mann, der ein Lächeln hatte, das viel zu frech und von sich eingenommen war. Der Mann, den ich niemals mehr hatte wiedersehen wollen. Und ausgerechnet dieser Typ stellte sich nun als mein neuer Nachbar heraus ... Konnte es das Schicksal noch schlechter mit mir meinen? Unwillentlich stöhnte ich auf. Leider interpretierte er das falsch.

»Kommen Sie mit! Ich bringe Sie in mein Geschäft. Dort können Sie sich hinsetzen und ich hole Ihnen ein Glas Wasser.« Entschlossen griff er nach meinem Arm. Das war ein Fehler, ein großer Fehler. Schlagartig fand ich meine Energie wieder.

»Lassen Sie mich augenblicklich los!«, fauchte ich ihn an wie eine Furie, und er zuckte erschrocken zusammen. Nun war er derjenige, der blass wurde. Dafür kehrte meine Farbe zurück, und das Blut schien meine Wangen buchstäblich zu überschwemmen. »Niemals werde ich einen Fuß in dieses schwarze Monstrum setzen. Was haben Sie sich nur dabei gedacht? Und wie konnte Dorothea mir das antun?«

Er sah mich einen Moment verwirrt an, dann überzog ein erstaunter Ausdruck sein Gesicht. »Du bist Alice?«, murmelte er verblüfft.

Mein Ausbruch hatte mir nicht nur meine Energie, sondern auch mein Denkvermögen zurückgebracht. »Ja, ich bin Alice. Und ich wüsste nicht, dass wir beim Du gelandet sind.«

»Ach komm, Alice. Wir sind Nachbarn. Lass es uns einfach entsprechend angehen – nachbarschaftlich und freundschaftlich.« Seine Stimme klang lockend und warm, was mich noch viel mehr gegen ihn aufbrachte.

»Ich lege auf beides keinen Wert. Ich habe Sie mir nicht als Nachbarn ausgesucht und schon gar nicht als Freund.«

Er griff sich mit der rechten Hand in den Nacken und rieb sich nachdenklich über den Haaransatz. »Dorothea hat mich zwar vorgewarnt, dass es mit dir schwierig werden könnte, weil du, na ja, eine eigenwillige Person wärst. Aber damit habe ich nicht gerechnet.«

Wenn es überhaupt noch einen Rest an Fassung in mir gegeben hatte, dann wurde der jetzt endgültig weggespült. »Dorothea hat Sie vorgewarnt?«, keifte ich ihn an. »Da sind Sie klar im Vorteil. Mich hat sie nämlich nicht vorgewarnt. Und ich dachte, sie wäre meine Freundin.«

»Natürlich ist sie deine Freundin. Was wirfst du ihr eigentlich vor?«

»Dass sie einem wie Ihnen ihren wundervollen Laden anvertraut hat. Und dann ausgerechnet für so etwas wie Fußball!« Das letzte Wort spie ich aus, als handle es sich dabei um eine weltumspannende Seuche.

»Einem wie mir, der meint, ihm gehöre die Welt. Ich weiß, Alice, so weit habe ich das begriffen. Warum fangen wir nicht noch einmal von vorn an? Ich bin John und mir liegt wirklich viel an einer guten Nachbarschaft, weil«, er legte eine kleine Pause ein und lächelte mich verschmitzt, vielleicht auch ein bisschen traurig an, »ich entgegen deiner Annahme niemand bin, der meint, ihm gehöre die Welt, und weil ich es mag, ein freundschaftliches Verhältnis zu meinen Mitmenschen zu haben.«

»Sie können ein wie auch immer geartetes Verhältnis haben zu wem Sie wollen. Aber ganz gewiss nicht zu mir.«

Ich führte eine abrupte Kehrtwendung aus und marschierte auf meinen Laden zu. »Meine Güte, Alice«, rief er hinter mir her, aber das war mir egal. Mit zitternden Fingern schloss ich die Ladentür auf, stürmte hinein und warf sie mit einem ordentlichen Rums wieder zu. Ich bettelte ins Nichts, dass das alles nur ein schrecklicher Traum sein möge, doch leider wachte ich nicht auf.

Tür an Tür mit Mr. Depp

Als ich um neun Uhr das Wunderland für die Kundschaft öffnete, befand ich mich immer noch in einem gefährlichen Gefühlsmix. Die vorherrschende Nuance war Wut. Wut auf Dorothea, dass sie mich derart verraten hatte. Wut auf John, der sich ausgerechnet hier ansiedeln musste mit seinem schwarzen Loch. Und, was das Schlimmste von allem war, Wut auf mich, dass ich mich dermaßen von den neuesten Entwicklungen durcheinanderbringen ließ, statt einfach weiterhin mein Ding zu machen. Mal ehrlich, was ging mich dieser John an? Ich könnte ihn ignorieren und so tun, als ob nichts geschehen wäre. Doch in letzter Zeit waren es zu viele Umbrüche für mich gewesen. Zugegebenermaßen hatte ich Angst vor Veränderungen. Ich mochte meine sichere, farbenfrohe Welt, die mich erfolgreich ausblenden ließ, was es da draußen an unschönen Dingen gab. Das Wunderland war mein Hort der Geborgenheit, das war es immer gewesen, und nun lauerte der Feind nebenan. Der böse Wolf, der darauf wartete, dass Rotkäppchen einen Fehler machte. Ich seufzte laut. Noch gestern hatte ich mich so erholt gefühlt, als ich aus dem Flugzeug gestiegen war. Davon war nun nichts mehr zu spüren.

Um eine winzige Nuance meiner nach unten offenen Frust-Skala stieg meine Laune, als ein strahlender Peter in den Laden stürmte. »Wunder-Alice, wie schön, dass du wieder da bist!« Er zog mich fest an sich, hob mich in die Luft, als wäre ich leicht wie eine Feder, und wirbelte mich ein paarmal im Kreis herum. Ich konnte gar nicht anders, als fröhlich aufzulachen. Doch nachdem ich bei einer weiteren Runde wieder in Blickrichtung Eingang landete, erstarb mir das Lachen mitten in der Bewegung. Mein Nachbar stand dort und grinste unverschämt. Peter starrte verwirrt erst auf mich und meinen veränderten Gesichtsausdruck, dann zur Tür. Fragend schaute er mich an.

»Mein neuer Nachbar«, presste ich mühsam hervor.

Auf Peters Gesicht breitete sich ein begeistertes Mienenspiel aus. »Wie cool, Mann. Ich habe schon gesehen, du eröffnest einen Fußball-Store. Ich könnte dringend mal ein paar Sachen brauchen. Wann geht's denn los bei dir?«

John musterte Peter überrascht. Vermutlich irritierte ihn die Unterschiedlichkeit unserer Reaktionen. »Übernächste Woche mache ich auf. Komm gern vorbei. Ich gebe zehn Prozent Eröffnungsrabatt auf das komplette Sortiment.«

»Klingt gut. Freut mich echt, Mann. Ich bin übrigens Peter.« Und mit einem Seitenblick auf mich ergänzte er: »Ich bin der Bruder von unserer Wunder-Alice.«

»Freut mich auch«, entgegnete mein Nachbar mit einem breiten Lächeln, »ich bin John.«

Ich liebte Peter, sehr sogar! Aber in diesem Moment wäre ich ihm am liebsten an die Gurgel gesprungen. Wie konnte er mir derart in den Rücken fallen und sich mit dem Nachbar-Depp verbrüdern? Erst Dorothea, nun er.

Waren denn alle um mich herum verrückt geworden oder stimmte mit mir irgendetwas ganz und gar nicht?

»Alice«, unterbrach Peter mit bittendem Blick meine Gedanken, »bist du so nett und spendierst uns einen Kaffee?« Er hatte das immer noch drauf, diesen Blick, der es mir unmöglich machte, nein zu sagen. Das hatte er schon mit sechs Jahren gekonnt, und es in den dreißig Jahren danach bis zur Perfektion gebracht.

»Ja klar«, grummelte ich.

»Selbstverständlich bezahle ich meinen Kaffee«, betonte John und warf mir einen beinahe ängstlichen Blick zu. Schlagartig kletterte meine Laune um ein paar weitere Skalenwerte. Ha, sollte der böse Wolf ruhig Angst vor Rotkäppchen haben! Der würde mich jedenfalls nicht verschlingen.

Peter schob John nach draußen, und die beiden Männer setzten sich an einen der kleinen Tische. Ich begab mich zur Kaffeemaschine und hantierte daran herum. Gerade dachte ich darüber nach, dass ich mit Peter ein paar ernste Worte wechseln musste, da nahm ich aus den Augenwinkeln eine Bewegung wahr. Ich drehte den Kopf und stellte erfreut fest, dass Henrik mit seinem schüchternen, vorsichtigen Lächeln in meine Richtung sah.

»Guten Morgen, Alice. Schön, dass du wieder da bist.« Sofort wurde mir warm ums Herz, und ich vergaß meinen Kummer. »Du hast uns gefehlt.«

Na, das war doch ein Anfang! Vielleicht sollte ich häufiger von hier verschwinden, damit er eine Chance bekam, mich zu vermissen. »Ich habe dich auch vermisst, Henrik«, erwiderte ich glücklich.

Er wurde feuerrot und trat von einem Bein aufs andere. »Könnte ich einen Kaffee bekommen?«, stammelte er verlegen. »Dann setze ich mich raus zu Peter und deinem Nachbarn.«

Schlagartig war es um meine Stimmungsaufhellung geschehen. Sein Interesse, unsere Unterhaltung zu vertiefen, schien nicht allzu groß zu sein. Oder war er einfach zu schüchtern und traute sich nicht, allein in meiner Nähe zu sein? Was, wenn auch er in mich verliebt war und nur den ersten Schritt nicht wagte? Wahrscheinlich wäre es eine gute Idee, mir heute Abend endlich einmal Rat von Sophie und Clara zu holen. Die letzten Wochen war ich derart mit den ganzen Umwälzungen um mich herum beschäftigt gewesen, dass ich keine Zeit gehabt hatte, mir eine Mr.-Knightley-Eroberungsstrategie zurechtzulegen. Und insbesondere Sophie mit ihren multiplen Männer-Erfahrungen könnte mir bestimmt wertvolle Tipps geben.

Ich schnappte mir mein Tablett mit den drei Kaffeetassen und ging nach draußen. Zuerst stellte ich eine Tasse vor Peter ab, die ich mit seinem Lieblingsgebäck garniert hatte. Dann knallte ich eine Tasse vor John auf den Tisch, und zwar so schwungvoll, dass ein paar Spritzer auf seine Hose gerieten, was ich mit einem scheinheiligen »Ups!« kommentierte, und schließlich servierte ich mit besonders viel Liebe Henrik seinen

Kaffee, der als einziger mit einem Herzchen bestreut war. Peters Gesicht schien vor Erheiterung beinahe zu platzen, während John einen irritierten Blick zwischen Henrik und mir hin und her wandern ließ. Henrik selbst errötete heftig und stierte intensiv die Tischplatte an.

»Hey, Alice, komm setz dich zu uns«, sagte Peter mit einem immer noch frechen Lächeln auf den Lippen und sprang auf, um mir einen Stuhl zu holen.

»Nein, danke, ich habe keine Zeit«, gab ich schnippisch zurück und wandte mich ab, um nach drinnen zu verschwinden.

Doch Peter hielt mich auf. »Komm schon, ein paar Minuten wirst du wohl Zeit haben, um vom Urlaub zu erzählen.«

»Klar. Dazu musst du nur mit mir reinkommen, dann berichte ich dir gern alles.«

»Alice, hier draußen ist gerade so eine nette Runde beieinander. Setz dich zu uns. Henrik freut sich bestimmt auch, deine Neuigkeiten zu erfahren.«

Ich sah Henrik an, der unsere Diskussion interessiert verfolgte. Wie um Peters Worten Nachdruck zu verleihen, nickte er. Danach wanderten meine Augen zu John. Er betrachtete mich neugierig und schien gespannt auf die Antwort zu warten.

»Ja, Henrik und du, ihr seid eine sehr nette Runde, und wenn wir mal in dieser Konstellation zusammensitzen, nehme ich mir gern Zeit. Aber jetzt habe ich zu tun.« Ich strafte John mit einem vernichtenden Blick, dann verschwand ich endgültig im Ladeninneren.

Eine halbe Stunde später hatte sich die Männerrunde aufgelöst. Henrik warf mir noch einen kurzen Abschiedsgruß durch die Tür zu, und Peter kam direkt zu mir. »Alice, was ist los?«, wollte er wissen.

»Was soll los sein?«

»Tu nicht so, das weißt du genau. Was hast du gegen John und warum behandelst du ihn derart mies?«

»Er ist Fußballer. Das reicht ja wohl.«

Peter verdrehte genervt die Augen. »Alice, du weißt, ich liebe dich sehr. Aber ganz ehrlich, das kann so nicht mehr weitergehen. Du solltest dir dringend helfen lassen. Seit zwanzig Jahren geht das jetzt so mit deiner Aversion gegen sportliche Männer im Allgemeinen und Fußballer im Speziellen. Das trägt manische Züge. Was damals passiert ist, ist verdammt lange her. Und von drei Vollidioten auf alle anderen zu schließen, das ist doch sonst nicht deine Art.«

»Nein, vielleicht ist das sonst nicht meine Art, aber John ist definitiv ein Depp!«

»Wieso? Ich finde ihn nett, umgänglich und sympathisch. Er wirkt ehrlich, verantwortungsbewusst und weiß, was er will. Was er mit seinem Geschäft vorhat, ist toll. Er engagiert sich für Kinder, ist ehrenamtlich Trainer und möchte nach seiner Karriere als Zweitliga-Spieler etwas Sinnvolles aufbauen.«

»Etwas Sinnvolles aufbauen«, spottete ich. »Was bitte schön ist an einem Fußball-Laden sinnvoll?«

»Alice, hörst du dir eigentlich beim Reden zu? Wie kann man nur so arrogant sein? Was ist an einem

Fußball-Laden weniger wertvoll als an deinem Wunderland?«

Ich schnappte nach Luft. »Hallo, das kann man überhaupt nicht vergleichen. Ich tue etwas für Künstler, für das kulturelle Angebot in der Stadt. Was es in meinem Geschäft zu kaufen gibt, macht die Menschen glücklich. Das ist etwas völlig anderes.«

»Okay, du machst Künstler glücklich. John macht Fußballer und Kinder glücklich. Und? Worin soll der Unterschied bestehen?«

Ein kleiner Teil von mir, den ich allerdings gar nicht wahrnehmen wollte, spürte, dass mir die Argumente ausgingen. Also zog ich den letzten Trumpf. »Er ist ein rücksichtsloser Depp. Er ist derjenige, der mich neulich auf dem Markt über den Haufen gerannt hat.«

»Du lieber Himmel, das ist ja ein katastrophal schlimmes Vergehen! Eigentlich sollte man ihn einsperren.« Peter schüttelte ungehalten den Kopf. »Alice, ihm ist ein Missgeschick unterlaufen. Und wenn schon. Das kann jedem passieren, sogar dir. Gib ihm eine Chance, und wenn du dann immer noch denkst, dass er ein Depp ist, okay. Aber du könntest es wenigstens probieren, ihn als Nachbarn zu akzeptieren. Außerdem behauptest du seit Jahrzehnten, Dorothea hätte so eine tolle Menschenkenntnis.«

»Dorothea ist verliebt. Das scheint ihr die Sinne vernebelt zu haben. Mann, Peter, welcher normale Mensch streicht denn eine Hausfassade schwarz? Das sagt ja wohl alles.«

»Also, ich für meinen Teil finde das cool. Schwarz ist eine präsente Farbe beim Fußball und Bestandteil unserer Flagge. Ich finde, das passt. Und es liefert einen interessanten Kontrast zu den bunten Trikot-Farben, die man zukünftig in seinem Schaufenster sehen wird. Hey, Wunder-Alice, spring über deinen Schatten und schüttele deine Vorurteile ab!«

»Mir geht's wunderbar mit meinen Vorurteilen, wie du das nennst. Und ich brauche diesen Depp nicht. Soll er seinen Laden führen und mich in Ruhe lassen, dann kommen wir uns wenigstens nicht in die Quere.«

Kurze Zeit später hatte Peter sichtlich frustriert das Wunderland verlassen. In mir wütete es. Wie konnte es sein, dass mein Nachbar-Depp hier anscheinend bereits einen Fan-Club um sich geschart hatte, während mir meine Lieblingsmenschen in den Rücken fielen? Dorothea konnte von Glück sagen, dass sie weit weg war. Wenn sie jetzt hier wäre, hätte ich ihr das erste Mal während unserer engen Verbindung einen Einlauf verpasst und jede Form von Höflichkeit und Respekt vergessen. Ich fühlte mich verraten und verkauft.

In reichlich angeschlagener Laune kam ich über den Tag. Das einzig Gute war, dass der Kundenstrom nicht abzureißen schien, und ich kaum Ruhe fand, mir über die Gesamtsituation den Kopf zu zerbrechen. Die ganze Zeit sehnte ich mich einem Ereignis entgegen – dem Eintreffen meiner beiden besten Freundinnen. Erleichtert atmete ich auf, als ich pünktlich um Viertel vor sechs den wunderbaren Klang der Türglocke vernahm.

»Alice, Süße!«, hörte ich Sophies fröhliche Stimme. »Schön, dass du wieder da bist«, ergänzte Clara. Mit dicken Umarmungen begrüßten mich meine Lichtblicke des Tages.

»Wie war der Urlaub?«, erkundigte sich Clara.

»Erholsam. Allerdings ist von all dem Angenehmen bereits nichts mehr übrig. Das Chaos tobt weiter durch mein Leben.«

Clara sah mich bestürzt an, auch Sophie bekam große Augen. »Was ist passiert?«, fragten beide einstimmig.

»Kommt, wir setzen uns gemütlich hin. Ich koche uns einen Kaffee.«

»Draußen?«, fragte Clara.

»Auf keinen Fall. Ich möchte in Ruhe und ungestört mit euch reden.«

Ich widmete mich der Kaffeemaschine, während Sophie und Clara entspannt vor sich hin plauderten. Nach einer Weile gesellte ich mich wieder zu ihnen. Erwartungsvoll blickten mir meine Freundinnen entgegen und gaben mir mit einem aufmunternden Kopfnicken zu verstehen, dass sie gespannt waren auf mein Anliegen.

»Mein toller, neuer Super-Nachbar hat mir heute gründlich die Laune verdorben. Das ist ein absoluter Voll-Depp.«

»So schlimm?« Sophie sah mich erstaunt an. »Was ist denn mit ihm?«

»Na ja, ihr habt sicher gesehen, dass das ein Laden für Fußball-Artikel werden wird. Und der schwarze Anstrich lässt ja schon tief blicken. Zu allem Überfluss ist er auch noch der Typ, der mich neulich auf dem Markt über den Haufen gerannt hat. Ein Macho, Egoist und Frauenheld wie er im Buche steht. Und das Schlimmste ist, dass er anscheinend alle um den Finger wickelt. Dorothea schwärmt von ihm, und Peter ist restlos begeistert. Ich frage mich, ob sie keine Augen im Kopf haben. Dieser John ist ein Depp, nichts weiter.«

Sophie prustete los: »John Depp«, und Clara ergänzte: »Oder Johnny Depp?«. Beide fingen schallend an zu lachen. Auch wenn ich die Lage überhaupt nicht komisch fand, musste ich einfach mitlachen.

Als wir uns wieder halbwegs beruhigt hatten, grunzte Sophie: »Ist dein Johnny Depp äußerlich so ein Sahneschnittchen, wie ich es von dem anderen vor all den Skandalen mal dachte?«

Ich warf ihr einen empörten Blick zu. »Erstens ist das bestimmt nicht *mein* John-Depp. Und zweitens hat der rein gar nichts von einem Sahneschnittchen.«

Sophie schaute mich eine Weile nachdenklich an, bevor sie langsam zu sprechen begann. »Liebste Alice, wenn ich mir die Heftigkeit deiner Reaktion anschaue, dann ist er vermutlich tatsächlich ein Sahneschnittchen. Sonst würde deine ›Gutaussehende-Fußballer-Allergie‹ wohl kaum so vehement durchbrechen.«

Auch Clara betrachtete mich besorgt. »Erinnert er dich an einen der Jungs von damals?«, fragte sie.

Ich seufzte: »Ach, Mädels, hört mit dem alten Blödsinn auf!«

»Dein Problem ist, dass du den *Blödsinn* wegsperrst, statt ihn zu verarbeiten und aufzulösen. Deswegen steht er dir immer wieder im Weg«, analysierte Sophie.

»Hey, kommt, ihr seid beide keine Psychologinnen. Lasst mich einfach in Ruhe! Ich komme wunderbar in meinem Leben zurecht, auch ohne dass ich mich mit solchen Typen umgebe.«

»Hm, vielleicht ist es ja gut, dass jetzt so ein Typ direkt neben dir seinen Laden hat«, gab Sophie zu bedenken, und Clara ergänzte: »Dann musst du dich endlich damit auseinandersetzen.«

Ich verdrehte die Augen. Meine Freundinnen waren sich mal wieder einig – auf eine für mich unangenehme Art. »Lasst uns von etwas anderem reden. Ich brauche euren Rat.«

»Mr. Knightley?«, fragte Clara schelmisch.

»Mr. Knightley!«, bestätigte ich.

Sophie schnaubte laut. Irritiert sah ich sie an. »Was ist los?«

Entgegen ihrer sonstigen Gewohnheit griff sie das Thema eher zurückhaltend auf. »Also, ich habe ihn ja letzte Woche, als ich deinen Laden hatte, endlich kennengelernt, deinen Mr. Knightley«, begann sie und hielt dann inne.

»Ja, und?«, hakte ich ungeduldig nach.

Sophie warf einen hilfesuchenden Blick Richtung Clara, doch die zuckte nur ratlos mit den Schultern. So unsicher kannte keine von uns beiden Sophie. Sie nahm sonst nie ein Blatt vor den Mund.

»Ich glaube, dass du dir da ... na ja ... dass du dir da etwas einredest.«

»Was soll ich mir einreden? Mensch, Sophie, du stotterst doch normalerweise nicht so rum. Sag, was du zu sagen hast.«

»Okay, aber wehe du bist hinterher wieder sauer auf mich!«

»Ich schwöre, dass ich nicht sauer sein werde.«

Sophie holte tief Luft und kassierte von Clara ein beruhigendes Nicken. »Es geht um die Sache mit Tom. Du hast die Beziehung zu ihm nach sieben Jahren beendet, weil dir die Leidenschaft gefehlt hat. Es war dir zu wenig romantisch, du hast das Prickelnde und Körperbetonte vermisst. Nun ja, dein Henrik, das scheint wirklich ein Lieber zu sein. Doch genauso wie Tom ist er eher – ich versuche es mal in deinen Worten zu sagen – der ruhige Typ. In meinen Worten würde ich weitergehen. Ich finde ihn langweilig. Er hat keine Ausstrahlung, nichts Mitreißendes, kein Feuer. Ich kann ihn mir beim allerbesten Willen nicht als deinen Partner vorstellen! Wenn das ein Jane-Austen-Roman wäre, dann wäre er sicher nicht Mr. Knightley, sondern eine unauffällige Nebenfigur. Er wäre nicht derjenige, der am Ende die Heldin der Geschichte bekommt.«

Ich schluckte schwer. Das war überhaupt nicht das, was ich hatte hören wollen, und ich merkte, wie Wut in mir aufstieg. Doch ich hatte Sophie geschworen, nicht sauer zu sein. Und so sehr mich ihre Worte auch aufbringen mochten, wusste ich, dass sie es von Herzen gut meinte. In der Hoffnung, dort Verständnis zu finden, sah ich auf Clara. »Wie siehst du das?«, versuchte ich, eine schmeichelhaftere Antwort aus ihrem Mund hervor zu kitzeln.

»Okay, Alice, wenn du mich schon fragst, wäre ich gern ehrlich«, eröffnete sie ihre Rede mit einem fragenden Blick in meine Richtung. Seufzend nickte ich.

»Ja, wir sind keine Psychologinnen. Nur offen gestanden müssen wir das gar nicht sein, um ein Problem zu erkennen, das du offensichtlich nicht sehen kannst oder nicht sehen willst. Die Männer, die du dir zu mögen erlaubst, sind genau die, die dir auf Dauer nicht das bieten können, was du wirklich willst. Schau dir an, wovon du träumst: Du kannst dich in den Jane-Austen- und Roman-Tischer-Welten verlieren und wünschst dir, so etwas in der Realität zu finden. Doch all diese Romanhelden sind charismatische, leidenschaftliche Männer. Im echten Leben pickst du dir immer wieder die raus, die exakt das nicht sind. Da hat Sophie recht. Zwar kenne ich deinen Henrik nicht, aber Tom habe ich jahrelang an deiner Seite erlebt. Und da bin ich bei Sophie: Wäre er eine Romanfigur, dann wäre er eine Randfigur, die am Ende mit einer anderen Randfigur glücklich wird, jedoch nicht mit der strahlenden Heldin der Geschichte.« Sie sah mich ängstlich an. Ich merkte, wie das Blut meine Wangen flutete, doch ich beschloss, den Kampf um Gelassenheit zu gewinnen. Beruhigend nickte ich ihr zu. Sie atmete auf und fuhr fort. »Das ist der eine Teil meiner Sichtweise. Der andere ist, dass du die Männer, die deine Träume wahrwerden lassen könnten, verteufelst. Diejenigen, die etwas frecher sind, charismatisch, mit einem selbstsicheren Charme. Die, die leidenschaftlich sind, voller Ideen und Energie stecken und die mit dir ein buntes, vielfältiges Leben führen könnten. Du gibst keinem von denen den Hauch einer Chance, weil sie dich an dein größtes Trauma erinnern, und zwar allein schon wegen ihrer Äußerlichkeiten. Das ist eine verdammt verfahrene Situation. Und ja, vielleicht hat Sophie recht, und dieser Mr. Depp ist insofern ein Segen, als du dieses Mal nicht davonlaufen kannst. Er ist dein Nachbar, und du wirst dich wohl oder übel mit ihm abgeben müssen.«

Beruhigend legte sie ihre Hand auf meine. Auch, wenn es in mir rumorte und mich die Aussagen meiner Freundinnen empörten, war ich gerührt, dass sie sich Gedanken um mich machten. Ihrer Meinung, Mr. Depp etwas Gutes abzugewinnen, wollte ich mich allerdings partout nicht anschließen.

Leidenschaft, die Leiden schafft

Die nächste Woche verging ohne besondere Vorkommnisse. Misstrauisch und genervt beobachtete ich rege Aktivitäten im Nachbargebäude. Handwerker-Fahrzeuge und Lieferwagen fuhren vor, kistenweise wurden Sachen in Johns Geschäft geschleppt, und es war ein permanentes Kommen und Gehen. Um all dem bestmöglich zu entgehen, hielt ich mich so viel wie möglich im Inneren meines Ladens auf. Nur dann, wenn Kundschaft an den Außentischen bedient werden wollte, wagte ich mich nach draußen, vermied es jedoch, allzu auffällig nach nebenan zu starren. Glücklicherweise lief mir John nicht über den Weg, und ich war froh, ein paar Tage Zeit zu haben, um die Katastrophe seiner Anwesenheit zu verdauen.

Mit Dorothea herrschte Funkstille. Sie versuchte zwar immer wieder, mich auf verschiedenen Kanälen zu erreichen, aber ich weigerte mich, mit ihr zu sprechen. Ich wollte erst meine Emotionen besser in den Griff bekommen, denn ich befürchtete, sonst Dinge zu sagen, die mir hinterher leidtäten.

Henrik war weiterhin mein täglicher Gast, doch so sehr ich mich auch bemühte, seine Aufmerksamkeit zu erlangen, es gelang mir nicht. Die einzige Änderung, die sich ergab, war die, dass er seinen Aufenthalt bei mir ausdehnte. In den vorangegangenen Wochen war er stets verschwunden, wenn sich Peter auf den Weg machte, doch seit dieser Woche blieb er danach noch. Er hatte ein kleines Notebook dabei, an dem er konzentriert arbeitete. Mehrere Stunden saß er da, trank zwei, drei Kaffees und aß ein belegtes Brötchen, ehe er sich erhob und verschwand. Als ich ihn fragte, ob er denn nicht an die Uni müsse, antwortete er, dass er an einem wissenschaftlichen Projekt arbeite, das er von überall aus betreuen könne. Deswegen habe er zur Zeit auch keine Vorlesungen. Ich ließ ihn in Ruhe, weil ich ihn nicht stören wollte, aber meine Blicke wanderten immer wieder in seine Richtung, und ich genoss das Gefühl, ihn in der Nähe zu wissen.

Am Freitag nahm ich in einer ruhigen Phase meinen ganzen Mut zusammen und setzte mich zu ihm.

»Na, Henrik, wie kommst du voran?«

»Danke, Alice. Es läuft hervorragend. Hier in deinem Laden kann ich mich besonders gut konzentrieren. Vielleicht ist es die Atmosphäre. Es geht so entspannt zu bei dir.«

»Das freut mich. Wie kommt es eigentlich, dass du auch noch ein Antiquariat betreibst?«

»Das hat sich so ergeben. Ich habe schon immer Bücher geliebt. Dann habe ich als Kind bei meinen Großeltern eine uralte Ausgabe von ›Pinocchio‹ entdeckt und war fasziniert. Mein Opa hat mir erzählt, dass er dieses Buch als Kind von seinen Eltern geschenkt bekommen habe und sich nie davon trennen konnte. Ich stellte mir bildlich vor, wie er es als kleiner Junge gelesen hat, danach mein Vater und nun ich. Ich fand es bewegend, dass sich drei Generationen durch diese Seiten geblättert und dabei gelacht und geweint haben. Seit diesem Tag habe ich damit begonnen, mich für alte Bücher zu interessieren, bin über Flohmärkte gestreift und habe Antiquariate durchwühlt.«

»Das ist eine schöne Geschichte«, sagte ich leise und bewunderte seine langen Wimpern, die sich über die Augen gesenkt hatten, während er seinen Erinnerungen nachhing. »Und wie kamst du dann zu deinem Antiquariat?«

Henrik lachte kurz auf. Das Lächeln, das sich danach über seine Miene ausbreitete, ließ mich dahinschmelzen. »Ja, das war in der Tat Glück, oder vielleicht auch Vorsehung – je nachdem, wie man das sehen will. Bei meinen Streifzügen habe ich irgendwann ein Antiquariat als meinen Lieblingsort ausgemacht. Der Besitzer hatte keine Nachfahren, wollte jedoch unbedingt, dass sein Lebenswerk in Hände gelangt, die es ehren und weiterführen. Eines Tages hat er mich gefragt, ob ich mir vorstellen könne, sein Geschäft zu übernehmen. Ich habe nicht lange nachgedacht, sondern spontan zugesagt.«

»Das klingt tatsächlich beinahe nach Vorsehung«, schmunzelte ich. »Und trägt sich das Ganze? Du bist ja kaum vor Ort.«

»Das ist richtig. Es würde sich auch nicht lohnen, das Antiquariat viele Stunden offen zu halten. Es läuft eher so, dass Käufer ein bestimmtes Buch suchen und mich telefonisch oder per Mail kontaktieren. Entweder habe ich es dann bereits, kann es auftreiben oder zumindest vermitteln. Das Meiste passiert übers Internet. Wenn ich Schätze hebe, zum Beispiel auf Märkten, biete ich sie online an. Und das kann sehr einträglich sein, weil es Sammler gibt, die manchmal jahrelang einen Titel suchen. Mein eigentlicher Laden ist winzig und verursacht kaum Fixkosten. Ich brauche ihn in erster Linie, um dort meine Kostbarkeiten unterzubringen, oder um Kunden zu empfangen, die sich zuvor telefonisch angemeldet haben.«

»Aha. Das klingt alles interessant. Du hast gesagt, du liebst Bücher. Was liest du denn selbst so?«

Wieder lachte Henrik. Ich hätte mich an diese Momente verlieren können. Seine Schüchternheit und Zurückhaltung verschwanden plötzlich und machten einem anziehenden, jungenhaften Charme Platz. »Oh, die Frage ist schwer zu beantworten. Das geht bei mir querbeet. Ich liebe die Klassiker genauso wie Gegenwartsliteratur. Dan Brown finde ich toll oder Frank Schätzing. Und du?«

»Auch bunt gemischt. Allerdings liebe ich Jane Austen besonders und aus der heutigen Zeit Roman Tischer.«

»Also magst du Liebesromane am meisten?«, fragte Henrik und errötete auf eine hinreißende Weise.

»Ja«, stimmte ich zu, wobei ich realisierte, dass mir ebenfalls das Blut in die Wangen schoss.

»Wie kommt es dann, dass du allein bist? Bitte entschuldige, ich hoffe, die Frage ist nicht zu persönlich.«

»Nein, gar nicht«, gab ich zurück und freute mich über sein Interesse. War das ein erster zarter Annäherungsversuch? »Mir sind einfach zu viele Männer Machos oder selbstverliebte Kerle. Ich wünsche mir jemanden, der auf der einen Seite ehrlich, integer und verantwortungsbewusst ist, und auf der anderen Seite ein romantischer, leidenschaftlicher Mann ist. Diese Mischung scheint selten zu sein.«

»Nun, da kann ich nicht mitreden. Ich würde mich weder als romantisch noch als leidenschaftlich bezeichnen. Ich suche eher jemanden, mit dem ich harmonisch den Alltag gestalten und mit dem ich entspannt und konfliktfrei zusammenleben kann. Jemand, der Hobbys und Interessen mit mir teilt und mit dem ich mich ausgiebig unterhalten kann.«

Eindringlich musterte ich ihn. »Irgendwie glaube ich dir das nicht, Henrik. Du hast mit großer Leidenschaft von deinem Antiquariat gesprochen. Deine Augen haben geleuchtet und die Stimme war voller Leben. Ich denke, dass tief in dir Leidenschaft vergraben ist, die nur darauf wartet, an die Oberfläche geholt zu werden.«

Er begann lauthals zu lachen. »Meine liebe Alice, du bist eine hoffnungslose Romantikerin. Es schmeichelt mir, wie du mich siehst.«

»Wir haben doch alle verborgene Schätze in uns, oder etwa nicht?«, lächelte ich ihn an und versuchte, meinem Blick eine verheißungsvolle Note zu verleihen. Ohne dass Henrik das zur Kenntnis genommen hätte, vertiefte er sich wieder in sein Notebook.

Das Wochenende über war ich unruhig. Am Montag würde Mr. Depp offiziell sein Geschäft eröffnen, und mir war nicht klar, wie sich dadurch der Alltag verändern würde. Zum einen stellte ich es mir anstrengend vor, dauernd darauf zu achten, ihm möglichst nicht zu begegnen. Zum anderen machte ich mir Sorgen, was für Typen ab sofort in der Gegend unterwegs sein würden. Das, was Dorothea mir so vollmundig versprochen hatte, von jungen Müttern und ihren Kindern, wollte ich nämlich beim besten Willen nicht glauben.

Am Montagmorgen marschierte ich mit spürbarer Nervosität meine Gasse entlang. Schon von weitem sah ich, dass vor Johns Laden rege Aktivität herrschte. Mehrere Handwerker waren auf seinem Steg zugange. Was sollte das werden? Beim Näherkommen realisierte ich, dass das, woran eifrig gehämmert und geschraubt wurde, eine Art Marktstand war. Das Holz-Ungetüm war riesig und würde vermutlich fast den kompletten Steg vor dem schwarzen Schlund einnehmen. Davor waren Stehtische positioniert, die einen Teil der so gut wie nicht befahrenen Einbahnstraße vereinnahmten. Eine Straßenabsperrung sorgte dafür, dass der Verkehr um das Areal herumgelenkt wurde. Na prima, das sah ja nach einer Riesen-Party aus! Was meine ruheliebenden Kundinnen und Kunden wohl dazu sagen würden, wenn sie heute ihren Kaffee nicht in stiller Gemütlichkeit genießen konnten, sondern direkt daneben der Bär steppte?

In Johns Schaufenster prangte ein riesiges Transparent: »Heute ab 13 Uhr große Eröffnungsparty«. Missgestimmt schlich ich mich zu meiner Ladentür und versuchte, die Aktivitäten nebenan bestmöglich zu ignorieren. Doch ich hatte die Rechnung ohne meinen Nachbarn gemacht.

»Guten Morgen, Alice«, schmetterte er gutgelaunt zu mir herüber. Genervt musterte ich ihn. Er hatte sich vor den Handwerkern aufgebaut, die Hände lässig in die Hüften gestemmt und sah herausfordernd in meine Richtung. Allein dieser Anblick ließ mein Stimmungsbarometer ins Bodenlose stürzen.

»Ich denke, Sie haben genug zu tun«, blaffte ich ihn an. »Kümmern Sie sich um Ihre Angelegenheiten und lassen Sie mich in Frieden!«

Er trat ein paar Schritte nach vorne, sodass wir uns auf unseren jeweiligen Stegen direkt gegenüberstanden. »Alice, lass uns doch das Kriegsbeil begraben. Eigentlich weiß ich auch gar nicht, warum es überhaupt existiert. Wir sind Nachbarn. Du hast deinen Laden, ich meinen. Wir beide haben ein Interesse daran, dass das Geschäft gut läuft. Wenn wir uns gegenseitig unterstützen, dann wird es viel einfacher und macht mehr Spaß.« Sein Tonfall war bittend und beschwichtigend. Allerdings war ich nicht so dumm, ihm auf den Leim zu gehen.

»Wissen Sie, John«, erwiderte ich mit einem süffisanten Grinsen, »ich bin bisher wunderbar ohne Sie ausgekommen, und ich gedenke es auch weiterhin zu tun.«

»Alice, ich habe immer noch keine Antwort von dir bekommen, was du mir vorwirfst. Unser erstes Aufeinanderprallen – ganz wörtlich genommen – hätte besser laufen können, okay. Und ich kann verstehen, dass du dir hier eine andere Art von Geschäft gewünscht hättest. Etwas, das zu deinem Laden passt, etwas wie Dorotheas Woll-Paradies. Doch nun ist es eben so gekommen, und vielleicht finden wir ja tolle Synergieeffekte, die wir momentan gar nicht auf dem Schirm haben. Lass uns einfach das Beste daraus machen.«

»Das ist eine wunderbare Idee, John«, antwortete ich mit einer vor Hohn triefenden Stimme. »So machen wir es. Und das Beste ist ohne jeden Zweifel, dass Sie und ich einander so wenig wie möglich über den Weg laufen.«

Er seufzte und verdrehte die Augen. »Alice, sag, wovor hast du Angst?«

Das reichte. Jetzt hatte ich endgültig die Nase voll von dieser überflüssigen Unterhaltung. »Ich habe keine Angst, und vor Ihnen schon gar nicht«, schrie ich aufgebracht in einer Lautstärke, die mich selbst erschreckte.

Schlagartig herrschte Ruhe um mich herum. Die Handwerker hatten mit ihrem Gehämmer und Geschraube aufgehört, Passanten blieben stehen und sahen sich nach mir um und sogar John war zur Salzsäule erstarrt. Auch ich hielt die Luft an. Was war nur los mit mir? Wieso weckte dieser Depp Seiten in mir, die ich sonst nicht kannte? All meine Freunde und Familienmitglieder würden mich als sanftmütig, herzlich, hilfsbereit und versöhnlich bezeichnen, doch bei John tickte ich regelrecht aus – als lauere ein Monster in mir, das er entfesselt hatte. Weder konnte ich es mir erklären, noch bekam ich es in den Griff. Es war etwas, das ich nicht beherrschen konnte, das über mich kam wie eine fremde Macht. Ich merkte, wie meine Wangen zu glühen begannen, und ich schämte mich für den unkontrollierten Gefühlsausbruch. Abrupt wandte ich mich ab und stapfte ungelenk in meinen Laden.

An diesem Morgen war ich froh, dass wenig Kundschaft vorbeikam. Zu einer qualifizierten Beratung fühlte ich mich kaum in der Lage. Ich kämpfte mit der Verarbeitung meines übertriebenen Ausrasters. Henrik saß eine Weile draußen und starrte ausnahmsweise nicht in sein Notebook. Die Aktivitäten auf dem Nachbargrundstück schienen seine Aufmerksamkeit mehr zu fesseln. John stellte sich auf einen kurzen Schwatz zu ihm und warf immer mal wieder Blicke zu mir ins Ladeninnere, die ich jedoch geflissentlich übersah.

Es war beinahe schon Mittag, als Ina auf eine Stippvisite hereinschneite. »Liebes, wie geht es dir?«, erkundigte sie sich freundlich.

Verdrossen sah ich sie an und stöhnte: »Ach, Ina, ganz schauderhaft!«

»Was ist los, Alice?«

»Ich weiß nicht. Ich fühle mich gar nicht mehr wie ich selbst. In letzter Zeit brechen Dinge aus mir heraus, von denen ich gar nicht wusste, dass sie da sind. Ich komme mir wie eine Fremde vor.«

»Magst du mir davon erzählen?«

Ich zögerte. Wollte ich das? Bislang war ich mit meinen Vorbehalten gegenüber John nicht gerade auf Verständnis gestoßen. Doch Ina war eine Unbeteiligte, die ihn nicht kannte und keinen Einblick in meine Vorgeschichte hatte. Vielleicht könnte sie mir tatsächlich einen Rat geben. Und wenn nicht, dann half es womöglich, einen Teil meines Seelenmülls über Bord zu werfen.

»Also gut. Eventuell hilft das ja. Und ich schließe jetzt ohnehin den Laden für die Mittagspause. Möchtest du Kaffee oder Tee?«

»Ein Tee wäre wunderbar.«

»Gut, bin gleich wieder da.«

Wenige Augenblicke später kehrte ich mit zwei Teetassen und einem kleinen Snack zurück.

»Bedien dich, Ina!«

»Danke, mein Kind. Dann leg los, ich bin ganz Ohr.«

Gequält starrte ich auf die Tischplatte und drehte nachdenklich meine Tasse hin und her. »Ich weiß gar nicht, was ich dir wie erzählen soll. Bei mir herrscht nur noch Chaos, seit Dorothea weg ist. Ich vermisse sie so sehr, und gleichzeitig bin ich entsetzlich wütend auf sie. Sie hat mich verraten.«

Ina legte ihre Hand auf meine und warf mir einen mitfühlenden Blick zu. »Wie hat sie dich denn verraten?«, fragte sie mit sanfter Stimme.

»Dorothea weiß, dass ich mir für nebenan einen Laden gewünscht hätte, der zu meinem passt, der etwas

Schönes beherbergt. Ein Laden, der von einer Frau geführt wird, mit der ich mich anfreunden kann.« Ich nahm einen tiefen Atemzug, weil ich Anlauf brauchte für das, was mich am meisten beschäftigte. »Nun hat sie diese Wünsche nicht nur ignoriert, sondern mir auch noch meinen größten Feind in die Nachbarschaft gesetzt. Ich frage mich, wie sie mir das antun konnte.«

Ina starrte mich irritiert an. »Sie hat an deinen Feind verkauft? Wie meinst du das? Woher kennst du ihn? Und wusste Dorothea davon?«

»Na ja, nein. Also nicht direkt ... Er ist nicht direkt mein Feind, aber er verkörpert mein persönliches Feindbild in perfekter Weise. Ich hasse Fußball und ich hasse Fußballer. Dorothea ist bekannt, warum. Deswegen verstehe ich das alles nicht.«

»Du hasst Fußballer«, wiederholte sie und ließ den Satz im Raum schweben. Komischerweise animierte mich das, noch eine Ebene tiefer zu tauchen.

»Ja, spätestens seit ich dreizehn bin. Die coolen, fußballspielenden Jungs haben mich schon immer gehänselt, aber mit dreizehn ist etwas passiert. Etwas, was damals schlimm für mich war. Und seitdem verabscheue ich diesen Sport und jeden, der ihn ausübt. Dorothea kennt alle hässlichen Details dieser Geschichte. Mein bisheriges Leben konnte ich wunderbar einen Bogen um diese Typen machen. Doch jetzt hat mir Dorothea ausgerechnet so einen Deppen in ihren Laden gesetzt. Ich frage mich die ganze Zeit, wie sie mir das antun konnte, und ich spüre so viel Wut in mir wie nie zuvor.«

Ina nickte nachdenklich und schwieg. Wir hingen beide unseren Überlegungen nach und nippten an den Teetassen. Ich merkte, dass es etwas merkwürdig Beruhigendes und Heilendes hatte, Ina mein Herz auszuschütten.

Sie richtete ihre strahlenden, gütigen Augen wieder auf mich. »Weißt du, Alice, ich habe mal etwas sehr Interessantes gelesen: Dass jeder Mensch, egal was er tut, immer aus irgendeiner positiven Absicht heraus handle. Manchmal ist die positive Absicht verquer – aus einem kranken Gedanken heraus, aber meistens ist sie logisch, wenn auch nicht offensichtlich. Also frage ich mich, was Dorotheas positive Absicht gewesen sein könnte.«

Ich schluckte heftig. All die Gespräche mit meinen Lieblingsmenschen, die mir in letzter Zeit vermeintlich in den Rücken gefallen waren, kamen mir in den Sinn. Dorothea, Peter, Sophie und Clara hatten mir mehr oder weniger dasselbe gesagt: dass ich meine Vorurteile überwinden und John eine Chance geben solle. Doch, verdammt noch mal, ich wollte das nicht! Wozu sollte das gut sein? Mein Leben hatte bislang auch so funktioniert!

»Ich habe das Gefühl, meine Liebe, dass du eine Idee hast, was Dorotheas positive Absicht gewesen sein könnte«, schob Ina mit einem sanften Lächeln hinterher.

Langsam hob ich den Blick und sah ihr in die Augen. Sie lagen mit einer solchen Wärme und Güte auf mir, dass ich gar nicht anders konnte, als meine Gedanken laut auszusprechen. »Alle, die mir etwas bedeuten, glauben, es wäre gut, mit meinem Feindbild konfrontiert zu werden, ohne dass ich davor weglaufen kann. Aber, Ina, ganz ehrlich, wieso? Mein Leben ist wunderbar, wie es ist. Was habe ich davon, mich mit so einem Typen auseinanderzusetzen? Warum unbedingt den schweren Weg gehen, wenn es auch leicht sein kann?«

»Ich schrecke immer ein wenig davor zurück, mit dem Alter und all den gemachten Erfahrungen zu kokettieren, doch an dieser Stelle hätte ich eine Weisheit im Angebot, die deine Frage beantwortet. Magst du sie hören?«

»Ich bitte darum«, stöhnte ich. »Momentan bin ich für jedes Fitzelchen Erkenntnis dankbar.«

»Gut. Eine meiner großen Lebenserkenntnisse ist: Alles, was kurzfristig leicht ist, wird langfristig schwer. Alles, was kurzfristig schwer ist, wird langfristig leicht. Deshalb lohnt es sich manchmal, einen schweren Weg zu gehen. Er ist eine Investition in die Leichtigkeit der Zukunft.«

»Ach, Ina. Das klingt schön. Aber worin sollte denn die Leichtigkeit der Zukunft bestehen? Ich sehe den Gewinn nicht.«

»Siehst du ihn wirklich nicht? Ich denke durchaus, dass du ihn sehen kannst, wenn du ihn sehen willst.«

Meine Teetasse war inzwischen leer. Trotzdem starrte ich hinein, als verberge sich darin die Weisheit, die ich suchte. Das hatte ein bisschen was von Teesatz-Lesen. Dieser Gedanke brachte mich unwillkürlich zum

Schmunzeln. Zögerlich richtete ich den Blick wieder auf Ina, die mir aufmunternd zulächelte. »Gut. Der Gewinn könnte sein, künftig nicht mehr sofort rot zu sehen, wenn mir dieser Typ Mann über den Weg läuft. Und der Gewinn könnte sein, eine Art Bedienungsanleitung für solche Kerle zu entwickeln.«

»Das ist doch ein lohnender Anfang, meine Liebe, oder etwa nicht? Eine Bedienungsanleitung zu entwickeln, klingt für mich spannend. Die Idee würde ich erweitern: Du könntest versuchen, eine Bedienungsanleitung für diesen Typ Mann zu ergründen und gleichzeitig auch eine für dich, wie du im Umgang mit so jemandem locker und gelassen bleiben kannst. Und vielleicht offenbaren sich ja sogar weitere Gewinne im Laufe der Zeit.«

»Aber was rätst du mir genau, Ina? Ich mag diesen Typen nicht. Was soll ich denn jetzt tun?«

»Betrachte es als Lernprojekt, aktiviere die Neugier in dir, die neue Einsichten erlangen will. Außerdem interessiert mich noch eine Sache: Würdest du mir diesen Typ Mann, von dem du sprichst, näher beschreiben? Oder besser noch: Fang einfach mit deinem Nachbarn an!«

»Pfff, das ist schwierig. Na ja, er ist so ein typischer Fußballer. Durchtrainiert, sportlich, total von sich überzeugt. Ein Frauentyp, der bestimmt an jedem Finger zehn hat. Groß, gutaussehend, mit einem unverschämten, selbstsicheren Lächeln.«

»Und wie begegnet er dir?«

»Er erzählt dauernd etwas von guter Nachbarschaft und so. Aber bei mir sträuben sich schon die Nackenhaare, wenn ich ihn nur sehe.«

»Hm, wenn ich deine Beschreibung auf mich wirken lasse, dann stimmt sie überein mit dem Bild, das deine Oma von deinem Bruder gezeichnet hat. Stellen sich deine Nackenhaare bei ihm auch auf?«

Empört sah ich Ina an. »Das ist etwas völlig anderes! Peter mag ein Frauenheld sein, doch trotzdem ist er ein anständiger, verlässlicher und ehrlicher Mensch. Er macht niemandem Versprechungen, die er nicht erfüllt. Und er ist immer für diejenigen da, die er liebt. Ich kann ihm tausendprozentig vertrauen.«

»Wer sagt dir denn, dass es bei deinem Nachbarn nicht genauso ein ›sowohl als auch‹ gibt? Sowohl Frauenheld als auch wertvoller Mensch. Könnte es sein, dass du ihn auf eine Facette reduzierst, ohne das Gesamtbild zu sehen? Und weißt du sicher, ob er ein Frauenheld ist oder ist das eine Vorannahme von dir?«

»Lieb von dir, dass du nicht Vorurteil gesagt hast«, lächelte ich. »Das hat mir nämlich Peter vorgeworfen. Also gut, ich habe meinen Nachbarn schon einmal getroffen, bevor er Dorotheas Laden gekauft hat. Da hat er mich auf dem Markt über den Haufen gerannt. Die ganzen Einkäufe lagen auf der Straße. Und er hatte nichts Besseres zu tun, als mich zum Abendessen einzuladen. Da spricht ja wohl Einiges für die Frauenheld-Theorie, oder etwa nicht?«

»Möglich. Vielleicht wollte er auch nur nett sein?«

»Ach, Ina. Ich kann bei diesen Typen einfach nicht an das Gute glauben.«

»Liebes, dann fang wenigstens an, es zu probieren. Treib deine Studien! Nicht für ihn, sondern für dich. Für dein Seelenheil, weil es langfristig leichter ist.«

»Also gut«, seufzte ich. »Ich muss ihn ja nicht mögen, aber ich werde daran arbeiten, das Unvermeidliche zu akzeptieren, und rauszufinden versuchen, wie ich mit so einem wie ihm klarkommen kann.«

Ein paar Stunden später waren meine gefassten Vorsätze schon wieder verschwunden.

Nicht ganz 99 Luftballons für den Frieden

Pünktlich um dreizehn Uhr begann nebenan das Halligalli. Das Ungetüm von einem Marktstand quoll über vor Ware. Dort lagen Fußbälle, Trikots, Wimpel und Pfeifen in allen möglichen Ausführungen. Die Tür zum Laden stand sperrangelweit offen und aus dem Inneren schallten Fußballsongs. Ich kam mir vor wie auf der Fanmeile vor einem WM-Spiel. Wenn ich zuvor noch geglaubt hatte, allenfalls ein paar Fußball-Machos interessierten sich dafür, wurde ich nun eines Besseren belehrt. Heerscharen von Kindern tummelten sich auf der Straße, während deren Mütter zusammenstanden und sich unterhielten. Mehrfach hörte ich entzückte Ausrufe wie »Schaut euch mal diesen bezaubernden Laden an« oder »Wunderland, was für ein hübscher Name«. Immer wieder bummelten einige Frauen durch mein Geschäft und der Umsatz schoss in ungeahnte Höhen.

Unter anderen Umständen hätte ich darüber gejubelt, aber so fraß sich Ärger durch mein Herz. Genaugenommen war es nicht nur Ärger. Ich war regelrecht verzweifelt. Wie konnte es sein, dass Dorothea auch hier richtig gelegen hatte, wohingegen ich mit meiner Einschätzung totalen Schiffbruch erlitt? Plötzlich fühlte ich mich klein, dumm und verbohrt. Ich beschloss, so bald wie möglich über meinen Schatten zu springen und sie endlich mal wieder anzurufen.

Die Mütter stürmten nicht nur mein Wunderland und kauften sich durch das Sortiment, sondern kaperten ebenfalls das Holzdeck. Gemütlich saßen und standen sie zusammen, während ihre Kinder wild durch Johns Geschäft und über die Straße tobten. Die Kaffeemaschine brummte nonstop, und der Kaffee drohte mir noch vor dem Abend auszugehen. Während ich sonst geruhsam die Kundschaft bediente, war aus meinem Laden schlagartig ein Selbstbedienungsrestaurant geworden. Anders ließ sich der Ansturm nicht mehr bewältigen. Das Ganze hatte allerdings den schalen Beigeschmack, dass ich beobachten musste, wie ein paar Stammkundinnen vor meinem Steg stehenblieben, das Treiben beobachteten und dann unverrichteter Dinge weiterzogen. Ojemine, da würde ich mir morgen vermutlich Einiges anhören müssen ...

Als ich gerade wieder einmal leere Kaffeetassen von den Außentischen einsammelte, tauchte John wie aus dem Nichts auf. Frech grinsend sah er in meine Richtung. »Na, Alice, das nenne ich mal Synergieeffekte, was?«, zwinkerte er mir zu.

Wut kochte in mir auf. Verdammt, das durfte einfach nicht sein, dass ausgerechnet dieser Typ recht behielt! Statt einer Antwort warf ich ihm einen vernichtenden Blick zu, drehte mich abrupt um und wollte mit meinem prall gefüllten Tablett zurück in den Innenbereich. Dabei übersah ich zwei Kinder, die gerade weg von ihren Müttern zu ihren Spielkameraden stürmten. Ich versuchte, die Fuhre auszugleichen, doch das Unterfangen war hoffnungslos. In hohem Bogen ergoss sich der Geschirrstapel auf den Boden und die Keramik lag in Scherben. Fassungslos starrte ich die Bescherung an. Das war nicht irgendwelches Geschirr, sondern die handgefertigte, edle Keramik, die ich auch im Laden verkaufte – ein Schaden von mindestens zweihundert Euro. Ein erklecklicher Teil meiner Tageseinnahmen war wieder dahin.

Die ersten Mütter kamen und halfen, das Chaos zu beseitigen. Dann merkte ich plötzlich, wie John an meiner Seite auftauchte.

»Ach je, Alice, habe ich dich abgelenkt? Das tut mir leid. Jetzt musst du aber mein Angebot annehmen und mir endlich eine Wiedergutmachungs-Essenseinladung gestatten.«

Mit etwas, das er vermutlich für ein charmantes Lächeln hielt, sah er mich an. Auch er bückte sich, um die Scherben einzusammeln. Eine der Mütter brachte meinen Mülleimer aus dem Laden heraus und gemeinsam entsorgten sie das zerbrochene Geschirr, dem ich immer noch wehmütig und starr hinterher stierte.

John berührte mich leicht an den Schultern. »Alice, alles okay bei dir?«

»Nein«, zischte ich zwischen den Zähnen hervor. »Okay ist es erst wieder, wenn Sie aus der Nachbarschaft verschwinden!«

Mit diesen Worten ließ ich ihn stehen und flüchtete nach drinnen. Kraftlos lehnte ich mich gegen die Holztheke und schüttelte den Kopf. Wie sollte das hier nur weitergehen? Und wie sollte ich es schaffen, Inas Rat zu folgen, wenn schon die schiere Anwesenheit dieses Mannes alles in mir vor Wut zum Kochen brachte?

Der Nachmittag verstrich und der Besucherstrom ebbte zunehmend ab. Eine Zeitlang war es noch heftig zugegangen. Im Sortiment klafften erhebliche Lücken, und meine Einnahmen waren am Ende so hoch, dass ich den entstandenen Schaden locker wegstecken konnte.

Pünktlich zur gewohnten Zeit schneiten Sophie und Clara herein. »Hui, Alice, die Straße sieht aus wie ein Schlachtfeld«, lachte Sophie. »Wie war der Tag?«, schob Clara vorsichtig hinterher.

»Ein Desaster«, antwortete ich.

»Wieso?«, fragten meine Freundinnen unisono.

»An meinem Tag gab es viel Remmidemmi, einen Riesenberg Scherben und einen Nachbarn, den ich am liebsten zum Mond schießen würde.«

»Hey, Alice, lass uns einen Tee trinken und uns gemütlich draußen hinsetzen ..., ... danach erzählst du uns alles«, schlugen die beiden mit einem ihrer Doppelsätze vor.

Kurz überlegte ich, ob das eine gute Idee war. Lieber hätte ich mich in meinem Laden vor John versteckt. Doch dann dachte ich voller Trotz, dass ich aufhören musste, mir von ihm meine liebgewonnenen Gewohnheiten verderben zu lassen. Also nickte ich stumm und begab mich ans Werk. Meine Freundinnen setzten sich an einen der Tische auf dem Holzsteg.

Als ich mit einem Tablett in der Hand hinaustrat, blieb mir fast das Herz stehen. Sophie und Clara saßen so, dass sie Johns Laden im Blick hatten, während John am Geländer seines Stegs stand und sich mit ihnen unterhielt. Sophie sah ihn an und hörte zu. Nein, sie sah ihn nicht an, sie *himmelte* ihn an! Mit einem verzückten Gesichtsausdruck, den sie sonst für Marvin reserviert hatte, lauschte sie, warf ihren Kopf in den Nacken, klimperte mit den Wimpern und befand sich im ultimativen Flirtmodus. Fassungslos starrte ich sie an. Was sollte das? Sie konnte diesen Deppen unmöglich toll finden!

John realisierte, dass ich in der Ladentür aufgetaucht war, und wandte sich nun sichtlich verunsichert an mich. »Hi, Alice, ich hoffe, du hast dich von dem Schrecken erholt. Jetzt ist der Tumult ja vorbei, und morgen geht alles wieder ruhiger vonstatten.«

Ich nickte nur, weil mir Sophies Gebaren immer noch Rätsel aufgab. Und auch Clara sah zwar nicht gerade aus, als wäre sie eben ihrem Traummann begegnet – den hatte sie schließlich seit etlichen Jahren zuhause, aber sie wirkte dennoch, als genieße sie die Unterhaltung mit John. Was war nur mit meinen Lieblingsmenschen los?

John nickte mir noch einmal zu, murmelte ein »Also, dann einen schönen Abend«, schloss seine Tür ab und verschwand. Sophie starrte ihm hinterher, als hätte sie eine außerirdische Begegnung gehabt. Ich stellte das

Tablett ab und schnappte mir einen Stuhl. Sophie schien immer noch in einer anderen Welt zu sein. Empört stieß ich sie an. »Mensch, Sophie, krieg dich wieder ein!«

Mit weit aufgerissenen Augen betrachtete sie mich. »Alice, ehrlich. Wenn ich den Mann als Sahneschnittchen bezeichnen würde, wäre das die Untertreibung des Jahrhunderts. Wenn ich Marvin nicht hätte, dann würde ich sonst was tun, um mir diesen Kerl hier zu schnappen.«

»Sag mal, Sophie, geht's noch? Was um alles in der Welt findest du an dem Typen?«

»Ey, die Frage kann nicht dein Ernst sein. Kein Wunder, dass Dorothea so begeistert von ihm ist. Der sieht nicht nur gigantisch aus, sondern hat einen unglaublichen Charme. Hast du das Funkeln in seinen Augen gesehen, wenn er lächelt? Und nett ist er sowieso. Als wenn das noch nicht reichen würde, hat er obendrein einen tollen, frechen Humor. Hammer, der Typ! Ach, Alice, kann ich mich in deinem Laden einmieten? Ich will auch so einen Nachbarn.«

Geplättet und ratlos starrte ich sie an. Was sah sie in John, das ich nicht mal im Ansatz erkennen konnte? Wer von uns beiden war verblendet – sie oder ich? Okay, da war wohl das Urteil einer dritten Instanz erforderlich. »Wie siehst du das?«, fragte ich in Claras Richtung.

»Also, ich liebe Clemens wahrscheinlich viel zu sehr und viel zu lang, um bei einem anderen Mann in solche Begeisterungsstürme auszubrechen, aber ich finde auch, dass er gut aussieht und ein sympathischer Mensch ist.«

Kopfschüttelnd stierte ich vor mich hin. Johns Fanclub wuchs. Erst hatte er Dorothea um den Finger gewickelt, dann Peters und Henriks Sympathie gewonnen, und nun waren Clara und Sophie von ihm angetan bis vollkommen verzückt. War ich die einzig Blinde unter Sehenden oder die einzig Sehende unter Blinden? Inas Worte kamen mir wieder in den Sinn. Selbst wenn ich mich keinesfalls seinem Fanclub anschließen würde, könnte ich ja zumindest versuchen, mir eine Art Anleitung zu erarbeiten, wie ich mit ihm eine höflich-distanzierte Nachbarschaft leben konnte. Ja, so würde ich es angehen, in meinem eigenen Interesse. Wenn ich hier jeden Tag mit dickem Hals auflaufen müsste, dann hätte ich am Ende meine Lebensfreude geopfert, und das konnte ich nicht zulassen.

Am nächsten Morgen war mir zwar immer noch beklommen zumute, doch ich strebte wieder mit etwas mehr Zuversicht dem Wunderland entgegen. Als ich noch ziemlich weit entfernt war, blieb ich irritiert stehen. Was waren das da für komische Farbkleckse vor meinem Laden? Ich kniff die Augen zusammen und versuchte, irgendetwas zu identifizieren, ohne dass es mir gelungen wäre. Ich beschleunigte die Schritte, unruhig geworden, was nun wieder an unliebsamen Überraschungen auf mich lauerte. Beim Näherkommen stellte ich verwirrt fest, dass Luftballons an beiden Geländern schwebten. Sie mussten mit Helium gefüllt sein, denn sie trieben aufgerichtet nach oben und zappelten im leichten Wind.

Als ich mein sonnengelbes Ex-Paradies erreicht hatte, besah ich mir das Ganze näher. Es waren zwei Reihen von Luftballons, die beschrieben und verziert waren. Auf den ersten Ballon auf der linken Seite hatte jemand eine Friedenstaube gemalt, auf dem zweiten stand: »Friedensangebot«. Dann folgte: »von einem unmöglichen Nachbarn« und »der eigentlich ein ganz Netter ist«. Am rechten Geländer hingen ebenfalls vier bunte Botschaften. »Als Wiedergutmachung«, »liebe Alice« – dieser Ballon war mit Blumen dekoriert, »lass bitte aus dem letzten Luftballon die Luft raus« und die abschließende Nachricht war: »genau wie aus deiner Wut«.

Mit aufgerissenen Augen betrachtete ich die Szene. Ich schwöre, es war das Allerletzte, was ich wollte, aber dennoch stahl sich ein winziges Lächeln auf mein Gesicht. Diese Aktion hier war wirklich fantasievoll und witzig obendrein. Ich konnte nicht leugnen, dass der Nachbar-Depp da einiges an Kreativität und Zeit investiert hatte. Vorsichtig schlich ich mich zum letzten Ballon – nicht ohne vorher sicherzustellen, dass ich nicht beobachtet wurde. Dann löste ich den Knoten und ließ langsam die Luft ausströmen. Als nur noch die schlaffe Hülle übriggeblieben war, bemerkte ich im Inneren ein Röhrchen. Ich holte es heraus und stellte fest, dass es sich um ein eng zusammengerolltes Blatt Papier handelte. Neugierig schob ich den Gummi beiseite, der es zusammenhielt, und öffnete es. »Liebe Alice«, stand dort, »unser Start war zwar bescheiden, aber das darf sich ja ändern. Bitte geh mit mir essen an einem Tag deiner Wahl in einem Restaurant deiner Wahl. Ich würde dir gern beweisen, dass ich nicht der bin, für den du mich hältst. Nachbarschaftliche und freundliche Grüße, John«.

Verwirrt starrte ich auf den Zettel in meiner Hand. Warum tat er das? Was bezweckte er? Wollte er mich reinlegen, vorführen so wie die Jungs damals, oder wollte er wirklich einfach nur nett sein? ›Ach, Dorothea, was hast du mir angetan?‹ Ich blieb wie angewurzelt stehen und überdachte die Optionen. Auf jeden Fall mussten die Ballons verschwinden, bevor die Kundschaft auftauchte. Die Peinlichkeit, die Aktion noch öffentlicher zu machen als sie ohnehin schon war, wollte ich mir nicht antun. Entschlossen öffnete ich die Ladentür, holte mir eine Schere und machte mich ans Werk. Die Ballons sperrte ich in den Lagerraum. Irgendwie brachte ich es nicht übers Herz, sie kaputtzumachen, auch wenn mir unbegreiflich war, warum.

Dann atmete ich tief durch, nahm meinen ganzen Mut zusammen und stakste mit zittrigen Knien zu meinem Nachbarn. Vorsichtig probierte ich aus, ob sich die Tür öffnen ließ oder ob noch abgeschlossen war. Sie schwang leise auf. Ich betrat den Raum, der sich so sehr verändert hatte, und sah mich um. So groß der Schmerz auch sein mochte, nicht mehr Dorotheas traumhaftes

Woll-Lust-Paradies vor mir zu sehen, musste ich doch eingestehen, dass der Laden nicht nur professionell, sondern darüber hinaus erstaunlich stilvoll wirkte.

John hatte bei der Inneneinrichtung auf Naturhölzer gesetzt, die für eine gemütliche Note sorgten. Sogar die neu geschaffenen Umkleidekabinen hatten massive Holztüren, die wertig aussahen. Die knallbunten Trikots, Trainingsanzüge, Schuhe und sonstige Utensilien waren ansprechend dekoriert. In der Raummitte befand sich eine großzügige Sitzinsel, und auf Beistelltischen lagen Fußball-Zeitschriften aus. An den Wänden hingen Foto-Leinwände, die Abbildungen riesiger Stadien zeigten. Der Laden sah aus, als hätte jemand gewusst, was er tat.

Nachdenklich ging ich einen Schritt weiter. Erst jetzt realisierte ich, dass im hinteren linken Teil des Raumes ein Schreibtisch mit zwei überdimensionalen Bildschirmen stand, über die hinweg mir John entgegensah. Als er bemerkte, dass ich ihn entdeckt hatte, sprang er auf und blieb in sicherer Entfernung zu mir stehen.

Ich räusperte mich. »Guten Morgen«, quetschte ich mühsam hervor.

Hatte ich John überhaupt schon mal einen guten Morgen gewünscht oder ihm in irgendeiner Form einen Gruß zukommen lassen? Wahrscheinlich nicht. Sonst würde es sich wohl kaum so merkwürdig anfühlen.

»Guten Morgen, Alice«, entgegnete er freundlich. »Was kann ich für dich tun?«

Aufgewühlt knetete ich meine Hände. Verdammt, warum hatte ich mir nicht vorher überlegt, was ich sagen wollte? Unsicher stammelte ich los: »Also, ich wollte nur sagen, dass ... also, dass ich es ... äh ... irgendwie probieren will ... also mit nachbarschaftlichem Frieden und so ... höflich-distanziert ... wir müssen uns ja gar nicht ... also nicht mögen oder so ... aber friedliche Koexistenz ... also, das geht ja vielleicht.« Ich konnte mich nicht erinnern, jemals in meinem Leben gestottert zu haben. Jetzt tat ich es.

John zwinkerte amüsiert, was mich bereits wieder auf die Palme zu bringen drohte, doch ich zwang mich, ruhig durchzuatmen. ›Bedienungsanleitung erarbeiten!‹, gab ich mir meine innere Losung durch.

Er sah mich mit einem frechen Blick an, der mich erneut an die Grenzen der Gelassenheit brachte, und fragte: »Auch wenn das ein guter Anfang ist, was ist mit unserem gemeinsamen Abendessen?«

Ich atmete zweimal tief ein und aus, dann antwortete ich: »Wir müssen es ja nicht gleich übertreiben, friedliche Koexistenz reicht völlig.«

John musterte mich eindringlich. »Alice, warum weigerst du dich, einen interessierten Blick hinter die Fassade zu werfen, mich wirklich kennenzulernen? Ich bin mir sicher, wir würden uns verstehen.«

»Das glaube ich nicht, und das ist auch überhaupt nicht notwendig.«

»Welche Vorurteile hast du gegen mich und weshalb?«

»Ich habe keine Vorurteile, nur Menschenkenntnis.«

»Puh, Alice, Elizabeth Bennet ist echt vorurteilsfrei gegen dich«, murmelte er halblaut vor sich hin.

Erstaunt und wütend zugleich starrte ich ihn an, wobei das Erstaunen eindeutig die Oberhand gewann. »Was weiß denn jemand wie Sie über Elizabeth Bennet?«

»Immerhin so viel, dass sie vorschnelle Annahmen über Mr. Darcy trifft.«

»Ach, Sie haben den Film gesehen?«

»Auch das. Vor allem habe ich das Buch gelesen.«

»*Sie* haben ›Stolz und Vorurteil‹ gelesen?«

John lachte. »Alice, du müsstest deinen Gesichtsausdruck sehen können. Wie war das noch mal mit den angeblich nicht vorhandenen Vorurteilen? Nein, ich bin kein Primat, und ja, ich bin des Lesens mächtig. Ja, ich habe tatsächlich ›Stolz und Vorurteil‹ gelesen. Und selbst, wenn das jetzt dein Weltbild auf den Kopf stellt, mag ich dieses Buch wirklich sehr.«

Ich wollte, ich könnte etwas anderes über mich behaupten, aber die zutreffende Beschreibung meines Verhaltens dürfte – so unschmeichelhaft es klingen mag – diese sein: Ich glotzte. Ich glotzte John an. Als ich damit fertig war und mir in der Zwischenzeit auch keine schlaue Entgegnung in den Sinn gekommen war, drehte ich auf dem Absatz um, lief zur Tür, rief zu meiner Ehrenrettung ein knappes »Ciao« und stapfte davon.

Eroberungsfeldzug

Vollkommen durcheinander betrat ich meinen Laden. So ging das nicht mehr weiter. Ich wollte jetzt Antworten. Sofort! Ich warf einen Blick auf die Uhr und stellte fest, dass mir noch zwanzig Minuten bis zum Beginn der Öffnungszeit blieben. Kurz entschlossen griff ich nach meinem Handy und wählte Dorotheas Nummer.

»Alice, Liebes, wie wunderbar, dass du dich meldest!«, schallte mir Dorotheas erfreute und spürbar erleichterte Stimme entgegen.

»Guten Morgen, Dorothea«, erwiderte ich deutlich verhaltener. Ich war unentschlossen, was ich fühlen sollte. Einerseits hatte ich ein schlechtes Gewissen, dass ich sie wochenlang mit Missachtung gestraft hatte. Andererseits war ich nach wie vor wütend und betrachtete ihre Aktion als Verrat.

»Wie geht es dir, Kindchen?«

»Nicht gut, Dorothea. Ich brauche Antworten von dir. Ich hatte ein langes Gespräch mit Ina, und sie meinte, hinter jeder Handlung stecke eine positive Absicht. Ich würde gern deine positive Absicht kennenlernen, mir John als Nachbarn zuzumuten.«

»Ach, Liebes. Warum machst du daraus nur so eine große Sache?«

»Dorothea, bitte! Ich rufe dich an, weil ich nicht weiter weiß. Ich bin wütend wegen dieser Geschichte, und ich möchte deine Beweggründe verstehen.«

»Also gut. Es wird dir aber nicht gefallen ...«

Ich stöhnte laut auf und antwortete in frustriertem Tonfall: »Soweit habe ich mir das schon gedacht.«

»Okay, auf die Gefahr hin, dass du weitere zwei Wochen nicht mit mir sprichst oder nie mehr mit mir sprichst ... Du hast ein fatales Faible für die falschen Männer, mein Kind. Für die, an deren Seite du auf gar keinen Fall dauerhaft glücklich sein kannst. Ich würde dich liebend gern noch eine Familie gründen sehen, Alice, und zwar mit dem Richtigen. Mit einem Mann, der dem Temperament und der Leidenschaft in dir gewachsen ist; mit einem, der von dieser Welt ist und der sein Leben aktiv gestaltet, der über Charme, Esprit und Energie verfügt, mit dem eine Beziehung bunt und vielfältig ist. Du hingegen suchst dir die braven, biederen Langweiler aus. Sorry, wenn ich das so offen formuliere. Natürlich sind es immer nette Männer, nur passen sie nicht zu dir. Ihnen fehlt etwas, was du brauchst.« Sie legte eine kurze Pause ein. Zu gern hätte ich sie unterbrochen, weil mir ihre Worte einen Stich versetzten, doch ich wusste, dass ich sie um ihre Form der Wahrheit gebeten hatte. Nun wollte ich sie mir auch anhören.

»Jeder Mann, der zufälligerweise gut aussieht und im für dich schlimmsten Fall Sportler ist, wird von dir von vornherein aussortiert, ohne dass du dir die Mühe machst, seine Persönlichkeit kennenzulernen. Damit beraubst du dich unzähliger Chancen.« Dorothea seufzte hörbar. Ich merkte, wie schwer ihr das alles fiel. »Dann hat sich John für meinen Laden beworben. Ich mochte ihn sofort, von der ersten Sekunde an. Mir hat die Begeisterung gefallen, mit der er von seinen Projekten gesprochen hat und von dem, was ihm wichtig ist. Ich habe ihm von Herzen gern mein Geschäft anvertraut. Und ich dachte, er könnte dir eine Möglichkeit liefern, nach und nach festzustellen, dass ein gutaussehender, sportlicher Mann gleichzeitig einen guten Charakter haben kann. Ich hatte gehofft, er könnte dir dabei helfen, deinen alten Dämonen endlich die Stirn zu bieten und sie zu vertreiben. Und ja, da hat Ina völlig recht: Das war meine allerbeste Absicht.«

»Ach, Dorothea! Ich wollte, du hättest mir das erspart. Ich brauche keinen Typen à la John. Einen Mann wie Henrik wünsche ich mir.«

Erneut hörte ich Dorothea aufstöhnen. »Alice, Henrik ist ein netter Mensch, wirklich. Aber kein Mann für dich.«

Nun hatte ich tatsächlich mit den Tränen zu kämpfen. »Was habt ihr nur alle gegen Henrik? Er ist wunderbar.«

»Okay, Alice. Dann frage ich dich jetzt, wie es denn mit ihm vorangeht?«

»Es geht gar nicht voran«, flüsterte ich.

»Genau das dachte ich mir. Vielleicht verrennst du dich in etwas?«

»Nein, sicher nicht. Du wirst schon sehen. Heute Abend setze ich mich mit Sophie und Clara hin und entwerfe einen Schlachtplan.«

»Wenn du meinst«, kam es von Dorothea in resignierendem Tonfall zurück.

Den ganzen Tag über wummerten Dorotheas Worte in mir. Dass alle Loblieder auf John sangen, war eine Sache, aber dass mir sowohl Sophie als auch Dorothea Henrik madig machen wollten, eine andere. Ich beschloss, trotzdem mit meinen beiden Freundinnen einen Henrik-Eroberungs-Schlachtplan zu entwerfen. Mir war klar, dass Sophie missmutig mit den Augen rollen würde, doch am Ende würde sie mich nicht im Stich lassen. Von Clara erwartete ich ohnehin keine Gegenwehr.

Sophie kam eine halbe Stunde vor Clara an. Sie hatte Ware dabei, die sie in dem für sie bereitgestellten Regal arrangieren wollte. »Hast du noch Schmuckständer da?«, rief sie, nachdem sie ihre Ketten vorsortiert hatte.

»Ja, im Lagerraum müssten welche sein«, antwortete ich, ohne groß nachzudenken.

Sophie sprang dorthin, öffnete die Tür und blieb mit einem erschrockenen »Huch« stehen. Dann erklang ein begeisterter spitzer Ausruf: »Ist das süß!«

Entsetzt fuhr ich zusammen. Verflixt, dass ich daran nicht gedacht hatte ... Die Luftballons von John schwebten wahrscheinlich überall durch den Lagerraum. Das Letzte, was mir noch fehlte, war die nächste Begeisterungsorgie von Sophie über das »Sahneschnittchen«.

Wie befürchtet kam Sophie mit blitzenden Augen angerast. »Das war dein Nachbar. Der einzigartige, unglaubliche, zuckersüße Johnny Depp, der zweite.«

Ich stöhnte genervt auf. »Ja, das war zwar Mr. Depp, aber vom Rest deiner Aussage unterschreibe ich nicht ein einziges Wörtchen.«

»Mensch, Alice. Sei ehrlich: Wann hat jemals irgendwer auch nur ansatzweise etwas derart Fantasievolles für dich gemacht? Erzähl, wo waren die Luftballons?«

»Sie hingen heute Morgen an den Geländern meines Steges.«

»Und was war im Ballon, aus dem du die Luft rauslassen solltest?«

»Eine Einladung zum Essen«, grummelte ich, weil mir klar war, was nun kommen würde.

»Ohhh, wie süüüß! Ach Alice, ich beneide dich. Wenn Marvin nur einmal so etwas für mich täte. Ich sage dir, ich würde ihn auf der Stelle heiraten.«

Und wenn mir Sophies Theater noch so sehr auf den Wecker ging, kam ich nicht mehr umhin, schallend loszulachen. »Du müsstest dich mal hören, Sophie. Du kannst nicht ernsthaft deinen Marvin mit John vergleichen. John ist mein unerwünschter Nachbar und der allerletzte Mensch, der mir beim Thema Heiraten in den Sinn käme.«

Sophie winkte nur mit einer lässigen Handbewegung ab. »Wann geht ihr essen?«, wollte sie wissen.

Empört starrte ich sie an. »Die Frage kann nicht dein Ernst sein. Natürlich gar nicht.«

Sie riss konsterniert die Augen auf. »Was? Gar nicht? Aber wieso?«

»Sophie, noch mal langsam zum Mitschreiben: Ich will mit diesem John nichts zu tun haben. Okay, ich werde mich um eine höflich-distanzierte Nachbarschaft bemühen, doch ich gehe sicher nicht mit ihm essen.«

»Nach dieser mega-süßen Einladung lässt du ihn abblitzen?«, reagierte sie fassungslos.

»Das habe ich vor, ja«, erwiderte ich bestimmt. »Lass uns das Thema wechseln. Clara wird bald da sein, und ich möchte heute mit euch einen Mr. Knightley-Eroberungsplan schmieden.«

Sophie verdrehte die Augen – wie vorhergesehen. »Du meinst einen Henrik-Langweiler-Eroberungsplan.«

»Henrik ist kein Langweiler.«

»Aber er ist auch ganz sicher kein Mr. Knightley. Nur weil er zufälligerweise Ritter heißt, bedeutet das noch lange nicht, dass er seinem Namen alle Ehre macht.«

Ich verkniff mir eine Antwort, schüttelte aufgebracht den Kopf und widmete mich schweigend den letzten Aufräumarbeiten, damit der Tag morgen entspannt beginnen konnte.

Clara erschien pünktlich um Viertel vor sechs, und ich offenbarte ihr ebenfalls die Pläne für unser heutiges Zusammensein. Sophie und Clara nahmen auf dem Holzsteg Platz, während ich uns einen Imbiss richtete. Als endlich auch ich hinaustrat, befanden sie sich bereits in einer angeregten Unterhaltung. Zu meinem Leidwesen musste ich feststellen, dass Sophie gerade die Luftballon-Geschichte erzählte.

Clara stellte mit einem Blick auf mein Gesicht fest, dass das ein unerwünschtes Thema war, und startete ein Ablenkungsmanöver. »So, Alice«, begann sie, »du willst also einen Eroberungsfeldzug planen?«

»Genau das«, erwiderte ich schmunzelnd. Ich schaute erwartungsvoll in Sophies Richtung, weil ich den noch ausstehenden Rest an Gegenwehr am liebsten gleich hinter mich bringen wollte. Sie starrte jedoch angestrengt auf einen Punkt in der Ferne.

»Was ist los?«, fragte ich irritiert und folgte ihrer Blickrichtung. Dann klappte auch mir die Kinnlade herunter. Ein Fabelwesen, eine Elfe wie aus dem Märchen, schwebte die Straße entlang und bewegte sich in unsere Richtung. Je näher sie kam, desto deutlicher nahm ich die Details ihres Erscheinungsbilds wahr. Es handelte sich um eine junge Frau, ungefähr in unserem Alter. Ihr fülliges blondes Haar ergoss sich in unvorstellbarer Pracht über ihren gesamten Rücken. Einzelne Strähnen umrahmten ein bildschönes Gesicht. Der Teint schimmerte rosig und zart. Die vollen Lippen umgab ein weicher Zug. Mit strahlendblauen Augen, die ihr Äußeres leuchten ließen, sah sie uns an. Ich hatte noch nie in natura eine derart schöne Frau gesehen. Trotz der Model-Optik wirkte sie ungekünstelt, beinahe ein wenig unsicher und sympathisch. Kurz bevor sie meinen Steg erreichte, bog sie ab und marschierte auf Johns Laden zu. Sie schenkte uns ein schüchternes Lächeln, sagte leise »Hallo« und verschwand durch die Eingangstür.

»Was war das denn?«, stieß Sophie hervor. »Kennt ihr sie? Ist das eine Schauspielerin oder ein berühmtes Model?« Aus ihrem Mund kamen diese Worte ziemlich schräg daher. Schließlich hätte sie mit ihrem Aussehen selbst jeden dieser beiden Berufe ausüben können.

Ich zuckte mit den Achseln. »Ich habe sie noch nie hier in der Gegend gesehen.«

»Na, das würde mich aber wundern, wenn das eine Fußballerin ist«, prustete Sophie los. »Wahrscheinlich ist das das Sahneschnittchen für das Sahneschnittchen.«

Spontan entglitten mir die Gesichtszüge. Was Sophie da behauptete, klang mehr als naheliegend. Und die Tatsache, dass John mich zum Essen eingeladen hatte, obwohl dieses Elfenwesen seine Freundin war, schockierte mich. So ein Maß an Abgebrühtheit hätte ich nicht einmal ihm zugetraut. Was für ein übles Spiel!

Während ich noch überlegte, ob ich ihm das wirklich zutrauen konnte, öffnete sich die Ladentür wieder. Elfe und Mr. Depp traten zeitgleich hinaus. John schloss die Tür ab und legte seiner Begleiterin den Arm um die Schultern. Erst jetzt realisierte er, dass wir ihn alle drei anstarrten. Er warf uns ein strahlendes Lächeln zu und rief: »Einen schönen Abend, euch dreien.«

Sophie antwortete: »Ebenfalls«, Clara winkte und ich musterte ihn fassungslos. Das hier war der Gipfel der Unverschämtheit. Da hatte er mir etwas von Vorurteilen erzählt und nun bestätigte er diese, indem er vor meinen Augen seine Freundin abschleppte. Ich war so empört, dass ich das Gefühl hatte, gleich zu platzen.

Clara betrachtete mich irritiert. »Was ist los, Alice?«

»Dieser ... dieser ... dieser absolute Voll-Depp«, stieß ich aufgebracht hervor. Sie sah mich fragend an und hob verwirrt die Schultern.

»Er hat mich zum Essen eingeladen. Wie ihr ja mitbekommen habt, mit Friedensangebot, Luftballons und allem Drum und Dran. Er hat mir vorgeworfen, ich hätte Vorurteile, die nicht stimmen würden. Ich solle ihn kennenlernen. Und jetzt? Jetzt kreuzt er hier mit seiner Freundin auf und hat noch nicht einmal den Hauch eines schlechten Gewissens, dass er mich erst heute Morgen bezirzt hat. Was für ein Mistkerl!«

»Hey, Alice, du weißt nicht, ob sie seine Freundin ist. Das sind doch nur Vermutungen. Vielleicht hat er kein schlechtes Gewissen, weil es keinen Grund dafür gibt. Vielleicht ist sie einfach *eine* Freundin.«

»Die er umarmt, na klar!« Ich sah Clara an, als hätte sie mir erklärt, dass sie den Weihnachtsmann in seinem Schlitten über den Himmel habe fliegen sehen. »Den knöpfe ich mir morgen vor, aber sowas von. Wieder einer von den Kerlen, die einen nur reinlegen wollen.«

»Alice, mach mal halblang«, schaltete sich Sophie ein. »Das ist wirklich alles wilde Spekulation. Warum hätte sich John so viel Mühe geben sollen mit den Luftballons, wenn sie seine Freundin ist. Da war ich womöglich vorschnell unterwegs.«

Ich schnaubte und versuchte, meine Wut unter Kontrolle zu bringen. Außerdem war mir der Abend zu schade, um mir über Johns Spielchen Gedanken zu machen. Ich wollte selbst welche spielen, und zwar angenehmere, die auf keinen Fall irgendwem Schaden zufügten. Es galt, Henrik zu erobern. Dafür brauchte ich den Rat und die Hilfe meiner Freundinnen. Ich schüttelte mich und sagte dann in versöhnlicherem Tonfall: »Lasst uns meinen Nachbarn für heute vergessen, wir haben Wichtigeres vor.«

Clara klatschte in die Hände. »Stimmt, ein Eroberungsfeldzug. Lass hören, Alice, wo steht ihr?«

Ich berichtete von der aktuellen Situation. Davon, dass Henrik zwar täglich kam, sich freundlich benahm, aber jeder vertrauteren Unterhaltung oder erst recht jedem Annäherungsversuch aus dem Weg ging.

»Okay«, resümierte Clara, »also eine unklare Lage.«

»Leider«, seufzte ich.

»Wen könntest du denn als Verbündeten nutzen? Wir sind ja meistens abends hier. Ich kenne deinen Henrik ja noch nicht einmal.«

Eine Weile dachte ich angestrengt nach. »Na ja, Peter versteht sich fantastisch mit ihm. Henrik hängt immer buchstäblich an seinen Lippen. Allerdings weiß ich nicht, ob ich Peter einweihen will.« Ich legte eine kurze Pause ein. »Wobei, wenn ich ehrlich bin, hat er längst Lunte gerochen. Auch John gesellt sich manchmal dazu. Aber den weihe ich ganz bestimmt nicht ein.« Um meiner Aussage Nachdruck zu verleihen, ließ ich ein aufgebrachtes »Pfff!« verlauten.

»Gut, also Peter käme als Verbündeter in Betracht. Sophie, wie sieht es bei dir aus? Du könntest doch deine Schmuck-Lieferungen auf den Vormittag verlegen. Dann könntest du die Gelegenheit nutzen, um Alice bei Henrik in ein gutes Licht zu rücken.«

»Hm, kann ich machen«, brummte Sophie, ohne einen winzigen Hauch an Begeisterung zu zeigen.

Clara sah sie streng an. Ihr Blick sagte eindeutig: »Ein bisschen mehr Engagement, bitte.«

Sophie hingegen kaute auf ihrer Unterlippe herum. »Alice, du weißt, ich wünsche dir von Herzen das Allerbeste. Aber ich komme mir bei dieser ganzen Aktion vor wie eine Verräterin. Eine Verräterin an meinen Überzeugungen. Alles in mir sträubt sich, dich und Henrik zu verkuppeln, weil es für mich einfach nicht stimmig ist. Gleichzeitig ist es das, was du unbedingt willst. Das ist eine bescheuerte Situation!«

Verschnupft entgegnete ich: »Dann lass es halt.«

»Ach, Alice. Es wäre so schön, dich glücklich zu sehen, nur eben mit dem richtigen Mann.«

»Wer ist denn der richtige Mann, wenn du schon eine Expertin im Hinblick auf mein Glück bist?«

»Auf die Gefahr hin, dass du mir gleich mit deiner Kehrseite voran ins Gesicht springst: Ich finde, dass dein Nachbar und du ein tolles Team abgeben würdet.«

Ich begann schallend zu lachen. »Mein persönlicher Feind und ich in Liebe vereint, na klar! Und selbst wenn er nicht mein Anti-Mann wäre, dann hast du die klitzekleine Kleinigkeit übersehen, dass er eine Freundin hat, die direkt einem Märchenbuch entsprungen zu sein scheint. Nein, danke. Bevor ich mit dem mehr Worte als nötig wechsle, schwöre ich lieber allen Männern ab.«

Sophie verdrehte genervt die Augen, doch ehe wir uns weiter beharken konnten, übernahm Clara die

Regie. »Okay, du spannst einfach Peter ein. Er soll ein bisschen Werbung für dich machen. Vielleicht kann er ja auch harmlos und unauffällig ein Date für euch klarmachen. Wenn Henrik Peter so sehr mag, könnte Peter euch ja beide zum Essen einladen, einen Theater- oder Kinobesuch arrangieren. Und dann hält er sich zurück und sorgt dafür, dass du Henriks Aufmerksamkeit bekommst.«

Langsam nickte ich. »Ja, die Idee ist nicht schlecht. Eine Unternehmung zu dritt könnte eine Möglichkeit bieten, mehr Zeit mit Henrik zu verbringen. Vielleicht erkennt er dann ja, wie gut wir zusammen passen.«

Aus Sophies Richtung erklang ein verächtliches Stöhnen. Als ich sie vorwurfsvoll ansah, hob sie abwehrend die Hände und schüttelte den Kopf: »Ich habe nichts gesagt.«

»Gut, das ist ein Anfang«, beschloss Clara. »Aber ich finde, auch du solltest die Initiative ergreifen. So wie du das vorhin geschildert hast, hältst du dich sehr zurück. Setz dich doch immer zu ihm, wenn du Zeit hast. Versuch, mit ihm ins Gespräch zu kommen, ihm von deinen Träumen und Lebenswünschen zu erzählen, von deiner Freizeitgestaltung, von den Dingen, die du gern machst. Und vor allem lade ihn zu deiner nächsten Vernissage ein. Was du aktiv angehen kannst, ist, die Zahl der engeren Kontakte zu erhöhen. Und arbeite mit deinem Frau-Sein. Mal hier und da eine kurze Berührung, vielleicht eine Umarmung zur Begrüßung oder ein Kuss auf die Wange. Fach das Feuer in ihm an. Bislang hast du darauf gewartet, dass er in die Gänge kommt. Wenn er das nicht tut, nimm du es in Angriff. Was hast du zu verlieren? Im besten Fall eroberst du sein Herz, im schlimmsten Fall bleibt es, wie es ist.«

Abwägend bewegte ich den Kopf hin und her. »Clara, das klingt echt nach einem Plan. So gehe ich es an. Zunächst zünde ich die erste Eroberungsstufe und intensiviere unseren Kontakt, dann schnappe ich mir Peter für Stufe zwei.« Zufrieden klatschte ich in die Hände.

Keiner hört auf mein Kommando

Nach dem Gespräch mit Clara und Sophie, okay, eher nach dem Gespräch mit Clara, war ich in bester Laune nach Hause marschiert. Auf dem Weg hatte ich immer wieder den Kopf geschüttelt, weil ich mich fragte, wieso ich den Eroberungsfeldzug nicht schon längst begonnen hatte. Es schien, als habe ich das Go von wenigstens einer Person gebraucht. Mit Clara hatte ich endlich eine Verbündete, die – obwohl auch sie Vorbehalte gegen einen so ruhigen Mann wie Henrik vorgebracht hatte – bereit war, mich zu unterstützen. Den ganzen Abend war ich beschwingt und gleichzeitig innerlich unruhig durch den Garten gewandert, hatte mich den Pflanzen gewidmet und war dann reichlich spät, voller Vorfreude auf den nächsten Tag, ins Bett gekrabbelt.

Auch jetzt war meine Laune noch glänzend. Ich konnte es kaum erwarten, in einer halben Stunde Henrik zu sehen und meine Pläne angehen zu können. Ein Dauerlächeln lag auf meinem Gesicht, und nichts und niemand würde es wegzaubern können. Als ich den Holzsteg erreicht hatte, trat John aus der Tür. Nicht einmal das konnte meine Stimmung verdüstern.

»Guten Morgen, Alice«, begrüßte er mich mit einem Lächeln, das er wohl für unwiderstehlich hielt.

»Guten Morgen«, brachte ich bemüht höflich hervor.

»Hattest du einen schönen Abend mit deinen Freundinnen?«

»Oh, sehr schön«, gab ich süffisant zurück. »Und Sie? Wie war es mit Ihrer Freundin? Oder sind bei Ihnen auch mehrere zusammengekommen?«

»Wie?« Irritiert stierte er mich an.

»Na ja, bei mir waren es zwei Freundinnen. Und bei Ihnen? Läuft die Harem-Erweiterung erfolgreich?«

»Harem-Erweiterung?« John sah perplex in meine Richtung. Es bereitete mir ein diebisches Vergnügen, ihn so unsicher zu sehen.

»Wie würden Sie das sonst nennen? Sie haben die wunderschönste Freundin der Welt. Und trotzdem sind Sie so abgezockt, mich zum Essen einzuladen?«

»Äh ...« Er betrachtete mich, als käme ich direkt aus einem Parallel-Universum.

»Du meinst Jane?«

»John, ist es meine Aufgabe, die Namen Ihrer Freundinnen zu wissen? Das müssen Sie schon selbst hinkriegen. Aber bei so etwas verliert *Mann* ja gern mal den Überblick, vor allem wenn es zu viele werden.«

Ich warf ihm einen hochnäsigen Blick zu, auf dessen Gelingen ich so stolz war, als hätte ich gerade den Nobelpreis gewonnen, und verschwand mit erhobenem Haupt in meinem Wunderland.

Während ich meiner Morgenroutine folgte und den Laden bereitmachte für das Eintreffen der ersten Kunden, kicherte ich vor mich hin. Ein Dauergrinsen schien in meinem Gesicht festgetackert zu sein. Innerlich notierte ich mir einen Lernpunkt: Ironie und Sarkasmus dienten als probates Mittel im Umgang mit John-Typen. Wenn ich das Hirn auf Hochtouren brachte und es mit der Kreierung schlagfertiger, frecher Statements beschäftigte, hatte es keinen Raum mehr für Angst. Es war nur eine kurze Begegnung gewesen mit John, aber sie hatte mein Selbstbewusstsein in neue Höhen katapultiert. Genau das, was ich brauchte, um heute mit der Umsetzung meines Eroberungsplans zu beginnen!

Das Universum war offensichtlich auf meiner Seite, denn Henrik erschien als erster und momentan einziger Kunde. Aus dem Dauergrinsen wurde wieder ein charmantes Dauerlächeln.

»Guten Morgen, Henrik«, begrüßte ich ihn und sendete ein tiefes Leuchten von mir zu ihm.

Irritiert angesichts des Schwalls an guter Laune, mit dem er überschüttet wurde, erwiderte er vorsichtig den Guten-Morgen-Gruß.

»Einen Milchkaffee wie immer?«, flötete ich.

»Danke, Alice, sehr gern.«

Vor mich hin singend ließ ich zwei Tassen Kaffee aus der Wundermaschine heraus und gesellte mich dann zu meinem Lieblingsgast, der auf dem Holzdeck Platz genommen hatte und dabei war, sein Notebook aufzubauen.

»Weißt du was, Henrik, heute nehme ich mir mal Zeit, um dir Gesellschaft zu leisten«, säuselte ich und setzte mich ihm gegenüber.

»Oh, das ist ja schön, Alice«, stammelte er heftig errötend, während er sich schüchtern die dunklen Haare aus dem Gesicht strich. Mein Herz klopfte hektisch. Egal, was dieser Mann tat, es hatte eine unglaubliche Wirkung auf mich. Am liebsten hätte ich ihn in den Arm genommen, sein Gesicht gestreichelt, ihm die Haare verwuschelt und mit meinen Berührungen die Verlegenheit in wilde Leidenschaft verwandelt.

»Wie geht es dir momentan, Henrik?«, fragte ich stattdessen und legte scheinbar unauffällig eine Hand auf seinen Unterarm.

Seine Gesichtsfarbe stellte sich daraufhin auf einen noch intensiveren Rotton ein. Er rutschte nervös auf dem Stuhl hin und her, lehnte sich zurück und entzog damit seinen Arm meinem Zugriff. »Alles gut. Danke, Alice«, antwortete er knapp mit gesenktem Blick.

Ein Räuspern hinter mir ließ mich herumfahren. »Alice, hättest du für den Haremsbesitzer auch einen Kaffee?«, erklang Johns Stimme mit einem frechen Unterton.

Ungeschickterweise kam mir Henrik mit einer Antwort zuvor. »John, wie schön, dass du da bist!«, rief er lebhaft aus und klang merkwürdig erleichtert.

Verletzt von seiner Reaktion versuchte ich zu retten, was zu retten war. »Sie merken wohl nicht, wenn Sie stören.«

John griente mich unverhohlen an. »Ich würde sagen, das ist eine Patt-Situation: Eine scheine ich zu stören, und einer scheint sich über mein Erscheinen zu freuen.«

Feuerrot werdend wandte ich mich ab und stiefelte mit einem Aufschnauben und wütenden Schritten in Richtung Kaffeemaschine. Während ich am Hantieren war und dabei jeden Gegenstand, nach dem ich griff, mit Schmackes auf meine edle Holzplatte donnerte, ging die Tür auf und Peter kam mit einem Strahlen auf mich zu. »Wunder-Alice, guten Morgen!«, schmetterte er mir entgegen.

»Guten Morgen«, erwiderte ich miesepetrig.

Peters Strahlen wich einem besorgten Blick. »Was ist los, meine Schöne?«

»Ach, dieser Depp von einem Nachbarn«, schimpfte ich vor mich hin.

»Was hat er nun wieder ausgefressen?«, stöhnte mein Bruder.

»Dieser Depp hat einfach überhaupt kein Feingefühl. Ich saß gerade mit Henrik zusammen, und wir haben versucht, uns näherzukommen. Da ist dieser Idiot reingeplatzt und hat die Atmosphäre kaputtgemacht.«

»Ihr habt versucht, euch näherzukommen?«, fragte er erstaunt. »Wie darf ich mir das vorstellen?«

»Wir haben geredet, und ich habe ihm die Hand auf den Arm gelegt.«

»Und er?«

Verflixt, warum fragte er mich das? »Henrik hat ihn zurückgezogen«, grummelte ich.

Peter sah mich einen Moment schweigend an, dann drehte er mich zu sich und griff sanft nach meinen Schultern. »Alice, Süße, ich will dir nicht wehtun, aber ich habe nicht das Gefühl, dass Henrik dein Interesse in irgendeiner Form erwidert.«

Erneut schoss mir die Röte ins Gesicht. Das war so demütigend. »Ach, Peter, sag das nicht. Er braucht nur eine Gelegenheit, mich richtig kennenzulernen. Wir sind füreinander bestimmt, das spüre ich.«

Peter seufzte: »Süße, du weißt, ich gönne dir von Herzen alles Glück der Welt, doch ich denke, dass du dich da in etwas hineinsteigerst.«

»Sicher nicht, Peter Pan. Ich brauche nur eine Chance, mit ihm mehr Zeit zu verbringen. Könntest du uns vielleicht zusammen einladen, zu dir nach Hause oder zu irgendeiner Aktivität, sodass wir uns mal außerhalb dieses Ladens treffen können?«

»Alice, ich glaube nicht, dass das eine gute Idee ist«, gab er zögerlich zurück.

»Bitte, Peter. Lass es uns wenigstens probieren! Das gibt mir zumindest das Gefühl, nichts unversucht gelassen zu haben.«

»Klar kann ich euch einladen. Ich habe nur Angst davor, dass du dir am Ende mit dieser Aktion selbst Leid zufügst.«

»Peter, bitte vertrau mir!«

»Okay, Alice, meinetwegen. Aber dann mache ich es auf meine Art, auch wenn dir die unter Umständen nicht gut gefällt.«

»Was meinst du damit?«

»Vertrau du mir, Wunder-Alice!«

Peter verschwand nach draußen und ich widmete mich der Zubereitung eines weiteren Milchkaffees. Er hatte es wieder einmal geschafft. Mit seinem Auftauchen waren Frust und Wut verschwunden und mein Optimismus zurückgekehrt. Er würde das schon richten!

Als ich mit zwei Tassen auf den Steg trat, zog er einen Stuhl herbei, stellte ihn zwischen John und sich und rief gut gelaunt aus: »Komm, setz dich zu uns, Alice!« Obwohl mir der Standort nicht im mindesten gefiel, folgte ich seiner Einladung. Die Nähe von John konnte ich körperlich fühlen. Sämtliche Nackenhaare richteten sich auf und jagten mir unangenehme Schauer über den Rücken. Der einzige Vorteil, den mir mein Aufenthaltsort bot, bestand darin, Henrik direkt gegenüberzusitzen und ihn unauffällig anhimmeln zu können.

»Hey, Leute, was für ein Wetter«, setzte Peter an. »Das schreit geradezu nach einem Grillabend. Was haltet ihr davon, wenn ich am Samstag den Grill anschmeiße und wir eine kleine Party feiern?« Beifallheischend sah er in die Runde. Mir fiel die Kinnlade herunter, und ich hätte ihn in diesem Moment am liebsten auf den Mond geschossen. Es konnte unmöglich sein Ernst sein, neben Henrik auch den Nachbar-Deppen einzuladen. Das hatte er also mit »auf meine Art« gemeint. Was bezweckte er damit? Ich schoss ihm von der Seite einen wütenden Blick zu, doch er grinste mich nur unverhohlen an.

Henrik errötete heftig und knetete die Hände. »Das klingt wunderbar«, antwortete er mit gesenktem Kopf. »Ich war ewig nicht mehr zum Abendessen eingeladen.«

Ich schmolz dahin. Dieser Mann war einfach zum Liebhaben.

Peter sah erwartungsvoll in Johns Richtung. »Wie sieht's bei dir aus?«

John zögerte. »Hm, eigentlich habe ich am Samstag schon was vor. Darf ich jemanden mitbringen?«

»Ach, lerne ich dann eine weitere Haremsdame kennen?«, fragte ich herausfordernd.

John runzelte kurz die Stirn und verzog sein Gesicht zu einer spöttischen Grimasse. »Wer weiß?«, antwortete er lapidar.

»Klar, kein Problem«, unterbrach Peter unser Scharmützel. »Bring gern jemanden mit. Also ist es ausgemacht? Samstag um sieben Uhr abends?« Ein schüchternes, ein freches und ein wütendes Nicken folgten.

Eine halbe Stunde später stand ich immer noch aufgebracht in meinem Laden. Glücklicherweise hatte ich gerade keine Kundschaft und konnte meinen Gedanken nachhängen, die größtenteils aus Wut und Selbstmitleid bestanden. Dieser Tag hatte wunderbar begonnen. Und was war davon übriggeblieben? Nichts! Mein Annäherungsversuch bei Henrik? Gescheitert. Meine Sehnsucht nach einem intensiven Gespräch mit ihm? Unerfüllt. Er war sofort aufgesprungen, als Peter und John ihrer Wege gingen, und hatte sich ihnen angeschlossen. Mein Wunsch nach einem von Peter arrangierten Date? Verhunzt. Wie hatte er nur John einladen können? Vor allem über diesen Punkt grübelte ich nach.

Inas Worte fielen mir wieder ein. Worin – um Himmels willen – sollte da eine positive Absicht liegen? Okay, vielleicht wollte Peter mich mit diesem Typ Mann vertraut machen und meine Abwehrreaktionen mildern. Das könnte mit jedem gelingen, doch sicher nicht mit Mr. Depp. Ich kam mir vor wie eine Allergikerin, die mithilfe einer Spritzenkur desensibilisiert werden sollte. John war die Dosis, die mir all meine Lieblingsmenschen verabreichen wollten. Aber ganz ehrlich: Da blieb ich lieber Gutaussehende-Fußballer-Allergikerin!

Ich seufzte. Ach, könnte mir nur jemand mein altes Leben mit Dorothea als Nachbarin zurückgeben! Stattdessen musste ich mit diesem ungehobelten Klotz klarkommen, und mein Bruder fiel mir offen in den Rücken. Mitten in mein Selbstmitleid hinein ploppte plötzlich eine Idee in mir auf. Wer sagte eigentlich, dass ich die Situation so hinnehmen musste? Vielleicht könnte ich sie ja ändern? Oh ja, das klang nach einem guten Plan!

Optimistischer geworden, verließ ich entschlossen das Wunderland und düste beschwingt zu meinem Nachbarn, um die Idee sofort zu verwirklichen. Ich öffnete die Ladentür und trat ein. Der Laden lag erneut wie ausgestorben vor mir. Dieses Mal wusste ich allerdings, wo ich zu suchen hatte. Wieder saß John hinter seinen beiden Bildschirmen und tippte wie ein Gestörter in die Tasten. Sein Anschlag hätte jeder Schreibmaschinen-Akrobatin aus den Sechzigern Konkurrenz gemacht. Die Finger flogen wie von selbst über die Tastatur. Das musste ja eine spannende Geschäftskorrespondenz sein! Oder war er auf irgendeiner Singlebörse unterwegs, mit dem Ziel der Haremserweiterung?

Eine Weile starrte ich in seine Richtung, in der Hoffnung, dass er mich bemerken würde. Doch er schien völlig abgetaucht zu sein in das, was er da trieb. Also räusperte ich mich vernehmlich. John zuckte zusammen, nahm mich zur Kenntnis, sprang von seinem Stuhl auf und eilte mir entgegen.

»Alice, schön, dass du mich besuchen kommst. Was gibt's?«

»Einen Besuch würde ich das nicht nennen«, erwiderte ich mit blasierter Miene. »Ich wollte Sie nur kurz um etwas bitten.«

»Gern, Alice. Was auch immer ich für dich tun kann.«

»Wegen Samstag«, ich atmete tief durch, »da gibt es Redebedarf.«

»Soso, inwiefern?«

»Sie hatten ja gesagt, dass Sie da bereits etwas vorhaben. Und ich möchte Sie bitten, Peter aus diesem Grund abzusagen.«

»Ich soll absagen? Wieso?«

»Na ja, Sie und ich können uns nicht leiden, und deswegen müssen wir ja nicht noch mehr Zeit miteinander verbringen als unbedingt nötig.«

John sah mich mit einer Mischung aus Ernst und Amüsement an. »Falsch, Alice. Du kannst mich nicht leiden. Ich mag dich sehr.«

Für einen winzigen Moment kippte ich aus der Balance. ›Ich mag dich sehr‹, ergab in meinem Inneren einen merkwürdigen Widerhall. Doch schnell hatte ich mich wieder gefangen.

»Von Ihnen lasse ich mich nicht reinlegen. Egal, was Sie behaupten. Jedenfalls wäre ich an diesem Abend gern mit Peter und Henrik allein.«

Ein Kronleuchter schien auf Johns Gesicht aufzugehen. »Verstehe. Du willst mit Henrik allein sein, um ihn zu erobern. Und Peter soll sich diskret zurückhalten, damit du deine Chance bekommst.« Ein freches Lachen breitete sich über seine Gesichtszüge aus.

Ich merkte, wie ich heftig errötete. Dieser Typ! Wie konnte er das so ungeschminkt aussprechen und mich dieser Peinlichkeit aussetzen?

»Alice, darf ich ehrlich sein?« Ich starrte ihn ausdruckslos an. »Das wird niemals was zwischen Henrik und dir. Er steht einfach nicht auf dich.«

Oh, in diesem Moment wäre ich am liebsten vor Wut geplatzt. Ich spürte, wie meine Wangen von Blut geflutet wurden und wilde Emotionen wie tosende Meereswellen in mir aufschäumten. Ich wollte weg von hier, sofort! Ohne ein weiteres Wort machte ich auf dem Absatz kehrt, stürmte davon und rannte in meinen Laden. Ich riss die Tür zum Lagerraum auf. Irgendetwas musste jetzt platzen. Wenn nicht ich, dann etwas anderes. Ich griff nach einem von Sophies Werkzeugen, die hier für kleinere Anpassungs- oder Reparaturarbeiten deponiert waren, und stach mit brachialer Gewalt einen

Luftballon nach dem anderen nieder. Ich fühlte mich wie die Akteurin in einem Kriminalroman, die wie von Sinnen auf hilflose Opfer eindrosch. Obendrein klangen die platzenden Ballons wie peitschende Pistolenschüsse.

»Was ist denn hier los?«, hörte ich eine entsetzte Stimme hinter mir.

Erschrocken fuhr ich herum. Schlagartig verrauchte die Wut und machte Scham Platz. Was musste ich gerade für ein Bild abgegeben haben? Doch der Blick aus diesen sanften weisen Augen brachte mich sofort zur Ruhe. »Ach, Ina«, seufzte ich.

»Komm her, Herzchen«, antwortete sie voller Wärme und breitete ihre Arme aus. Ich warf mich hinein und ließ mich von ihrer Liebe überschütten. Behutsam streichelte sie meinen Rücken. Plötzlich wurden meine Augen mit Tränen geflutet, und ich weinte bitterlich.

»Ist gut, Herzchen«, beruhigte sie mich und streichelte so lange weiter, bis ich mich entspannte.

Ein letztes Mal schnäuzte ich mich, dann drückte ich mich mit einem verlegenen Lächeln von ihr weg. »Danke, Ina.«

»Magst du darüber reden?«

»Nein, danke. Da ist schon alles gesagt. Mein Nachbar bringt mich zur Weißglut, und der Mann, dem mein Herz gehört, will nichts von mir wissen.«

»Hm, Kindchen. Immer noch dein Nachbar. Hat es sich denn gar nicht gebessert?«

»Na ja, ein bisschen vielleicht. Ich habe keine Angst mehr vor ihm. Aber er macht mich unfassbar wütend mit seiner Art. Und von der ›Leichtigkeit der Zukunft‹, über die wir geredet hatten, ist nichts zu spüren.«

»Wie lange ist er jetzt hier?«

Ich sah Ina mit großen Augen an. Mir war klar, was sie mir sagen wollte. Es war keine vierzehn Tage her, seit ich am Morgen nach dem Urlaub erst den schwarzen Schlund und dann John entdeckt hatte. Und erst seit zwei Tagen hatte sein Laden geöffnet. Innerhalb der kurzen Zeit durfte ich wohl keine Wunder erwarten. Trotzdem hatte ich das Gefühl, als liefe alles immer weiter aus dem Ruder. »Ach, Ina. Ich weiß, ich sollte Geduld haben. Ich kann nur nicht fassen, wie sehr mein Leben von einem Tag auf den anderen ins Chaos gestürzt ist. Wenn es wenigstens einen Fortschritt gäbe mit dem Mann, den ich liebe.«

»Herzchen, Liebe ist so ein großes Wort. Ist es wirklich Liebe oder ist es eine Schwärmerei?«

Ich zuckte ratlos mit den Achseln. War es Liebe? Konnte es das überhaupt schon sein? Wir hatten ein einziges intensiveres Gespräch geführt, als er mir von seinem Weg zum Antiquar berichtet hatte. Er hingegen wusste so gut wie nichts von mir und schien daran auch nichts ändern zu wollen. Wenn ich ehrlich war, kannte ich nur wenige Facetten von ihm. Er ließ mich weder in seine Persönlichkeit noch in sein bisheriges und derzeitiges Leben detaillierte Einblicke nehmen. Hatten am Ende alle recht und ich steigerte mich in etwas hinein? Aber wie sollte ich das herausfinden, ohne eine Gelegenheit zu erhalten, Zeit mit Henrik allein zu verbringen?

Als gäbe es eine Stimme aus dem Off murmelte ich vor mich hin: »Mein Nachbar meint, Henrik stünde nicht auf mich.« In dem Moment, als das ausgesprochen war, ärgerte ich mich über mich selbst. Warum fiel mir nichts Schlaueres ein, als meinen Nachbarn, den ich aus tiefster Seele verabscheute, zu zitieren? Wie konnte ich zulassen, dass er Einfluss auf mich erlangte?

Auch Ina sah mich verblüfft an. »Und was sagen die anderen?«

Ich seufzte: »Irgendwie sind sich darin alle einig.«

»Hm, Kindchen, das tut mir leid. Vielleicht solltest du dir mal einen Zettel schnappen und aufschreiben, was dir alles an Henrik gefällt und aus welchen Gründen du dich für ihn interessierst. Das könnte helfen, mehr Klarheit im Hinblick auf deine Gefühle zu gewinnen. Im besten Fall findest du dabei sogar Ansatzpunkte, wie du weiter vorgehen kannst.«

Überrascht musterte ich sie. »Das klingt nach einer fantastischen Idee«, murmelte ich vor mich hin. »Das mache ich, heute noch!«

Inas Vorschlag ließ mich den ganzen Vormittag nicht mehr los. Auch wenn ich immer wieder durch Kundschaft abgelenkt wurde, arbeitete es in mir. Ich konnte es kaum erwarten, den Laden für die Mittagspause zu schließen.

Als es endlich soweit war, richtete ich mir meinen Pausensnack auf einem Teller an, griff nach einer großen Flasche Wasser und setzte mich mit Papier und Stift bewaffnet an meinen Arbeitsplatz. Nachdenklich startete ich mit der Überschrift: »Was mir an Henrik gefällt«. Stück für Stück hielt ich meine Beobachtungen fest, sammelte alles, was mir einfiel. Als ich den Eindruck hatte, dass die Liste vollständig war, brachte ich sie in eine übersichtliche Ordnung und las sie noch einmal durch. Zustimmend nickte ich. Ja, das traf es, selbst wenn nicht viele Punkte zusammengekommen waren. Doch all das, woran mir gelegen war und was mich an Henrik anzog, stand schwarz auf weiß festgehalten auf dem Blatt.

Trotzdem gelang es mir nicht, auch Inas zweite Idee zum Leben zu erwecken. Es taten sich partout keine Ansatzpunkte auf, wie ich mit Henrik weitermachen könnte. Vielleicht wussten ja heute Abend meine Freundinnen ein weiteres Mal Rat.

Er steht einfach nicht auf dich!

Sowohl das Gespräch mit Ina als auch meine sinnvoll verbrachte Mittagspause hatten mir wieder die Ruhe zurückgebracht, die mir durch die morgendlichen Ereignisse verlorengegangen war. Entsprechend entspannt und mit einer gehörigen Portion Vorfreude sah ich dem Aufkreuzen von Sophie und Clara entgegen. Beide erschienen gleichzeitig zur üblichen Zeit. Sie riefen ein vergnügtes »Hallo, Alice, wir sind da!« zu mir hinein und setzten sich munter schwatzend an ihren Stammtisch auf dem Holzsteg.

Ich beendete die letzten Aufräumarbeiten, kochte eine Kanne Tee, schnappte mir den Zettel und gesellte mich ebenfalls zu ihnen.

»Und, was gibt es Neues an der Henrik-Front?«, konnte Clara ihre Neugier nicht bremsen.

Ich seufzte genervt auf. »Nichts. Heute ging alles schief. Bei unserem morgendlichen Gespräch habe ich Henrik meine Hand auf den Arm gelegt, doch er hat ihn weggezogen. Und er wirkte geradezu erleichtert, als John auftauchte und unsere Zweisamkeit störte. Zu guter Letzt hat Peter, so wie wir es uns gestern ausgedacht hatten, eine Verabredung zu einem Grillabend arrangiert, wusste dabei aber nichts Besseres zu tun, als auch Mr. Depp mit Begleitung einzuladen.«

»Oha!«, stieß Clara hervor, und Sophie ergänzte: »Da hast du ja das komplette Paket abbekommen.«

»Ja, sieht so aus. Und das ist noch nicht alles. Ich wollte John wieder ausladen und war in seinem Geschäft ...«

Sophie unterbrach mich: »Du wolltest John ausladen, von Peters Grillparty?« Sie schnappte nach Luft, als hätte ich etwas Ungeheuerliches getan.

»Ja«, hob ich an, weiterzusprechen, doch Sophie ließ es nicht dazu kommen.

»Mensch, Alice, du machst echt vor nichts halt«, stöhnte sie.

»Wieso? Einen Versuch war es wert. Er hatte bei der Zusage ohnehin gezögert, weil er schon etwas anderes vorhatte. Deshalb auch die Sache mit der Begleitung. Na ja, ich dachte, wenn er absagt, könnten wir beide was davon haben. Nur, dummerweise hat er mich durchschaut. Er hat mir auf den Kopf zugesagt, dass ich Zeit mit Henrik verbringen wolle. Und dann hat er behauptet, Henrik stünde nicht auf mich.«

»Hui, das ist direkt«, meldete sich Clara mit hochgezogenen Augenbrauen zu Wort.

Sophie warf ihr einen strengen Blick zu. »Das ist vielleicht direkt, doch deswegen noch lange nicht weniger wahr.« Sie legte mir mit einer vorsichtigen Bewegung ihre Hand auf meine. »Tut mir leid, Süße, aber ich denke tatsächlich, dass er recht hat.«

»Pfff, nur weil du zu seinem Fanclub gehörst. Der hat keine Ahnung. Jedenfalls hat mich Ina getröstet, als sie kurz darauf im Laden war und mir eine Super-Idee beschert. Ich habe aufgeschrieben, was mir alles an

Henrik gefällt. Sie meinte, dann könnte ich eventuell neue Anhaltspunkte für meine Eroberungsstrategie gewinnen. Bis jetzt ist mir das nicht gelungen, aber vielleicht helft ihr mir dabei.«

Sophie prustete los: »Was für eine witzige Idee!«, und Clara sagte: »Lass sehen!«

Ich reichte ihr den Zettel. Sophie rutschte dicht an sie heran und die beiden studierten aufmerksam die Zeilen.

Flüsternd las Clara vor:

Was mir an Henrik gefällt ...

- *kein Macho, sondern ein zurückhaltender, höflicher Mann*
- *vollendete Umgangsformen, kein cooles Getue*
- *sehr gutaussehend und trotzdem kein arroganter Schnösel*
- *bescheiden, liebenswert, kein Angeber*
- *gebildet und wohlerzogen*
- *liebt Bücher*
- *kann nichts mit Fußball anfangen*
- *kein Muskelprotz, der mehr Muckis als Grips in der Birne hat*
- *ganz bestimmt kein Haremsbesitzer*
- *kein verwegener Draufgänger*
- *kein Egoist, der über Leichen geht*
- *im tiefsten Inneren garantiert leidenschaftlich, auch wenn er das selbst noch nicht weiß*
- *ein Mann zum Heiraten und Familie gründen*

Ohne dass mich das überrascht hätte, reagierte Sophie als Erste. »Was heißt das: ›garantiert leidenschaftlich, auch wenn er das selbst noch nicht weiß‹?«

»Er behauptet von sich, weder romantisch noch leidenschaftlich zu sein. Aber ich denke, dass er sich da einfach nicht richtig kennt.«

Sophie verdrehte die Augen so sehr, dass ich schon befürchtete, sie könnten steckenbleiben. »Alice, wie lange kennt sich der Mann? So um die fünfunddreißig Jahre, würde ich schätzen. Und du kennst ihn seit gut drei Monaten, korrekt?« Ich nickte. »Was um alles in der Welt bringt dich zu der Annahme, du wüsstest mehr über ihn als er selbst? Mensch, Alice, du siehst nicht die Realität, sondern nur, was du sehen willst. Und das verkaufst du dir als Wirklichkeit. Ich glaube, ich muss nicht erwähnen, dass ich seine Einschätzung teile. Das ist nicht Mr. Knightley, sondern Mr. Zero-Passion. Oder, Clara?«

Clara schüttelte den Kopf. »Dazu mag ich nichts sagen. Ich kenne ihn nicht. Aber mir fällt etwas ganz anderes auf.«

»Was denn?« Sophie musterte sie erstaunt.

Clara legte kurz ihren Finger an die Lippen, um Sophie zum Schweigen zu bringen, dann wandte sie sich an mich: »Alice, welches Wort kommt in deinem Text am häufigsten vor?«

Irritiert sah ich sie an, nahm ihr das Blatt aus der Hand und versuchte, ihre Frage zu beantworten. Zögerlich murmelte ich: »Kein.«

»Exakt«, bestätigte Clara und warf mir einen bedeutungsschwangeren Blick zu.

Ich runzelte die Augenbrauen. Was wollte sie mir damit sagen? Sophie griff mit verwunderter Miene nach dem Zettel und las ihn ein weiteres Mal durch. Sie schlug sich mit der flachen Hand gegen die Stirn. »Clara hat absolut recht. Du beschreibst, was Henrik nicht ist ...«,

»... und nicht, was er ist«, vollendete Clara den Satz.

Verstört betrachtete ich die Freundinnen. »Ja und?«

»Du magst Henrik nicht deshalb, weil er der Mensch ist, der er ist. Präziser formuliert kennst du diesen Menschen nicht. Es geht dir bei ihm darum, welchem unerwünschten Bild er *nicht* entspricht.« Clara verlor sich kurz in ihren Gedanken. Ihre Augen wanderten nachdenklich zum Himmel. »Ich habe mal einen Ratgeber, speziell für Frauen, gelesen. Darin stand, dass es besser sei, sich mit der Frage zu beschäftigen, wo man hin will, statt darauf zu schauen, wovon man weg will. Aber genau das tust du. Bei dir ist es mehr ein ›weg von den gutaussehenden, frechen Sportlern‹ als ein ›hin zu einem Mann wie Henrik‹. Du versuchst, etwas zu vermeiden, statt etwas voller Begeisterung zu wollen.«

Sophie starrte Clara bewundernd an. »Wie war das? Bist du Physiotherapeutin oder Psychotherapeutin?«

Clara zuckte lächelnd mit den Schultern. »Wahrscheinlich muss ich in meinem Job ein bisschen von beidem sein.«

Meine Freundinnen sahen mich erwartungsvoll an, doch ich fühlte mich gerade nicht in der Lage, ihnen zu antworten. Stimmte das, was Clara behauptete? Mochte ich Henrik in erster Linie, weil er ein bestimmtes Bild *nicht* verkörperte? Weil er *nicht* war wie ein John oder einer seiner Fußballkumpane? War ich so sehr angst- und vermeidungsgesteuert, dass ich das noch nicht einmal bemerkte? Ich ließ mein bisheriges Leben Revue passieren. Wie hatte ich den Anfang meiner Langzeit-Beziehung mit Tom bezeichnet? Als angenehmes laues Lüftchen. Ein Lüftchen, das sich nach ein paar Jahren als langweilig entpuppt hatte. Und zuvor? Da hatte es eher kurze Episoden gegeben, die in den meisten Fällen ich beendet hatte, bevor sie richtig Fahrt aufgenommen hatten. Immer waren es ruhige, unauffällige Männer gewesen, und immer hatte mir etwas gefehlt. Wie war es mit Henrik? Wäre das auch ein laues Lüftchen oder fühlte ich mich wie in einem Orkan, der mich mit ungeheurer Kraft mit sich riss und mein komplettes Leben zum Beben brachte? Okay, ein Orkan war es nicht. Doch war ein Orkan mit all seiner Zerstörungswut überhaupt erstrebenswert? Was wollte ich wirklich?

Sophie unterbrach die Gedanken. »Hallo, Alice, bist du noch da? Wie wäre es, wenn du uns teilhaben lässt an deinen Überlegungen? Vielleicht können wir helfen.«

»Ach, Mädels, was soll ich sagen? Clara, erst mal herzlichen Dank für diese Beobachtung. Ich weiß zwar nicht, wie ich sie werten soll, aber sie lohnt auf jeden Fall einen intensiven Blick. Keine Ahnung, in welchem Modus ich bin und warum ich mich auf Henrik versteife. Im Moment bin ich durcheinander.«

Clara legte ihre Hand auf meinen Unterarm. »Versuch doch mal, deine Gefühle für Henrik zu beschreiben!«

Ich sah sie lange und grüblerisch an. »Tja, gar nicht einfach. Er berührt mich mit seiner Schüchternheit. Am liebsten würde ich ihn die ganze Zeit in den Arm nehmen und ihn auffangen, ihm sagen, dass er bei mir sicher ist. Ich mag seine verlegenen Gesten. Wenn er sich die Haare aus der Stirn streicht oder sich unsicher in den Nacken fasst. Seine Unbeholfenheit lässt mein Herz aufgehen. Er hat etwas herrlich Unschuldiges, was mir guttut in dieser abgezockten Zeit, in der nur das höher-schneller-weiter zählt. Er kennt keine Abgründe, keine Gemeinheit, keine Rohheit. Er ist rücksichtsvoll, liebenswert, höflich, kann keiner Fliege was zuleidetun. Es ist entspannend, wohltuend ungefährlich in seiner Gesellschaft. Es macht Spaß, ihm zuzuhören, wenn seine Augen leuchten und er sich begeistert. Er ist ein wundervoller Gegenpol zu den Typen, die rücksichtlos ihre Kreise ziehen und sich, ohne lange nachzudenken, nehmen, was sie wollen.«

Sophie und Clara warfen sich einen vielsagenden Blick zu. »Das klingt ja wirklich nach wilder, hemmungsloser Leidenschaft«, stöhnte Sophie gequält auf. »Alice, das wäre eine tolle Rede, wenn du von deinem besten Freund, deinem Herzensbuddy, sprechen würdest. Aber, hey, wo kommt in deinen Erzählungen was von Romantik und Leidenschaft vor? Wo ist das Bitzeln aus den Romanen, die du so liebst? Wo knistert und prickelt es? Wo sind die Schauer, die es dir über den Rücken jagt, wenn er nur in deiner Nähe ist? Wo der unbändige Drang, ihn berühren, küssen, lieben zu wollen? Wohin ist der Wunsch verschwunden, in den Tiefen seiner Augen zu versinken und bis auf den Grund seiner Seele zu schauen? Ehrlich, Süße, wenn ich dir was von meinen Gefühlen für Marvin erzählen würde, dann klänge das ganz anders. Also wirklich *ganz* anders. Und da können mir noch so tolle Sahneschnittchen über den Weg stolzieren wie dein Super-Nachbar, keiner könnte daran etwas ändern!« Auffordernd sah sie in Claras Richtung. »So, jetzt bist du dran. Wie ist es bei dir und Clemens?«

Clara nickte zustimmend. »Ich weiß, was Sophie meint. Das, was du über Henrik gesagt hast, hörte sich nach einer Mischung aus Sympathie für den besten Freund und mütterlichem Beschützerinstinkt an. Beides liegt weit weg von dem, was du in deinen Jane-Austen- oder Roman-Tischer-Romanen so liebst. Ich bin seit Jahren mit Clemens zusammen, aber wenn ich ihn sehe, er mir vielleicht sogar unerwartet über den Weg läuft, ist es immer noch, als ginge die Sonne auf. Mein Herz rast und ich kann mich kaum an ihm sattsehen. Ich sehne mich danach, ihm nah zu sein, ihn zu berühren, seine Hände auf meiner Haut zu spüren. Klar ist unser Leben mit Baby heute viel stressiger, und wir sind oft zu müde, um nur für uns da zu sein, und trotzdem sind die Gefühle riesig. Oft bringen mich Kleinigkeiten zum Glühen – ein Händedruck, ein Blick, ein flüchtiger Kuss. Und dann ist da dieses tiefe Gefühl in mir, dass wir zusammengehören, dass wir eins sind und nichts auf der Welt uns jemals trennen könnte. Vielleicht bin ich noch nicht einmal so eine Romantikerin wie Du, Alice, doch selbst ich gerate ins Schwärmen, wenn ich an Clemens denke. Deine Schilderungen von Henrik klingen für mich erschreckend kopfgesteuert. Mir fehlen da einfach die großen Gefühle.«

Nachdenklich betrat ich den Laden. Wir hatten länger als sonst zusammengesessen. Ich war meinen Freundinnen unglaublich dankbar, dass sie sich so viel Zeit für mich genommen hatten. Erst als Clara dringend nach Hause musste, um Felix zu stillen, waren die beiden aufgebrochen. Wir hatten ausgiebig über meine Gefühle gerätselt, ohne dass es mich am Ende weitergebracht hätte. Dauernd bekam ich – von Freund und Feind – zu hören, mit Henrik und mir könne es nichts werden, sodass ich selbst zu zweifeln begann. Anscheinend war ich auf diesem Planeten die Einzige, die davon überzeugt war, Henrik und ich wären das Traumpaar schlechthin. Doch diese Überzeugung bröckelte massiv angesichts der zahlreichen Gegenstimmen.

Ich tat das, was ich immer tat, wenn sich ein unaufhaltsames Gedankenkarussell in meinem Kopf drehte: Ich kümmerte mich um die Buchhaltung. In der Welt der Zahlen und Buchungen brauchte ich volle Konzentration. Alles andere trat dabei in den Hintergrund. Ich vergaß die Welt um mich herum, Ärger und Sorgen, tauchte komplett ab, bis ich nicht mal mehr mich selbst wahrnahm.

Erst nach dem letzten Mausklick landete ich wieder in der Wirklichkeit. Erschrocken stellte ich fest, dass es längst dunkel geworden war, obwohl jetzt, in der zweiten Augusthälfte, die Tage immer noch lang waren. Ein Blick auf die Uhr verriet mir, dass es bereits halb zehn war. Mein Nacken fühlte sich verspannt an, ich hatte unglaublichen Durst und mein Magen knurrte. Gierig leerte ich das Glas, das unberührt an meinem Arbeitsplatz stand. Meinen Hunger würde ich zu Hause stillen. Zum Glück hatte ich Reste vom Vortag im Kühlschrank.

Mit einem entschlossenen Ruck erhob ich mich, klappte das Notebook zu und griff nach meiner Tasche. An der Tür drehte ich mich mit einem prüfenden Blick um und löschte das Licht. Müde schloss ich ab und trat einen Schritt vorwärts. Dabei stieß ich gegen irgendeinen Gegenstand, der prompt über den Holzsteg rutschte. Irritiert blieb ich stehen und kramte nach meinem Handy-Licht. Der Strahl der Lampe fing ein flaches in Geschenkpapier gewickeltes Paket ein. Daran klebte ein Umschlag, der mit »Für Alice« beschriftet war. Vorsichtig nahm ich das Päckchen auf und musterte es misstrauisch. Da es nicht gefährlich wirkte, klemmte ich es unter den Arm und begab mich auf den Heimweg.

Schneller als sonst kam ich zuhause an. Die Neugier, was ich da wohl bei mir trug, hatte meine Schritte beschleunigt und dafür gesorgt, dass ich völlig außer Puste war, bis ich mein Häuschen erreicht hatte. Ich warf Tasche und Schlüsselbund auf das kleine Schränkchen in der

Diele, das noch aus Omas Zeiten stammte. Ich hatte es bunt lackiert, und die heiteren Farben bescherten mir sofort gute Laune, wenn mein Blick darauf fiel. In diesem Moment hatte ich jedoch kein Auge dafür. Ich schnappte mir das Päckchen, marschierte schnurstracks zu der Theke, die die Küche und meinen offenen Wohn-Essbereich voneinander abgrenzte, und legte es dort ab. Dann löste ich vorsichtig den Umschlag und linste mit klopfendem Herzen hinein. War das von Henrik? Heute hatte ich so viel über ihn gesprochen, dass mir alles andere undenkbar erschien. Ein zusammengefaltetes DIN-A4-Blatt mit einem längeren Text lag darin. Tief durchatmend öffnete ich es.

Liebe Alice,

wahrscheinlich bist Du immer noch sauer auf mich. Und ob Du es glaubst oder nicht: Ich kann das sogar verstehen. Dass ich Dir einfach um die Ohren gehauen habe, Henrik stünde nicht auf dich, war nicht unbedingt liebenswürdig. Dennoch bin ich überzeugt, dass ich richtig liege. Ich merke schon eine Weile (genaugenommen seit ich Dein Nachbar bin), dass Du Interesse an Henrik zeigst. Auch seine Reaktionen habe ich aufmerksam beobachtet. Glaub mir, wenn er Deine Vorliebe für ihn erwidern würde, sähe das ganz anders aus!

Es gibt eine wundervolle, wirklich witzige Komödie, die mit diesem Thema auf eine charmante Weise spielt. Sie kam mir in den Sinn, weil ich ihren Titel heute unbeabsichtigt wörtlich zitiert habe. Der Film heißt: »Er steht einfach nicht auf dich!« Er handelt davon, wie wir uns manchmal monatelang selbst etwas vormachen, indem wir die klar in eine Richtung weisende Realität so uminterpretieren, dass unser Traum vom Glück auf keinen Fall zerstört wird. Dieser Weg scheint kurzfristig leichter zu sein als unerschrocken den Fakten ins Auge zu schauen, die besagen: Er (oder sie) steht einfach nicht auf dich! Langfristig gesehen führt er jedoch in Schmerz und Frustration. Übrigens weiß ich durchaus, wovon ich rede. Auch ich habe das schon erlebt.

Vielleicht kennst Du den Film bereits. Falls nicht, war ich so frei, ihn für dich zu organisieren.

Da Du mit Sicherheit hinter dieser Aktion etwas vermutest, was Dir Schaden zufügen soll, erkläre ich Dir ganz ausdrücklich, dass dem nicht so ist. Der Film hat eine Botschaft, die tröstlich ist: Es wird da draußen immer viele geben, die nicht auf einen stehen. Genauso gibt es einen (oder eine), der (oder die) auf niemand anderen als genau Dich steht. Und diesen Menschen gilt es zu finden!

Eine Sache noch: Nein, ich wollte Dich heute nicht reinlegen, als ich sagte, dass ich Dich sehr mag. Auch wenn es weit außerhalb Deines Vorstellungsvermögens liegt, ist es die Wahrheit.

Ich hoffe, dass es Dir am Ende gelingt, all das hier so zu sehen wie es von mir erdacht ist – gut gemeint. Hab einen schönen Abend, vielleicht ja sogar mit dem Film. Er lohnt sich wirklich – obwohl ich es bin, der ihn Dir schenkt ...

Liebe Grüße, Dein John

Ratlos starrte ich zwischen dem Brief, den ich immer noch in der Hand hielt, und dem Geschenk auf der Arbeitsplatte hin und her. Im Zeitlupentempo legte ich das Blatt ab und griff nach dem in Geschenkpapier eingewickelten Päckchen. Behutsam öffnete ich es. Auch wenn ich bereits wusste, was ich dort finden würde, betrachtete ich ungläubig die DVD-Hülle mit den vielen Gesichtern der darin vorkommenden Personen. Ich konnte mich gut an die Zeit erinnern, in der dieser Film im Kino gelaufen war. Ich hatte ihn sehen wollen, war jedoch damals so eingespannt gewesen mit Arbeit und anstehendem Umzug, dass ich es nicht geschafft hatte. In dieser Phase waren Tom und ich zusammengezogen und damit beschäftigt, unsere erste gemeinsame Wohnung zu renovieren und einzurichten. Außerdem war Tom nicht unbedingt der große Romantiker, der an dieser Art Filme Freude gefunden hätte.

Aber wie war es möglich, dass ein Typ wie John diese romantische Komödie kannte, und zwar sogar so gut, dass er mir die Handlung beschreiben konnte? Und dann dieser Brief – was war das für eine Aktion?

Ich griff erneut nach seinen Zeilen und las sie durch. Die Worte verstörten mich. Der Schreibstil verstörte mich. Ein ungehobelter Klotz, ein dämlicher Fußballer, ein Frauenheld wie er im Buche stand, ein selbstgefälliger Kerl ohne Tiefe – und der wollte so etwas geschrieben haben?

Kurz überlegte ich, wie ich reagieren würde, wenn Henrik mir dieses Geschenk gemacht und den Brief geschrieben hätte. Ich wäre voller Verzücken durch die Wohnung getanzt, hätte den Brief an mein Herz gepresst und glückselig vor mich hin gestrahlt. Henrik würde ich solche Zeilen sofort zutrauen, aber John? Das schien geradezu unmöglich. Hatte er ihn von jemandem schreiben lassen? Auch das war unwahrscheinlich. Wir waren erst heute Morgen aneinandergeraten, und er hatte den ganzen Tag im Laden gestanden. Es war schon unglaublich, dass er das Kunststück fertiggebracht hatte, die DVD zu besorgen. Das konnte er allenfalls in der Mittagspause oder nach Feierabend gemacht haben.

Ich las den Text ein drittes Mal. Selbst wenn er nicht von Henrik, sondern von einem Unbekannten stammen würde, dann fände ich ihn zauberhaft. Ich erkannte darin Wärme, Mitgefühl und Sanftheit, was mich vollkommen durcheinanderbrachte. Das konnte keinesfalls John verfasst haben, oder etwa doch? Eine Vorlage aus dem Internet kam nicht in Betracht. Dazu war der Inhalt zu persönlich. Und was bedeutete es, dass er erneut wiederholte, er möge mich sehr? Wieso schrieb er das?

Was ich am allerwenigsten verstand, war die Mühe, die er sich für Brief und Geschenk gegeben hatte. Ich meine, was brachte ihm das? Ich hatte keinen Zweifel daran gelassen, dass ich ihn nicht ausstehen konnte und nichts mit ihm zu tun haben wollte. Er könnte einfach mit den Schultern zucken und mich links liegenlassen. Warum tat er es nicht?

War das alles nur ein Spiel? War er ein Jäger, der Freude daran fand, seine widerspenstige Beute am Ende doch noch zu fangen oder, besser gesagt, zu erlegen? Oder war es womöglich eine moderne Ausgabe von »Der Widerspenstigen Zähmung«?

Egal, wie ich es drehte und wendete, musste ich eingestehen, dass er dafür zumindest Einiges an Anstrengungen in Kauf nahm. War es vorstellbar, dass er es ehrlich meinte und tatsächlich eine freundschaftliche Nachbarschaft anstrebte? Bei unserer ersten Begegnung hatte er erzählt, er kenne niemanden in der Stadt. Vielleicht wollte er neue Freunde finden. Aber was war dann mit seiner elfenhaften Super-Freundin?

Ich schüttelte den Kopf. Diese ganzen Gedankenspiele brachten mich keinen Millimeter weiter. Ich würde jetzt die Mikrowelle anwerfen, Essensreste aufwärmen und mich gemütlich aufs Sofa kuscheln, um die DVD zu sehen. Meine Neugier war geweckt. Ich wollte herausfinden, was genau mir John geschenkt hatte.

Die Welt steht kopf

Die DVD war ein Traum. Zwei Stunden lang war ich einfach nur dahingeschmolzen und hatte das Geschehen verfolgt, als sei ich live dabei. Diese romantische Komödie hätte aus Roman Tischers Feder stammen können. Von der ersten Minute an hatte mich der Film gekriegt.

Zu Beginn gab es einen Zusammenschnitt mit Frauen rund um den Erdball, die von der Liebe träumten und gemeinsam mit ihren Freundinnen das Verhalten ihres Angebeteten so interpretierten, dass es nach Liebe aussah. Und warum? Weil das so viel angenehmer war, als unberechtigte Hoffnungen aufzugeben.

Ich dachte an meine Freundinnen und meine gesammelten Lieblingsmenschen, die genau das nicht taten, sondern mir von Anfang an den Kopf wuschen und meine Gefühle für unpassend erklärten. Ich hatte sie dafür verflucht und war wütend auf sie gewesen. Konnte ich mich am Ende womöglich glücklich schätzen, dass sie mit mir nicht dieses unsinnige Hoffnung-am-Leben-erhalten-Spielchen getrieben hatten?

Und wie war es möglich, dass John in seinem Brief mit der »kurzfristig einfach, langfristig schwer«-Schiene fast die gleichen Worte gefunden hatte wie Ina, die ich ja nun wirklich zutiefst schätzte und verehrte? Mein Männerbild, mehr noch: mein ganzes Weltbild, war merklich erschüttert.

Am nächsten Morgen wachte ich wie gerädert auf. Ich hatte eine unruhige Nacht mit wirren Träumen verbracht. John war darin vorgekommen, der mich ernsthaft umworben hatte, um dann plötzlich mit seiner Elfe aufzutauchen und sie mit einem hämischen Grinsen vor meinen Augen leidenschaftlich zu küssen. Henrik hatte danebengestanden. Als ich ihm einen verzweifelten Blick zuwarf, hob er belehrend den Zeigefinger, als stünde er im Hörsaal vor seinen Studenten, und deklamierte: »Alice, niemand steht auf dich!« Auch er grinste mich daraufhin hämisch an. Schließlich tauchte Peter auf, griff mich an der Hand und schwebte mit mir zum Fenster hinaus, obwohl ich gerade eben noch draußen auf der Straße gestanden hatte.

Ich schüttelte mich, als könne ich damit die eindringlichen Träume rasch wieder loswerden. Dann richtete ich mich für den Tag und begab mich auf den Weg zum Wunderland. Mit jedem Schritt, den ich ihm näherkam, klopfte mein Herz mehr. In irgendeiner Form musste ich mich bei John bedanken. Wenn ich nur wüsste, wie. Ich fühlte mich wie Heinrich der vierte auf dem Gang nach Canossa und hoffte auf ein Wunder.

Als ich mein Ziel erreicht hatte, verkroch ich mich erst mal in den schützenden Innenraum meines Ladens. Da mein Herz nicht aufhören wollte, in wildem Beat zu tanzen, beschloss ich, die ganze Sache so schnell wie möglich hinter mich zu bringen. Tief einatmend legte ich die Hand auf die Klinke von Johns Ladentür und drückte sie herunter. Mittlerweile war ich ja schon mit den

Gegebenheiten vertraut und wusste, in welche Richtung ich zu schauen hatte. Ich wurde nicht enttäuscht. Erneut saß John an seinem Platz und hämmerte in die Tasten. Im Gegensatz zum letzten Mal bemerkte er mich sofort. Er sprang auf und umrundete seinen Schreibtisch.

»Guten Morgen, Alice.« Zu meiner großen Verwunderung klang seine Stimme nervös und auch das freche Lächeln hatte offensichtlich Ausgang.

»Guten Morgen, John«, würgte ich mühsam heraus.

Er sagte nichts weiter, sondern musterte mich nur verlegen. Das brachte mich völlig aus dem Konzept. John – verlegen? Trotz meiner Irritation wurde mir nach ein paar Augenblicken klar, dass ich diejenige war, die am Zug war. Also atmete ich erneut tief ein und stieß dann hervor: »Danke für die DVD!«

John lächelte leicht. Es sah gar nicht mal so extrem unverschämt aus, stellte ich fest. »Gern geschehen«, entgegnete er. »Hast du dir den Film angesehen?«

Ich nickte stumm.

»Und hat er dir gefallen?«

»Sehr sogar«, antwortete ich mit rauer Stimme.

Auf seinem Gesicht erschien nun ein breites Lächeln. »Das freut mich. Es ist einer meiner Lieblingsfilme.«

Ich starrte ihn an, als habe er mir gerade etwas von seinem fremden Heimatplaneten erzählt. »Einer ... deiner ... Lieblingsfilme?«, stotterte ich.

»Genau«, gab er schlicht zurück.

»Aber ... das ... ist ... doch ... kein ... Männerfilm!«

John begann schallend zu lachen. »Alice, wer behauptet denn sowas? Das ist, als würdest du sagen, nur Frauen dürfen Jane Austen lesen. Es ist ein wunderbarer Film mit raffiniert verschachtelten Handlungssträngen, voller Fantasie und Überraschungen, mit charmanten Charakteren, spritzigen Dialogen und einer Botschaft, die die Herzen der Menschen erreicht. Er ist gleichzeitig herrlich altmodisch und total modern. Eine zeitlose Hommage an die Liebe. Wieso sollen Männer das nicht mögen? Glaub mir, Alice, ich habe viele supercoole Kumpels, doch tief im Herzen träumen die meisten von ihnen nichts anderes, als irgendwann die Liebe zu finden. Nur würden sie das niemals zugeben.«

Die Herrschaft über meine Gesichtszüge im Allgemeinen und über meine Kinnlade im Speziellen hatte ich verloren. Ich konnte nichts weiter tun, als ihn mit entgleistem Gesichtsausdruck wortlos anzuglotzen. Es passierte schon wieder. Ich glotzte sonst nie, aber bei John schien das zu einer neuen Gewohnheit von mir zu werden.

Keine Ahnung, wie lange ich so dastand. Irgendwann gewann ich die Kontrolle über ein paar Gehirnzellen zurück. Ich murmelte: »Okay, dann nochmal vielen Dank«, und verschwand fluchtartig aus seinem Laden.

Ich hatte mich noch nicht von meiner emotionalen Ausnahmesituation erholt, da erschien Henrik auf der Bildfläche. Nachdem er mich flüchtig begrüßt hatte, fragte er heftig errötend: »Alice, ich würde heute Morgen gern einen Kaffee mit dir zusammen trinken, magst du?«

Verwirrt musterte ich ihn. Was war los? Gerade hatte ich zumindest damit begonnen, mich an den schmerzlichen Gedanken zu gewöhnen, dass Henrik nichts von mir wissen wollte, und nun lud er mich zum Kaffee ein. Zögerlich nickte ich und schmiss die Maschine an.

Als ich wenig später mit zwei gefüllten Tassen nach draußen trat, rückte Henrik einen Stuhl für mich zurecht und forderte mich mit einer einladenden Geste auf, Platz zu nehmen. »Und, wie geht es dir, Alice?«, eröffnete er das Gespräch in der ihm eigenen Schüchternheit.

»Danke, gut. Und dir, Henrik?«, fragte ich zurück. Mir war unbehaglich zumute. Ich kam mir vor, als würden wir verzweifelt versuchen, auf einem steifen Event zwanghaft Konversation zu betreiben.

»Das freut mich, Alice. Mir geht es ebenfalls gut. Wie läuft dein Laden?«

»Äh, gut, danke. Und deiner?« Innerlich rollte ich mit den Augen. Wenn ich nur wüsste, was Henrik vorhatte.

»Auch gut, danke. Und sonst so?«

Lieber Himmel, wollten wir jetzt ewig so weitermachen? Ich rutschte unruhig auf meinem Stuhl hin und her. Vielleicht wäre es angenehmer, die Initiative zu ergreifen, statt diese kaugummizähe Nicht-Unterhaltung fortzuführen. »Henrik, ich habe das Gefühl, du hast etwas auf dem Herzen. Was kann ich für dich tun?«

Schlagartig sprang die Farbe in seinem Gesicht auf Dunkelrot. »Na ja, ich dachte, wir kennen uns nun schon eine ganze Weile, und eigentlich weiß ich nicht viel von dir. Genaugenommen weiß ich generell nicht viel über Frauen. Ich wollte dich fragen, ob du Lust hast, gemütlich mit mir essen zu gehen. Dann könnten wir uns ausgiebiger austauschen.«

Das war ja mal eine Überraschung! Verwirrt betrachtete ich ihn. Nun hatten mir alle, wirklich alle, gesagt, er wolle nichts von mir wissen, und plötzlich fragte er nach einem Date. Ich war so perplex, dass ich lediglich ein ratloses »Warum?« hervorbrachte. Im nächsten Moment wäre ich am liebsten im Erdboden versunken. Da fasste sich endlich der Mann meiner Träume, hm, der Vielleicht-Mann-meiner-Träume, ein Herz und ich war so bescheuert, nur mit einer absolut idiotischen Gegenfrage zu antworten. Ihm war anzusehen, dass ihn diese Reaktion überforderte, deshalb schob ich schnell hinterher: »Natürlich möchte ich mit dir essen gehen.«

Henriks Miene hellte sich sichtlich auf. »Das ist schön. Nächste Woche?«

»Gern.« Okay, sonderlich eilig schien er es nicht zu haben, aber schließlich sahen wir uns ja ohnehin am Samstag bei Peters unsäglicher Grillparty. Ohne Vorwarnung ploppte wieder mein dummer Traum auf: John und Henrik, die mir beide hämisch grinsend gegenüberstanden. Hoffentlich hatte die Realität Vielversprechenderes zu bieten!

Innerlich war ich derangiert. Meine Sicht der Dinge hatte eine klare Ordnung besessen: Sportliche Männer, vor allem Fußballer, waren von Natur aus hohl, interessierten sich nicht für Bücher, mochten Ballerfilme und -spiele und trachteten danach, andere – vorzugsweise Frauen – mit Hohn und Spott zu überschütten. Sie sahen Frauen als schiere Sexobjekte (warum sonst waren Fußballer-Frauen prinzipiell Models, Influencerinnen, Schauspielerinnen oder sonstige bildschöne B- und C-Promis?), die sie nach Belieben wechselten. Allenfalls unsportliche, unscheinbare Männer konnten über Herz und Tiefe verfügen. Kurz und gut: John war ein Depp, Henrik der Mann meiner Träume.

Dann hatte mein Umfeld Henrik plötzlich nicht als Traummann definiert, sondern als Langweiler. Und mehr und mehr hatten mir meine Lieblingsmenschen weisgemacht, dass der Henrik-Typ nichts für mich sei, weil ihm die Leidenschaft fehle. Stattdessen hatten sie klammheimlich und hinterrücks den John-Fanclub gegründet.

Gerade war ein klitzekleines, noch fest verschlossenes Samenkörnchen in meinem Inneren gelandet. Eines, das vielleicht, irgendwann einmal, unter sehr unwahrscheinlichen Umständen den Gedanken in Erwägung ziehen könnte, dass mehr in John steckte als gedacht. Und dass – natürlich nur eventuell – Henrik nicht ganz der schillernde Superheld sein könnte, für den ich ihn hielt. Und jetzt, ausgerechnet jetzt, bat er um ein Date!

Zaghaft und nahezu unbemerkt hatte ich mich auf eine Reise von einem stabilen Gleichgewicht zu einem anderen neuen Gleichgewicht begeben, und kaum, dass ich aufgebrochen war, wurde ich schon wieder ins völlige Chaos gestürzt. War das Leben so kompliziert oder war ich so kompliziert?

Trotz meines verwirrten Zustands war ich an diesem Tag froh, dass ich viel Kundschaft hatte. Das lenkte mich ab und spendierte zumindest meiner Außenwelt die Ordnung, die ich in mir vermisste.

Am Nachmittag gab es erneut einen der von John beschworenen Synergieeffekte. Auch wenn ich es nur ungern zugab, war es in den wenigen Tagen seit der Eröffnung tatsächlich mehrfach passiert, dass Mütter, die mit ihren fußballbegeisterten Kindern nebenan Einkäufe getätigt hatten, danach zu mir gekommen waren.

Die Ladentür stand gerade sperrangelweit offen, damit trotz der drückenden August-Hitze wenigstens ein leichtes Lüftchen in mein Wunderland wehen konnte, als eine Frau in den mittleren Jahren eintrat. Sie hatte ein bezauberndes Lächeln auf dem Gesicht, lange schokoladenbraune Haare und eine natürliche Ausstrahlung. Sie war mir sofort sympathisch. Auf der Straße spielten zwei Jungs Fußball, die anscheinend zu ihr gehörten.

»Hallo«, rief sie mir freundlich entgegen.

»Willkommen im Wunderland«, antwortete ich liebenswürdig. »Wie kann ich Ihnen weiterhelfen?«

Sie sah sich mit großen Augen um, als wolle sie jeden einzelnen Winkel meines Ladens mit ihren Blicken erkunden. Dann wandte sie sich wieder mir zu. »Ina Popel hat Sie mir empfohlen. Sie meinte, wenn es um besondere Dinge ginge, wäre ich bei Ihnen richtig. Und ich stimme ihr zu. Ich finde Ihr Geschäft zauberhaft.«

»Danke schön. Ich liebe es auch. Meine Oma hat es aufgebaut, und ich habe es nach ihrem Tod übernommen. Ina hat sie hergeschickt, das ist ja nett. Sind Sie eine Verwandte?«

Die Kundin lachte. »Nein, man könnte sagen, eine sehr alte Freundin, die Inas Lebensweisheit zu schätzen weiß.« Sie sah sich erneut um. »Ich denke, ich brauche Ihre Beratung. Wir möchten zu einer Hochzeit einen Gutschein verschenken für eine gemeinsame Aktivität mit dem Brautpaar. Allerdings hätten wir dafür gern eine passende Verpackung. Nur ein Umschlag ist uns zu nüchtern, zumal mein Mann Trauzeuge ist.«

»Darf ich fragen, was Sie verschenken wollen?«

»Ja, klar. Wir möchten einen Zeppelin-Rundflug über den Bodensee verschenken mit Hotel-Übernachtung und gemeinsamem Abendessen.«

»Eine schöne Idee! Bis wann brauchen Sie denn das Geschenk?«

»Spätestens in zweieinhalb Wochen.«

Ich nickte und dachte kurz nach. »Die Arbeiten, die Sie da hinten links sehen«, ich deutete auf eines der großen, schweren Holzregale an einer Längswand, »sind von einem Kunstschmied, der auch Auftragsarbeiten ausführt«. Die Kundin sah interessiert in die gewiesene Richtung. »Und ich könnte ihn fragen, ob er bis dahin einen Zeppelin fertigen kann. Dann hat das Brautpaar eine bleibende Erinnerung an den Ausflug.«

»Das ist eine absolut fantastische Idee!«, strahlte sie mich an. »Allerdings darf der Zeppelin nicht zu groß und schwer werden. Die Hochzeit findet auf Menorca statt, das heißt, das Geschenk muss handgepäcktauglich sein.«

»Kein Problem. Sie können das gern direkt mit ihm klären. Ich gebe Ihnen seine Visitenkarte mit. Die weitere Abwicklung läuft dann wieder über meinen Laden.«

»Ach, das ist ja wunderbar«, jubelte sie. »So einfach hätte ich mir das nicht vorgestellt. Da hat sich mein Besuch in Tübingen mal so richtig gelohnt. Meine Jungs sind fußballmäßig topp ausgestattet, und ich muss mir nicht länger den Kopf wegen eines besonderen Geschenks zerbrechen.«

Zufrieden lächelte ich sie an. Es ging nichts über glückliche Kunden. Ich war noch voll am Genießen dieses schönen Moments, als plötzlich ein undefinierbarer Schatten neben mir auftauchte und unmittelbar danach ein scheußliches Geräusch erklang. Erst klirrte und schepperte es, dann fiel mit einem ohrenbetäubenden Knall das filigrane Regal mit den Glasbläser-Artikeln in sich zusammen. Ich erschrak fürchterlich und schlug mir entsetzt die Hand vor den Mund. Auch ins Gesicht meiner Kundin stand der Schrecken geschrieben. Langsam wandte sie sich um und sah in Richtung Tür. Dort waren ihre beiden Söhne aufgetaucht, die sichtlich geschockt und schuldbewusst das Chaos besahen.

»Benedikt, Julian, was habt ihr nun wieder angestellt?«, seufzte die Kundin gequält, die inzwischen ihre Fassung wiedergefunden zu haben schien.

»Mum, tut uns leid«, meldete sich der Größere. Der jüngere Sohn nickte stumm.

Ich hingegen war immer noch sprachlos. Das Samenkorn, das die Erkenntnis bereithielt, dass John vielleicht gar nicht so schlimm wäre, war vergessen. Eine unbändige Wut überkam mich. Dass mein Laden im wahrsten Sinne des Wortes ein Scherbenhaufen war, war allein seine Schuld. Wenn er nicht seine bescheuerten Fußballsachen verkaufen würde, dann kämen hier auch keine Kinder auf die Idee, in dieser engen Gasse Fußball zu spielen. Wieder einmal würde ich Dorothea am liebsten zur Schnecke machen, dass sie mir das angetan hatte. Aber da sie nicht zur Verfügung stand, musste John herhalten. Ich würde ihm nachher die Meinung geigen, sowie hier alles geregelt war.

Die Mutter blieb erstaunlich gelassen. Wahrscheinlich war es nicht das erste Mal, dass sie in eine solche Lage geriet. »Das Ganze tut mir sehr, sehr leid«, sagte sie mit ehrlich bedauerndem Blick. »Hätten sie vielleicht einen Eimer und eine Kehrschaufel? Dann beseitigen wir den Schaden. Aber zuallererst machen wir Fotos für die Versicherung. Wollen Sie oder soll ich?«

Ich war froh, dass sie im Gegensatz zu mir handlungsfähig zu sein schien und das Zepter übernahm. Mit einer Handbewegung gab ich ihr zu verstehen, dass ich das gern ihr überließ. Sie nickte und legte sofort los. Aus allen möglichen Positionen schoss sie Fotos. Ich schleppte mich solange in den Lagerraum, um Material für die Aufräumarbeiten zu besorgen.

Als sie genug Bilder geknipst hatte, wies sie ihre Söhne an, die Scherben zusammenzusammeln. Die beiden machten sich mit erkennbar schlechtem Gewissen ans Werk und übertrafen sich beinahe gegenseitig mit ihrem Arbeitseifer. Ihre Mutter wandte sich wieder mir zu. »Kann ich noch irgendetwas für Sie tun? Natürlich räumen meine Jungs und ich hier auf, aber Sie sehen so blass aus. Soll ich jemanden anrufen oder vielleicht Ihren Nachbarn holen?«

Obwohl ich mich gerade in eine stumpfe Lethargie zurückgezogen hatte, reichte diese Frage, um mich mit frischer Energie aufzuladen. »Nein, bloß das nicht, um den kümmere ich mich später«, stieß ich aufgebracht hervor.

»Oje, da habe ich wohl in ein Wespennest gestochen«, ruderte sie erschrocken zurück.

Eine halbe Stunde danach war der Laden wieder in einem erträglichen Zustand, wenn man davon absah, dass ein Regal mit Ware fehlte. Nachdenklich sah ich auf die Visitenkarte des Ehemannes der Kundin, die sie zurückgelassen hatte. »Jonas Treiber – Anwaltskanzlei Walter, Starke & Treiber« stand darauf. Sie hatte versprochen, dass mir ihr Mann die kompletten Versicherungsangelegenheiten abnehmen und mir auch bei der Schadensaufstellung zur Hand gehen würde.

Wahrscheinlich hätte es mich im Hinblick auf die Schadensverursacher deutlich schlimmer treffen können, doch trotzdem bedeutete der Vorfall zusätzliche unliebsame Arbeit und Umsatzausfälle, die mir sonst nicht entstanden wären. Das alles war unnötig wie ein Kropf. Kein Wollknäuel dieser Welt hätte jemals so einen Schaden hervorrufen können, aber Dorothea musste ja unbedingt an einen Fußballer verkaufen.

Irgendwo musste meine Wut hin, und der richtige Adressat dafür steckte im Haus nebenan. Mit schnellen Schritten, hochgezogenen Schultern und komplett auf Krawall gebürstet, stürmte ich in seinen Laden. Dieses Mal drückte ich die Klinke nicht vorsichtig herunter, sondern riss die Tür so heftig auf, dass es sie aus den Angeln zu heben drohte. John hielt sich an seinem üblichen Platz auf. Wovon lebte der Mann eigentlich, wenn er mehr an seinem Schreibtisch saß, als dass er Ware verkaufte? Er schaute sofort auf. Das Lächeln, das für eine Millisekunde auf seinem Gesicht erschienen war, verschwand, als er meine Miene sah. »Oh, oh«, stieß er erschrocken aus.

»Können Sie Ihre blöden Fußbälle nicht irgendwo anders verkaufen?«, fauchte ich ihn an. Mit meinen in die Hüften gestemmten Fäusten wirkte ich vermutlich wie ein Racheengel oder vielleicht auch eher wie ein Rachedrachen.

»Was ist denn nun schon wieder?«, seufzte er frustriert.

»Was nun schon wieder ist? Tun Sie ja nicht so, als ob Sie hier irgendeinen Grund hätten, genervt zu sein. Die Einzige, die das hat, bin ich. Sie sind nicht mal vier Tage hier mit Ihrem blöden Laden, und ich habe bereits mehr als doppelt so viel Scherben wie in den letzten fünf Jahren. Erst hat es mein Keramik-Geschirr erwischt und nun die kompletten Glasbläser-Artikel. Wollen Sie vielleicht einfach mal mit ein paar Bällen vorbeikommen? Sie könnten ja mein ganzes Sortiment kaputt schießen, dann hat der Spuk wenigstens ein Ende. Seit sechzig Jahren gibt es diesen Laden. Nur vier Tage mit Ihnen, und ich denke darüber nach, von hier zu verschwinden!« Meine Wut war draußen, ausgespien. Was sich nun in mir breitmachte, war Frust.

Eine Weile betrachtete mich John stumm. Als er zu sprechen begann, lag in seiner Stimme eine Mischung aus Resignation und Sanftheit. »Okay, Alice, es ist etwas vorgefallen und du bist sauer auf mich. Damit ich dir folgen und eventuell auch helfen kann, wüsste ich gern, was passiert ist. Im Moment verstehe ich nur Bahnhof.«

Kopfschüttelnd sah ich ihn an. Was sollte ich noch sagen? Jetzt, wo ich meine Wut abreagiert hatte, kam ich mir plötzlich lächerlich vor und schämte mich für meinen Ausbruch. Wenn er zurückgebrüllt, einen blöden Witz gerissen oder frech gegrinst hätte, wäre alles ganz einfach. Wie schon die Male zuvor wäre ich aus seinem Laden gestürmt und hätte ihn zum Teufel gewünscht. Aber so war ich auf einmal nur unfassbar müde. Weil alles aus den Fugen geraten war. Weil mein Leben kopfstand. Weil mein Weltbild seine Ordnung verloren hatte. Weil ich mich selbst nicht mehr kannte. Weil ich Seiten an mir entdeckte, die ich nicht mochte. Und – das war das Schlimmste – weil ich keine Chance hatte, meine Dämonen weiterhin wegzudrücken. Sie waren allgegenwärtig, schnappten nach mir und zwangen mich, den Kampf gegen sie anzutreten. Den Kampf, dem ich so viele Jahre aus dem Weg gegangen war.

Während ich dort stand, zusammengesunken, weil alle Energie aus mir entwichen war, und John ansah, der auf eine Antwort wartete und mich dabei mit seinen dunkelbraunen Augen ernst und ruhig musterte, wurde mir eines klar. Ich musste die zerstörerischen Kräfte, die in mir arbeiteten, die etwas aus mir machten, was ich nicht sein wollte, endlich in den Griff bekommen. Und ich musste mich in das Unvermeidliche fügen. Dorothea war verschwunden. Ihr Laden gehörte nun John, und wie sehr ich auch wütete, würde sich daran nichts ändern. Ich konnte die Zeit nicht zurückdrehen. Das Einzige, was ich tun konnte, war, mich irgendwie damit zu arrangieren – egal, wie schwer es fiel.

Als mich John fragte, ob ich einen Stuhl wolle, nickte ich. Er schnappte einen Hocker aus einer der Umkleidekabinen und stellte ihn hinter mich. Seufzend ließ ich mich darauf plumpsen, während er sich gegen seinen Schreibtisch lehnte.

»Mein Regal mit den Glasbläser-Artikeln wurde von den Jungs, die zuvor bei dir waren, umgeschossen. Es war ein Riesen-Scherbenhaufen.«

»Oje, das tut mir leid.«

»Ist ja nicht deine Schuld.« Mit leerem Blick sah ich zu ihm auf. »Ich habe überreagiert. Das tut *mir* leid. Sonst bin ich nicht so. Irgendwie ist im Moment alles zu viel.«

»Alles gut, Alice. Mach dir wegen mir keine Gedanken. Kann ich dir helfen?«

»Nein, danke. Die Kundin und ihre Söhne haben ihr Möglichstes getan. Und der Mann ist Anwalt. Er wird sich um das Weitere kümmern.«

»Das war dann wohl Glück im Unglück.«

»Sieht ganz danach aus, ja. Aber trotzdem hätte ich gern darauf verzichtet. Im Übrigen bin ich selbst schuld, weil ich die Ladentür offen stehen gelassen habe. Wahrscheinlich war ich in erster Linie sauer auf mich.« Ich schüttelte den Kopf. Was war aus mir geworden? Aus der sanftmütigen, freundlichen, hilfsbereiten Alice. Wohin war sie verschwunden?

»Magst du was trinken? Du siehst so aus, als ob du es brauchen könntest.«

»Nein, danke. Ich verschwinde besser wieder.« Mühsam stand ich auf. Ich fühlte mich wie eine uralte Frau. Ich nickte John noch einmal zu und trat den Rückzug an. Als ich die Tür erreicht hatte, hielt er mich auf.

»Alice!«

»Ja?«

»Sag mir das nächste Mal Bescheid. Dann komme ich gleich, um zu helfen. Egal, was ist. Ich bin hier, okay?«

»Mach ich.«

Scham und Vorurteil

Samstag! Eigentlich war das mein Lieblingstag der Woche. Morgens im Geschäft ging es meistens lebhaft zu. Die Menschen kamen gutgelaunt zu mir, genossen die gemeinsame freie Zeit und waren in Kauflaune. Es wurde gescherzt und gelacht. Danach bummelte ich gemütlich durch Tübingen, schaute mir die Schaufenster an und kaufte das eine oder andere. Oder wenn ich darauf keine Lust hatte, schlenderte ich an der Eisdiele vorbei nach Hause und genehmigte mir für unterwegs ein Pistazieneis, meine Lieblingssorte. Dann kümmerte ich mich um Haus und Garten. Bei schönem Wetter schnappte ich mir meine herrlich bequeme Rattanliege und legte mich mit einem Buch in den Schatten des alten Walnussbaumes. Vielleicht gönnte ich mir dabei eine selbstgemachte Limonade mit Zitronenmelisse aus dem Kräutergarten oder manchmal sogar ein Glas Sekt.

An diesem Samstag jedoch war alles anders. Peters Grillfest stand an. Beim Gedanken daran war mir mehr als flau zumute. Auf das Zusammensein mit Henrik freute ich mich. Er hatte sich seit unserer Verabredung deutlich länger mit mir unterhalten, und die Hoffnung, dass all meine Freunde komplett falschlägen, flammte mit neuer Macht auf. Aber mit Henrik und John gleichzeitig einen Abend verbringen zu müssen, sorgte für schwere Steine im Magen. Immer wieder ploppte der Traum in meinem Inneren auf. Und dann war da auch noch das Fragezeichen um Johns Begleitung. Ich fürchtete, dass es sich um die Elfe handeln würde, die in den vergangenen Tagen jeweils kurz vor Ladenschluss über seinen Holzsteg geschwebt war. Einen ganzen Abend lang einem verliebten Pärchen gegenüberzusitzen, während Henrik und ich verlegen umeinander herumschlichen, war das Letzte, worauf ich Lust hatte.

John war ich seit unserem Aufeinanderprallen nur im Vorbeilaufen begegnet. Wir hatten uns flüchtig gegrüßt, aber kein weiteres Gespräch geführt. Ich war unsicher, wie ich ihm begegnen sollte. Einerseits rumorte da weiterhin ein tiefes Misstrauen in mir, andererseits wollte ich mich davon nicht mehr beherrschen lassen. Dass er mir ein – wie ich fand – ziemlich persönliches Geschenk gemacht hatte in Verbindung mit einem noch persönlicheren Brief und gleichzeitig täglich mit seiner Elfe in den Feierabend verschwand, empörte mich. Selbst wenn ich ihm zugutehielt, dass es eine Aktion war, mit der er sich um meine Freundschaft bemühte, vibrierte in mir ein Störgefühl.

Und als ob das noch nicht reichen würde, schämte ich mich für meinen Ausbruch, der mir in der Folge unangemessen vorgekommen war. Ich hatte mit Entsetzen realisiert, dass ich nach dem Wutanfall auf einmal – ohne das bewusst entschieden zu haben – dazu übergegangen war, John zu duzen. Die förmliche Distanz, die ich unbedingt hatte aufrechterhalten wollen, war damit dahin, und heute Abend würde ich ihm nun endgültig nicht mehr aus dem Weg gehen können.

Mit wild klopfendem Herzen startete ich kurz vor der vereinbarten Zeit Richtung Peter. Er wohnte zehn Gehminuten entfernt, im Haus unserer Eltern, das er nach deren Wegzug nach Sylt übernommen hatte. Mich zu bewegen, war wohltuend und lieferte eine wunderbare Gelegenheit, den massiven Adrenalin-Überschuss abzubauen. Ich war so durcheinander, dass ich nicht einmal identifizieren konnte, ob mein Herz wegen Henrik so heftig schlug oder wegen des unvermeidlichen Aufeinandertreffens mit John.

Als ich vor dem Haus meiner Kindheit eintraf, wählte ich direkt den kleinen Trampelpfad am Gebäude vorbei, der Richtung Garten und Terrasse führte. Während ich mit einem letzten intensiven Durchatmen um die Ecke bog, realisierte ich, dass bereits alle eingetroffen waren. Henrik hielt ein Bier in der Hand und stand bei Peter am Grill. John war in ein Gespräch mit seiner Elfe versunken. Mit unsicherer Stimme rief ich »Hallo« in die Runde, ohne dabei John anzuschauen.

Sofort kam Peter auf mich zugestürmt. »Meine Wunder-Alice, schön, dass du da bist.« Dann wandte er sich begeistert an die anderen. »Hey, Leute, jetzt sind wir komplett.«

Ich merkte, wie mir die Röte in die Wangen schoss, angesichts des ungewollten Auftritts, den mir Peter beschert hatte. Weil es mir am einfachsten erschien, ging ich erst zu Henrik, gab ihm die Hand und drückte ihm einen zarten Kuss auf die Backe, in den ich ganz viel Liebe legte. Danach richtete ich meine Aufmerksamkeit auf John und seine Elfe. Mein Herz schlug nun so schnell, als würde es gleich zerspringen. Allerdings hätte ich nicht sagen können, ob es an der Begrüßung von Henrik oder an dem peinlichen Zusammentreffen mit John lag.

Verlegen hob ich den Blick. John sah mir mit leuchtenden braunen Augen entgegen. Wenn ich es nicht besser wüsste, hätte ich gedacht, dass er sich freute, mich zu sehen. Ach, was wäre es schön, wenn mich dieser Blick aus Henriks Augen getroffen hätte! Als ich vor ihm stand, gab ich ihm die Hand. »Hallo, John.«

»Hi, Alice. Ich freue mich, dir mal außerhalb des Ladens zu begegnen.« Sein Händedruck war warm und kräftig. Für einen winzigen Augenblick schloss ich die Augen und wunderte mich, dass sich Johns Berührung unerwartet gut anfühlte. Er hielt meine Hand bereits deutlich länger fest als nötig. In dem Moment, in dem mir bewusst wurde, dass ich das sogar ausgesprochen angenehm fand, zuckte ich zusammen und zog sie hastig zurück. Meine Wangen glühten mittlerweile. Um mich aus dieser merkwürdigen Situation zu befreien, ließ ich meine Aufmerksamkeit Richtung Elfe wandern.

»Hallo, ich bin Alice«, stellte ich mich vor und reichte ihr mit einem Lächeln die Hand.

»Freut mich, Alice. Ich habe schon viel von dir gehört. Ich bin Jane.«

Sie hatte schon viel von mir gehört. Was, bitte sehr, hatte das zu bedeuten? Von wem? Von John? Dann konnte es kaum Schmeichelhaftes sein. Meine Gesichtstemperatur näherte sich gefühlt dem Siedepunkt. Da sich mein Gehirn als leergefegt präsentierte und mir weit und breit keine schlaue Entgegnung einfallen wollte, entschlüpfte mir nur ein simples »Aha«.

Erleichtert atmete ich auf, als Peters fröhliche Stimme in meine Ohren drang. »Leute, was haltet ihr von einer Runde Begrüßungssekt?« Ohne unsere Antwort abzuwarten, verschwand er nach drinnen. Ich packte die Gelegenheit beim Schopf, sah Jane entschuldigend an und verkündete: »Ich werde kurz Peter helfen.« Als sei der Teufel hinter mir her, machte ich kehrt und stürmte davon.

»Na, Schwesterherz, alles klar?«, begrüßte mich Peter.

»Mehr oder weniger«, murmelte ich. »Kann ich dir helfen?«

»Sicher, du kannst Gläser mit raustragen. Dann brauche ich kein Tablett. Was heißt mehr oder weniger?«

»Das weißt du doch«, antwortete ich und warf ihm einen vorwurfsvollen Blick zu. »Ich hätte mir ein Treffen zu dritt gewünscht. Du, Henrik und ich.«

Er lachte. »Mag sein. Aber so gefällt es *mir* besser. Außerdem tut es dem ruhigen Henrik gut, wenn er zwei Kerle um sich herum hat, die ihn ein bisschen aus der Reserve locken und für Stimmung sorgen.«

»Henrik kann auch für Stimmung sorgen.«

»Klar, im Seniorenheim.« Er lachte nun noch eine Spur lauter.

Wütend fauchte ich ihn an: »Was habt ihr nur alle gegen Henrik?«

»Alice«, entgegnete er beschwichtigend. »Ich habe nichts gegen Henrik. Er ist ein lieber Kerl wie aus einer anderen Welt. Ich mag ihn. Nur, er passt einfach nicht zu dir.«

»Wieso nicht? Mir geht dieses Gerede echt auf den Wecker. Und wer passt dann deiner Meinung nach zu mir?«

»Ach, Schwesterchen. Mit Henrik würde dir irgendwann dasselbe passieren wie mit Tom. Du brauchst jemanden mit mehr Feuer. Jemanden, der dich mitreißt. Mit dem du lieben, lachen und genießen kannst. Einen, der Temperament hat, Humor und Lebenslust. Ich mag Henrik. Wirklich! Nur, neben dir wirkt er wie ein gehemmter Trauerkloß.«

Ich schnaufte heftig durch die Nase aus. »Okay, das ist deine Meinung. Da werden wir uns wohl nicht einig. Aber wieso musstest du heute unbedingt John einladen?«

»Weil ich John super finde. Mit ihm kann man sich klasse unterhalten. Er hat schon viel erlebt, auch viel eingesteckt, hat spannende Geschichten auf Lager und weiß, was er will. Er ist einer, der mitten im Leben steht und sich für alles einsetzt, was ihm wichtig ist. Er ist aktiv, ein Macher. Kein Zögerer und Zauderer. Wusstest du, dass er seinen Beruf als Profi in der zweiten Fußball-Bundesliga verletzungsbedingt aufgeben musste? Das war bestimmt nicht einfach für ihn. Jetzt engagiert er sich für den Nachwuchs, speziell für Kinder aus Problem-Familien. Er hat echt was auf dem Kasten. Und wenn du mal aufhören würdest, ihn mit deinen Schulhof-Deppen auf eine Stufe zu setzen, dann würde das sogar dir auffallen.«

»Ja, ich weiß, er war Profi-Fußballer. Das passt ja auch ins Bild. Deshalb die Model-Freundin.«

»Sag mal, Alice, hörst du mir eigentlich zu? Könntest du bitte von deinem hohen Ross steigen und dir die Dinge unvoreingenommen besehen? Was die angebliche Model-Freundin angeht, da liegst du komplett falsch.« Er seufzte dramatisch auf. »Aber weißt du was, bei aller brüderlichen Liebe: Wenn du derart versessen auf deine Vorurteile bist, behalt sie eben noch eine Weile. Früher oder später werden sie dir sowieso um die Ohren fliegen.« Er drehte sich zu mir um und griff mich an den Oberarmen. »Alice, um deinetwillen, halte dich an die Fakten und nicht an das, was du zu wissen glaubst! Und lass uns jetzt einfach einen schönen Abend haben!«

Ich entwand mich ihm unwirsch und knurrte ein unmotiviertes »Meinetwegen!« zwischen den Zähnen hervor. Dann schnappte ich mir zwei Sektgläser, die Peter bereits gefüllt hatte und stapfte nach draußen, geradewegs auf Henrik zu. Eines gab ich ihm, das andere behielt ich in der Hand. Unter größter Anstrengung und um Höflichkeit bemüht, äußerte ich in Janes und Johns Richtung: »Peter kommt gleich mit euren Gläsern.«

Kaum hatte ich das ausgesprochen, trat er auch schon zu uns. Er schenkte Jane ein intensives Lächeln und überreichte ihr mit einem tiefen Blick ein Glas. Mir fielen beinahe die Augen aus dem Kopf. Ich war, was

Peter und seine Freundinnen anging, einiges gewöhnt, aber dass er die Freundin eines Kumpels angrub, das lag weit außerhalb seines Ehrenkodex'. Neugierig geworden beobachtete ich Johns Reaktion. Diese Aktion konnte ihm unmöglich entgangen sein. Doch er nahm sein Glas vollkommen entspannt entgegen und nickte Peter freundschaftlich zu. Innerlich schüttelte ich den Kopf.

Als alle versorgt waren, erhob Peter seinen Sektkelch und schaute in die Runde. »Ich freue mich sehr, dass wir hier in dieser Konstellation zusammen sind.« Erneut musterte er Jane intensiv. »Auf einen schönen Abend!«

Ein munteres Anstoßen startete. Ich ließ mein Glas behutsam gegen das von Henrik klirren und sah ihm mit meinem sanftesten Lächeln tief in die Augen. Unser Blickkontakt dauerte keine Sekunde, dann wurde er feuerrot und starrte konzentriert auf den Boden.

Bevor ich diese neuerliche Schlappe wegstecken konnte, stand Peter vor mir und flüsterte in versöhnlichem Tonfall: »Auf dein Glück, Wunder-Alice.«

Ich lächelte ihn an. »Und auf dich, Peter Pan.« Länger als wenige Minuten konnte ich ohnehin nicht sauer auf ihn sein. Das war schon immer so gewesen.

Plötzlich tauchte John vor mir auf. Seine Stimme klang weich und einschmeichelnd, als er mit mir auf einen schönen Abend anstieß. Im Gegensatz zu Henrik sah er mir tief in die Augen, als wolle er mein Innerstes ergründen. So nah hatte ich ihm noch nie gegenübergestanden, und aus unerfindlichen Gründen konnte ich nicht anders, als mich in seinen Augen festzukrallen. Um die Pupillen verlief ein gezackter goldfarbener Kranz, und auch die dunkelbraune Iris war mit goldenen Sprenkeln durchsetzt. Seine Augen waren zwar klein, doch so aus der Nähe betrachtet hatten sie eine unglaubliche Ausdruckskraft.

Es dauerte viel zu lange, bis endlich in meinem Gehirn die Botschaft ankam, dass ich nun schon gefühlte Ewigkeiten in Johns Augen starrte. Entsetzt riss ich mich los und wandte mich panisch Jane zu. Nur um abgelenkt zu sein, sah ich sie ebenfalls intensiv an. Überrascht stellte ich fest, dass sie, obwohl ihre Augen in einem tiefen Blau erstrahlten, über einen ähnlichen goldenen Kranz um die Pupillen verfügte. Da hatten sich wohl zwei gesucht und gefunden.

Bis zum Essen standen wir ein wenig steif beieinander und bemühten uns krampfhaft um holprigen Smalltalk. Als dann Peter endlich zu Tisch rief, beobachtete ich aufmerksam die Szenerie und sorgte dafür, dass ich neben Henrik landete. Auf meiner anderen Seite nahm Jane Platz.

Peter und John waren in Nullkommanix in ein intensives Gespräch über Fußball verstrickt, und ich versuchte, eine Unterhaltung mit Henrik in Gang zu setzen. Doch alle Bemühungen verliefen im Sande. Nicht nur, dass Henrik kein Interesse an einem Gesprächsaufbau zeigte, überdies hatte ich den Eindruck, dass er lieber den beiden Männern zuhören wollte. Nach einer Weile wandte ich mich innerlich seufzend von ihm ab und richtete mich an Jane.

»Bist du aus Tübingen?«, fragte ich sie.

»Nein, ich komme eigentlich aus der Gegend um Hannover. Erst seit drei Monaten bin ich in Tübingen.«

»Ach, so kurz erst. Und wie hat es dich hierher verschlagen?«

Über Janes Gesicht flog ein Schatten, und sie knetete verkrampft ihre Hände. »Ich brauchte einen Neustart«, wisperte sie leise.

»Oh.« Wie antwortete man auf eine derartige Offenbarung einer Fremden? Sollte ich weiterfragen oder wäre das indiskret? Ich beschloss, auszuweichen und von mir zu erzählen. »Ich habe mein ganzes Leben hier verbracht. Unsere Eltern hatten ein Fliesengeschäft, das jetzt Peter führt. Ich habe Omas Laden übernommen.«

»Ah, dann war dein Laden schon immer in Familienbesitz?«

»Ja, Oma hat ihn vor sechzig Jahren gegründet. Ich habe ihm zwar ein moderneres Gesicht gegeben, fühle mich aber ihrem Vermächtnis verpflichtet. Ich habe sie sehr geliebt. Vielleicht war sie neben Peter sogar der wichtigste Mensch in meiner Kindheit.«

»Ihr versteht euch gut, dein Bruder und du?«

»Ja. Wir halten zusammen wie Pech und Schwefel und sind jederzeit füreinander da.«

»Das ist wunderbar und so viel wert! Ich habe ein schlimmes Jahr hinter mir und wüsste nicht, wie ich das ohne meinen Bruder geschafft hätte. Er hat mich aus dem Chaos rausgeholt und alles für einen Neuanfang arrangiert. Das werde ich ihm nie vergessen.«

Mitfühlend legte ich meine Hand auf ihre und schüttelte gedanklich den Kopf. Da saß das wundervollste Fabelwesen neben mir und selbst vor dieser Elfe machten die schmerzhaften Dinge keinen Halt. »Möchtest du deine Geschichte erzählen oder lieber nicht?«

Sie lächelte mich zaghaft an. »Vielleicht die Kurzform. Mein Mann ist ein sehr erfolgreicher Manager. Extrem ehrgeizig, extrem fleißig. Ab einem bestimmten Punkt gab es für ihn nur noch die Arbeit. Immer mehr, immer höher, schneller, weiter. Irgendwann konnte er sein Pensum nicht mehr bewältigen. Wenn er arbeiten wollte, nahm er Aufputschmittel. Wenn er schlafen wollte, Schlafmittel. Dieser Cocktail hat ihn aufgefressen, und er wurde stetig aggressiver, auch mir gegenüber. Ich habe versucht, ihn da rauszuholen, aber es war nichts zu machen. Du kannst niemanden retten, der sich nicht selbst retten will. Also gab es nur einen Weg: Wenn ich seelisch und körperlich gesund bleiben wollte, musste ich weg von ihm. Mein Bruder hat das arrangiert. Er hat dafür gesorgt, dass wir beide nach Tübingen kommen. Das schien ein schöner Ort zu sein, und vor allem weit genug weg. Als ich hier ankam, hatte er bereits eine Wohnung organisiert, die Renovierung durchgezogen und alles eingerichtet, sodass ich direkt einziehen konnte. Glücklicherweise war er frei in der Wahl seines Wohnorts. Während seiner Fußballerkarriere wäre das schwieriger gewesen.«

Ich streichelte behutsam Janes Hand, die angespannt auf dem Tisch lag. »Das ist eine traurige Geschichte. Ein Glück, dass du deinen Bruder hast. Dann war er also auch Profi-Fußballer?«

Jane tauchte aus ihrer Erstarrung auf und sah mich verwirrt an. »Wieso auch? Wer ist denn noch Fußballer? Ich dachte, Peter sei im Fliesen-Handwerk unterwegs?«

Nun war es an mir, verwirrt zu sein. »Ich verstehe nicht. Was hat Peter damit zu tun? Ich meinte den interessanten Zufall, dass sowohl dein Freund als auch dein Bruder Ex-Fußballprofis sind. Oder hast du deinen Freund über deinen Bruder kennengelernt?«

Jane starrte mich perplex an. »Welchen Freund? Ich habe keinen Freund. Mein Bedarf an Männern ist erst mal gedeckt.«

Benommen saß ich da und verstand die Welt nicht mehr. John war nicht ihr Freund? Was war er dann? Eine Bettgeschichte? Ich musterte sie irritiert. Das konnte ich mir nicht vorstellen. In den letzten Minuten hatte sie so ernsthaft und verletzlich gewirkt. Sie kam mir nicht vor wie der Typ für eine oberflächliche Affäre. »Äh ... John ... Ich dachte, John ... Also, ich dachte ... ihr zwei ...«

Wie aus heiterem Himmel lachte sie schallend los. Alle Anspannung fiel von ihr ab und sie gluckste wild. »John ist mein Bruder. Ich dachte, du wüsstest das. Da haben wir ja schön aneinander vorbeigeredet.«

Janes Heiterkeitsausbruch war so plötzlich aufgezogen, dass er zu meinem Leidwesen die Aufmerksamkeit des ganzen Tisches auf sich zog. Henrik reagierte nicht groß, und ehrlich gesagt war es mir in diesem Moment nicht wichtig, was *er* dachte. Stattdessen empfand ich eine unfassbare Scham gegenüber John. Nicht nur, dass ich aus seiner Schwester seine Freundin gemacht hatte. Nein, ich hatte ihm auch noch vorgeworfen, einen Harem zu betreiben.

Zum ersten Mal in meinem Leben wünschte ich mir, wirklich Alice im Wunderland zu sein. Dann würde ich mich jetzt entweder in einem Kaninchenloch verkriechen oder ratzfatz wieder aufwachen, um in die wahre Welt zurückzukehren. Leider gab es beide Optionen in der Realität nicht. Mit feuerrotem Kopf warf ich einen vorsichtigen Blick in seine Richtung. Seinen Mund umspielte zwar ein leises Lächeln, aber seine Augen betrachteten mich ernst und ruhig. Ich konnte darin weder Hohn noch Spott entdecken. Schnell wanderte mein Blick ein Augenpaar weiter, und dort empfing mich genau das. Peter sah mich feixend an, und seine Mimik schien zu sagen: »Du wolltest es ja nicht hören.«

Für einen kurzen Moment schielte ich zurück zu John. Erstaunt stellte ich fest, dass er mich beinahe mitfühlend ansah. Mit weicher Stimme erklärte er: »Wir sehen uns ja auch nicht ähnlich – Jane kommt eher nach unserem Vater und ich nach unserer Mutter.«

Ich nickte stumm, während Peter seinen Kumpel frech angrinste. »Da hat Jane aber verdammtes Glück gehabt, dass sie dir nicht ähnlich sieht.«

»Danke für das Kompliment, mein Freund«, lachte John.

»Immer wieder gern«, antwortete Peter lässig und zwinkerte Jane charmant zu: »Da bin ich doch froh, dass du mir gegenüber sitzt und nicht dein Bruder.«

Multiples Gefühlschaos

Das Gefrotzel um das ähnliche oder besser gesagt unterschiedliche Aussehen der Geschwister lenkte im weiteren Verlauf des Abends wunderbar von meiner Blamage ab. Peter und John spielten sich munter die Bälle zu und zogen sich gegenseitig mit einigen Frechheiten auf. Henrik folgte ihrem Schlagabtausch mit einem bewundernden Lächeln im Gesicht, und Jane und ich warfen uns wiederholt amüsierte Blicke zu.

Zwischen uns Frauen entstand im Laufe des Abends eine immer vertrautere Atmosphäre, und als wir uns weit nach Mitternacht voneinander verabschiedeten, kam sie mir wie eine alte Freundin vor. Auch wenn sie im ersten Moment zurückhaltend wirkte, erwies sie sich bei näherer Bekanntschaft als eine tiefgründige und gleichzeitig humorvolle Person, die mit ihren schlagfertigen Sprüchen für manchen Kracher gesorgt hatte.

Peter hing die ganze Zeit mit einem schwärmerischen Ausdruck in den Augen an ihren Lippen, und ich machte mir zunehmend Sorgen, worauf das hinauslief. Jane war definitiv nicht die Richtige im Hinblick auf Peters leichtfertigen Umgang mit Frauen. Dazu hatte sie schon zu viel hinter sich.

John musterte ich immer wieder scheu, weil mir mein Verhalten der letzten zweieinhalb Wochen entsetzlich peinlich war – erst recht nach all dem, was Jane über ihn berichtet hatte. Einige Male ertappte er mich dabei, was dann zu einem heftigen Erröten meinerseits führte. Doch sein Blick lag entspannt und freundlich auf mir, sodass ich mich nach und nach ein wenig beruhigte.

Beim Abschied zog er mich für einen kurzen Moment an sich und gab mir auf jede Wange einen behutsamen Kuss. Sein Körper strahlte eine wohlige Wärme aus, die für einen Wimpernschlag den Wunsch in mir auslöste, mich an ihn zu kuscheln. Sein natürlicher Geruch, gewürzt mit einer Nuance eines kaum wahrnehmbaren Duschgels, wehte mir wie ein leichter Hauch in die Nase. Genießerisch sog ich ihn mit einem tiefen Atemzug ein.

Künstliche Düfte waren mir ein Graus, seit ich ein Kind war. Meine Mutter hatte mit Vorliebe Kaffeerunden mit ihren Freundinnen veranstaltet. Nacheinander waren die wohlhabenden Damen der besten Tübinger Gesellschaft, umhüllt von den unterschiedlichsten Duftwolken, eingeschwebt, sodass es in unserem Wohnzimmer binnen kürzester Zeit roch wie in einer Parfümerie. Ohne dass ich dagegen angekommen wäre, löste das einen heftigen Brechreiz in mir aus. Und das war bis heute so geblieben. Mir reichte es schon, wenn ich in einem Liebesroman las, wie die Protagonistin am angeblich wohlduftenden Aftershave ihres Helden schnupperte, um Übelkeit in mir zu verspüren. Dummerweise schien das ein beliebtes Stilelement zu sein, das in nahezu jedem Roman vorkam. Ich war immer froh, wenn ich die betreffende Stelle hinter mir hatte.

Umso mehr fiel mir auf, dass John nach sich selbst roch – männlich, markant, gepflegt. Als mir bewusst wurde, was ich mir da gerade alles zusammendachte, erschrak ich und stieß mich heftiger als nötig von ihm ab. Kurz musterte er mich überrascht, dann wandte er sich Henrik zu. Ihm gab er eine klopfende Männerumarmung. »Wer von uns bringt Alice nach Hause?«, wollte er von ihm wissen.

Henrik sah peinlich berührt zu Boden und entgegnete: »Ich bin zu Fuß hier und muss in die entgegengesetzte Richtung.« Erstaunt fragte ich mich, woher er meine Adresse kannte. Vielleicht hatte er ja Peter danach gefragt, um mich mal überraschen zu können. Doch wenn er wirklich diese Art von Interesse hätte, würde er dann nicht jeden Weg zu Fuß gehen, um ein paar Minuten länger in meiner Gesellschaft zu bleiben?

»Okay«, meldete sich John wieder zu Wort. »Wir sind mit Janes Auto da. Dann bringen wir Alice nach Hause.«

»Ich kann wunderbar allein gehen«, protestierte ich.

»Daran habe ich keinen Zweifel. Aber mir ist wohler, wenn ich weiß, dass du gut daheim angekommen bist.«

Jane schaltete sich ein. »Komm schon, Alice. Sag ja! Umso schneller sind wir alle zuhause.«

Ich gab mir einen heftigen Ruck und nickte zustimmend.

Nachdem ich Jane zu meinem Haus navigiert hatte, murmelte ich ein Dankeschön und stieg aus. Doch ehe ich mich's versah, war auch John aus dem Wagen gesprungen und begleitete mich zur Haustür. Er wartete ab, bis ich sie geöffnet und Licht angemacht hatte.

Mit einem interessierten Blick musterte er die Diele und bemerkte anerkennend: »Schön hast du's hier!«

»Finde ich auch«, stimmte ich zu. »Und vielen Dank fürs Heimbringen.«

»Gern. Schlaf gut, Alice, und träum was Schönes!« Er sah mir tief in die Augen, was mich zugegebenermaßen ein wenig aus der Bahn warf, streichelte noch einmal kurz über meinen Oberarm und verschwand in der Dunkelheit.

Ich schloss die Tür und lehnte mich mit dem Rücken dagegen. Was war das hier eigentlich für ein Chaos? Erst bat mich Henrik um ein Date, nur um mich dann heute Abend vollkommen zu ignorieren – obwohl ich direkt neben ihm saß. Dann wusste er, woher auch immer, wo ich wohne, wollte mich aber nicht nach Hause begleiten und ließ damit eine weitere Gelegenheit für eine Annäherung ungenutzt. John hingegen war auf eine ernsthafte Art freundlich zu mir, die ich nur schwer mit irgendeiner Form von »Hereinlegen-Wollen« in Verbindung bringen konnte. Darüber hinaus war er offensichtlich ein vorbildlicher Bruder und ein echter Gentleman, obwohl er sonst perfekt dem Klischee des oberflächlichen Fußballers entsprach. War denn hier nichts, wie es schien? Mein Leben kam mir vor wie ein gigantisches Spiegelkabinett. Eine Abfolge von Täuschungen und Verzerrungen verwehrte mir den Blick auf die Wirklichkeit. Frustriert schüttelte ich den Kopf und begab mich ins Schlafzimmer.

Am Sonntag Mittag klingelte das Festnetztelefon. Peters Nummer blinkte im Display. Schnell nahm ich das Gespräch an.

»Alice, ich habe ein Problem«, brachte er hervor. Seine sonst so entspannte Stimme klang hektisch und nervös.

»Ich weiß«, entgegnete ich.

»Du weißt es?«, fragte er irritiert.

»Es war nicht zu übersehen. Ich vermute, es geht um Jane.«

Er stieß ein gequältes Stöhnen aus. »Dann kann das also jeder sehen?«

»Vielleicht nicht jeder, aber ich«, scherzte ich. »Schließlich bist du bereits eine Weile mein Bruder.«

»Himmel, Alice, was soll ich nur tun?«

»Am besten erst mal nichts. Peter, dir ist schon bewusst, dass sich Jane nicht für eines deiner üblichen Abenteuer eignet, oder?«

»Ja, absolut. John hat mir viel erzählt. Ich kenne ihre Geschichte, und mir ist klar, dass ich nur etwas mit ihr anfangen darf, wenn es mir ernst ist.«

Nun war ich mit Stöhnen an der Reihe. »Okay, da scheinst du einen gewaltigen Informationsvorsprung gehabt zu haben. Und es ist dir nicht in den Sinn gekommen, mich daran teilhaben zu lassen? Ist dir bewusst, wie sehr ich mich blamiert habe?«

»Halb so wild. Ich weiß nicht, ob dir das aufgefallen ist, aber John hat alles getan, um die Blamage so klein wie möglich zu halten. Und ja, ich habe mir überlegt, dir reinen Wein einzuschenken. Doch in letzter Zeit hat es derart überhandgenommen mit deinen selbstzerstörerischen Vorurteilen, dass ich dachte, es bräuchte ein wohldosiertes Schockerlebnis, damit die sanftmütige, menschenfreundliche Alice zurückkehrt. Und gestern Abend hatte ich das Gefühl, dass es geklappt hat.«

»Ach, Peter«, seufzte ich. »Das ist doch ein völliges Durcheinander. Henrik macht seinem ritterlichen Namen keine Ehre, obwohl er mich um ein Date gebeten hat. Und stattdessen benimmt sich John wie ein Gentleman. Wer soll denn da noch klarkommen?«

»Henrik hat dich um ein Date gebeten?«, fragte Peter mit einem ungläubigen Unterton.

»Mensch, tu nicht so! Ja, das hat er. Er will nächste Woche mit mir essen gehen.«

Peter stieß scharf die Luft aus. »Alice, was auch immer er vorhaben mag, mach dir bitte keine Hoffnungen. Ich hatte euch gestern den ganzen Abend unter Beobachtung. Da gab es nicht einmal einen noch so kleinen heimlichen Blick in deine Richtung.«

»Ach komm, du warst mit John beschäftigt und damit, Jane anzuhimmeln. Also kannst du unmöglich alles beobachtet haben.«

»Nein, nicht alles. Aber hätte es auch nur ein winziges Zeichen gegeben, dass Henrik etwas für dich empfindet, hätte ich das bemerkt.«

Von diesem Thema hatte ich definitiv genug. Ich hatte ein Date mit ihm. Das war das, was zählte. »Bleiben wir bei dir. Was hast du vor im Hinblick auf Jane?«

Peter stieß ein gequältes Seufzen aus. Unfassbar, er seufzte! Dass ich das je erleben würde, hätte ich nie für möglich gehalten. »Sie ist nicht nur die schönste Frau, die mir je begegnet ist, sondern sie fasziniert mich auch als Persönlichkeit. Sie geht mir unter die Haut. Auf der einen Seite wirkt sie zart und schutzbedürftig, und auf der anderen Seite ist sie eine schlaue, starke Lady, die ihren Weg über alle Widerstände hinweg meistert. Dann hat sie auch noch einen Beruf, den man ihr überhaupt nicht zutrauen würde und der verborgene Facetten vermuten lässt. Ich fürchte, es hat mich voll erwischt.«

»Oha, Peter!«, kicherte ich. »Was hat sie für einen Beruf? Darüber haben wir beide gar nicht geredet.«

»Sie ist eine erfolgreiche Autorin und veröffentlicht unter Pseudonym Kriminalromane und Thriller.«

»Was?« Ungläubig starrte ich vor mich hin. »Ausgerechnet Krimis? Womöglich noch blutrünstige?«

Peter lachte. »Ich lese gerade den zweiten Roman von ihr. Da geht es ordentlich ab, ja. Allerdings nicht so heftig wie in den meisten skandinavischen Thrillern. Die Polizeiarbeit steht im Vordergrund. Trotzdem ist es stellenweise fast unerträglich spannend.«

»Jetzt bin ich baff. Das will ich mir näher anschauen. Wie ist denn ihr Pseudonym?«

»Sie nennt sich Mimi Dark.«

»Na, das passt ja zu Krimis«, schmunzelte ich. »Und ich dachte, sie sei Model.«

»Das war sie tatsächlich auch. Aber eigentlich hat sie eine Ausbildung für den gehobenen Dienst bei der

Polizei absolviert. Dann lief es plötzlich mit den Büchern so gut, dass sie das momentan in Vollzeit macht.«

»Unglaublich, das ist einfach unglaublich!«

»Ja, das ist es. Und all das fasziniert mich. Mir ist noch nie eine so vielfältige und scheinbar widersprüchliche Frau begegnet. Alice, ich habe mich verliebt!«

»Tja, da wird wohl mein Peter Pan erwachsen«, schmunzelte ich. »Ich drücke dir die Daumen!«

Der Routine der letzten Wochen folgend startete der Montagmorgen mit einem Besuch von Henrik. Doch irgendwie war es anders als sonst. Peters Worte hallten in mir nach, und ich spürte ein winziges Fitzelchen Ärger in mir. Ich war noch nie von einem Mann nach allen Regeln der Kunst erobert worden und erwartete das auch gar nicht. Aber dass mich Henrik derart auflaufen ließ und all meine Annäherungsversuche entweder errötend oder zu Boden blickend im Sande verlaufen ließ, sorgte doch für eine leise Abkühlung meiner Empfindungen. Auch wenn ich eine selbstständige Frau war, die wunderbar allein zurechtkam, fragte ich mich, wieso es John wichtig war, mich wohlbehalten zu Hause zu wissen, während Henrik daran keinen Gedanken verschwendete.

Dementsprechend fiel mein »Guten Morgen, Henrik« an diesem Tag weniger begeistert aus als sonst. Er schien das zu realisieren, denn entgegen seiner sonstigen Gewohnheit nahm er nicht gleich seinen Platz auf dem Holzsteg ein, sondern folgte mir nach drinnen.

»Alice, wir wollten ja zusammen essen gehen«, begann er zögerlich.

Ein schlichtes »Ja« erschien mir ausreichend, und ich wartete gespannt, was als Nächstes käme.

»Also, es ist leider so, dass ich diese Woche viele Termine habe, sowohl an der Uni als auch an einer Sammlerbörse. Deswegen klappt es unter der Woche nicht. Aber was würdest du von Samstag Abend halten?«

»Samstag Abend klingt gut.« Er hatte es tatsächlich getan! In mir ertönte der reinste Fanfarenjubel. Endlich, endlich hatten wir ein Date. Möglicherweise gab es ja doch mehr Gefühle in ihm, als von außen erkennbar war.

»Wo treffen wir uns?«

Okay, abholen wollte er mich wohl nicht. Na ja, das war auch nicht nötig. Von meinem Haus waren die Wege in die Innenstadt kurz. »Wie wär's, wenn wir uns hier im Wunderland verabreden?«

»Ja, gern«, erwiderte Henrik sichtlich erleichtert. »Soll ich einen Tisch reservieren oder entscheiden wir spontan, wo wir hingehen?«

»Wir können uns ja um achtzehn Uhr treffen. Da ist noch nicht viel los, und wir bekommen auch so einen Tisch.«

»Gut, dann haben wir alles geklärt. Ich setze mich wieder raus.«

Nachdenklich blieb ich zurück. Wie sollte ich das Ganze interpretieren? War das jetzt ein romantisches Date? Wenn ich ehrlich war, fühlte es sich kein bisschen danach an. Aber was könnte sonst Henriks Absicht sein?

Wieso verabredete er sich mit mir? Bislang hatte er eher die Freundschaft von Peter und John gesucht. Deswegen schloss ich aus, dass er mich nur als gute Freundin gewinnen wollte. Ich seufzte. Dieser Mann war ein harter Brocken, und das, obwohl er so weich wirkte.

Als ich mit seinem Milchkaffee auf den Steg trat, sah ich, dass er inzwischen Gesellschaft von meinem Nachbarn bekommen hatte. »Guten Morgen, John«, grüßte ich ihn und stellte überrascht fest, dass heute mein Gruß ihm gegenüber deutlich wohlwollender ausgefallen war als vorhin bei Henrik.

Auch John warf mir angesichts der unerwarteten Freundlichkeit einen verblüfften Blick zu. Er lächelte vorsichtig und erwiderte die Begrüßung. »Hättest du einen Cappuccino für mich, Alice?«, ergänzte er.

»Natürlich«, antwortete ich, immer noch irritiert von der spürbaren Veränderung meiner inneren Gefühlslage. Als kurz danach Peter auftauchte, war das Männer-Trio komplett. Ich servierte zwei weitere Tassen, dieses Mal auf die höfliche Art und ohne etwas zu verschütten. Außerdem spendierte ich ein Schälchen des leckeren Mürbteiggebäcks, was John mit verwunderten Augen zur Kenntnis nahm.

Nachdem Peter mit einem fröhlichen Abschiedsgruß die Runde verlassen hatte, kam John noch mal zu mir in den Laden. Er lehnte sich lässig gegen die Holztheke, sah mir ein paar Augenblicke bei den Putzarbeiten an der Kaffeemaschine zu, was mich aus unerfindlichen Gründen durcheinanderbrachte, und fragte dann mit weicher Stimme: »Hättest du Lust, heute in der Mittagspause einen kleinen Snack mit mir essen zu gehen?«

Ich merkte, wie mir das Blut durch den Hals schoss und meinen Kopf zum Leuchten brachte. Wieso lud er mich nun schon wieder ein? Konnte er nicht akzeptieren, dass mir an einem engeren Kontakt nicht gelegen war? »Nein, danke, John. Bei mir startet demnächst die Hochsaison für Vernissagen und Ausstellungen. Ich habe keine Zeit. Und lass es uns doch einfach bei einer freundlichen Nachbarschaft bewenden.«

»Ist es nicht erlaubt, sich bei einer freundlichen Nachbarschaft näher kennenzulernen? Alice, ich fände es schön, wenn wir mehr voneinander erfahren würden. Warum können wir nicht anstelle einer freundlichen Nachbarschaft eine nachbarschaftliche Freundschaft haben. Das wäre doch viel netter, oder etwa nicht?«

Ich seufzte. »Ach, John, mach es mir nicht so schwer! Ich brauche keine nachbarschaftliche Freundschaft. Wir sind vollkommen unterschiedliche Menschen ohne Schnittmengen. Da ist es schon viel, wenn wir halbwegs miteinander auskommen.«

»Ich frage mich, aus welcher Beobachtung du die Erkenntnis ziehst, wir wären unterschiedliche Menschen ohne Schnittmengen. Um das beurteilen zu können, müsstest du mich erst einmal kennen, was du momentan nicht tust. Lass dich doch überraschen, was du alles Unerwartetes an mir entdecken kannst.«

Wieso klang Johns Stimme so bittend und drängend? Es war einerlei, ob wir einander kannten oder nicht.

»Hör zu, ich habe wirklich keinen Bedarf. Ich kann Fußball nicht ausstehen und Fußballer noch viel weniger. Für mich ist unsere Art des Umgangs miteinander schon ein großer Schritt. Mehr braucht es nicht.«

»Alice, mit dem allergrößten Respekt: Ich habe dich schon einmal mit Elizabeth Bennet verglichen, und ich tue es wieder. Steckst du Menschen immer in Schubladen aufgrund eines einzelnen Kriteriums? Meinst du nicht, dass Menschen ein Gebilde aus Tausenden von Eigenschaften sind und einen individuellen Blick verdienen? Ja, ich bin Fußballer und ich bin es gern, aber ich bin noch so viel mehr. Okay, vielleicht habe ich schwierige Startbedingungen bei dir, weil ich erst mal einen saftigen Minuspunkt ausgleichen muss, aber in mir stecken genauso saftige Pluspunkte, die du entdecken könntest.«

»John, noch mal«, stöhnte ich. Langsam nervte mich das Gespräch – vor allem dieser neuerliche Vorwurf, Vorurteile zu haben. »Ich könnte garantiert Pluspunkte entdecken. Daran habe ich gar keinen Zweifel. Es ist nur so, dass sie mich schlicht und ergreifend nicht interessieren. Ich habe liebe Freundinnen und Freunde und keinen Bedarf an einer Erweiterung dieses Kreises. Es gibt bestimmt genug Menschen, die Schlange stehen, um mit dir befreundet zu sein. Halt dich an die und nicht an mich hoffnungslosen Fall!«

»Und was, wenn ich dir sage, dass genau du es bist, mit der ich mir sehnlichst eine Freundschaft wünsche?« Mit lautem Geschepper fiel mir der Tresterbehälter aus der Hand, den ich gerade gespült hatte. Fassungslos starrte ich John an, auf der Suche nach einem Grinsen oder einer herausfordernden Grimasse auf seinem Gesicht. Doch alles, was ich sah, war ein trauriger Blick, der ein paar Sekunden lang in meinen Augen versank. Dann wandte er sich mit einem Achselzucken ab und verließ den Laden.

(K)ein romantisches Date

Den ganzen Samstag über hatte mein Herz gewummert wie verrückt. Vormittags hatte mich die zahlreiche Kundschaft abgelenkt, doch der Nachmittag zog sich wie Kaugummi. Nachdem ich gegen dreizehn Uhr zuhause angekommen war, betrieb ich weitestgehend sinnlose Beschäftigungspolitik, die zu nichts führte. Viel zu früh entschied ich, mich zu richten und den Weg zum Wunderland anzutreten. Dort hoffte ich, eher auf andere Gedanken zu kommen.

Ich legte größte Sorgfalt auf mein Erscheinungsbild. Die Haare hatte ich frisch gewaschen und zu schwungvollen Wellen geföhnt. Heute würde ich sie offen tragen. Und während ich sonst größtenteils in Jeans und Bluse herumlief, wählte ich heute ein sportlich-elegantes Kleid in einem warmen Cognac-Ton, das meine grünen Augen zum Leuchten brachte und meinen Körper wunderbar umspielte. Passende Ballerinas hatte ich auch im Schuhschrank, sodass ich mich am Ende zufrieden im Spiegel in der Diele musterte.

Voller Vorfreude machte ich mich auf den Weg. Als ich im Wunderland eintraf, hatte ich noch weit über eine Stunde Zeit. Ich beschloss, Vorarbeiten für den Montag zu erledigen und das Sortiment zu befüllen. Doch nachdem mir beinahe ein Tablett mit Glasartikeln aus den Händen gerutscht wäre, befand ich in meinem derzeitigen Zustand Schreibtischarbeit für sicherer. Ich fuhr das

Notebook hoch, um dringend nötige Bestellungen auszuführen, doch die einzige Aktivität, die ich hinbekam, bestand darin, nervös mit den Fingern auf den Tasten herumzuspielen.

Ich war derart in meiner Aufregung versunken, dass ich heftig zusammenzuckte, als sich plötzlich die Ladentür öffnete. »Hier ist geschlossen!«, rief ich instinktiv.

Beim Aufsehen entdeckte ich John, der ein paar zögerliche Schritte in den Laden hinein gemacht hatte. Ich stand auf, ging auf ihn zu und sah ihn überrascht an. »Was machst du denn noch hier?«

»Ich habe Schreibarbeiten erledigt. Und du?«

»Genauso.«

John musterte mich eingehend. »Du siehst wunderschön aus, Alice«, bemerkte er mit anerkennendem Blick, und ich wunderte mich, dass seine Stimme seltsam rau klang.

»Danke schön«, murmelte ich verlegen.

»Hast du was vor?«

»Ja, ich bin verabredet.«

Er lachte, und auf einmal war der Spott da, den ich schon die ganze Zeit in seinem Gesicht gesucht hatte. »Lass mich raten, mit Henrik.«

Trotzig reckte ich mein Kinn vor. »Genau. Mit Henrik. Was dagegen?«

Von John kam ein langgezogener Seufzer. »Ach, Alice, du würdest allen Menschen, die dich mögen, einen Dienst erweisen, wenn du diese lächerliche und aussichtslose Schwärmerei beenden würdest. Das sieht jeder Blinde, dass das nichts wird mit euch. Tu dir selbst einen Gefallen und sieh das ein!«

Empört schnappte ich nach Luft und fauchte ihn an: »Das geht dich nichts an, lass mich einfach in Ruhe!«

John hob abwehrend die Hände, brummte »Okay, okay« und verschwand wieder. Dieser blöde Kerl! Warum konnte der nicht aufhören, sich permanent in mein Leben einzumischen? Ich war so aufgebracht, dass ich wie eine eingesperrte Wildkatze durch meinen Laden tigerte.

Als die Glocke erneut erklang, war ich immer noch auf hundertachtzig. »Was?«, stieß ich wütend hervor und starrte mit loderndem Blick zur Tür.

Zu meinem Entsetzen stand dort Henrik, der mich erschrocken ansah und beinahe einen Schritt zurückwich.

»Entschuldige bitte, Henrik, ist es schon achtzehn Uhr?«, fragte ich irritiert, während ich auf meine Uhr sah. Tatsächlich wiesen die Zeiger auf kurz vor sechs. Da musste ich wohl fast eine Stunde erregt umhermarschiert sein, ohne zu bemerken, wie die Zeit verging. Ich warf ihm ein beschwichtigendes Lächeln zu.

Henrik fuhr sich verunsichert durch die Haare. »Wollen wir dann?«

»Sehr gern.«

Wir bummelten gemütlich plaudernd durch die Innenstadt, blieben an Schaufenstern stehen und zeigten uns

Objekte, die wir beachtenswert fanden. Ich hatte mich vorwitzig bei Henrik untergehakt und genoss den seltenen Moment der Nähe. Zwar registrierte ich, wie er sich kurz versteifte, doch er machte keine Anstalten, sich von mir zu lösen. Vor einem Italiener, dessen Restaurant den Luxus einer Fensterfront direkt zum Neckar aufwies, studierten wir die Karte.

»Magst du da rein?«, fragte Henrik unsicher.

»Gern, klingt doch alles lecker.«

Dank der frühen Uhrzeit bekamen wir mühelos einen Tisch mit Aussicht und setzten uns vis-à-vis. Der Kellner brachte umgehend die Speisekarten und machte damit eine Konversation zunächst einmal unnötig. Doch nachdem wir bestellt hatten, sahen wir uns genau dieser Herausforderung gegenüber. Henriks Wangen glühten feuerrot, und er nestelte nervös an der Tischdecke herum. Sein Blick schwang unruhig zwischen dem Panorama und seiner Serviette hin und her. Es hatte nicht den Anschein, als ob ich von ihm den Beginn einer Unterhaltung erwarten könnte.

Innerlich seufzend fand ich mich damit ab, dass es mal wieder an mir war, die Initiative zu ergreifen. »Und, Henrik, wie war deine Sammlerbörse?«

»Wie?« Irritiert schreckte er aus seinen undurchschaubaren Gedankengängen auf.

»Die Sammlerbörse. Du hattest mir davon berichtet. Wie ist es gelaufen?«

»Ah ja, richtig. Gut, danke.«

»Hast du interessante Funde getätigt?«

»Nein, es war nichts Besonderes dabei. Aber ich habe ein paar seltene Ausgaben verkauft, die ich schon lange in meinem Fundus hatte.«

»Schön, das freut mich für dich.«

Hm. Die Gesetzmäßigkeiten der Kommunikation schienen Henrik nicht vertraut zu sein. Vor allem die Sache mit den Fragen und den Gegenfragen ...

»Und an der Uni? Bist du gut vorangekommen? Du sagtest, du hättest gerade viel zu tun.«

»Oh ja, danke. Ich habe ein größeres Projekt, das mich wohl noch eine Weile beschäftigen wird, aber ich liege gut im Zeitplan.«

Ein wenig kam ich mir vor wie in einer Quizshow. Ich musste mir jedes Quäntchen Information hart erarbeiten. Aber hatte ich wirklich Lust dazu? Den ganzen Abend hier zu sitzen und Henrik mit einer winzigen Pinzette einzelne Bröckchen aus der Nase zu ziehen? Eigentlich nicht. Ich merkte jetzt schon, wie ich von Sekunde zu Sekunde ungeduldiger wurde.

»Also, Henrik. Du hast gefragt, ob wir zusammen essen gehen. Gibt es dafür einen speziellen Grund?«

Henriks Gesicht nahm einen noch dunkleren Rotton an, und seine Hände fuhrwerkten derart hartnäckig in der Serviette herum, dass sie, bevor er sie überhaupt benutzt hatte, bereits vollkommen zerknüllt aussah. »Also ... ich dachte ... wir kennen uns ja noch gar nicht richtig ... und so allgemein ... kenne ich mich auch bei Frauen nicht sonderlich aus ... und deswegen ... kannst du mir ja vielleicht erzählen ... also ... wie du so tickst ...«

»Wie ich so ticke?«, wiederholte ich. Was sollte das hier werden?

»Na ja ... generell ... vielleicht weiß ich dann besser ... also ... was sich Frauen wünschen ... verstehst du?«

»Henrik, nicht wirklich. Willst du wissen, was *ich* mir wünsche?«

»Na ja, das wäre ein Anfang.«

Ich musterte ihn verwirrt. War das sein Weg herauszufinden, wie er mir näherkommen konnte? Oder deutete ich alles komplett falsch? Henrik wies mittlerweile eine verdächtige Ähnlichkeit mit einer Tomate auf, und obwohl ihm sonst mein Herz sehnsüchtig entgegeneilte, fand ich die momentane Situation reichlich befremdlich.

»Okay, Henrik. Ich glaube, so wird das nichts. Lass uns ein Frage-Antwort-Spiel machen. Du fragst, ich antworte.«

Henrik schien sich ein wenig gefangen zu haben, so als habe er die erste Hürde genommen und dabei Zuversicht für die weiteren geschöpft. »Ja, na dann. Also angenommen, jemand würde sich für dich interessieren. Nicht nur freundschaftlich, sondern darüber hinaus. Jemand, der gern mit dir zusammensein möchte. Was würde dir gefallen? Wie soll er es dir zeigen?«

Mein Puls beschleunigte sich. Das klang nach einer wunderbaren Entwicklung. Nach einer Entwicklung, die ich mir schon so lange herbeisehnte.

»Okay, das ist leicht zu beantworten. Zuallererst würde ich mir Interesse wünschen. Dass er versucht, mich kennenzulernen, herauszufinden, wie ich ticke, wer ich bin, was ich mag.« An dieser Stelle warf ich ihm einen tiefen Blick zu. »Das beginnt mit zusammen verbrachter Zeit, mit regelmäßigen Verabredungen, gemeinsamen Aktivitäten. Und mir gefällt es, wenn mir ein Mann zeigt, dass ihm an mir liegt, dass ich für ihn wichtig bin. Auch kleine Aufmerksamkeiten wärmen mein Herz. Ein paar Blumen, eine originelle Überraschung, ein romantischer Film ...« Ich stockte entsetzt. Was redete ich da? Eine originelle Überraschung? So wie ein Geländer voller Luftballons vielleicht? Ein romantischer Film? So wie »Er steht einfach nicht auf dich!«?

Das, was ich als erstrebenswert schilderte, bekam ich von John auf dem Silbertablett geliefert und verschmähte es. Könnte es sein, dass er ...? Nein, ausgeschlossen! Bevor ich mich in diesen unsinnigen Gedanken verlieren konnte, fuhr ich fort: »Das Wichtigste für mich ist, zu spüren, dass ihm mein Glück am Herzen liegt.«

Henrik hatte mir gebannt gelauscht. Seine Nervosität war offensichtlich verschwunden. »Das heißt, du würdest es nicht als aufdringlich empfinden, wenn er dich um eine Verabredung bittet?«

»Nein, gar nicht!« Überrascht sah ich ihn an. Befürchtete er das tatsächlich? Hatte er deshalb so lange gezögert? »Das ist doch der einzige Weg, um einander besser kennenzulernen. Du musst ja auch nicht gleich zu Beginn deine Gefühle offenlegen. Der Umweg über eine Freundschaft funktioniert genauso. Das erleichtert den ersten Schritt, gerade wenn man schüchtern ist.«

Henrik nickte zufrieden. »Ja, das klingt wunderbar. Danke, Alice. Du hast mir sehr geholfen.«

Den Rest des Abends verbrachten wir mit lebhafter Unterhaltung. Henrik taute sichtlich auf und erzählte zahlreiche Begebenheiten von seiner Tätigkeit an der Uni. Außerdem erfuhr ich, welche Sammlerbörsen er besuchte, mit wem er zusammenarbeitete und wie sein Alltag als Antiquar aussah. Er schilderte Anekdoten aus der Kindheit, berichtete von seiner Familie und seinen bevorzugten Freizeitaktivitäten. Noch nie hatte ich ihn derart temperamentvoll erlebt, und ich beobachtete verzückt, wie seine Augen glitzerten und der ganze Körper in Schwung geriet. Es war ein wundervolles Gefühl, so intensiv in seine Welt eintauchen zu dürfen. Der einzige Wermutstropfen bestand darin, dass er zwar begeistert von sich erzählte, jedoch keine Anstalten unternahm, auch etwas von mir zu erfahren. Ich beruhigte mich damit, dass er das bestimmt beim nächsten Date nachholen würde.

Gegen neun verkündete Henrik mit einem Blick auf die Uhr: »Ziemlich spät schon, ich denke, ich sollte so langsam heimgehen.«

Verwundert sah ich ihn an. »Ach, jetzt schon? Ich dachte, wir gehen noch irgendwo was trinken.«

»Tut mir leid. Zuhause wartet eine Menge Arbeit.«

»Okay, na dann.« Ich gab mir die größte Mühe, mir das Ausmaß meiner Enttäuschung nicht anmerken zu lassen. Seine Vorstellung von »Zeit zum Kennenlernen« war wohl eine andere als meine. Aber gut, wir waren heute einen riesigen Schritt vorangekommen. Ich entschied, mich lieber darüber zu freuen als mich über das abrupte Ende zu ärgern.

Gespannt wartete ich ab, wie sich unser Abschied gestalten würde. Als wir das Restaurant verlassen hatten, drehte sich Henrik zu mir, sodass wir uns gegenüberstanden. Seine Hände hatte er in den Taschen seiner Hose vergraben. »Also, Alice, danke noch mal. Ich wünsche dir ein schönes Wochenende.«

Ich lächelte ihn aufmunternd an. »Danke, Henrik, dir auch.« Bevor ich mit meinen Überlegungen fertig war, ob ich ihn umarmen oder ihm einen Kuss auf die Wange geben sollte, hatte er sich bereits umgedreht und stapfte davon. Verwirrt starrte ich ihm hinterher. Ein wahrer Charme-Bolzen war er nicht, mein Ritter!

Und was sollte ich jetzt mit dem nicht gerade unbedeutenden Rest des Abends anfangen? Genervt schlenderte ich durch die Innenstadt. Ich hatte keine Lust, nach Hause zu gehen. Jane kam mir in den Sinn. Ich würde Peter so bald wie möglich um ihre Handy-Nummer bitten. Sie war die einzige Single-Frau, die ich kannte, und neu in der Stadt. Bestimmt würde sie sich freuen, ab und zu jemanden zum Ausgehen zu haben. Doch für heute Abend brachte mir das auch nichts mehr.

Kurzentschlossen machte ich einen Linksschwenk. Ich würde noch nicht heimwärts gehen. Dort würde ich allenfalls meinem Frust frönen. Da war es besser, die

Bestellungen zu erledigen, für die mir vorhin die Konzentration gefehlt hatte.

Überrascht hielt ich vor meinem Wunderland inne. Bei John brannte Licht. Ich lief ein paar Schritte in Richtung seines Ladens, bis ich einen Blick hineinwerfen konnte. Er saß tatsächlich noch am Schreibtisch und tippte. Samstag Abend – das war doch eigentlich die perfekte Zeit, um Frauen abzuschleppen. Von Peter wusste ich, dass das sein Jagdtag der Woche war. Wieso saß dann John hier und arbeitete? Ich schüttelte den Kopf. Das alles ging mich erstens nichts an und war mir zweitens vollkommen egal. Ich sperrte meine Ladentür auf, schaltete die Beleuchtung ein und schloss hinter mir gleich wieder zu. Dann startete ich das Notebook und vertiefte mich in die Arbeit.

Als es geraume Zeit später an der Tür klopfte, fuhr ich erschrocken hoch. John hatte beide Hände an die Scheibe gelegt und sah zu mir hinein. Öffnen oder nicht öffnen? Kurz haderte ich. Dann befand ich, dass mir momentan sogar die Gesellschaft von John lieber war als keine Gesellschaft. Ich machte auf und ließ ihn eintreten.

»Alice, was machst du denn hier? Ich dachte, du wärst mit Henrik unterwegs.«

»War ich ja auch.«

»Und dann bist du jetzt schon wieder hier?«, fragte er mit erkennbarer Fassungslosigkeit.

»Ja, er hatte noch etwas zu erledigen«, grummelte ich mit gesenktem Kopf. Ich hatte partout keine Lust, mir auch nur einen Hauch von Schadenfreude in seinen Augen anzusehen.

»Oh, okay. Und? Hast du noch lange zu tun?«

»Nein, für heute reicht es.«

»Hast du Lust, etwas trinken zu gehen?«

»Nein, danke, ich bin müde.« Wie kam es nur, dass ich mich so schäbig fühlte bei dieser Antwort?

John musterte mich eindringlich. »Okay, dann nicht. Aber ich bringe dich auf jeden Fall nach Hause.«

»Nicht nötig.«

»Doch, das ist es. Ich möchte nicht, dass du in dieser Finsternis mutterseelenallein durch den Park marschierst. Ich komme mit.«

Mein Widerspruchsgeist nahm Fahrt auf. Und er wurde erheblich dadurch befeuert, dass mich Henrik mir nichts dir nichts stehengelassen hatte, während John sich um meine Sicherheit sorgte. Letzteres erschien mir zwar vollkommen übertrieben, weil ich es seit Jahren gewöhnt war, auf mich aufzupassen. Doch wenn ich ehrlich war, fand ich es auch irgendwie rührend. Was für eine verkehrte Welt!

»Nein, ich gehe allein!«

John stöhnte gereizt auf. »Okay, Alice. Zwei Möglichkeiten: Entweder ich bringe dich nach Hause, und wir unterhalten uns auf dem Weg ein bisschen, oder ich laufe fünfzig Meter hinter dir her und schaue, dass du wohlbehalten zuhause ankommst.«

»Meinetwegen!«, seufzte ich und marschierte zurück zum Schreibtisch, um das Notebook herunterzufahren und meine Tasche zu holen. Mit einem zwischen den Zähnen hervorgequetschten »Wir können!« schob ich John zur Tür hinaus und verriegelte den Laden.

Ohne mich nach ihm umzudrehen, stapfte ich los. Mit zwei, drei langen Schritten schloss er zu mir auf und lief mit in den Hosentaschen vergrabenen Händen neben mir her.

»Was für ein lauer Spätsommerabend!«, startete John einen Versuch, mit mir ins Gespräch zu kommen, während wir zügig durch die immer noch belebten Straßen liefen. »Wie wär's denn, wenn wir uns auf ein Eis in die Eisdiele setzen? Ich lade dich ein.« Er warf mir einen Seitenblick zu.

Ich stierte stur geradeaus. »Nein, danke. Ich möchte gern nach Hause.«

»Schade. Alice, darf ich dich etwas fragen?«

»Fragen darfst du. Ob du eine Antwort bekommst, steht auf einem anderen Blatt.«

»Was hast du gegen Fußballer? Und ich weiß nach wie vor nicht, was speziell ich dir getan habe.«

Gequält seufzte ich auf. »Du hast mir nichts getan. Es geht nicht um dich. Ist mehr eine allgemeine Sache. Ich habe schlimme Erinnerungen an Fußballer, und deshalb gehe ich ihnen aus dem Weg. Aus Prinzip, es ist nichts Persönliches.«

»Okay, ich nehme an, du hast gewichtige Gründe dafür. Aber könnte ich nicht deine Chance sein, endlich mal festzustellen, dass es auch nette Fußballer gibt?«

Ich blieb stehen und sah ihm genervt in die Augen. »Was soll das bringen?«

»Das liegt doch auf der Hand: Die Vergangenheit vergangen sein zu lassen und die Gegenwart frei von Vorurteilen und Ängsten zu genießen.«

»Uuuuh, an dir ist wohl ein Psychologe verlorengegangen«, spottete ich und eilte weiter.

»Um zu erkennen, dass du dir damit einen Gefallen tun würdest, muss man kein Psychologe sein.«

»Was ist eigentlich mit dir?«, versuchte ich das Thema zu wechseln.

»Was soll mit mir sein?«

»Na ja, wie kommt es, dass du am Samstag wild in deine Tasten hämmerst, statt auf der Jagd zu sein?«

»Auf der Jagd?«, fragte John sichtlich irritiert.

»Auf der Jagd.«

»Auf was für einer Jagd?«

Ich warf ihm einen schrägen Blick zu, in den ich das Maximum an Spott legte, das ich aufbringen konnte. »Samstag! Jagdzeit!«, stieß ich mit hochgezogenen Augenbrauen und einer ausladenden Geste hervor, die ihm zeigen sollte, dass er auf der Leitung stand.

Ein paar Sekunden starrte er mich verwirrt an, dann lichtete sich seine Miene. »Du meinst: Jagd nach einem Flirt?«

»Wenn du das so formulieren willst ...«

»Alice, selbst wenn das dein Weltbild erschüttern mag: Ich bin sechsunddreißig Jahre alt. Ich gebe zu, dass ich als junger Erwachsener wilde Zeiten hatte, aber das ist lange her. Ich bin weder auf der Jagd noch an oberflächlichen Flirts interessiert. Was ich mir wünsche, ist eine feste Beziehung – Heirat und Kinder nicht ausgeschlossen. Und ich brauche nicht viele Frauen, sondern nur die eine, die mein Herz zum Glühen bringt.«

Ratlos starrte ich ihn an. Machte er sich über mich lustig oder meinte er das etwa ernst? Ich suchte nach Spuren von Unehrlichkeit in seinem Gesicht, konnte jedoch nichts Entsprechendes entdecken. Im Gegenteil, seine Augen blickten mich so ernsthaft und eindringlich an, dass ich fast versucht war, ihm zu glauben. Fast!

»Pfff, die dein Herz zum Glühen bringt, wo hast du denn das gelesen?«, spottete ich.

»Ich muss nicht irgendetwas irgendwo lesen, um echte Empfindungen hervorzubringen, Alice. Und kehr lieber vor deiner Haustür! Wie sieht es denn bei dir aus mit echten Empfindungen?«

Empört funkelte ich ihn an. »Ich weiß mehr über echte Gefühle als du. Meine Gefühle für Henrik sind außerordentlich echt!«

»Sind sie nicht. Die sind nur ein Strohfeuer, ein Ablenkungsmanöver, damit du dich vor dem schützen kannst, was du eigentlich willst.«

Jetzt reichte es mir. Dieser aufgeblasene, arrogante, unverschämte Fußballheini wusste doch rein gar nichts über mich. Ich stoppte, stemmte mit funkelnden Augen die Fäuste in die Hüften und fauchte ihn an: »Spar dir deine überheblichen Besserwisserkommentare, du hast doch keine Ahnung!«

Er drehte sich ebenfalls zu mir, sodass er viel zu viel Nähe zwischen uns aufbaute. Warme Hände legten sich mit festem Griff auf meine Schultern, und seine Augen blitzten gefährlich, als er mit herausfordernder Stimme fragte: »Ach nein, hab ich nicht?« Sein Blick fixierte mich. Der goldfarbene Kranz um seine Pupillen schien in der Dunkelheit zu leuchten. Ich stand erstarrt da und sah ihm gebannt in die Augen. Mein Puls raste, dafür setzte meine Atmung beinahe aus. Ich nahm seine Wärme und seinen Geruch wahr, als wären alle Sinne aufs Äußerste gespannt. Sein Gesicht kam millimeterweise näher, während er meine Lippen anstarrte.

Plötzlich und unerwartet ging ein Ruck durch seinen Körper, er wandte sich ab und trat zwei Schritte zurück. »Lass uns weitergehen!«, stieß er heiser hervor.

Ich war verwirrt. Was war das denn gerade gewesen? In mir herrschte ein völliges Gedanken- und Gefühlstohuwabohu, und ich war nur noch in der Lage, mechanisch durch die Gegend zu stapfen. Schweigend erreichten wir mein Haus.

An der Pforte stoppte John. Seine Stimme klang belegt, als er sagte: »Den Rest schaffst du wohl allein.«

Für einen Sekundenbruchteil dachte ich darüber nach, ob ich ihn hereinbitten sollte, doch dann realisierte ich, dass das mit dem aktuellen Durcheinander in mir überhaupt keine gute Idee wäre. »Sicher, lieben Dank«, nickte ich und betrachtete ausgiebig meine Schuhspitzen, um mich nicht noch einmal von seinen ausdrucksstarken Augen verwirren lassen zu müssen.

»Ich warte, bis du drinnen bist.«

»Okay, danke«, wiederholte ich und lief mit butterweichen Knien das kurze Stück bis zum Haus. Erst in der Eingangstür drehte ich mich noch einmal um. John stand wie erstarrt auf dem Gehweg und sah mit undurchdringlicher Miene in meine Richtung. Ich hob die Hand zu einem Abschiedsgruß und schloss die Tür.

Tür an Tür mit Alice

Die Wochen nach der ersten und bislang auch einzigen Verabredung mit Henrik und dem merkwürdigen Nachhausebringen durch John gingen viel zu schnell dahin. Tag für Tag lebte ich in der Hoffnung, dass Henrik nun nach meinem Nachhilfeunterricht in Sachen Frauen endlich in die Gänge käme, doch es tat sich nichts. Alle Versuche, auf ihn einzugehen, ihm Türen zu öffnen, blieben erfolglos. Und ich konnte einfach nicht fassen, dass er meinem eindeutig formulierten Hinweis, den ersten Schritt über gemeinsam verbrachte Zeit zu gehen, keine Taten folgen ließ. Selbst die von mir gebaute Brücke einer anfänglichen Freundschaft nutzte er nicht. Mein Frustrationslevel stieg mit jedem erfolglos verstrichenen Tag.

Peter beobachtete mein Treiben kopfschüttelnd und wusch mir immer wieder den Kopf. In Sophie und Clara fand er Verbündete, doch ich war nicht bereit, aufzugeben.

Das Verhältnis zu John hatte sich trotz unserer Wortgefechte auf einer nachbarschaftlichen Ebene stabilisiert. Es war zwar nicht gerade so, dass ich nach einem Kontakt mit ihm lechzte, doch wenn er vorbeikam, einen Kaffee bei mir trank oder ein sonstiges Anliegen hatte, konnte ich damit umgehen. Ab und zu gab es kleinere Streitereien, wenn seine Fußballkollegen und vor allem die Kinder lärmend über die Straße tobten und mit ihren Bällen meinem Laden und den dort sitzenden Kaffeegästen zu nahe kamen. Doch im Großen und Ganzen folgten wir dem Motto »leben und leben lassen«.

Auch der Versicherungsfall war zwischenzeitlich erledigt. Die Kundin hatte Wort gehalten und gemeinsam mit ihrem Mann alles unternommen, um mir bei den bürokratischen Details mit Rat und Tat zur Seite zu stehen. Klaus hatte einen wunderschönen handgepäcktauglichen Zeppelin für sie geschmiedet, den sie mit leuchtenden Augen und unzähligen Begeisterungsausrufen bei mir abgeholt hatte. Sie versprach, nach der Hochzeit von den Reaktionen des Brautpaares zu berichten.

Der September hatte uns mit traumhaftem Wetter verwöhnt und die Freiluftsaison angenehm verlängert. Selbst jetzt, Anfang Oktober, hatte ich die Außenmöbel noch in Benutzung. Nach wie vor gab es Gäste, die gern in der Mittagssonne ihren Kaffee genossen.

Am Freitagabend vor dem ersten Oktoberwochenende war ich rechtschaffen müde, als ich mein Wunderland verließ. Es war eine arbeitsreiche Woche gewesen mit einer ganzen Menge an Planungen für die anstehende Saison der Vernissagen und einem erfreulichen Schwung an Kundschaft. Dorothea hatte recht behalten. Johns Laden belebte mein Geschäft.

Ziemlich erschöpft begab ich mich auf den Heimweg. Sophie hatte angeboten, mir den Samstagmorgen abzunehmen, und ihr Freundschaftsdienst schenkte mir ein langes Zwei-Tage-Wochenende. Ich freute mich unglaublich darauf, hatte vor, ein wenig im Garten zu pusseln, mir ein paar Sonnenstunden auf der Liege zu gönnen und endlich mal wieder einen meiner Lieblingsromane in die Hand zu nehmen.

Als ich mein Haus erreicht hatte, setzte bereits langsam die Dämmerung ein. Ich schlenderte den Weg zur Tür entlang und konnte es kaum erwarten, mir gleich in der heimeligen Wohnküche ein leckeres Abendessen zuzubereiten. Kurz vor der Haustür stockte ich. Ein Päckchen stand dort angelehnt. Es war in Packpapier eingeschlagen und mit einer dekorativen roten Schleife umhüllt. ›Henrik!‹, war mein erster Gedanke. Hatte er sich endlich überwunden, den zweiten Gang einzulegen? Voller Spannung hob ich das Päckchen auf und wendete es hin und her. Vorsichtig schüttelte ich daran, in der Hoffnung, einen Hinweis auf seinen Inhalt zu erhalten. Es war leicht und biegsam. Müsste ich raten, würde ich darin ein Buch vermuten. Mein Herz schlug wie wild. Das sah nach Henrik aus!

So schnell wie möglich sperrte ich die Tür auf und rannte beinahe schon in die Küche. Behutsam zog ich die Schleife ab, dann löste ich die Klebestreifen vom Packpapier. Endlich präsentierte sich mir das Innenleben. Tatsächlich kam ein Taschenbuch zum Vorschein, allerdings nicht wie erwartet ein antiquarisches, sondern ein aktueller Titel. Verwirrt starrte ich darauf. Meine Augen waren zwar in der Lage, alle Details wahrzunehmen, doch mein Gehirn wusste nichts damit anzufangen.

Informationen, die in keiner Weise zusammenpassten, schlugen dort auf und stellten mich vor ein gewaltiges Rätsel. Minutenlang verharrte ich regungslos und versuchte, zu begreifen, was ich sah. Nach einer gefühlten Ewigkeit setzte ich mich schwerfällig auf einen der Hocker an der Theke, ohne jedoch mit dumpfem Starren aufhören zu können.

Roman Tischer stand in weißen Lettern auf dem Cover. Roman Tischer, mein Lieblingsautor. So weit, so klar. Aber was ich sonst noch auf dem Titelbild wahrnahm, verschlug mir die Sprache. Im Vordergrund thronten zwei Einkaufstüten. Die größere war – genauso wie meine – in einem eleganten Lilaton eingefärbt. Darauf befand sich ein dekoratives Holzherz. Auf der kleineren gelben Tasche prangte die Abbildung eines Fußballs. Sie ähnelte den von John verwendeten Papiertüten auf frappierende Weise. Beide Einkaufstaschen ruhten auf einem Fußballrasen. Im Hintergrund entdeckte ich eine Schaufensterfront mit sonnengelben Rahmen, in denen allerlei Dekomaterialien sichtbar wurden. Das Aussehen entsprach zwar nicht hundertprozentig meinem Laden, war aber verdammt nah dran.

Um der großzügigen Titel-Schrift entsprechenden Platz einzuräumen, wurde das abgebildete Foto überlagert von einer aquarellartigen Einfärbung in einem leuchtenden Orange. Zwischen den geschwungenen Buchstaben schwebten eine Fußballpfeife und ein Geschenkpäckchen. Letzteres war in ein weißes Geschenkpapier mit roten Pünktchen eingeschlagen, dekoriert von einer üppigen dunkelgrünen Schleife. Genau so verpackte ich üblicherweise die Einkäufe, bei denen eine Geschenkverpackung gewünscht wurde. Doch selbst diese unglaublichen Zufälle waren nicht dafür verantwortlich, dass es mir die Sprache verschlug. Es war erst der Buchtitel, der mir den Rest gab. »Tür an Tür mit Alice« stand in einer ausgefallenen Schreibschrift auf dem orangefarbenen Aquarell-Hintergrund. Ich hielt das Buch in der Hand, als sei es dort festgewachsen und schüttelte ohne Unterlass den Kopf. Was hatte das alles bloß zu bedeuten?

Und dann war da noch eine weitere Sache, die mich verwirrte: Über die drei Cover-Seiten zog sich eine Banderole mit dem Aufdruck: »Nicht zum Wiederverkauf bestimmt«. Handelte es sich hierbei um einen Vorabdruck? Ich kannte mich nicht sonderlich gut mit derlei Themen aus, aber mir fiel keine andere Erklärung ein.

Meinen ganzen Mut zusammennehmend öffnete ich das Buch. Der Text über den Autor Roman Tischer war derselbe wie in jeder Veröffentlichung von ihm. Ich hatte ihn wohl hundert Mal gelesen. Deswegen kannte ich ihn nahezu auswendig. Als ich bis zur Widmung vorgedrungen war, klappte mir die Kinnlade erneut herunter. *Für die zauberhafte Alice aus dem Wunderland*, stand dort.

Konnte es sein, dass es in Deutschland noch eine Alice gab mit einem Geschäft namens »Wunderland«? Nein. Und selbst wenn: Die Ähnlichkeiten zu den Insignien unserer Läden konnten kein Zufall sein. Ich schloss das Buch wieder und studierte den Klappentext.

Tür an Tür mit Alice
Ein Liebesroman von Roman Tischer

Alice führt begeistert und erfolgreich das »Wunderland«, ihren eigenen Laden. Beruflich läuft alles bestens, doch privat fehlt ihr der Mann an ihrer Seite. Eines Tages betritt Henry das »Wunderland«. Im Nu erobert der schüchterne, zurückhaltende Einzelgänger ihr Herz, doch Alices zarte Annäherungsversuche verhallen ungehört.

Jonathan, ein ehemaliger Profi-Fußballer, träumt seit Jahren von einem Fußballgeschäft. Als Alices Freundin und Nachbarin ihr Woll-Geschäft aufgibt, ist seine Chance gekommen. Voller Elan stürzt er sich in die Geschäftsgründung, argwöhnisch beobachtet von Alice. Für sie ist der gutaussehende und sportliche Kerl nichts weiter als ein unverschämter Casanova, den es zu bekämpfen gilt. Und mit Fußball steht sie ohnehin auf Kriegsfuß. Kleinigkeiten reichen aus, um die Fetzen fliegen zu lassen.

Alice zieht alle Register – in der Hoffnung, sowohl Jonathan zu vertreiben als auch Henry für sich zu gewinnen. Wird sie es am Ende schaffen?

Wenn es noch etwas gebraucht hätte, um mich in einen fassungslosen Zustand zu versetzen, dann das. Das letzte Fitzelchen Restzweifel hatte sich in Luft aufgelöst. In diesem Buch – was auch immer darin stehen mochte – ging es eindeutig um mich. Offen blieb nur noch die Frage, ob das Ganze ein übler Scherz war. Der Klappentext klang verdächtig nach Roman Tischers Stil. Auch die

Aufmachung roch danach. Wenn sich hier tatsächlich jemand einen Spaß erlaubte, war es ein verdammt guter Imitator.

Es würde mir nichts anderes übrig bleiben, als die Geschichte zu lesen. Und wenn es wirklich Roman Tischer geschrieben hatte, dann gab das neue Rätsel auf. Lebte er hier in der Region?

Spontan schoss mir die Idee durch den Kopf, das Impressum genauer zu studieren. Doch dort war nur die Adresse eines Services für Autoren angegeben. Okay, das half mir nicht weiter. Ich eilte zurück in die Diele und schnappte mir mein Handy. Auf Google suchte ich nach Fotos von ihm. Fehlanzeige!

Wenn er tatsächlich hier leben sollte, wer war er dann? Und die viel spannendere Frage: Woher kannte er mich und mein Umfeld?

Die Möglichkeit, den Buchtitel zu googeln, kam mir noch in den Sinn. Doch so viel ich auch scrollte und egal, wie ich die Suchwörter variierte, es gab kein Buch von Roman Tischer mit diesem Namen. Hatte ich hier sein neuestes Projekt vor mir, bevor es offiziell erschienen war?

Plötzlich zuckte ich zusammen. Es war, als wenn mich ein Blitz getroffen hätte: Henrik! Henrik mit seiner Liebe zu Büchern. Henrik, der stundenlang bei mir gesessen und in sein Notebook getippt hatte. Henrik, der die ganzen Streitereien mit John entweder live oder aus Erzählungen mitbekommen hatte. Ach ... du ... lieber ... Himmel! Das Buch musste von ihm sein. Deshalb hatte er sich in den letzten Wochen nicht mehr mit mir verabredet. Mit Hochdruck hatte er das Buch fertiggestellt, um es mir zu schenken. Womöglich sogar, um mir auf diesem Weg eine Liebeserklärung zu machen? Das wäre definitiv die beste des Jahrhunderts!

Aber wenn es so war, was bedeutete das dann genau? Hatte er den Namen Roman Tischer für seine Überraschung gewählt, weil er wusste, dass das neben Jane Austen mein Lieblingsautor war, oder ...? Mir stockte der Atem. Könnte das sein? Könnte das *wirklich* sein? War Henrik am Ende sogar Roman Tischer? Mein Herz klopfte bis zum Hals. Auf einmal hatte ich das Gefühl, keine Sekunde länger warten zu dürfen. Das Abendessen war unwichtig geworden. Ich musste lesen. Jetzt sofort!

Ich hatte mich an meinem Lieblingsplatz, auf der Récamiere im Wintergarten, ausgestreckt. Von dort aus konnte ich bei Tageslicht in den immer noch üppig blühenden Garten schauen, der Astern in allen denkbaren Herbstfarben präsentierte. Wenn es einen Ort gab, an dem ich mich entspannen konnte, dann war es dieser. Im Augenblick war ich jedoch von jedweder Entspannung Lichtjahre entfernt. Die Aufregung schien mich umzubringen. Meine Hände zitterten und mein Herz pumpte in atemberaubendem Tempo Blut durch den Körper.

Ich schlug die Seite nach der Widmung auf. Die Überschrift erstreckte sich über zwei Zeilen. Oben stand: »Mein Wunderland«, und darunter »Alice«. Voller Nervosität las ich den ersten Absatz.

Womöglich hält ja jeder seine Heimatstadt für die schönste der Welt, wobei es Alice bei so manchem Ort, den sie schon gesehen hatte, schwerfiel, sich das vorzustellen. Doch ihr war tatsächlich noch nie jemand begegnet, der nicht umgehend dem Zauber von Tübingen erlegen wäre.

Mein Herz klopfte noch schneller. Tübingen. Meine Stadt. Eine Geschichte über mich in meiner Stadt. Ich kam mir vor wie Alice im Wunderland, gefangen in einem surrealen Traum, der vorgab, wirklich zu sein.

Auf einmal stieg eine ganz neue Frage in mir auf. Wenn dieses Kapitel mich in den Mittelpunkt stellte, wie es die Unterüberschrift bereits vermuten ließ, dann gab es bestimmt auch welche, die aus Henriks Sicht geschrieben waren. Hielt ich hier den Schlüssel zu seinen Gefühlen in der Hand? Mit zitternden Fingern blätterte ich zum nächsten Kapitel. Als ich es gefunden hatte, stockte ich. Irritiert starrte ich auf die Buchstaben. Was hatte das zu bedeuten? »Zauberhafte Unbekannte« und »Jonathan« las ich über zwei Zeilen verteilt. Wieso war der so wichtig in Henriks Buch? Ohne mich darum zu scheren, dass ich das erste Kapitel noch gar nicht gelesen hatte, flogen meine Augen über den Text.

Jonathan war in Eile. Sein Leben lieferte ihm gerade eine ganze Reihe von Herausforderungen, denen er sich parallel stellen musste. Eben hatte er die Schlüssel bekommen für die Wohnung, die er für seine Schwester angemietet hatte. Sie war auf dem Absprung von ihrem Ehemann, dessen Tablettensucht aus ihrer Ehe eine Hölle gemacht hatte.

Er war heilfroh, dass er rasch fündig geworden war und auch die Handwerker, die die Renovierung vornehmen sollten, sofort angerückt waren. Je eher sie von ihrem Mann wegkam und in einer weit entfernten Stadt einen Neustart hinlegen konnte, desto besser.

Jonathan sah auf die Uhr. Er war spät dran. Der Makler wartete sicherlich bereits auf ihn. Schon sein Leben lang träumte er von einem eigenen Fußballladen. Seine Profikarriere als Zweitligaspieler hatte er vor ein paar Jahren beendet. Danach hatte er ein Wirtschaftsstudium absolviert, um sich fit zu machen für die anstehenden Aufgaben als Unternehmer. Und nun hatte er endlich die Chance, seinen Traum zu verwirklichen. Direkt am Marktplatz war ein Laden zu vermieten, den er sich unbedingt anschauen wollte.

Genau in dem Moment, als er den Blick von seiner Uhr hob, prallte er mit jemandem zusammen. Erschrocken fuhr er aus seinen Gedanken hoch. »Oje, das tut mir aber leid«, entfuhr es ihm.

Erst jetzt wurde ihm bewusst, was er angerichtet hatte. Einer jungen Frau war der Einkaufskorb aus der Hand gefallen, und ihre gesamten Habseligkeiten lagen auf der Straße verstreut. Sie selbst hatte durch den Aufprall das Gleichgewicht verloren und saß mit erstauntem Blick auf dem Boden. Nach einer Sekunde der Orientierungslosigkeit sah sie auf und schaute ihm direkt ins

Gesicht. Der erstaunte Blick wich einem zornigen Ausdruck, der sich stetig zu verstärken schien. Sie musterte ihn, als wäre er der Teufel in Person.

Um sie zu besänftigen, bemühte er sich um einen ausgesucht freundlichen Tonfall. »Kommen Sie, ich helfe Ihnen hoch!«, sagte er und reichte ihr die Hand.

Doch sie reagierte nicht auf die versöhnliche Geste. »Können Sie nicht aufpassen, verdammt?«, fauchte sie ihn an. »Aber klar, so ein Schneller-höher-weiter-Typ wie Sie kennt eben nur den Überholgang. Haben Sie schon mal was von Rücksichtnahme auf andere gehört? Nein, natürlich nicht! Schauen Sie sich nur diesen Schlamassel an, mein ganzes Abendessen liegt auf der Straße.« Sie sah aus, als müsse sie gegen die Tränen ankämpfen.

Jonathan tat die Misere unendlich leid, und er wünschte sich, die Zeit zurückdrehen zu können. Obwohl, stimmte das überhaupt? Wenn er in sich hineinhorchte, nahm er etwas anderes wahr: Glück, ihr begegnet zu sein. Auch wenn sie dasaß wie ein Racheengel, der ihn mit lodernden Blicken vernichten wollte, strahlte sie etwas aus, das auf ungeahnte Weise sein Herz rührte. Ihre langen rotbraunen Locken, die offen ihr Gesicht umspielten, und ihre funkelnden grünen Augen verliehen ihr eine feenhafte Ausstrahlung. Und der Gegensatz zwischen ihrem sanften Äußeren und dem momentan überkochenden Temperament faszinierte ihn. Am liebsten hätte er sie sofort in den Arm genommen.

Er kniete sich neben sie. »Das tut mir wirklich sehr, sehr leid. Natürlich ersetze ich Ihnen den Schaden. Warten

Sie, ich helfe Ihnen, alles einzusammeln.« Kurz hielt er inne. Ihm war gerade ein bescheuerter Gedanke durch den Kopf geschossen. Und ehe er begriff, was er da tat, öffnete sich sein Mund und haute raus, was ihm in den Sinn gekommen war: »Na ja, ist ja irgendwie typisch für junges Gemüse, sich gern auf der Straße herumzutreiben.«

Fassungslos starrte sie ihn an. »Wie bitte? Junges Gemüse?«

Ach, herrje! Wie konnte er so blöd sein? Innerlich stöhnte er und schalt sich selbst für sein lockeres Mundwerk. Diese zauberhafte Frau hier musste ihn spätestens jetzt für einen Vollidioten halten. Abwehrend hob er die Hände. »Um Himmels willen, ich meinte natürlich nicht Sie, sondern das Gemüse im wörtlichen Sinne.« Mit einer ausladenden Bewegung deutete er auf das Schlachtfeld um sie herum.

»Toll, dass Sie sich hier bestens amüsieren!«, stieß sie aufgebracht hervor.

Wie sollte er den Schaden nur wieder gutmachen? Er versuchte es mit Beschwichtigung. »Hey, beruhigen Sie sich doch! Passiert ist passiert. Es tut mir leid. Ich entschuldige mich gern ein weiteres Mal und bin bereit für Buße in jeder Form. Was halten Sie davon, wenn ich Sie als Wiedergutmachung heute Abend zum Essen einlade? Und selbstverständlich zahle ich Ihnen Ihr junges Gemüse.« Na, geht doch! Da war ihm ja glatt trotz des Schreckens eine brillante Idee gekommen. Vor lauter Erleichterung über seinen Geistesblitz schlich sich ein neuerliches Grinsen in sein Gesicht. Aber schneller als ihm lieb war, verging es ihm schon wieder. Sie sah aus, als wolle sie ihm eine scheuern und als ob sie sich nur beim Gedanken an ihre gute Erziehung Einhalt gebieten könne.

»Denken Sie nicht mal daran! Und selbst wenn ich wie eine Freundin von mir fünfundachtzig Jahre alt werden sollte, wird es in diesem Leben nichts und niemanden geben, der mich dazu bringen könnte, mit einem wie Ihnen essen zu gehen!«

Sie rappelte sich auf und rieb sich ihr vermutlich schmerzendes Hinterteil. Zu gern hätte er ihr dabei assistiert. Trotz ihres von unten zuckersüßen Anblicks erhob er sich ebenfalls. Schließlich wollte er ihr höflich begegnen. Außerdem hatten ihre letzten Worte seine Neugier geweckt. Belustigt musterte er sie.

»Das interessiert mich nun ja wirklich. Was ist denn einer wie ich?«

Sie schnaubte und sah einfach entzückend aus in ihrer Wut. Er konnte ihr buchstäblich beim Denken zusehen. Sie durchforstete ihr Gehirn nach einer passenden Antwort und wirkte, als könne sie keine finden. Die Pause zog sich in die Länge. Er war gespannt, was dieser ausgiebigen Phase des Nachdenkens folgen würde. In lässiger Pose stand er auf einem Bein, die Arme entspannt verschränkt, und wartete amüsiert.

Erschrocken schaute sie ihn an, als ob sie plötzlich gemerkt hätte, dass er sie aufmerksam beobachtete. »Einer wie Sie, der meint, dass ihm die Welt gehört!«, stieß sie hervor. Wie eine Rebellin baute sie sich vor ihm auf, bereit für den Kampf.

Je länger es dauerte, desto mehr Spaß machte ihm dieses Scharmützel. Sein Termin, sein potentieller Laden – unwichtig! Es gab nur noch diese Frau, die für ihn zählte. »Ach, das ist ja interessant! Und woran genau meinen Sie das erkennen zu können?«

Ihr Gesicht erglühte feuerrot. Wie eine Zornesgöttin stand sie vor ihm. Und obwohl sie nur ein verächtliches »Pfff!« durch die Zähne zischte, war sie absolut ehrfurchtgebietend. Ohne ihn eines weiteren Blickes zu würdigen, begann sie, ihre Sachen zusammenzuklauben. Jonathan bückte sich ebenfalls und half ihr, alles wieder in ihren Korb zu befördern. Dann machte sie auf dem Absatz kehrt und rannte beinahe schon davon.

Er konnte sie unmöglich gehen lassen. Diese Frau musste er kennenlernen. Unbedingt! »Hey, warten Sie! Ich würde das wirklich gern wiedergutmachen. Ein Abendessen wäre doch nett. Ich bin neu in der Stadt und kenne noch niemanden.«

Er lief hinter ihr her und griff nach ihrem Arm. »Geben Sie mir einfach eine Chance, Ihnen zu beweisen, dass ich keiner bin, der glaubt, ihm gehöre die Welt«, bat er mit versöhnlicher Stimme.

Unwillig schüttelte sie seine Hand ab. »Nochmal Klartext: Ich werde niemals mit Ihnen essen gehen, und es ist mir vollkommen egal, wer oder was Sie sind. Ein schönes Leben noch!« Mit hocherhobenem Haupt ging sie davon und würdigte ihn keines weiteren Blickes. Was sollte er tun? Ihr folgen? Damit er wusste, wo sie wohnte. Einen Moment überlegte er hin und her. Er war kein Stalker, und eine Frau zu bedrängen, die nichts von ihm wissen wollte, wäre das Letzte gewesen, was er wollte. Andererseits hatte er das Gefühl, dass sie nicht nur irgendeine Frau war. Was, wenn sie *die* Frau war? Er schloss kurz die Augen und dachte nach. Wenn sie wirklich *die* Frau war, dann würden sie sich wiedersehen. Er glaubte felsenfest daran, dass das Leben so spielte. Nach einem letzten wehmütigen Blick in ihre Richtung drehte er sich seufzend um und begab sich viel zu spät auf den Weg zu seinem Termin.

Sprachlos starrte ich auf das Buch in meiner Hand. Das war eine detailgetreue Wiedergabe des ersten Zusammenpralls von John und mir. Auch wenn das Ereignis mittlerweile fast ein halbes Jahr zurücklag, waren mir die Worte derart vertraut, als wären sie gestern ausgesprochen worden. Wie war es möglich, dass Henrik so genau wusste, was damals geschehen war? Hatte John ihm in allen Einzelheiten davon berichtet? Doch warum gab Henrik John überhaupt eine bedeutsame Rolle in seinem Roman? Und wieso tat er so, als würde John sich für mich interessieren? Ich grübelte nach. Okay, einen Gegenspieler für den strahlenden Helden zu schaffen, das hatten schon die Klassiker gemacht. Durchaus ein probates Stilmittel, fand ich. Dann würde sich die Geschichte um John, Henrik und mich ranken und drei verschiedene Erzählperspektiven einnehmen. Ich war mir sicher, richtig zu liegen.

Um meine Theorie zu bestätigen, blätterte ich weiter und sondierte die Unterüberschriften. Alice, Jonathan,

Alice, Jonathan, Alice, Jonathan ... Wo zum Teufel blieb Henrik? Ich wühlte mich immer schneller durch das Buch, bis ich fast am Ende angelangt war. Keine Spur von Henrik. Wieso?

Ich hielt inne. Traute ich mich, weiterzugehen bis zur letzten Seite? Mein Herz galoppierte davon, und mit den Handinnenflächen hätte ich Blumen gießen können. Ich klopfte in wildem Beat mit den Fingerspitzen auf das aufgeschlagene Buch. In den nächsten Minuten würde ich explodieren, wenn ich nicht erfuhr, was es für ein Ende bereithielt. Mit einem heftigen Atemzug schlug ich die letzte Seite auf.

Die Buchstaben tanzten. Ich starrte sie an und versuchte, ihnen Einhalt zu gebieten. Aber sie tanzten weiter, als wollten sie mich verhöhnen. Ich schüttelte ungläubig den Kopf, kniff die Augen zusammen und starrte erneut. Doch egal, was ich tat, die Silhouette blieb. Der Text blieb.

Fortsetzung folgt ...

Zauberhafte Alice,

Du entscheidest, wie dieser Roman endet!

Verwirrende Lesestunden

Eines war klar: Das würde eine lange Nacht werden! Ich sah keine Chance, mit dem Lesen aufzuhören, bevor ich mich durch die knapp zweihundertvierzig Buchseiten gewühlt hatte. Ich wusste, dass meine Lesegeschwindigkeit bei ungefähr vierzig Seiten pro Stunde lag. Das bedeutete viele aufregende Momente, die es durchzuhalten galt.

Inzwischen war ich mir sicher, dass Roman Tischer der Autor war. Ich erkannte Formulierungen aus seinen anderen Büchern. Die Art, Gefühle zu beschreiben und Dialoge wiederzugeben, entsprach unverkennbar seinem Stil. Das derart präzise zu imitieren, wäre mit einem immensen Aufwand verbunden. Demzufolge musste Henrik Roman Tischer sein. Immer wieder schüttelte ich ungläubig den Kopf. Da hatte ich mich unwissentlich in meinen Lieblingsautor verliebt. Unfassbar, was das Leben an Überraschungen bereithalten konnte!

Die ersten Kapitel beschrieben Alices und Jonathans Lebensumfeld. Henry, der wie in der Wirklichkeit laut Klappentext den männlichen Helden gab, war noch nicht erschienen. Dafür nahm das zweite Aufeinandertreffen mit Jonathan erheblichen Raum ein. Verwundert las ich mich durch die von Henrik erdachten Einblicke in Johns Welt.

Sichtlich ergriffen stand Jonathan in seinem Laden. Das, was er sich so lange gewünscht hatte, konnte er endlich in die Tat umsetzen. Seine Vorbesitzerin Dora, die reizende alte Dame, die es der Liebe wegen nach Mallorca gezogen hatte, war begeistert von dem, was er vorhatte. Sie hatten sich auf Anhieb verstanden und mehr als zwei Stunden miteinander geskypt. In phänomenaler Geschwindigkeit hatten sie alle Formalitäten auf den Weg gebracht, und bald schon würde der Laden offiziell ihm gehören. Die einzige Bedingung, die sie an den Kauf geknüpft hatte, war, dass er sich um seine Nachbarin kümmern solle. Dora hatte ihn vorgewarnt, dass Alice unter ihrem Wegzug leiden und obendrein Fußball verabscheuen würde. Sie hatte ihm vorhergesagt, dass er einen langen Atem haben müsse, bis Alice ihn als Nachbarn akzeptieren würde, doch er war sich sicher, dass sie übertrieb. Schließlich war er ein umgänglicher Zeitgenosse und kam mit allen gut aus.

Mit feuchten Augen schaute er sich um. So also fühlte es sich an, wenn nach der ersten Karriere ein großer Traum in Erfüllung ging. Bewegt trat er zur Tür hinaus und sah auf die charmante Gasse, in der sich sein zukünftiger Arbeitsplatz befand. Er traute seinen Augen nicht. Auf der anderen Straßenseite stand die Frau, die ihm schon seit Wochen nicht aus dem Kopf gehen wollte. Bleich und wie zur Salzsäule erstarrt fixierte sie seinen Laden.

Jonathan konnte sein Glück kaum fassen. ›Ich wusste es‹, dachte er. ›Das war mehr als eine Zufallsbegegnung.‹ Und diese zweite Chance würde er sich nicht entgehen lassen. Strahlend überquerte er die Straße. Ihm war, als würde er schweben, so glücklich war er in diesem Moment. Freudig lächelnd streckte er ihr seine Hand entgegen, die sie jedoch ignorierte. Sie sah aus, als wäre ihr ein Geist begegnet.

Jonathan war zu aufgewühlt, um sich davon aufhalten zu lassen. Immer noch lächelnd sagte er: »Das ist ja schön, Sie wiederzusehen.« Nach einem Blick auf ihr erstarrtes Gesicht begann er, sich Sorgen zu machen. »Ist alles in Ordnung bei Ihnen? Sie sehen blass aus.«

»Ein Fußball-Laden?«, stammelte sie vor sich hin. Sie schien vollkommen durch den Wind zu sein.

»Äh, ja«, antwortete er, folgte kurz ihrem Blick in Richtung des Ladens und musterte sie nachdenklich. Was konnte sie dermaßen erschüttert haben? Oder ging es ihr einfach nicht gut? Vielleicht war ihr schlecht, vielleicht hatte sie Kreislaufprobleme. »Kommen Sie mit! Ich bringe Sie in mein Geschäft. Dort können Sie sich hinsetzen und ich hole Ihnen ein Glas Wasser.« Entschlossen griff er nach ihrem Arm. Das war wohl ein Fehler, ein großer Fehler. Schlagartig fand sie ihre Energie wieder.

»Lassen Sie mich augenblicklich los«, fauchte sie ihn an wie eine Furie, und er zuckte erschrocken zurück. Nun war er derjenige, der blass wurde. Dafür färbte sich ihr Gesicht rot. Das Blut schien ihre Wangen buchstäblich zu überschwemmen. »Niemals werde ich einen Fuß in dieses schwarze Monstrum setzen. Was haben Sie sich nur dabei gedacht? Und wie konnte Dora mir das antun?«

Er sah sie einen Moment verwirrt an, dann meinte er plötzlich zu begreifen, wen er vor sich hatte. »Du bist

Alice?«, murmelte er verblüfft. Das war ja besser als in seinen kühnsten Träumen.

»Ja, ich bin Alice. Und ich wüsste nicht, dass wir beim Du gelandet sind.« Die Art, ihn anzusehen, lag wiederum weit von seinen Träumen entfernt. Es fühlte sich eher an wie eine Kriegserklärung.

»Ach komm, Alice. Wir sind Nachbarn. Lass es uns doch auch so angehen – nachbarschaftlich und freundschaftlich.« Er bemühte sich, seiner Stimme einen besonders warmen Klang zu verleihen.

»Ich lege weder auf das eine noch auf das andere Wert. Ich habe Sie mir nicht als Nachbarn ausgesucht und erst recht nicht als Freund.«

Mannomann, das würde wohl ein noch härterer Brocken werden als gedacht. Dora hatte offensichtlich eher untertrieben als übertrieben. Er griff sich mit der rechten Hand in den Nacken und rieb sich nachdenklich über den Haaransatz. »Dora hat mich schon vorgewarnt, dass es mit dir schwierig werden könnte, weil du, na ja, eine etwas eigenwillige Person wärst. Aber damit habe ich dann doch nicht gerechnet.«

Sie sah ihn an, als hätte er sie gerade um das letzte Fitzelchen ihrer Fassung gebracht. »Dora hat Sie vorgewarnt?«, keifte sie. »Nun, dann sind Sie klar im Vorteil. Mich hat sie nämlich nicht vorgewarnt. Und ich dachte, sie wäre meine Freundin.«

Was sollte er machen? Sie tat ihm unendlich leid. So sehr sie auch wie eine Furie wütete, erkannte er die Verletzlichkeit, die sich dahinter verbarg. Sie wirkte, als wäre ihre komplette Welt zusammengebrochen. »Natürlich ist sie deine Freundin. Was wirfst du ihr eigentlich vor?«

»Dass sie einem wie Ihnen ihren wundervollen Laden anvertraut hat. Und dann auch noch für so etwas wie Fußball.« Das letzte Wort spie sie aus, als handle es sich dabei um eine weltumspannende Seuche.

Hinter einem solchen Maß an Aversion musste mehr stecken, das wurde ihm in diesem Moment klar. Es sah aus wie ein tiefer Schmerz, den sie mit sich herumtrug – vermutlich sogar schon sehr lange. Aber wie sollte er ihre Vorurteile ihm gegenüber zerstreuen? »Einem wie mir, der meint, ihm gehöre die Welt. Ich weiß, Alice, soweit habe ich das schon begriffen. Warum fangen wir nicht noch einmal ganz von vorne an? Ich bin Jonathan und mir liegt wirklich viel an einer guten Nachbarschaft, weil …« Er legte eine kleine Pause ein und probierte es mit einem vorsichtigen Lächeln. »… weil ich niemand bin, der meint, ihm gehöre die Welt, und weil ich es mag, ein freundschaftliches Verhältnis zu meinen Mitmenschen zu haben.«

»Sie können ein wie auch immer geartetes Verhältnis haben zu wem Sie wollen. Aber ganz gewiss nicht zu mir!« Mit diesen Worten machte sie eine Kehrtwendung und marschierte ihrem Laden entgegen.

»Meine Güte, Alice«, rief er hinter ihr her, doch er drang nicht zu ihr durch. Zielstrebig schloss sie ihre Ladentür auf, stürmte hinein und warf sie mit einem ordentlichen Rums wieder zu. Mit offenem Mund sah er ihr hinterher und griff sich ein weiteres Mal in den Nacken. Na, das konnte ja heiter werden. Nun hatte er endlich seine Traumfrau gefunden, und sie verabscheute ihn aus tiefstem Herzen.

Traumfrau? Ich starrte fassungslos auf die Zeilen. Wer konnte auf die bescheuerte Idee kommen, ich wäre Johns Traumfrau?

Außerdem stimmte die zeitliche Abfolge nicht. Ich hatte Henrik kennengelernt, bevor ich mit John zusammengeprallt war. Warum hatte Henrik unser Kennenlernen ausgeblendet? Und wieso machte er aus John den strahlenden Helden?

Betroffen hatte ich festgestellt, dass beim Lesen wiederholt eine gehörige Portion Scham in mir aufwallte. Ich erschien mir selbst wie eine durchgeknallte Zicke, die ihrem netten neuen Nachbarn völlig zu Unrecht das Leben schwermachte. Hätte ich auf einer Skala von eins bis zehn Sympathiepunkte zu vergeben, dann bekäme John von mir eine glatte Zehn, während ich mich schon mit fünf Punkten als gut bedient betrachten würde. Trotz dieser selbstkritischen Einschätzung hatte ich ständig das Gefühl, dass der Autor voller Wohlwollen und Wärme über mich schrieb, ohne dass ich fand, das verdient zu haben.

Ich fraß mich durch die Kapitel und wurde von Seite zu Seite verwirrter. Nach und nach hatte Henrik als Henry seine Auftritte, und er war durchaus realistisch wiedergegeben, allerdings ohne ihm die Rolle zuzuweisen, die er in meinem Herzen spielte. Ihm fehlte das gewisse

Etwas. Zwar wurde auch er mit Wohlwollen bedacht, aber eher auf eine unauffällige Art. In der Realität war Henrik derjenige, der mein Herz schneller schlagen ließ und dem meine Aufmerksamkeit galt, dennoch blieb er im Buch merkwürdig konturlos, fast schon langweilig. Die charismatischen Figuren waren klar Jonathan und Alice. Ihre Streitereien waren in ein charmantes, heiteres Gewand verpackt, und oftmals hatte ich laut losgelacht. Während des Lesens vergaß ich immer wieder, dass ich die Hauptfigur war. Mehr und mehr wurde ich zur externen Beobachterin, die das Geschehen wie in einem Theaterstück von den Zuschauerrängen beobachtete. Richtig unheimlich wurde es, als ich realisierte, dass ich mir zu wünschen begann, Alice und Jonathan würden zusammenfinden. Mit mir selbst schimpfend murmelte ich vor mich hin: »So weit kommt's noch!«

Viele Stunden später war ich beim vorletzten Kapitel gelandet. »(K)ein romantisches Date« lautete die Überschrift und darunter prangte »Alice«.

Alice war immer noch sauer, als Henry in ihrem Laden eintraf. Dieser ungehobelte Typ von einem Nachbarn raubte ihr den letzten Nerv. Sollte er sich doch einfach aus ihrem Liebesleben raushalten! Sie würde schon dafür sorgen, dass ihr Date fantastisch verlaufen würde. Bereits in dem Moment, als Henry eintrat, stieg ihr Stimmungsbarometer erheblich.

»Schön, dass du da bist!«, rief sie einem errötenden Henry entgegen.

»Ich freue mich auch«, murmelte dieser schüchtern.

»Wollen wir dann los?«, fragte sie voller Unternehmungslust.

»Gern«, entgegnete er, und die beiden machten sich auf den Weg.

Eine Weile bummelten sie durch die Innenstadt, bis sie bei dem chinesischen Restaurant angelangt waren, in dem Henry reserviert hatte.

Alice sah sich bekümmert um. Das war nicht gerade das Ambiente, das sie sich gewünscht hätte. Auf blanken Resopal-Tischen lagen Sets, die zugleich als Speisekarte dienten. Die Fensterfront, an der sie saßen, bot einen Ausblick auf eine vierspurige Hauptverkehrsader. Und die Dekoration hatte alles aufgefahren, was es an klischeehaftem Kitsch zu kaufen gab. Wie in einer Werkskantine reihten sich die Tische aneinander. Wer auf die Idee kam, diesen Ort als für ein romantisches Diner geeignet zu bezeichnen, musste schon reichlich fehlgeleitet sein.

Alice und Henry setzten sich einander gegenüber. Während Alice noch damit beschäftigt war, sich an die ungastliche Umgebung zu gewöhnen, eröffnete Henry das Gespräch.

»Und, Alice, gefällt's dir hier?«

»Äh, ja«, antwortete sie wenig überzeugend.

»Das Essen ist wirklich lecker. Wir können gern ein Menü für zwei bestellen. Das geht in aller Regel schnell, dann kommen wir auch bald wieder nach Hause.«

Alice schwieg betroffen. So hatte sie sich das nicht vorgestellt. Sie dachte, Henry wolle Zeit mit ihr verbringen und nicht möglichst »bald wieder nach Hause«. Mit großer Anstrengung schluckte sie eine enttäuschte Bemerkung herunter und widmete sich der Set-Karte.

Nachdem sie bei einem muffeligen, sichtlich unmotivierten Kellner bestellt hatten, rutschte Henry nervös auf seinem Stuhl hin und her. Er schien etwas auf dem Herzen zu haben und dafür Anlauf zu brauchen. Schließlich überwand er sich. »Und dein Bruder Pierre hat also viele Frauen, hast du mal gesagt?«, fragte er, ohne dass Alice den Zusammenhang zu ihrem Date hätte erkennen können.

Irritiert sah sie ihn an. »Ja, das wechselt bei ihm. Er hat kein Interesse an einer festen Beziehung.«

»Und wie lang ist das schon so?«

»Seit ich denken kann. Seit der Pubertät sicherlich. Aber lass uns doch lieber von uns reden. Wie ist es bei dir? Suchst du eine Beziehung?« Gespannt lauerte sie auf seine Antwort. Ihr Herz schlug ihr bis zum Hals, und sie hatte das Gefühl, ihr Leben hinge davon ab.

Henrys Gesicht schien Feuer zu fangen. »Ja, ich hätte gern eine Beziehung.«

»Dann bist du auf der Suche nach der Richtigen?«

»So in etwa«, stammelte er.

»Hast du jemanden Bestimmtes im Auge?«

Sein Kopf sah inzwischen aus, als würde er gleich explodieren, so rot war er. »Vielleicht.«

Alices Herzschlag beschleunigte sich. Ob er dabei an sie dachte?

»Und wie stehen deine Karten?«

»Im Moment nicht so gut.«

Wie meinte er das denn? Er musste doch spüren, wie viel er ihr bedeutete. Schließlich hatte sie entsprechende Signale in Hülle und Fülle ausgesendet. »Vielleicht beurteilst du deine Lage ja zu pessimistisch«, ermunterte sie ihn mit einem charmanten Lächeln und einem tiefen Blick.

Henry nestelte eine Weile an seinen Fingern herum. »Pierre hatte also noch nie eine feste Beziehung?«

Wieso fing er immer wieder mit Pierre an? »Nein, noch nie.«

»Und hat er viele Freunde? Also, ich meine Männer, mit denen er was unternimmt?«

»Viele Freunde vielleicht nicht. Er hat mit seiner Firma genug um die Ohren. Aber mit seinen Sportkameraden unternimmt er regelmäßig was.«

»Sportkameraden, hm. Dann mag Pierre also eher die sportlichen Typen?«

Alice sah ihn verwundert an. »Ich glaube nicht, dass das bei ihm ein Kriterium fürs Mögen oder Nicht-Mögen ist, aber er hat eben über den Sport mit ihnen zu tun.«

»Denkst du, er mag Jonathan? Die beiden scheinen sich gut zu verstehen.«

Alices Miene verdüsterte sich. Dieser Name war nicht gerade dazu geeignet, ihre Stimmung zu verbessern. »Ja, aus unerfindlichen Gründen mag er Jonathan. Die zwei sind ziemlich gute Kumpels geworden.«

»Meinst du, sie sind nur gute Kumpels oder ist da mehr?«

»Was?« Sie starrte Henry ungläubig an. Worauf wollte er hinaus? Lief das etwa in die Richtung, rauszufinden, ob Pierre und Jonathan ein sexuelles Verhältnis hatten? Ohne es steuern zu können, entglitten ihr die Gesichtszüge. Das konnte unmöglich sein Ernst sein. Wie kam er auf eine solche Idee? Und vor allem: Warum interessierte er sich dafür? »Willst du mich fragen, ob Pierre und Jonathan eine Liebesbeziehung miteinander haben?«

Henry stammelte mit hochrotem Kopf: »Na ja ... ich dachte nur ... das könnte ja sein ... und du als Schwester ... also, wenn das so wäre, dann wüsstest du das sicherlich.«

»Ja, du hast recht. Dann wüsste ich das. Und ich kann dir versichern, dass du falschliegst.« Alice war zunehmend verwirrt. Nun saß sie endlich einmal mit ihrem Traummann bei einem Date, und für ihn gab es nichts Wichtigeres, als sie nach seinem Bruder und dessen sexueller Orientierung zu befragen. War das alles, was ihn interessierte? Entschieden erklärte sie: »So, Henry. Jetzt genug von Pierre. Warum wolltest du mit mir essen gehen?«

»Na ja, ich dachte, wir könnten uns mal ein wenig näher unterhalten.«

»Schön, gern. Was magst du erfahren?«

»Äh, ja, also. Hattet ihr immer so ein gutes Verhältnis zueinander, Pierre und du?«

Innerlich rollte sie mit den Augen. Er schien es nicht lassen zu können. »Ja, aber ich meinte: Was willst du denn über mich wissen?«

»Ah, okay. Äh, also, wolltest du schon als Kind den Laden von deiner Oma übernehmen?«

Puh, das wäre geschafft! ›Endlich die erste richtige Frage!‹, dachte sie. Bereitwillig antwortete sie.

Alice und Henry quälten sich durch eine mühselige Unterhaltung. Je länger die Begegnung andauerte, umso frustrierter wurde Alice. All ihre Hoffnungen, die sie dem heutigen Abend entgegengebracht hatte, waren geplatzt. Weder schenkte Henry ihr aufmerksame oder gar verliebte Blicke, noch erweckte er den Eindruck, sich an ihren Geschichten kaum satthören zu können. In ihrer Not plauderte sie munter vor sich hin und kämpfte die ganze Zeit gegen das Gefühl an, sich mit jedem Wort weiter von ihm zu entfernen.

Als Henry nach Beendigung der Mahlzeit zum Aufbruch blies und verkündete, heimgehen zu wollen, hielten sich bei ihr Enttäuschung über das verkorkste Date und Erleichterung, der unangenehmen Situation entkommen zu können, die Waage. Über all das würde sie in Ruhe nachdenken müssen, war ihr jetzt schon klar.

Wenige Minuten später standen sie wieder auf der Straße vor dem Restaurant. Henry starrte seine Zehenspitzen an, während er sagte: »Also, Alice, dann noch einen schönen Abend und bis Montagmorgen.«

Bevor sie ihm eine Umarmung oder einen vorsichtigen Kuss auf die Wange hätte geben können, hatte er sich bereits umgedreht und verschwand in der Dämmerung.

Ich hatte beim Lesen dieser Passage mehrfach einen Kloß im Hals verspürt. Jetzt, wo ich sie beendet hatte, war mein innerer Zustand komplett aus den Fugen geraten. Die Schilderung dieser Szene hatte nichts mit der Realität gemein. Doch, eine Sache vielleicht schon oder möglicherweise sogar zwei: der fehlende Romantikfaktor und das frühe Ende des Dates.

Der Rest war frei erfunden. Weder die Beschreibung der Location war zutreffend noch das Gespräch über Peter. Wenn ich mich vom Gedanken löste, die Protagonistin der Geschichte zu sein, würde ich als externe Betrachterin dem Buch-Henry zuschreiben, homosexuell zu sein. War der echte Henrik das wirklich oder war das Ganze ein Kunstgriff Roman Tischers, um die Leserinnen und Leser auf eine falsche Fährte zu locken? Wollte er, dass es so wirkte, damit Henry am Ende völlig überraschend als Alices große Liebe erstrahlen konnte? Oder hatte ich mich hoffnungslos verrannt und Henrik war gar nicht Roman Tischer? Ich wusste nicht, ob ich die Antwort auf diese Frage vor dem »Fortsetzung folgt« finden würde, doch es blieb mir nichts anderes übrig als es zu versuchen.

Von Strohfeuern und Geknister

Entschlossen blätterte ich um bis zum letzten Kapitel »Von Strohfeuern und heftigem Geknister«. Ein weiteres Mal würde ich die Geschehnisse aus Jonathans vermeintlicher Sicht erleben.

Jonathan hatte den ganzen Abend wie besessen am Notebook gearbeitet. Als er nach Stunden wieder auf die Uhr sah, war es bereits nach zehn. Er beschloss, dass es für diesen Tag reichte, fuhr das Gerät herunter und verließ seinen Laden. Draußen blieb er überrascht stehen. Aus Alices Wunderland fiel Licht auf die Straße. Sie konnte doch unmöglich da sein angesichts ihres Dates mit Henry!

Sein Frust hatte ihn den ganzen Abend über beinahe zerfressen. Manchmal würde er sie sich am liebsten schnappen und schütteln, damit sie endlich zur Vernunft käme und sich Henry aus dem Kopf schlüge. Wirklich jeder in ihrem Umfeld wusste, dass er der Falsche für sie war. Das nützte jedoch alles nichts, wenn sie nicht selbst zu dieser Einsicht gelangte.

Jonathan schüttelte die quälenden Gedanken ab. Im Moment gab es Wichtigeres. Wenn Einbrecher bei ihr zugange waren, dann musste er das schnell herausfinden.

Vorsichtig schlich er sich näher an die Fensterfront heran. Was er im Ladeninneren sah, beruhigte ihn gleich doppelt: Alice saß konzentriert am Schreibtisch und arbeitete. Also erstens keine Einbrecher und zweitens kein

Super-Date mit Henry. Kurz schwang er seine Faust durch die Luft wie einstmals Boris Becker. Aber was zum Teufel machte sie so spät hier? Ihr Nachhauseweg führte durch einen abgelegenen, finsteren Park, in dem sich allerlei zweifelhafte Gestalten trafen. Der Gedanke, dass sie dort nachts allein unterwegs wäre, gefiel ihm ganz und gar nicht. Er würde sie nach Hause begleiten – entweder jetzt oder irgendwann später. Mit einem behutsamen Klopfen versuchte er, auf sich aufmerksam zu machen, ohne ihr einen Schrecken einzujagen.

Trotzdem zuckte sie zusammen. Sie sah auf und starrte ihm irritiert ins Gesicht. Für einen Moment schien es, als wolle sie ihn ignorieren, doch dann gab sie sich einen Ruck und erhob sich. Sie kam auf ihn zu, sperrte die Tür auf und ließ ihn eintreten.

Bevor sie ihm eine abfällige Bemerkung um die Ohren hauen konnte, ergriff er die Initiative. »Alice, was machst du denn hier? Ich dachte, du wärst mit Henry unterwegs.«

»War ich ja auch«, antwortete sie und wirkte alles andere als begeistert.

»Und dann bist du jetzt schon wieder hier?«, fragte er mit erkennbarer Fassungslosigkeit. Henry war wirklich ein Volltrottel. Er selbst würde ein Königreich geben für ein paar Stunden mit Alice. Henry bekam sie geschenkt und ihm fiel nichts Besseres ein, als das Treffen bereits nach kurzer Zeit zu beenden.

»Ja, er hatte noch etwas zu erledigen«, grummelte Alice mit gesenktem Kopf. Auch sie schien sich über das frühe Ende des Dates zu ärgern. Natürlich wollte sie das bestmöglich vor ihm verbergen, was ihr allerdings nicht gelang. Mitgefühl und Wehmut schlichen sich in Jonathans Herz. Die Welt war einfach ungerecht!

»Oh, okay. Und? Hast du noch eine Weile zu tun?«

»Nein, für heute reicht es.«

»Wie wär's, wenn wir etwas trinken gehen?« Die Antwort war ihm klar, bevor er die Frage ausgesprochen hatte. Doch das spielte keine Rolle. Er würde sie so lange mit seiner Hartnäckigkeit verfolgen, bis sie begriff, was sie ihm bedeutete.

»Nein, danke, ich bin müde.« Er nickte stumm. Jede andere Reaktion wäre einem Wunder gleichgekommen.

Jonathan musterte Alice eindringlich. In einer Sache würde er nicht nachgeben, auf keinen Fall! »Gut, dann nicht. Aber ich begleite dich nach Hause.«

»Nicht nötig.«

»Doch, das ist es. Ich möchte nicht, dass du in dieser Finsternis mutterseelenallein durch den Park marschierst. Ich komme mit.«

Alices komplettes Erscheinungsbild versprühte pure Rebellion. Ihre Wangen röteten sich, die Augenbrauen zogen sich zusammen und ihre wunderschönen Feenaugen verengten sich zu Schlitzen. Erneut hatte er das Bild des Racheengels vor Augen. Wenn sie wüsste, welche Wirkung sie auf ihn hatte, wenn sie sich so vor ihm aufbaute. Am liebsten hätte er sie in seine Arme gezogen und festgehalten, bis ihr Widerstand unter seinen liebevollen Küssen dahinschmolz. Natürlich war das keine reale Option, denn sonst wäre sie unwiederbringlich für ihn verloren. Aber den Tagtraum beziehungsweise Abendtraum genoss er.

»Nein, ich gehe allein!«, schleuderte sie funkensprühend in seine Richtung.

Jonathan stöhnte gereizt auf. »Okay, Alice. Zwei Möglichkeiten: Entweder ich bringe dich nach Hause und wir unterhalten uns auf dem Weg ein bisschen, oder ich laufe fünfzig Meter hinter dir her und schaue, dass du wohlbehalten ankommst.«

Sie hielt kurz inne, als wäge sie ihre Optionen ab, und dann – scheinbar aus heiterem Himmel – brach ihr Widerstand. »Meinetwegen!«, seufzte sie augenrollend und stapfte zurück zum Schreibtisch, um das Notebook herunterzufahren und ihre Tasche zu holen. Mit einem zwischen den Zähnen hervorgequetschten »Wir können!« schob sie ihn zur Tür hinaus und verriegelte den Laden.

Ohne sich nach ihm umzudrehen, marschierte Alice los, sowie sie draußen waren. Mit zwei, drei langen Schritten schloss er zu ihr auf und lief mit in den Hosentaschen vergrabenen Händen neben ihr her. Ihm war klar, dass es keine leichte Übung werden würde, ein Gespräch mit ihr zu starten. Aber wie hieß es so schön: »No risk, no fun ...«

»Was für ein lauer Spätsommerabend!«, startete er einen ersten Versuch, während sie zügig durch die immer noch belebten Straßen liefen. »Wie wär's denn, wenn wir uns auf ein Eis in die Eisdiele setzen? Ich lade dich ein.« Er warf ihr einen Seitenblick zu. Auch dieses Mal kannte er die Antwort. Doch es sah einfach zu entzückend aus, wie sich ihr Gesicht in Zorneswolken hüllte. Für diesen Anblick fing er sich gern eine weitere Abfuhr ein.

Sie stierte stur geradeaus. »Nein, danke. Ich möchte nach Hause.«

»Schade. Alice, darf ich dich etwas fragen?« Okay, Offensive Stufe zwei!

»Fragen darfst du. Ob du eine Antwort bekommst, steht auf einem anderen Blatt.«

Herrlich, diese Frau konnte es nicht lassen. Auch wenn ihn ihre Gegenwehr erheiterte, war es ihm mit seiner Frage hundertprozentig ernst. Trotz der charmanten Wortgefechte hoffte er schließlich, irgendwann ihr Herz zu erobern und ihr klarzumachen, dass er der Richtige für sie war. »Was hast du gegen Fußballer? Und ich weiß nach wie vor nicht, was speziell ich dir getan habe.«

Gequält seufzte sie auf. »Du hast mir nichts getan. Es geht nicht um dich. Ist eher eine allgemeine Sache. Ich habe schlimme Erinnerungen an Fußballer, und deshalb gehe ich ihnen aus dem Weg. Aus Prinzip! Es ist nichts Persönliches.«

Jonathan dachte nach. Das war eine unerwartet offene Aussage von ihrer Seite. Er hatte wohl richtig gelegen: Hinter ihrer Aversion gegen ihn steckte mehr, als auf den ersten Blick erkennbar war. Das machte es vermutlich nicht leichter, sie von ihrem eingefahrenen Weg abzubringen und ihr zu beweisen, dass er ein anständiger Kerl war. »Okay, ich nehme an, du hast gewichtige Gründe dafür. Aber könnte ich nicht deine Chance sein, endlich mal festzustellen, dass es auch nette Fußballer gibt.«

Alice blieb stehen und sah ihm genervt in die Augen. »Was soll das bringen?«

»Das liegt doch auf der Hand: Die Vergangenheit vergangen sein zu lassen und die Gegenwart frei von Vorurteilen und Ängsten zu genießen.«

»Uuuuh, an dir ist wohl ein Psychologe verlorengegangen«, spottete sie und eilte weiter.

Jonathan merkte, dass ihr Panzer Risse bekam und beschloss, nicht vom Thema abzulassen. »Um zu erkennen, dass du dir damit einen Gefallen tun würdest, muss man kein Psychologe sein.« Er hatte mit heftiger Gegenwehr und einem neuerlichen Auftritt der Zornesgöttin gerechnet. Umso überraschter war er, dass sie stattdessen ein Ablenkungsmanöver startete.

»Was ist eigentlich mit dir?«, versuchte Alice, das Thema zu wechseln.

»Was soll mit mir sein?«

»Na ja, wie kommt es, dass du am Samstag wild in deine Tasten hämmerst, statt auf der Jagd zu sein?«

Verwirrt starrte er sie an. Wovon sprach sie? Was für eine Jagd? Er war kein Jäger und hatte keinerlei diesbezügliche Ambitionen. »Auf der Jagd?«

»Auf der Jagd«, antwortete sie stur, ohne sich mit weiteren Erklärungen abzugeben.

»Auf was für einer Jagd?«

Alice warf ihm einen langen, schrägen Blick zu, der alles an Spott aufzubieten schien, was in diesem zierlichen Persönchen steckte. »Samstag! Jagdzeit!«, stieß sie mit hochgezogenen Augenbrauen und einer ausladenden

Geste hervor, die ihm zeigen sollte, dass er erheblich auf der Leitung stand.

Ein paar Sekunden starrte er sie verwirrt an, dann lichtete sich der Nebel. Klar! Sie hielt ihn ja für einen frauenherzenmordenden Casanova, der am Samstagabend auf der Lauer nach neuen Opfern lag. Wenn sie wüsste, wie sehr sie sich irrte! »Du meinst: Jagd nach einem Flirt?«

»Wenn du das so formulieren willst …«

»Alice, selbst wenn das dein Weltbild erschüttern mag: Ich bin sechsunddreißig Jahre alt. Ich gebe zu, dass ich als junger Erwachsener wilde Zeiten hatte, aber das ist lange her. Ich bin weder auf der Jagd noch an oberflächlichen Flirts interessiert. Was ich mir wünsche, ist eine feste Beziehung – Heirat und Kinder nicht ausgeschlossen. Und ich brauche nicht viele Frauen, sondern nur die eine, die mein Herz zum Glühen bringt.«

Jetzt schien er sie tatsächlich überrascht zu haben. Das erste Mal sah er einen Blick an ihr, in dem sich Unsicherheit spiegelte. Sie wirkte, als wisse sie nicht, ob sie ihm Glauben schenken solle oder nicht. Ihre Augen scannten Jonathans Gesicht auf der Suche nach Spuren von Unehrlichkeit. Die Beobachtung, dass sie sich nicht in die Zornesgöttin verwandelte, verriet ihm, dass er den Scan bestanden hatte.

Da sie keinen Anlass für Zorn fand, griff sie erneut zu ihrem zweitliebsten Instrument, dem Spott: »Pfff, die dein Herz zum Glühen bringt, wo hast du denn das gelesen?«

Jonathan wollte sich nicht aus der Ruhe bringen lassen und beschloss, den Unterton zu überhören. »Ich muss nicht irgendetwas irgendwo lesen, um echte Empfindungen hervorzubringen, Alice. Und kehr erst mal vor deiner Haustür! Wie sieht es denn bei dir aus mit echten Empfindungen?«

Sie war zurückgekehrt, die Zornesgöttin! »Ich weiß mehr über echte Gefühle als du. Meine Gefühle für Henry sind außerordentlich echt!«

Er musste sich schwer beherrschen, um nicht zu explodieren. Wie konnte sich eine so smarte, liebenswerte Frau nur derart verrennen? »Sind sie nicht. Die sind nur ein Strohfeuer, ein Ablenkungsmanöver, damit du dich vor dem schützen kannst, was du eigentlich willst.«

Alice sah aus, als würde sie ihn am liebsten peitschenschwingend durch den ganzen Park jagen. Sie stoppte, stemmte mit funkelnden Augen ihre Fäuste in die Hüften und fauchte ihn an: »Spar dir deine überheblichen Besserwisserkommentare, du hast doch keine Ahnung!«

Jonathan reichte es. Der Ärger über ihre Verbohrtheit, der Frust über die permanenten Abfuhren und seine heftigen Gefühle für sie ergaben einen gefährlichen Gefühlsmix. Er drehte sich ebenfalls zu ihr, sodass eine knisternde Nähe zwischen ihnen entstand. Mit festem Griff legte er seine von der Wut gut durchbluteten Hände auf ihre Schultern und umklammerte ihre Augen mit seinem aufgeheizten Blick. »Ach nein, hab ich nicht?«, fragte er. Nur noch ein winziges Stück, ein paar Zentimeter in ihre Richtung, dann würden seine Lippen ihre berühren. Ein Fitzelchen mehr Nähe und er könnte ihr den kompletten Widerstand wegküssen. Zu gern würde er ihr zeigen, was es für eine starke Verbindung zwischen ihnen gab, würde die Funken sprühen lassen, bis sie wusste, was es heißt, leidenschaftlich geliebt zu werden.

Alice stand da wie erstarrt und sah ihn gebannt an. Nur noch Millimeter, und er wäre am Ziel seiner Träume. Der Impuls schien übermächtig zu werden, dann riss er plötzlich ab. Nein, so wollte er das nicht. Er wollte sie nicht mit einem verzweifelten Kuss überzeugen, sondern mit seiner Aufrichtigkeit. Sie sollte ihn lieben, für das, was er war, für seinen Charakter, seine Persönlichkeit. Wenn sie sich küssten, dann nur, weil sie dafür bereit war. Er war es schon lange. »Lass uns weitergehen!«, stieß er hervor und merkte, dass ihm seine Stimme kaum gehorchte.

Schweigend liefen sie zu Alices Haus. Er warf ihr ein paar verstohlene Seitenblicke zu, doch er wurde nicht schlau aus ihrer Miene. War sie auch so aufgewühlt wie er? Hatte sie das Knistern ebenfalls gespürt? Sie wechselten kein weiteres Wort. Erst an der Gartenpforte stoppte er. Er kam sich selbst fremd vor, während er sagte: »Den Rest schaffst du wohl allein.«

Alice zögerte einen Moment, als ob sie nicht wisse, was sie sagen solle. Schließlich nickte sie. »Sicher, lieben Dank«, murmelte sie und betrachtete ausgiebig ihre Schuhspitzen.

»Ich warte, bis du drinnen bist.«

»Okay, danke«, antwortete sie und lief eilig das kurze Stück bis zum Haus. In der Eingangstür drehte sie sich noch einmal um. Jonathan stand starr auf dem Gehweg und ließ sie nicht aus den Augen. In was war er da nur hineingeraten? Was konnte er tun, um seine Gefühle wenigstens halbwegs in den Griff zu bekommen?

Alice hob die Hand zu einem Abschiedsgruß und schloss die Tür. Diese zarte Geste reichte, um ihm wieder einen winzigen Schimmer Hoffnung einzuhauchen.

Und dann kamen die Worte, die ich schon zu Beginn gelesen hatte:

Fortsetzung folgt …
Zauberhafte Alice,
Du entscheidest, wie dieser Roman endet!

Verwirrt starrte ich auf dieses merkwürdige Buch in meiner Hand. Wieder und wieder las ich die letzten Absätze, ohne mir einen Reim darauf machen zu können. War das alles der wild durchgaloppierenden Fantasie des Menschen zu verdanken, der sich hinter dem Pseudonym Roman Tischer verbarg? Oder bildete die Erzählung die Realität ab?

Auch wenn ich keine Chance hatte, die Antwort auf diese Frage zu finden, war ich mir in einer Sache sicher: Wer das geschrieben hatte, unterbreitete mir eine gigantische Liebeserklärung. Das ganze Rumgezicke, das ich seit Monaten an den Tag legte, meine Gefühlstumulte, die Boshaftigkeiten in Johns Richtung, meine Bockigkeit gegenüber meinen Lieblingsmenschen wurden augenzwinkernd, warmherzig und voller Wertschätzung präsentiert. Anstelle von Kritik und Vorwürfen begegnete ich grenzenloser Liebe. Wenn ich in die Rolle der unbeteiligten Leserin schlüpfte, verdrehte ich zwar oft die Augen im Angesicht von Alices Gebaren, doch trotz alledem mochte ich sie, weil sie liebevoll in Szene gesetzt wurde. Der Autor beabsichtigte an keiner Stelle, sie unvorteilhaft vorzuführen.

Und was war mit John? Er wurde ebenfalls in ein Licht gerückt, das so gar nicht dem entsprach, in dem ich ihn bislang gesehen hatte. Roman Tischer verkaufte ihn mir als ernsthaften Mann mit ehrlichen Absichten, der bis über beide Ohren in Alice verliebt war. Dass ich das nicht glauben wollte, lag auf der Hand. Aber bestand zumindest die theoretische Möglichkeit, dass es so sein *könnte*?

Wenn ich das Gelesene Revue passieren ließ, das erschreckend authentisch beschrieben war, konnte ich nicht leugnen, dass ich mir nie die Mühe gemacht hatte, hinter Johns Fassade zu blicken. Mein Urteil über ihn hatte festgestanden, bevor er überhaupt die Chance hatte, sich mir als Mensch zu zeigen. Er war umgehend in der Fußballer-Schublade gelandet, und das hatte gereicht, um ihn zu disqualifizieren.

Seine Freude, mich vor seinem Laden unerwartet wiederzusehen; die Aktion mit den Luftballons; die zahlreichen Einladungen, die ich allesamt ausgeschlagen hatte; das DVD-Geschenk mit dem – wenn ich ehrlich war – herzerweichenden Brief: Das alles waren Anzeichen, die diese theoretische Möglichkeit erschreckend wahrscheinlich werden ließen.

Egal, wie ich es drehte und wendete, um eine Erkenntnis kam ich nicht herum: Sämtliche Szenen zwischen John und mir waren wortgetreu wiedergegeben. Das, was sich zwischen dem Buch-Henry und mir abgespielt hatte, war hingegen frei erfunden. Natürlich hätte Henrik diese Passagen bewusst anders gestalten können, weil er damit vielleicht einem verborgenen Plan folgte, der sich erst im zweiten Teil des Romans offenbaren würde. Doch selbst dann könnte er unmöglich die Episoden zwischen dem Buch-Jonathan und mir in einer derartigen Realitätsnähe geschrieben haben.

Es tat weh. Nein, es tat verdammt weh. Die Wahrheit war: Henrik konnte nicht Roman Tischer sein! Nur, wer war es dann?

Peter? Er hatte einen hervorragenden Draht zu John. Und es war mühelos denkbar, dass John ihm die ganzen Begebenheiten erzählt hatte. Andererseits: Könnte Peter jahrelang eine Parallel-Identität aufgebaut haben, ohne mich einzuweihen, ohne mir zu sagen, dass er Roman Tischer war? Hm, schwer vorstellbar! Allerdings war er derjenige gewesen, der mir vor ein paar Jahren das erste Roman-Tischer-Buch geschenkt hatte. Das sprach wiederum für diese Theorie. Außerdem hatte er als Kind ungewöhnlich kreative Aufsätze geschrieben und Kurzgeschichten verfasst. Doch traute ich Peter, dem Beziehungsfeind, zu, derart romantische Geschichten zu verfassen? Nein, das war das Killerkriterium! Zumindest, was die Zeit vor Jane anging.

Clara oder Sophie? Sofort schüttelte ich den Kopf. Die beiden waren zwar bestens informiert und kannten mich aus dem Effeff, aber keine von ihnen hatte schriftstellerische Fähigkeiten. Sophie war die Künstlerin, die gern mit Materialien, nicht mit Worten, arbeitete, und Clara war durch und durch Naturwissenschaftlerin. Schon in der Schule hatten sie Deutsch gehasst.

Okay, Henrik hatte ich bereits ausgeschlossen. Wer blieb dann noch? Dorothea? Nein, sie war viel zu weit weg und derart mit ihrem neuen Leben beschäftigt, dass wir in letzter Zeit nur gelegentlich geskypt hatten.

Ina kam fast täglich vorbei, aber sie hatte einen prall gefüllten Alltag. Ich konnte mir kaum vorstellen, dass dort Raum für schriftstellerische Aktivitäten blieb.

Und plötzlich fiel es mir wie Schuppen von den Augen. Ich schlug mir gegen die Stirn. Wie hatte ich das übersehen können? Das Ganze war offensichtlich! Ich stöhnte von mir selbst genervt laut auf.

Zwar war Jane angeblich nur Krimi-Autorin, aber wer sagte denn, dass sie nicht noch unter einem zweiten Pseudonym Liebesromane veröffentlichte? Eine Schriftstellerin, die hautnah am Geschehen dran war – klarer konnte der Fall doch gar nicht liegen! Für sie war es die leichteste Übung, alle Informationen von John direkt zu bekommen. Sie hätte schon viel von mir gehört, hatte sie bei unserem ersten Händeschütteln gesagt. Anscheinend hatte John ihr von unseren nachbarschaftlichen Streitereien berichtet. Jane war Roman Tischer! Damit war auch mein Verdacht, den ich seit Jahren hegte, dass sich hinter dem Pseudonym eine Frau verberge, endgültig bestätigt.

Ein Rätsel gelöst! Doch im selben Moment, in dem mir diese Erkenntnis in den Schoß gefallen war, ploppte die Frage im Hintergrund mit ganz neuer Dringlichkeit in mir auf. Hatten sie die Scharmützel zwischen John und mir dazu inspiriert, um die wahren Geschehnisse eine fiktive Liebesgeschichte zu spinnen? Oder gab es Johns Gefühle für mich tatsächlich? Und wenn das so wäre, wie fände ich das?

Ich schüttelte den Kopf. Es war inzwischen mitten in der Nacht, und ich fühlte mich nicht mehr in der Lage, einen klaren Gedanken zu fassen. Zeit fürs Bett!

SOS! – Freundinnen-Notruf

Am Samstagmorgen wachte ich um acht Uhr wie gerädert auf. Trotz der kurzen Nachtruhe und meines unausgeruhten Gehirns, sprang mein Gedankenkarussell sofort wieder an, kaum dass ich die Augen aufgeschlagen hatte. Ein endlos langes Wochenende lag vor mir, und ich hatte keine Ahnung, wie ich es herumbringen sollte. Ich brauchte Hilfe, so viel war klar!

Ich schnappte mir mein Smartphone vom Nachttisch, deaktivierte den Flugmodus und öffnete die WhatsApp-Gruppe mit Sophie und Clara. Umgehend begann ich zu tippen. *»SOS! Mädels, ich brauche euch. Es ist etwas geschehen, was mich vollkommen verwirrt. Bitte helft mir beim Sortieren. Wann habt ihr Zeit?«*

Von Clara kam gleich eine Antwort. *»Um vierzehn Uhr bei dir?«*, schrieb sie. Ich schmunzelte. Junge Mutter, da gab es kein Ausschlafen. Wann Sophie reagieren würde, wusste ich nicht. Samstags steppte im Wunderland der Bär, und es war gut möglich, dass sie sich erst nach Ladenschluss melden würde.

Ich stand auf, gönnte mir eine heiße Dusche, die meine Lebensgeister wiederbelebte, und machte mich gierig über ein Frühstück her. Seit gestern Mittag hatte ich nichts mehr gegessen, was mir in der ganzen Aufregung gar nicht aufgefallen war. Doch jetzt hatte ich trotz meiner inneren Verwirrung einen Bärenhunger. Danach tigerte ich wie wild durchs Haus, lief von einem

Zimmer zum nächsten, räumte planlos irgendwelche Gegenstände hin und her, putzte halblebig ein paar Möbel ab und wartete. Um elf kam die erlösende Bestätigung von Sophie, dass auch sie um vierzehn Uhr hier sein würde.

Meine Freundinnen trafen pünktlich auf die Minute ein. Sie schienen es kaum abwarten zu können, die Neuigkeiten zu hören. Schon an der Tür, stürmten sie mir mit der Frage »Was ist passiert?« entgegen. Ich winkte ab und bat sie erst einmal herein.

Nach Sophies Zusage war ich zum Bäcker gelaufen und hatte Kuchen eingekauft, den ich draußen im Garten bereitgestellt hatte. Auch an diesem Tag zeigte sich der Oktober von seiner leuchtendsten Seite. Die Sonne strahlte aus allen Knopflöchern und zauberte eine wohlige Wärme auf die Haut. Mit meinen Freundinnen bei herrlichem Wetter inmitten der Blütenpracht zu sitzen, hatte etwas Paradiesisches. Gäbe es da nur nicht die vielen Fragen, auf die ich keine Antworten fand.

Nachdem wir uns gesetzt hatten, bestürmten Clara und Sophie mich ungeduldig, ihnen endlich zu erzählen, was los war. Ich musterte sie eindringlich und überreichte ihnen das Buch. »Schaut euch das an!«

Beide sahen erstaunt auf. »Was ist das?«

»Schaut es euch einfach an!«

Ich beobachtete sie, wie sie die Details studierten, das Buch hin und her wendeten und es schließlich aufschlugen, um die Widmung zu lesen.

Clara fing sich als erste. Mit aufgerissenen Augen stammelte sie: »Aber darin geht es ja um dich!«

Sophie schüttelte ungläubig den Kopf. »Du bist in einem Roman von Roman Tischer.«

»Auf dem Cover sind eure Einkaufstüten. Und der Laden sieht fast so aus wie deiner. Was soll das Ganze?« Clara musterte mich irritiert.

»Das frage ich mich auch seit gestern Abend. Als ich nach Hause gekommen bin, stand es in Geschenkpapier verpackt an meine Haustür gelehnt. Ich habe bis weit in die Nacht gelesen.«

»Und?«, fragten mich beide Frauen wie aus einem Mund.

»Es ist ein halber Roman. Schlagt die letzte Seite auf!«

Neugierig wandten sich meine Freundinnen erneut dem Objekt in ihren Händen zu.

»Das gibt's doch gar nicht«, stieß Sophie hervor. »Was bedeutet das?«

»Ist das Buch wirklich von Roman Tischer?«, fragte Clara.

»Ich würde sagen, ja. Es ist eindeutig sein Stil. Ich habe gestern Stunden mit der Frage zugebracht, wer Roman Tischer sein könnte. Und ich habe das Rätsel gelöst.«

»Echt?«, Sophie sah mich derart erstaunt an, dass ich beinahe lachen musste.

»Ja. Jane ist Roman Tischer.«

»Jane?«, fragte Clara irritiert. »Johns Schwester?«

»Genau. Sie ist Krimi-Autorin und schreibt unter Pseudonym. Warum sollte sie nicht Liebesromane mit einem anderen Pseudonym verfassen? Ich hatte ja schon immer den Verdacht, dass Roman Tischer in Wirklichkeit eine Frau ist.«

»Wow!«, stieß Sophie hervor. »Das sind ja mal Neuigkeiten!«

Beide Frauen widmeten sich wieder dem Buch. Sie steckten die Köpfe zusammen und blätterten hin und her. Ich ließ ihnen bewusst Zeit, einen Eindruck zu gewinnen. Ihr Urteil war wichtig für mich, und ich wollte sie nicht mit zu vielen Hypothesen von meiner Seite in eine vorgegebene Richtung lenken.

»Da geht's ja ständig um Alice und Jonathan«, begann Sophie und Clara führte fort: »Seid ihr das, John und du?«

Ich nickte. »Ganz eindeutig ja. Die Szenen zwischen John und mir sind teilweise wortgetreu wiedergegeben. Da stimmt alles. Die Begegnungen mit Henrik, der im Roman Henry heißt, sind hingegen frei erfunden. Deswegen kann das nur jemand geschrieben haben, der John nahesteht und seine Version der Ereignisse kennt. Ich hatte erst gehofft, das Buch sei von Henrik, aber leider ist das unmöglich.«

Sophie und Clara sahen sich an und schüttelten immer wieder ungläubig den Kopf.

»Was für eine abgefahrene Story!«, stieß Sophie hervor. »So etwas habe ich ja noch nie in meinem Leben gehört. Und wovon handelt die Geschichte genau?«

Jetzt kam der schwierigste Part für mich. Wie sollte ich diese Peinlichkeit meinen Freundinnen bloß beibringen? »Es ... ist ... eine Liebesgeschichte«, stotterte ich.

»Ach was, sag bloß?«, gab Sophie spöttisch zurück. »Das hätte ich ja nie gedacht. Eine Liebesgeschichte von einem Autor, der ausschließlich Liebesgeschichten schreibt. Was für eine Überraschung! Mensch, Alice, sag schon, was passiert in der Liebesgeschichte?«

Ich seufzte, aber es half ja nichts. Wenn ich Hilfe von den beiden wollte, musste ich mit der ganzen grausamen Wahrheit herausrücken. »Also, die Buch-Alice, das bin eins zu eins ich. Es ist alles beschrieben, was zwischen John und mir tatsächlich vorgefallen ist – vom Zusammenprall auf dem Markt, über den verschütteten Kaffee, die Luftballon-Aktion bis hin zu seiner Begleitung auf dem Nachhauseweg nach dem Date mit Henrik. Der einzige Unterschied zur Realität ist, dass es zwischen dem Buch-Jonathan und mir knistert. Na ja, genauer gesagt, dass er in mich verliebt ist. Und Henrik wird als homosexuell dargestellt.«

Sophie prustete laut los. »Henrik schwul? Das ist ja ein origineller Einfall, um ihn auszubooten.«

Clara sah mich nachdenklich an. »John ist also in dich verliebt?«

Eilig versicherte ich: »Nur im Buch.«

Sophie und Clara warfen sich einen langen Blick zu – die klassische Eröffnung für einen ihrer Doppelsätze. »Was wenn John nicht nur im Buch in dich verliebt ist ...«, »... sondern auch in Wirklichkeit?«

»Mädels, das ist ausgeschlossen. Das könnt ihr nicht wirklich glauben! Er wird in der Geschichte als jemand beschrieben, der eine feste Beziehung sucht. Vom Wunsch nach Frau und Kindern ist sogar die Rede. Das ist doch Blödsinn. Ein Frauenheld wie John, und dann ernsthaft verliebt? Kann nicht sein!«

»Wieso nicht?« Clara schien tief in ihre Gedanken versunken zu sein. »Lass uns mal alles durchspielen! Wie oft hat er dich zum Essen eingeladen? Unzählige Male. Egal, wie mies du ihn behandelt hast, er ist immer freundlich geblieben und hat es wiederholt versucht, deine Vorurteile zu durchbrechen. Da war die Sache mit den Luftballons. Ehrlich gesagt: So eine Aktion hat für mich noch keiner gebracht. Er hat dich schon zweimal abends nach Hause begleitet – im Gegensatz zu Henrik wohlgemerkt. Und wieso sollte er ein Frauenheld sein? In den ganzen Monaten habe ich ihn nur mit einer einzigen Frau gesehen, und das war seine Schwester. Also, vielleicht machst du dir da was vor?«

»Ach komm, Clara! Das kann einfach nicht sein, dass einer wie John in mich verliebt ist.«

Sophie stöhnte wütend auf. »Süße, echt! Ich kann es langsam nicht mehr hören. ›Einer wie John‹. Wer oder was zum Teufel ist ›einer wie John‹? Er ist ein Mann, und zwar ein verdammt netter, und du bist eine Frau. Wo ist das Problem? Warum soll er nicht in dich verliebt sein? Jetzt leg endlich mal dieses blöde ›einer wie er‹ beiseite und stell dir ehrlich die Frage, ob es jemals in deinem Leben einen Mann gegeben hat, der sich so um dich bemüht hat? Meine liebe Alice, ich kenne dich, seit wir Kinder sind, und ich weiß die Antwort auf diese Frage. Und fang bloß nicht mit Tom an! Denn das wäre eine astreine Lüge.« Sophie hatte sich richtig in ihre Empörung hineingesteigert und war kaum noch zu bremsen. »John ist ein Sahneschnittchen. Das habe ich von Anfang an gesagt. Und damit meine ich nicht nur, dass er blendend aussieht. Er ist freundlich, einfühlsam, hilfsbereit, sozial engagiert und kümmert sich um die Menschen, die er liebt. Steig von deinem verdammten hohen Ross runter und mach die Augen auf. Mann, Alice, das hält ja keiner aus!«

Während Sophies Ansprache hatte sich gefühlt das ganze Blut in meinem Körper im Kopf getroffen und hielt dort eine Versammlung ab. Ich merkte, wie es in den Ohren pulsierte und alle Gedanken vernebelte. Sprachlos stierte ich vor mich hin.

Clara legte beruhigend ihre Hand auf meine. »Alice, Sophie hat recht. Und ich hätte noch eine Frage: Wer hat dir dieses Buch vor die Tür gelegt und warum?«

Ich erwachte aus meiner Trance und sah sie erstaunt an. Stimmt, die Frage war berechtigt und ich hatte sie mir bislang nicht gestellt.

Auch Sophie horchte auf. »Das ist eine gute Frage. Wer war es und wieso?«

»Jane?«, vermutete ich. »Nur warum?«

»Vielleicht, weil sie weiß, dass John dich liebt, und weil sie ihrem Bruder helfen will«, mutmaßte Sophie.

»Oder es war John, der dir auf diese Art seine Gefühle offenbaren will«, warf Clara ein.

»Leute, ihr geht beide davon aus, dass John mich liebt«, stöhnte ich. »Was, wenn das eine erfundene Geschichte ist, die ein klitzekleines bisschen von der Realität inspiriert ist?«

»Ja, das kann sein«, räumte Clara ein. »Nur, wieso dann dieser Aufwand? Und wieso: ›Zauberhafte Alice, du entscheidest, wie dieser Roman endet‹? Wäre es eine fiktive Geschichte, hättest du keinen Einfluss auf das Ende. Außerdem: Wenn ich mir etwas ausdenken würde, was lediglich von wahren Begebenheiten *inspiriert* ist, würde ich die Namen, die Orte, das Lebensumfeld, die Personen verändern. Das alles ist hier nicht geschehen. Du kannst es drehen und wenden wie du willst, Alice, dieses Buch ist eine Botschaft an dich. Ja, es könnte von Jane sein. Das wäre allerdings eine ziemliche Einmischung. Ich glaube eher, dass John es dir vor die Tür gestellt hat. Er beißt sich bereits seit Monaten die Zähne an dir aus und wusste vermutlich nicht mehr weiter.«

Ich verdrehte genervt die Augen. »Clara, ich wusste nicht, dass du so eine blühende Fantasie hast. Das ist fast schon wie in der DVD, die mir John geschenkt hat.«

»John hat dir eine DVD geschenkt?«, stieß Sophie hervor.

Verflixt, warum war mir das herausgerutscht? Wochenlang hatte ich es geschafft, das Ganze vor meinen Freundinnen zu verheimlichen und nun so ein dummer Fehler!

»Ja, ist bereits eine Weile her.«

»Was für eine DVD?«, insistierte Sophie.

»Er steht einfach nicht auf dich!«

»Er steht einfach nicht auf dich!«, kreischte sie. »Mann, Alice, ich kenne den Film. Jetzt sag nur, er wollte dir damit klarmachen, dass Henrik nicht auf dich steht.«

»Er hat etwas in der Art geschrieben, ja.«

»Er hat dir geschrieben?« Sophie rastete völlig aus. Es schien sie kaum noch auf dem Stuhl zu halten.

»Der DVD lag ein Brief bei.«

»Wie süß«, stieß sie außer Rand und Band geraten hervor. »Er liebt dich, das ist klar wie Kloßbrühe!«

Aufgebracht sah ich Clara an. »Könntest du unserer durchgeknallten Freundin sagen, sie soll sich mal wieder einkriegen. Das ist doch alles lächerlich!«

»Alice, ich finde das gar nicht lächerlich. Ich finde eher, dass das alles nach einer gigantischen Liebeserklärung schmeckt. Warum sollte sich ein Mann trotz wiederholter Abfuhren so viel Mühe geben, wenn nicht Liebe dahintersteckt?«

Statt einer Antwort schnaubte ich. Seit John in mein Leben getreten war, schien ich zum Walross zu mutieren. Früher hatte ich nie geschnaubt.

Clara hing kurz ihren Gedanken nach, bevor sie fortfuhr. »Noch etwas. Ich frage mich, wieso du dir so sicher bist, dass Jane Roman Tischer ist.«

»Wer soll es denn sonst sein?«, rutschte es mir sofort heraus.

Sophie starrte Clara mit großen Augen an und japste schockiert nach Luft. »Lieber Himmel, Clara, du hast recht. Jane ist nicht Roman Tischer.«

Verwirrt schaute ich zwischen meinen Freundinnen hin und her. Ein weiteres Mal legte Clara ihre Hand auf meine. »Alice, ich glaube kaum, dass John Jane eure Geschichte aufschreiben lässt. Dazu müsste er ihr jedes Detail haarklein beschrieben haben.«

Ich betrachtete Clara und verstand nur Bahnhof. Nicht unbedingt intelligent entfuhr mir ein »Hä?«.

Clara warf mir einen bedeutungsvollen Blick zu. »Ich denke, dass John Roman Tischer ist.«

»John?« Lieber Himmel, ich kreischte. Seit wann kreischte ich? Wurde ich jetzt auch noch zur Hyäne? Eine Kreuzung aus Walross und Hyäne – tolle Mischung! »Du spinnst doch.«

Sophie schaute mir ernst in die Augen. »Ich glaube, dass Clara recht hat. John ist Roman Tischer.«

»Aber ... aber ... er hat den Laden, und er war Fußballer. Wie soll er dann noch ein Autor sein?«

»Ein Hobby«, antwortete Clara achselzuckend. »Wenn Jane schreibbegabt ist, könnte John es ja auch sein, stimmt's?«

»Leute, das glaube ich nicht. Nie im Leben!«

Brechende Dämme

Ob ich es nun glauben mochte oder nicht, der Samen des Zweifels war gesät. Auf einmal scannte mein Gehirn Erinnerungen. Erinnerungen, die beweisen oder widerlegen konnten, dass John Roman Tischer sein könnte. Und zu meinem eigenen Entsetzen fand ich mehr Punkte, die für diese Theorie sprachen, als solche, die ihr entgegenstanden. Wie oft hatte ich mich gewundert, dass er am Schreibtisch vor seinen beiden Monitoren klebte und wie ein Gestörter in die Tasten hämmerte! Wozu brauchte man in einem Fußball-Laden zwei Monitore? Okay, zum Zocken vielleicht. Aber dabei klopfte man nicht wie wild in die Tastatur. Ein Mal war er sogar komplett weggetreten gewesen und hatte nicht einmal bemerkt, wie ich seine Räumlichkeiten betrat.

Und dennoch: John – Fußballer und Autor? Das klang für mich wie Wüste und Wasser. Unvereinbar.

Doch das war nicht mein einziges Problem. Die Sicherheit, mit der meine Freundinnen davon überzeugt waren, dass er mich lieben würde, verstörte mich. Dieser Gedanke lag Lichtjahre von meinem Vorstellungsvermögen entfernt, wenngleich ich die Schlagkraft ihrer Argumente nicht leugnen konnte.

All das verwirrte mich mehr, als ich verkraften konnte. Ich hatte das Gefühl, meine eigene Umlaufbahn verlassen zu haben und ziellos durch mein aus den Fugen geratenes Leben zu stolpern. Wenn sie damit tatsächlich recht hätten, er kein Casanova war und mich aufrichtig liebte, was wäre dann? Jemals seine Empfindungen erwidern zu können, erschien mir angesichts meiner fast schon jahrzehntelang gehüteten Weltordnung ausgeschlossen. Allein der Gedanke daran ließ mich ins Chaos stürzen. Doch tief in mir existierte dieses feine Stimmchen, das flüsterte, dass es zwischen uns geknistert habe – nicht nur auf dem Nachhauseweg, sondern bereits viele Male davor.

Nach unzähligen Endlosschleifen, mit denen mich mein Kopf quälte, hielt ich es am Sonntagnachmittag nicht mehr zuhause aus. Ich fühlte mich eingesperrt und musste raus. Kurz entschlossen wanderte ich in Richtung meines Wunderlands. Dort könnte ich arbeiten und mich zur Abwechslung wieder mit etwas anderem beschäftigen.

Als ich die Gasse betrat, realisierte ich sofort ein heftiges Remmidemmi. Rund um Johns Geschäft standen Trauben an Menschen. Die Straße war gesperrt. Bistro-Tische waren überall verteilt. Eine Torwand war aufgebaut, und zahlreiche Kinder tobten mit ihren Bällen zwischen den Besuchern umher. Verdammt, das hatte ich vergessen! Heute war Tag der offenen Tür bei John, und entsprechend ging es zu. Kurz hielt ich inne und überlegte mir, umzukehren, doch dann schlich ich mich an der Meute vorbei und schlüpfte rasch in meinen Laden. Ich verzichtete darauf, Licht anzumachen, weil ich nicht gesehen werden wollte.

Zu meinem eigenen Erstaunen gelang es mir, mich zu konzentrieren. Die September-Buchhaltung machte es möglich. Ich vergaß sogar das Treiben auf der Straße und tauchte völlig in die Welt der Zahlen ab.

Es war bereits dämmrig, als ich fertig war und schlagartig wieder in der Wirklichkeit ankam. Ich streckte mich, räumte die Unterlagen zusammen und beschloss, nach Hause zu gehen. Vorsichtig lugte ich zum Schaufenster hinaus. Draußen war Ruhe eingekehrt. Nur ein paar Männer im Fußballdress waren noch dabei, die Tische auf einen Transporter zu verladen. Von John fehlte jede Spur. Gut! Ich atmete auf.

Leise schloss ich ab und eilte zur gegenüberliegenden Straßenseite. Ich gab alles, um möglichst schnell und heimlich zu verschwinden. Leider hatte ich die Rechnung ohne die Männer auf der Straße gemacht.

Der erste hatte mich entdeckt und rief laut: »Hallo, schöne Frau!«

Das zog die Aufmerksamkeit der anderen auf mich. Der zweite trabte lässig in meine Richtung und lief mit einem Grinsen neben mir her. »Na, Lust auf einen Drink?«

»Nein, danke«, murmelte ich und spürte, wie Beklommenheit in mir emporkroch.

Plötzlich stand der dritte vor mir und sah mich verführerisch an, während mich eine unangenehme Bierwolke einnebelte. »Hey, zuckersüße Frau, ein Gläschen mit drei netten Kerlen wie uns kannst du doch nicht abschlagen.«

Ich bemühte mich, schneller zu gehen, aber die drei ließen nicht von mir ab und tänzelten mit lockeren Sprüchen um mich herum. Ich merkte, wie ich die Kontrolle verlor, wie die alte Panik, die unverarbeitete Demütigung meinen Verstand außer Gefecht setzte und ich nur noch aus Fluchtinstinkten bestand. An Flucht war jedoch nicht zu denken. Die drei Fußballer hatten einen Kreis um mich gebildet. Objektiv betrachtet war die Situation harmlos. Es war ein Flirt, ein kleines Spielchen zur Unterhaltung, befeuert durch ein paar Bier, mehr nicht. Doch um cool bleiben zu können, triggerte mich das Geschehen viel zu sehr an. Es waren drei! Verdammt, ausgerechnet drei!

Wie von allen guten Geistern verlassen, brüllte ich los. »Lasst mich in Ruhe! Verschwindet! Sofort!«

Die Männer starrten mich fassungslos an, hoben abwehrend die Hände, als ob der Schiedsrichter wegen eines Fouls gepfiffen hätte, und traten erschrocken zurück. Da erklang eine beruhigende Stimme einige Schritte hinter mir. »Hey Jungs, die Lady mag das nicht! Lasst es gut sein!« Mit immer noch entsetzten Gesichtern zogen sie ab und begaben sich wieder an ihre Arbeit.

Bis heute weiß ich nicht, warum dieser Anlass genügte, alles aus den Angeln zu heben. Jahrzehntelang hatte ich das schwarze Loch in meinem Herzen fest umklammert, wie auf Autopilot dafür gesorgt, dass es geschlossen blieb, und dabei beinahe vergessen, dass es überhaupt existierte. Doch nun, in diesem Moment, brach es auf und sein giftiger, eitriger Inhalt ergoss sich über meinen Körper, überschwemmte mich und versetzte mich in einen Zustand, den ich nicht mehr kontrollieren konnte.

Vielleicht war es die Situation an sich. Vielleicht war es die Ratlosigkeit in Johns Gesicht, der mich aus sicherer Entfernung besorgt musterte, vielleicht auch die tiefe Wärme, die trotz aller Verletzungen, die ich ihm zuzufügen versucht hatte, aus seinen Augen strahlte. Jedenfalls war ich wie von Sinnen und schrie in wilder Panik: »Ich hasse Fußballer!« Dann begann mein Körper zu beben, und ich schluchzte, wie ich es noch nie zuvor getan hatte. Weinkrämpfe schüttelten mich. Ich konnte kaum atmen. Von der Umgebung bekam ich nichts mehr mit. Es war, als würde mich das schwarze Loch auffressen, und nichts von mir übrig lassen.

John musste wohl zu mir gestürzt sein, denn das Erste, was ich wieder bewusst mitbekam, war, dass er mich in seine Arme schloss und sanft über mein Haar streichelte. Ich umschlang ihn auf der Suche nach Erlösung. Er sagte nichts, strich nur über meinen Kopf und zischte beruhigend: »Sch … sch … sch…« Es fühlte sich wie eine Ewigkeit an, bis ich merkte, dass ich ruhiger wurde, sich meine von den vielen Schluchzern wild zuckenden Muskeln entspannten und ich wieder leichter Luft bekam. John griff in seine Tasche und zog ein Taschentuch hervor, mit dem er mir behutsam die Tränen aus dem Gesicht tupfte.

»Was haben sie dir angetan, zauberhafte Alice?«, fragte er, als mein letztes Schniefen verklungen war.

Ich hielt mich immer noch an ihm fest, spürte seine Nähe, seine Wärme und die Ruhe, die er ausstrahlte. Trotz meines desolaten Zustands realisierte ich überrascht, dass ich es genoss, ihm nahe zu sein. Dass ich mich bei ihm so sicher und geborgen fühlte, wie ich es zuletzt in der Kindheit bei Omama erlebt hatte. Nichts schien mir etwas anhaben zu können. Und das schwarze Loch, das aufgebrochen war und sein flüssiges Gift ausgespien hatte, war bereit zu heilen. Die Narbe würde bleiben, aber sie hatte ihren Schrecken verloren. Das Gift konnte mich nicht mehr lähmen. Auf wundersame Weise empfand ich es, als ob ich eine lange schwere Krankheit überstanden hätte.

John streichelte vorsichtig über meinen Rücken. »Was haben sie getan?«

»Drei Fußball spielende Jungs ... Sie haben mich tief gedemütigt, als ich dreizehn Jahre alt war.«

»Willst du darüber reden?«

»Vielleicht irgendwann, nicht heute.«

»Wann immer du willst.«

Ich brauchte Zeit, diesen Moment zu verdauen. Abstand, bis die Narben stabiler waren. So viele Jahre hatte ich die Szene verdrängt, nun hatte ich sie noch einmal durchlebt und konnte die Erinnerung endlich freilassen.

Ich hatte es nicht leicht gehabt mit dreizehn. Zwar waren meine Haare damals schon nicht mehr ganz so feuerrot, aber der zarte Teint und die Sommersprossen waren geblieben. Und die Lästereien rund um Alice und ihr Wunderland hatten sich über die Jahre eingespielt. Die Jungs waren immer noch hinter mir her, nicht um mich zu erobern, sondern um mich zu verspotten. Mit den meisten Mädchen kam ich gut klar. Vor allem hatte ich Sophie und Clara, die mich über Vieles hinwegtrösteten. Und dennoch, ich war dreizehn, an der Schwelle zur Frau. Natürlich wollte ich den Jungs gefallen.

Eines Tages baute sich Moritz vor mir auf. Er war einer von den Super-Coolen. Alle Mädchen gerieten schon in den Ausnahmezustand, wenn er nur in ihre Richtung sah. Und mich sprach er an!

»Hey, Alice, wie wär's mit einer Runde Kicken heute Nachmittag?«, fragte er mich.

Erstaunt schaute ich ihn an. »Kicken?«

»Klar. Leon und Joshua sind auch dabei. Wir brauchen noch jemanden, und mit einem Mädchen ist es lustiger.«

Ich konnte mein Glück kaum fassen. Drei von den angesagtesten Jungs wollten mit mir Zeit verbringen! Ohne groß darüber nachzudenken, sagte ich zu. Ich war zwar keine Sportskanone, aber auch nicht unsportlich, und ich mochte Ballspiele. Fußball hatte ich noch nie gespielt, doch ich kannte die Regeln und hatte Lust, es auszuprobieren. Also zog ich mir Sportklamotten an und kam zum vereinbarten Zeitpunkt am Fußballplatz an.

Die Jungs grinsten heftig, als ich aufschlug, und das hätte mich misstrauisch machen sollen. Wir eröffneten eine Zwei-gegen-Zwei-Partie. Ich war mit Joshua in einer Mannschaft, dem kräftigsten und technisch besten Spieler. Moritz und Leon waren unsere Gegner.

Die ersten Minuten gingen harmlos vonstatten, doch dann wurden die Jungs mutiger. Ihr Spiel wurde körperbetonter, und die scheinbar zufälligen Berührungen während vermeintlicher Zweikämpfe nahmen zu. Mal war es eine Hand, die sich an eine Brust verirrte, dann ein Körper, der sich von hinten gegen mich presste. Mein Unbehagen wuchs von Minute zu Minute. Irgendwann zerrte mich Moritz am Shirt, als ich mit dem Ball davonzueilen drohte. Er ließ nicht los, und ich hatte so viel Schwung, dass es mitten entzwei riss und ich stürzte. Ehe ich realisierte, was passiert war, lag ich in meinem dünnen BH vor drei gaffenden Jungs, die mir feixend auf den nahezu unverhüllten Oberkörper starrten.

Bis ich in der Lage war, mich aus meiner Schockstarre zu lösen, hatten sie genug gesehen, und ich wäre am liebsten vor Scham im Boden versunken. Schnell versuchte ich, mich mit den Stofffetzen zu bedecken und ergriff die Flucht. Doch das Schlimmste erwartete mich in den kommenden Tagen an der Schule. Moritz und Leon erzählten überall herum, ich hätte für sie einen Fußball-Striptease hingelegt und sie bereitwillig scharf gemacht. Wochenlang hatte ich schmierige Blicke und zotige Bemerkungen ertragen müssen, bis der Spuk ein Ende fand, weil wieder irgendeine neue Sensation für

Aufmerksamkeit sorgte. Trotzdem gab es diese Geschichte in den Annalen der Schule und ich hatte mich bis zum Abitur merkwürdig nackt gefühlt.

Seit diesem Tag hasste ich fußballspielende Jungs, und diese Aversion hatte sich bis heute gehalten, bis gerade eben, als John sie mit mir und für mich pulverisiert hatte, ohne es überhaupt zu wissen.

Sachte löste er sich von mir und schob mich ein kleines Stück von sich. So unfassbar mir das auch vorkam, ich bedauerte es geradezu, dass er mich aus dieser heilenden Umarmung entließ.

Mit einem Blick, der mein heftig verarbeitendes Herz zum Schmelzen zu bringen schien, fragte er: »Geht es wieder, Alice?«

Vorsichtig lächelte ich ihn an. Es war eine ungewohnte Erfahrung, ihn mit echter Freundlichkeit anzuschauen. »Ja, danke. Ich danke dir wirklich sehr. Es geht schon wieder.«

»Magst du dich in meinem Laden eine Weile hinsetzen?«

»Nein, danke. Ich möchte gern weg von hier. Ich mache mich auf den Heimweg.«

»Alles klar, ich begleite dich.«

Mir wurde schwummrig vor den Augen. Die letzten Minuten war ich mit meinen aufbrechenden Wunden beschäftigt gewesen, aber nun kehrte mein Verstand zurück und der wiederholte für mich in plastischen

Bildern den Inhalt von Roman Tischers Geschichte. Meine komplette Unsicherheit John gegenüber war mit einem Schlag wieder da. Wie sollte ich mich verhalten? War es cleverer, das Buch totzuschweigen, in der Annahme, dass er von dessen Existenz gar nichts wusste, oder in die Offensive zu gehen und ihn direkt darauf anzusprechen? Das wiederum wäre unfassbar peinlich für den Fall, dass alles in dem Roman entweder reine Fantasie war oder John noch nie etwas davon gehört hatte.

Es totzuschweigen, schien mir der eindeutig bessere Weg zu sein, doch ich sehnte mich nach Bedenkzeit. Deswegen sah ich John mit einem entschuldigenden Lächeln an. »Das ist lieb von dir. Danke, John. Aber ich kann gut allein nach Hause laufen.«

Er betrachtete mich vorwurfsvoll. »So gut solltest du mich inzwischen kennen, Alice, um zu wissen, dass du damit nicht bei mir durchkommst.«

Ich lachte – und es war ein außerordentlich befreiendes Lachen. »Okay, ich gebe mich geschlagen.«

Der Blick, den er mir zuwarf, drückte massives Erstaunen aus. Dann scherzte er mit einem schelmischen Gesichtsausdruck: »Na, das war ja einfach!«

Er bat mich um einen Moment Geduld, rannte schnell zurück, um sein Geschäft abzuschließen, und verabschiedete sich von den Männern, die immer noch irritiert in meine Richtung sahen. »Da bin ich«, strahlte er, als er wieder zu mir aufgeschlossen hatte. Ich nickte ihm zu, und wir setzten uns in Bewegung.

Verwundert realisierte ich, wie nervös ich war. Das war das zweite Mal, dass wir so nebeneinander herliefen, doch letztes Mal hatten mich Abscheu und Wut fest im Griff gehabt. Beides war nun verschwunden. Stattdessen fühlte ich mich zittrig und unsicher. All die Fragen, die mich seit Freitagnacht beschäftigten, kaperten mein Gefühlsleben und machten es mir unmöglich, ein Gespräch mit John zu beginnen oder ihn auch nur anzusehen.

Wir waren eine Weile stumm marschiert, als John fragte: »Und, wie war dein Wochenende, Alice?«

Ein warmer Schwall Blut stieg mir in die Wangen. Ich wusste nicht, was ich ihm antworten sollte, zumal es mir nicht gelang, seine Sprechweise zu analysieren. Hatte da ein lauernder Unterton mitgeschwungen oder bildete ich mir das ein?

»Es war aufregend«, antwortete ich zögerlich.

»Aufregend? Inwiefern?« Jetzt war sein Tonfall definitiv lauernd.

Verflixt, wie konnte ich mich aus der Affäre ziehen? Plötzlich kam mir eine Idee. Ja, so würde ich es versuchen! »Jemand hat mir gegenüber verlauten lassen, dass Henrik homosexuell sei. Was denkst du darüber?«

John stöhnte. »Es geht mal wieder um Henrik, okay. Ich weiß nicht, ob er das ist, aber er könnte es sein. Jedenfalls würde das erklären, warum er sich intensiver mit Peter und mir beschäftigt als mit dir.« Er warf mir einen versöhnlichen Blick zu. »Tut mir leid, Alice. Ich will dir wirklich nicht wehtun. Das ist einfach meine

Meinung, meine Wahrnehmung, und die kann natürlich falsch sein. Worüber habt ihr denn geredet bei eurem Date?«

Ich wiegte nachdenklich den Kopf. Vielleicht würde ich es mit einer kleinen Falle schaffen, dass John sich verriet. »Wir haben uns jedenfalls nicht über Peter und dich unterhalten. Und wir waren auch nicht beim Chinesen essen.« Ich musterte ihn von der Seite in der Hoffnung auf eine verräterische Reaktion, doch sein Gesichtsausdruck blieb neutral. »Er wollte wissen, was mir gefallen würde, wenn ein Mann sein Interesse mir gegenüber zeigen wolle.«

»Was?« John stoppte und starrte mich erstaunt an. »Und dann? Hast du ihm geantwortet?«

»Ja.«

»Und hat er etwas davon umgesetzt?«

»Nein, nichts.«

John atmete tief aus, als wäre er erleichtert. »Okay, und wieso sagst du mir, dass ihr nicht beim Chinesen wart? Ich hatte nichts in der Art behauptet.« Unschuldig sah er mich an. Spielte er mir etwas vor oder kannte er das Buch wirklich nicht? Lieber Himmel, diese Geschichte würde mich vermutlich noch eine ganze Weile lang Nerven kosten. »Nur so«, murmelte ich.

Wir hingen ein paar Minuten schweigend unseren Gedanken nach, und rasend schnell standen wir bereits wieder vor meinem Haus. Ich überlegte, ob ich John auf einen Kaffee einladen sollte, oder falls nicht, wie ich mich jetzt am besten von ihm verabschiedete. Bevor mein Verstand zu einem abschließenden Urteil kam, übernahm mein Mund in Eigenregie die Führung und fragte: »Magst du auf einen Kaffee reinkommen?«

John starrte mich an, als hätte ich etwas völlig Abwegiges getan. »Du lädst mich zum Kaffee ein?«

»Ja, klar. Du hast mir vorhin mehr geholfen, als du ahnst. Ich habe eine Menge gutzumachen.«

Ein Leuchten erschien auf seinem Gesicht. »Danke, Alice, für die Einladung. Das ist wirklich nett. Allerdings glaube ich, dass es heute für dich besser ist, wenn du ein bisschen zur Ruhe kommst. Aber du könntest es gutmachen, indem du morgen Abend mit mir essen gehst.« Das Leuchten milderte sich ab und erhielt eine leicht ängstliche Note.

»Ja, gern.«

»Im Ernst? Du gehst mit mir essen? Morgen Abend?«

»Im Ernst, ich gehe mit dir essen, morgen Abend«, lachte ich und blinzelte ihn schelmisch an.

Ehrfürchtig staunend und für seine Verhältnisse geradezu förmlich antwortete er: »Das freut mich außerordentlich, Alice.«

Ehe er begriff, wie ihm geschah, streckte ich mich auf die Zehenspitzen, drückte ihm einen Kuss auf die Wange und verschwand nach drinnen. Als ich vor dem Schließen der Tür einen letzten Blick in seine Richtung warf, stand er mit aufgerissenen Augen da und starrte mir ungläubig hinterher.

Ein perfektes nachbarschaftliches Kennenlernen

»Guten Morgen, Alice.« John steckte den Kopf zur Tür herein und betrachtete mich mit einer Mischung aus Spitzbübigkeit und Vorsicht. Dann betrat er zögerlich meinen Laden.

»Hallo, John« erwiderte ich heftig errötend. Was war bloß los mit mir? Wieso errötete ich, nur weil John mich vollkommen harmlos begrüßte? Auch wenn ich mich selbst nicht verstand, konnte ich nicht leugnen, dass mein Herz schneller schlug und sich in meinem Magen ein kribbelndes Rumoren ausbreitete.

»Dürfte ich dich um einen Cappuccino bitten?«

»Klar, ich bringe ihn dir. Du kannst dich schon zu den anderen setzen, wenn du magst.«

Peter und Henrik saßen bereits an einem der Tischchen, die durch das bodentiefe Schaufenster einen freien Blick nach draußen gewährten. Im Augenwinkel nahm ich wahr, wie Peter seinen Kopf gehoben hatte und überrascht in meine Richtung schaute. Vermutlich hatte ihn mein ungewöhnlich freundlicher Tonfall John gegenüber aus der Spur gebracht.

»Bleibt es bei heute Abend?« John biss sich auf die Unterlippe und sah aus, als ob er fest mit meinem Zurückrudern rechnete. Obwohl ich nervös und durcheinander war, amüsierte mich der Anblick, den er bot. Und ich musste wohl oder übel einräumen, dass er sich dadurch reichlich verletzlich präsentierte, was so gar nicht zum Image eines Frauenhelden passte.

»Natürlich. Wann wollen wir uns treffen?«

John atmete erleichtert auf. »Ich kenne ein nettes Restaurant ein wenig außerhalb. Soll ich auf sieben Uhr einen Tisch reservieren, und wir fahren hier um Viertel vor los? Ich bin extra mit dem Auto gekommen.«

»Klingt gut.« Unsicher lächelte ich ihn an und durfte dabei beobachten, wie sich ein immer breiter werdendes Strahlen auf seinem Gesicht ausbreitete. Auch wenn er ein, zwei Meter entfernt stand, konnte ich das goldene Funkeln in seinen Augen deutlich erkennen.

Wo dieser Gedanke auf einmal herkam, konnte ich nicht sagen, doch ich fand in diesem Moment, dass er ausgesprochen sympathisch wirkte. Sympathisch und gutaussehend. Sympathisch und *sehr* gutaussehend. Ich betrachtete ihn fasziniert und fragte mich, ob in ihm vielleicht viel mehr steckte, als ich bislang sehen wollte.

Plötzlich realisierte ich, wie sich seine Mimik veränderte. In das Strahlen mischte sich Erstaunen, und er musterte mich prüfend. Erschrocken zuckte ich zusammen. So weit kam es noch, dass ich ihn hier anstarrte, als ob er gerade einem Jane-Austen-Roman entstiegen wäre!

Okay, es war wohl eher ein Roman-Tischer-Roman, der meine Welt durcheinandergeraten ließ. Meine Wangen begannen in einem noch dunkleren Rotton zu glühen. Entsetzt wandte ich den Blick ab und sah in

Peters Richtung. Das war allerdings nicht dazu angetan, mich zu beruhigen – im Gegenteil! Auf Peters Miene war ein unverschämtes Grinsen erschienen, mit dem er mich unverhohlen und herausfordernd scannte.

»Ich bringe dir dann deinen Kaffee«, murmelte ich, während ich mich der Kaffeemaschine zuwandte.

»Schön, danke«, entgegnete John mit einer deutlich raueren Stimme als sonst.

»Na, meine Wunder-Alice, da ist wohl ein Wunder geschehen!«, zog mich Peter auf, nachdem John und Henrik den Laden verlassen hatten.

Ein weiteres Mal wurde ich puterrot. »Haha«, grummelte ich vor mich hin und vertiefte mich hochkonzentriert in die Reinigung der Kaffeemaschine.

»Was ist passiert? Wie kommt es, dass du dich zu einem Date mit John hast hinreißen lassen?«

»Erstens ist das kein Date, sondern ein nachbarschaftliches Kennenlernen, und zweitens hat er mich vor drei aufdringlichen Fußballern gerettet. Also schulde ich ihm etwas.«

»Ui, wie huldvoll«, spottete Peter. »Dafür, dass er dich gerettet hat, darf er dich einladen. Eigentlich sollte es ja umgekehrt sein, oder?« Als er mein betretenes Gesicht sah – ich musste schweren Herzens zugeben, dass er recht hatte –, fuhr er in besorgtem Ton fort: »Was war mit den drei aufdringlichen Fußballern?«

»Ach, genaugenommen gar nichts Schlimmes. Sie haben mich belagert und wollten flirten. Aber es waren drei, und plötzlich hat es sich angefühlt, als wäre ich immer noch dreizehn. Ich war in Panik und bin ausgetickt. John hat das Ganze mitbekommen und mir geholfen.« Ich betrachtete Peter nachdenklich. Auch jetzt beim Sprechen über die Ereignisse spürte ich wieder eine erstaunliche Ruhe. Alles schien sehr weit weg zu sein, und die Erlebnisse meiner Jugend hatten ihre Macht verloren. Zögerlich packte ich die Empfindungen in Worte: »Meine Erinnerungen sind noch einmal mit voller Wucht hochgekocht, und nun habe ich das Gefühl, dass sie mir nichts mehr anhaben können.«

Peter nahm mich liebevoll in den Arm. »Das klingt gut, Wunder-Alice. Es wird Zeit, dass du dich neu aufstellst und Männern unvoreingenommener begegnest. Und glaub mir, John ist es wert, ihn näher kennenzulernen. Er ist ein anständiger Kerl.«

»Vermutlich ist er das«, bestätigte ich nachdenklich.

»Und ob. Sag mal, was anderes ... Ich habe mich kurzfristig entschieden, am Samstag meinen Geburtstag mit ein paar guten Freunden zu feiern. Kommst du?«

»Klar komme ich. Ich wäre ohnehin gekommen, das weißt du doch. Und wer sind ein paar gute Freunde?«

»Die üblichen Verdächtigen und John, Jane und Henrik«, antwortete er und beobachte mich lauernd.

Mein Herz legte einen Zahn zu. Das bedeutete, zweimal in dieser Woche in privatem Rahmen mit John zusammenzukommen. Im Hinblick auf all die Fragezeichen, die ich mit ihm verband, würde mich das ganz schön fordern. Irritiert stellte ich fest, dass ich vor lauter

Grübeln über die verwirrende Situation mit John keinen Gedanken an Henrik verschwendet hatte. Beim Klang seines Namens hatte mein Herz noch nicht mal einen winzigen Hüpfer veranstaltet. War die Geschichte mit ihm tatsächlich nur ein Strohfeuer oder wurde ich derzeit einfach durch das Roman-Tischer-Thema zu sehr von meinen wahren Gefühlen abgelenkt? Ich seufzte.

»Wem galt dieses Seufzen?«, wollte Peter mit einem schelmischen Lächeln wissen. »Henrik oder John?«

Statt einer Antwort grunzte ich. Eine Ablenkung musste her, aber schnell! »Soso, Jane kommt also. Hat sie schon zugesagt?«

»Ich werde sie gleich anrufen. Erst wollte ich dein Okay.«

»Mein Okay? Seit wann fragst du mich, ob du eine Frau einladen darfst?« Ich warf ihm einen verschmitzten Blick zu.

»Mensch, Alice, mach mich nicht wahnsinnig. Dein Okay zu John, nicht zu Jane.«

Ich lachte und stupfte ihn in die Seite. »Weiß ich doch. Aber letztes Mal hast du mich auch nicht gefragt. Du erinnerst dich?«

»Ja, da war es allerdings etwas anderes. Jetzt könnte es ernst werden zwischen John und dir.«

Zu meinem großen Glück betrat genau in diesem Moment eine Kundin den Laden und enthob mich damit der Peinlichkeit, auf Peters Kommentar eine Antwort finden zu müssen. Unglaublich, was sich die Menschen in meinem Umfeld alles einredeten.

Pünktlich wie ein Uhrwerk strömten Sophie und Clara auch an diesem Abend zur üblichen Zeit in mein Wunderland. Schon beim Hereinkommen sah ich ihnen an, dass sie auf Neuigkeiten an der Roman-Tischer-Front brannten.

»So, Alice, her mit einem Update!«, fiel Sophie mit der Tür ins Haus.

Ich lachte und schaute ihr herausfordernd entgegen. »Was für ein Update?«

Clara rollte mit den Augen. »Hey, spann uns nicht so auf die Folter. Sonst kommen wir nie mehr zum Notfall-Einsatz.«

»Ups, das Risiko kann ich nicht eingehen«, scherzte ich. Also berichtete ich von der sonntäglichen Begegnung mit John und unserer Verabredung zum Abendessen.

»Du gehst mit ihm essen?« Sophie starrte mich aus weit aufgerissenen Augen an, und ein überdimensionales Funkeln breitete sich in ihrem Gesicht aus. »Wie cool ist das denn?«

»Willst du ihn auf das Buch ansprechen?«, fragte Clara neugierig.

»Nein. Wenn er davon keine Ahnung hat, dann wäre das peinlich.«

»Süße, wie soll er davon keine Ahnung haben, wenn in dem Buch wortgetreu eure Scharmützel beschrieben sind? Er muss davon wissen.« Sophie schüttelte aufgebracht den Kopf, und ihre üppigen schwarzen Locken flogen wild durch die Gegend.

Auch wenn ich es nicht wahrhaben wollte, musste ich eingestehen, dass sie recht hatte. Außerdem rumorte seit dem Vortag etwas in mir, das sich regelmäßig so vehement zu Wort meldete, dass ich es nicht ignorieren konnte. »Zauberhafte Alice«, hatte John gesagt, als er mich im Arm gehalten hatte. Genau diese Formulierung stand in der Widmung von Roman Tischers Buch.

Zwar stemmte ich mich mit meinem ganzen Herzen gegen diese Erkenntnis, doch trotzdem wurde es immer wahrscheinlicher, dass Roman Tischer und John ein und dieselbe Person waren. In diesem Fall konnte ich auch Sophies und Claras Hypothese, dass er tiefergehende Gefühle für mich hegte, nicht mehr in Frage stellen.

Sophie sah mich weiterhin erwartungsvoll an, wie ich erschrocken feststellte. Statt einer Antwort, die ohnehin nur halblebig dahergekommen wäre, zuckte ich mit den Achseln.

»Wo geht ihr hin?«, hakte Clara nach. »Und wann trefft ihr euch?«

Ich warf einen kurzen Blick auf die Uhr. »Um Viertel vor sieben sind wir verabredet, und ich weiß nicht, wo wir hingehen. Er wollte einen Tisch in einem Restaurant außerhalb von Tübingen reservieren. Ich habe nicht genauer nachgefragt.« Schlagartig wunderte ich mich über mich selbst. Stimmt, das war sonst nicht meine Art. Ich hatte alles John überlassen und mich überhaupt nicht für die Details unseres Treffens interessiert. So durcheinander war ich am Morgen gewesen. Und, um ehrlich zu sein, ich war es noch immer.

Clara stupfte Sophie an. »Komm, lass uns von hier verschwinden! Ich habe das Gefühl, Alice braucht ein paar Minuten zur inneren Vorbereitung auf ihr Date.«

Ich legte einen genervten Gesichtsausdruck auf. »Das ist kein Date, das ist ein nachbarschaftliches Kennenlernen.«

Sophie und Clara sahen sich mit spöttischen Blicken an und antworteten unisono: »Klar!«

Um exakt Viertel vor sieben öffnete sich meine Ladentür und John trat ein. Seine Augen glänzten und die Wangen waren gerötet. Er wirkte wie jemand, der voller Aufregung einem wichtigen Ereignis entgegensah. Merkwürdigerweise berührte es mich, ihn in diesem Zustand zu erleben.

»Bist du bereit?«, fragte er sichtlich nervös.

»Ja, ich bin soweit.« Mit einem Lächeln, das mir erstaunlich leicht fiel, lief ich ihm entgegen.

»Schön. Dann mal los!« Er hielt mir die Tür auf, die ich sorgfältig hinter uns verriegelte, und dirigierte mich in Richtung eines naheliegenden Parkplatzes. Als er die Schlüssel-Fernbedienung seines Fahrzeugs drückte, bemerkte ich erstaunt, dass die Lichter eines französischen SUVs aufflammten. Ohne mir bewusst Gedanken darüber gemacht zu haben, hatte ich einen Sportwagen erwartet und nicht ein derart familientaugliches Gefährt.

Bevor ich mich bremsen konnte, entschlüpfte mir ein entsprechender Kommentar: »Du fährst ja gar keinen Porsche.«

»Enttäuscht?«, lachte John. »Nein, dieses Auto hier ist viel praktischer. Erstens passt da ordentlich Ware für meinen Laden in den Kofferraum und zweitens kann ich auch ein paar Kinder nach dem Training mitnehmen.« Er öffnete mir die Tür auf der Beifahrerseite und ließ mich einsteigen.

»Wo fahren wir eigentlich hin?«, fragte ich neugierig, um endlich mein Informationsversäumnis vom Morgen nachzuholen.

»Kennst du das ›Zwanzig Fässer Wein‹?«

Ich verneinte.

»Das ist eines meiner Lieblingsrestaurants in einer stillgelegten Kelter. Ich dachte, das ist für heute Abend genau das Richtige, weil man sich dort wunderbar ungestört unterhalten kann.«

»Aha«, entgegnete ich verlegen. Es erschien mir immer noch wie eine unbewältigbare Herausforderung, eine komplette Mahlzeit lang mit John an einem Tisch zu sitzen, zumal ich befürchtete, dass es für ihn wirklich ein Date war. Und offengestanden hatte ich keinen blassen Schimmer, was es für mich war. So sehr ich mir auch einzureden versuchte, ich wäre unterwegs zu einem freundschaftlichen Treffen mit meinem Nachbarn, gab es trotzdem in meinem Bauch ein Rumoren, das sich nach etwas ganz anderem anfühlte.

Als John den Wagen auf den Parkplatz eines einsamen Gehöfts navigierte, kletterte mein Puls in ungeahnte Höhen. Eines der zahlreichen Gebäude wies ein hell erleuchtetes Portal auf, und durch die Fenster schimmerte schummriges, heimeliges Licht.

John führte mich zum Eingang und ließ mich eintreten. Vor Erstaunen fiel mir die Kinnlade herunter. Ich stand in einer Art Halle, die bis zum First geöffnet war. Uralte Holzbalken zogen sich über die gesamte Gebäudebreite und stützten in einer beeindruckenden Konstruktion das Dach. Über den Raum verteilten sich unzählige unterschiedlich große Weinfässer, die »geköpft« worden waren, sodass sie nach oben offen waren. In diesen Fässern waren Sitznischen arrangiert. Von den Menschen, die dort bereits saßen, konnte man außer den Haarspitzen nichts erkennen. Ich war sofort verzaubert von der außergewöhnlichen Atmosphäre dieses Restaurants.

»Gefällt es dir?«, erklang Johns Stimme neben mir.

Ich nickte sprachlos und hatte Mühe, mich aus meiner Überraschungstrance zu befreien.

Der Kellner, der kurz nach unserer Reservierung gefragt hatte, geleitete uns zu einem der kleineren Fässer, in dem sich eine kuschlige Nische mit zwei Sitzgelegenheiten befand. Auf dem blankpolierten Holztisch flackerte ein grünes Windlicht, das eine weiche Beleuchtung kreierte. Zwei bequeme Holzbänke waren über Eck angeordnet und mithilfe zahlreicher Kissen heimelig dekoriert. John machte eine einladende Geste in Richtung einer der Bänke und ich schlüpfte dorthin. Mit einem zufriedenen Gesichtsausdruck nahm er ebenfalls Platz.

»Du wohnst doch noch gar nicht lange hier – woher kennst du dann dieses Restaurant?«, erkundigte ich mich überrascht.

»Das ist purer Zufall. Mein Vereinsvorstand hat mich zur Begrüßung hierhin eingeladen. Ich habe das Lokal auf den ersten Blick geliebt und dachte, dir könnte es vielleicht genauso gehen.«

Ich sah ihn anerkennend an und nickte. »Ja, da hattest du recht. Ich finde es wunderhübsch hier, und von den anderen Nischen bekommt man kaum etwas mit, weil die Fässer die Geräusche schlucken.«

»Der ideale Ort, um sich besser kennenzulernen«, äußerte er und musterte mich eingehend.

Wieder realisierte ich, dass mir die Röte in die Wangen schoss. Das schien sich zu einer wiederkehrenden unangenehmen Eigenart von mir zu entwickeln, in Johns Nähe bei der kleinsten Kleinigkeit zu erröten. Ich fragte mich, woher das kam. Normalerweise neigte ich nicht zu Rotkopfigkeit. Das war, fand ich, auch das Mindeste, was mir die Natur schuldig war, wenn sie mich schon mit einer ausgeprägten Rotschopfigkeit bedacht hatte.

Lag es daran, dass John der Typ Mann war, den ich sonst mied und für den mir sozusagen die Gebrauchsanweisung fehlte, oder daran, dass mich die ganze Roman-Tischer-Sache aus der Bahn gekippt hatte? Oder – und das wäre noch schlimmer – am Ende sogar daran, dass *er* mich aus der Balance brachte mit seinen glühenden dunkelbraunen Augen mit dem goldenen Schimmer und den charmanten Grübchen in seinen Wangen, die sich immer zeigten, wenn er mich anstrahlte? Peinlich berührt schreckte ich aus meinen Überlegungen auf, als ich feststellte, dass mich John gleichermaßen erwartungsvoll und amüsiert ansah. Verdammt, ich musste es mir abgewöhnen, mich immer wieder in derart verqueren Gedankengängen zu verlieren! Momente wie dieser taten meiner Gesichtsfarbe definitiv nicht gut.

Um meine Verlegenheit zu überspielen, ging ich in die Offensive. »Also, dann leg mal los. Du wolltest mir zeigen, was du für ein Mensch bist. Ich bin gespannt.«

»Wo soll ich anfangen?«

»Am besten bei deiner Kindheit. Wie bist du großgeworden? Was ist mit deinen Eltern, deiner Schwester? Wie war die Schulzeit für dich? Ich bin ganz Ohr.«

Er lachte und sah mich schelmisch an. »Wie viel Zeit hast du?«

»Eine ganze Menge!«

Der Ober unterbrach uns, bevor John loslegen konnte, indem er uns die Karte reichte und die Tagesempfehlungen aussprach. Ohne einen Blick in das gesamte Angebot zu werfen, entschieden wir uns beide kurzerhand für die tagesfrische hausgemachte Pasta mit einer herbstlichen Gemüsemischung.

»Okay, dann fange ich mal an. Ich bin in einem kleinen Dorf bei Hannover großgeworden. Jane ist zwei Jahre jünger als ich, und wir waren immer schon dicke miteinander. Klar, die üblichen Streitereien unter Geschwistern gab es bei uns auch, aber wenn es darauf ankam, haben wir wie Pech und Schwefel aneinander geklebt. In unserem Dorf lebten jede Menge Kinder, und die ruhige Umgebung mit all der Landwirtschaft war ein traumhafter Ort zum Großwerden. Ich glaube, dass man keine schönere Kindheit haben kann, als wir sie erleben durften. Unsere Eltern haben uns mit Liebe überschüttet, und wir waren wohl der Inbegriff einer glücklichen Familie. Ich empfinde das als großes Geschenk. Auch heute haben wir alle noch ein enges Verhältnis zueinander trotz der Entfernung, unter der vor allem unsere Eltern zu leiden haben. Ich versuche immer wieder, sie dazu zu überreden, in den Süden zu kommen, aber bislang ist mir das nicht gelungen.« John betrachtete nachdenklich den blankgescheuerten Holztisch und spielte mit dem Fuß seines Weinglases.

»Wie alt sind deine Eltern?«

»Mitte sechzig. In letzter Zeit habe ich das Gefühl, dass sie beginnen, einen Umzug in Betracht zu ziehen. Sie merken, dass Jane und ich uns hier wohlfühlen und Wurzeln geschlagen haben. Außerdem habe ich eine wunderschöne Penthouse-Wohnung mit Blick auf den Neckar gekauft, die nur darauf wartet, von ihnen bezogen zu werden. Das Haus hat einen Aufzug und alles ist altersgerecht, sodass sie dort mühelos längerfristig leben könnten. Ich vermiete die Wohnung bewusst nur kurzfristig an Leute, die für ein temporäres Projekt in die Gegend kommen. Also stünde alles bereit. Ich denke, meine Eltern brauchen einfach noch eine gewisse Zeit, um die alte Heimat loszulassen. Immerhin haben sie da fast ihr ganzes Leben verbracht.«

Erstaunt musterte ich ihn. Dass er so intensiv für seine Familie sorgte, hätte ich ihm nicht zugetraut. Auch wenn ich bereits von Jane die Geschichte kannte, wie er sich um sie gekümmert hatte, überraschte es mich doch, dass das bei ihm mehr als eine Eintagsfliege zu sein schien. Neugierig hakte ich nach. »Eine Penthouse-Wohnung mit Blick auf den Neckar? Extra für deine Eltern? Das war sicher nicht billig. Dann bist du wohl der perfekte Sohn?« Auch wenn ich meinen Tonfall neckisch klingen ließ, lauerte ich auf seine Antwort.

John stieß ein lautes Lachen aus. »Wenn das deine Definition eines perfekten Sohnes ist, dann vermutlich schon. Na ja, als Zweitligaspieler verdient man zwar viel weniger als ein Bundesligaspieler, aber das Gehalt ist immer noch weit überdurchschnittlich gegenüber anderen Berufen. Ich habe nie viel Geld gebraucht, hatte die meiste Zeit keinen verschwenderischen Lebenswandel, von daher konnte ich über die Jahre einiges ansparen. Mein Studium hat anfangs ein paar Reserven gekostet, aber auch während dieser Phase habe ich Möglichkeiten gefunden, mir ein Einkommen aufzubauen. Also passt das schon.«

»Soso, dann bist du nicht den Verlockungen der schnellen Autos und schönen Frauen verfallen?«, bemerkte ich und konnte mir einen provozierenden Unterton nicht verkneifen.

»Ganz so kann man das wahrscheinlich nicht sagen«, grinste John. »Wenn man plötzlich mit achtzehn über gefühlt unglaubliche Geldsummen verfügt, macht das was mit einem. Und ja, um dein Vorurteil zu bestätigen, den Porsche gab es, bis ich ihn mit einem waghalsigen Überholmanöver in den Graben gesetzt habe. Glücklicherweise ist dabei niemand zu Schaden gekommen, aber eine Lehre war es mir trotzdem. Auch den Mädchen zu widerstehen, die am Spielfeldrand stehen, einen anhimmeln, und nur darauf warten, angeflirtet zu werden, ist in dem Alter eine ziemlich unlösbare Aufgabe.« John sah mich prüfend an und wirkte beinahe unsicher, als er murmelte: »Jetzt wollte ich eigentlich deine Vorurteile zerstreuen, stattdessen bestätige ich sie dir.«

»Na ja, deine Ehrlichkeit spricht für dich«, schmunzelte ich. »Und du hast ja noch eine zweite Chance. Also: Was ist aus dem Porsche und den Mädels geworden?«

»Der Porsche war ein Totalschaden und hat mir die Lust auf verführerisch schnelle Autos genommen. Und die verführerischen Mädels wurden rasch langweilig.« Auf seiner Miene erschien ein nachdenklicher Ausdruck. »Weißt du, ich bin sehr bodenständig großgeworden. Und nachdem der Reiz des Neuen sich verbraucht hatte, wurde mir klar, dass diese schöne, knallbunte Welt nichts weiter als eine Illusion ist. Nichts, was echtes Glück bereithalten würde, nichts mit Tiefe oder Beständigkeit. Und mit ein paar Jährchen mehr an Lebenserfahrung und Reife ist mir bewusst geworden, dass das, was ich eigentlich möchte, eine Beziehung nach dem Vorbild meiner Eltern ist.«

»Und die hast du noch nicht gefunden?«

»Doch, ich dachte, ich hätte sie gefunden. Die letzten zwei Jahre meiner aktiven Fußballerkarriere war ich mit einer Frau zusammen. Sie war Physiotherapeutin und wir hatten uns während der Nachbehandlung einer meiner zahlreichen Verletzungen kennengelernt. Wir waren bis über beide Ohren verliebt, sind zusammengezogen und haben schon über Heirat und Kinder gesprochen. Aber dann musste ich meine Karriere wegen massiver Abnutzungserscheinungen im Knie beenden. Mit dem Studium begann ein neuer Lebensabschnitt. Freundeskreis, Lebensrhythmus, Wünsche, Ziele – alles hat sich verändert. Und weitere zwei Jahre später haben wir festgestellt, dass wir uns auseinanderentwickeln, dass die Gemeinsamkeiten schwinden und sich unsere Bindung aneinander lockert. Es war schmerzhaft, das einzugestehen, aber am Ende waren wir uns einig, dass wir getrennte Wege gehen wollen. Und das war es dann erst mal mit meinem Traum vom Glück. Und bei dir?« Die letzte Frage hatte John leise und mit einer gewissen Vorsicht in der Stimme formuliert – so, als wisse er nicht, ob er sich auf dieses sensible Terrain hervorwagen dürfe.

»Wahrscheinlich war es bei mir sogar eine ganz ähnliche Geschichte wie bei dir. Da gab es kleinere Experimente mit Männern oder damals eher noch mit Jungs, aber nichts Ernstes. Meine erste richtige Beziehung hatte ich mit Anfang zwanzig. Wir waren sieben Jahre zusammen, und dann habe ich irgendwann festgestellt, dass genau das, was mich zu Beginn so entspannt hatte, nämlich Toms ruhige und unaufgeregte Art, mich zu langweilen begann. Auf einmal fehlten mir die großen Emotionen, und beim Gedanken, den Rest meines Lebens so zu verbringen, bekam ich Panikattacken. Also habe ich es schweren Herzens beendet, was alles andere als leicht war, weil er es nicht nachvollziehen konnte. Und ich hatte ein unglaublich schlechtes Gewissen, ihm weh getan zu haben. Seitdem habe ich keinen neuen Versuch mehr unternommen, aus Angst, dass so etwas noch einmal passieren könnte.«

»Und trotzdem bemühst du dich um Henrik?«, hakte John nach und betrachtete mich nachdenklich.

An der Stelle des Gesprächs eilte mir das Glück an die Seite – in der Gestalt des Kellners, der uns das Essen servierte. Ich brauchte dringend ein wenig Bedenkzeit. Henrik. Ja, was war das mit Henrik? Möglicherweise war es den sich überschlagenden Ereignissen der letzten Tage geschuldet, doch wenn ich ehrlich war, hatte er in meinen Gedanken kaum noch einen Platz gefunden. Das Rätsel um Roman Tischer, die vermeintliche Liebe von John alias Jonathan zu mir und meine Unsicherheit ihm gegenüber hatten mich weit mehr mit Beschlag belegt. Ging es mir wirklich um Henrik oder war er eher ein fantastisches Ablenkungsmanöver, um mich nicht dem vor Jahrzehnten durcheinandergeratenen Männerbild stellen zu müssen? Ich versuchte, in mich hineinzuhorchen, aber so sehr ich auch forschte, konnte ich keinen Schimmer an Sehnsucht, Verliebtheit oder romantischen Gefühlen beim Gedanken an ihn aufspüren.

John und ich hatten uns zwar »Guten Appetit« gewünscht und waren beide damit beschäftigt, die köstlichen Geschmacksaromen zu genießen, die unsere Mahlzeit bereithielt, trotzdem spürte ich, dass Johns Frage immer noch im Raum hing und er auf eine Antwort wartete.

»Ich weiß es nicht, John«, antwortete ich zwischen zwei Bissen. Während ich kaute, dachte ich weiter nach. »Henrik tauchte an genau dem Tag auf, an dem mir Dorothea einen Einlauf verpasst hatte, weil ich bereits seit Ewigkeiten keinen Mann in mein Leben gelassen hatte. Und Henrik gehört der seltenen Männer-Spezies an, vor der ich keine Angst habe. Was das angeht, war meine Auswahl immer begrenzt. Von daher war er vielleicht einfach zur richtigen Zeit am richtigen Ort.«

»So wie du das sagst, klingt es für mich, als wärest du dir selbst nicht mehr sicher.« John hatte aufgehört zu essen und sah mich gebannt an.

Ich schluckte heftig. »Ja, du hast recht. Ich bin mir nicht mehr sicher. Alle Menschen, die mir etwas bedeuten und die mich schon jahrzehntelang kennen, erzählen mir, ich hätte mich verrannt, weil er genau derselbe Typ wie Tom wäre und genauso wenig zu mir passen würde. Und wenn ich ehrlich zu mir bin, weiß ich, dass das stimmt. Also ist es wahrscheinlich ein Strohfeuer.«

John schenkte mir ein strahlendes Lächeln, das beinahe sein Gesicht zu sprengen schien und seine Augen unergründlich funkeln ließ. »Ich finde auch nicht, dass ihr zueinander passt«, äußerte er im Brustton der Überzeugung.

»Du kennst mich doch kaum. Wieso denkst *du* das?« Die Frage kam entspannt daher, ohne jede Aggressivität. Ich war einfach neugierig, wie er mich einschätzte.

»Hm. Ich drücke es mal vorsichtig aus: Henrik ist ein sehr ruhiger Mensch, ohne allzu viel Initiative oder Kreativität. Jemand, der wenig Bedarf an Abwechslung und Aktivitäten hat. Mein Eindruck ist, dass du gern ein buntes Leben mit Inspiration, Temperament und intensiven Gefühlen führen möchtest. Das klingt für mich nicht nach einem perfekten Matching.« John sah mir tief in die Augen und schien darin jede noch so kleine Regung wahrnehmen zu wollen. Bedächtig tastete er sich weiter vor. »Du sagtest vorhin, er gehöre der seltenen Spezies Männer an, vor der du keine Angst hast. Vor welchem Typ Mann hast du denn Angst?«

Meine Antwort kam wie aus der Pistole geschossen. Sie entwich mir so schnell, dass ich sie nicht aufhalten konnte, und mir wurde erst im Nachhinein klar, dass ich damit das Visier viel weiter hochgeschoben hatte als beabsichtigt. »Vor Männern wie dir!«

John nickte wissend, so als hätte ich das ausgesprochen, was er sich gedacht hatte. »Definiere bitte ›Männer wie ich‹!«

»Sportliche, gutaussehende Männer. Womanizer. Coole Typen, die selbstsicher und scheinbar mühelos durchs Leben gehen, die sich ihrer Wirkung bewusst sind und sich nicht in Frage stellen, die beliebt sind und sofort im Mittelpunkt einer Party stehen. Männer, die überall dazugehören, mit denen jeder gern befreundet wäre.«

»Hm. Klingt eigentlich gar nicht so schlimm, selbst wenn ich davon nur einen Teil bei mir sehe.«

»Was siehst du denn nicht bei dir?«

John lachte und sah mich mit hochgezogenen Augenbrauen an. »Mann, du stellst mich ja ganz schön auf den Prüfstand. Sportlich stimmt, okay. Gutaussehend müssen andere beurteilen. Als Womanizer sehe ich mich nicht, selbst wenn Fußballer generell gute Karten bei Frauen zu haben scheinen – außer bei dir natürlich. Ich gewinne leicht Freunde, auch das stimmt, und ich bin mit mir im Reinen. Doch das heißt nicht, dass ich mich niemals in Frage stellen würde. Im Gegenteil. In meinem Leben gibt es eine Frau, die dafür gesorgt hat, dass ich mich heftig in Frage stelle.« Er warf mir einen intensiven Blick zu, der mein Blut erneut zu einer Versammlung in den Wangen aufrief. »Ein Party-Mittelpunkt bin ich ebenfalls nicht. Ich halte mich sogar gern im Hintergrund und beobachte das Geschehen. Das finde ich viel spannender, als beobachtet zu werden. Aber wieso hast du vor dem beschriebenen Typ Mann Angst?«

Ich zögerte eine Weile. Wollte ich wirklich meinen Lebensmüll auspacken? Andererseits: Was hatte ich zu verlieren? John bot mir die einzigartige Gelegenheit, mit uralten Vorurteilen zu brechen. Und seine Vertrauenswürdigkeit zweifelte ich im Grunde meines Herzens nicht an. Nachdenklich betrachtete ich ihn, sah in seine dunkelbraunen Augen, die mich voller Wärme und Offenheit anblickten und dazu ermunterten, endlich reinen Tisch zu machen – mit ihm und mit mir. »Dieser Typ Mann hat mir, seit ich denken kann, das Leben schwergemacht. Angefangen bei den sportlichen beliebten kleinen Jungs. Und dann war da noch diese eine Sache ...« Erst zögerlich und schließlich zunehmend flüssiger, erzählte ich ihm die ganze Geschichte. Er unterbrach mich kein einziges Mal, hörte aufmerksam zu und blickte mir mit solch einem Maß an Zugewandtheit und Empathie entgegen, dass es mir mit jedem Satz leichter fiel.

Als ich geendet hatte, griff er behutsam nach meiner Hand und legte sie in seine. Mit sanften, federleichten Berührungen streichelte er über meinen Handrücken. Ich hatte Mühe, weiter zu atmen. Eine Gänsehaut stellte sich auf meinen Armen auf, und die Wärme seiner Hände ging mir durch und durch. Ich senkte den Blick, weil ich das Durcheinander in mir nicht geordnet bekam und keine Ahnung hatte, was meine Augen ihm erzählen würden, wenn ich ihn jetzt ansähe.

»Das tut mir leid, Alice, dass sie dir so übel mitgespielt haben. Einfach grenzenlos dumme Jungs!« Er hielt inne und flüsterte mit rauer Stimme: »Ich wäre gern derjenige, der es wieder gutmacht und ausgleicht.«

Vorsichtig hob ich den Kopf und wagte einen kurzen Blick in seine Richtung. Das Herz schlug mir bis zum Hals, und ich fühlte mich hoffnungslos überfordert. Mein Leben lang hatte ich davon geträumt, dass mich einmal ein Mann so anschauen würde, wie es John in diesem Moment tat. Nur ein einziges Mal ein Blick, der so voller Wärme, tiefer Gefühle und Begehren war wie dieser hier. Und nun kam er ausgerechnet von dem Mann, an dem ich kein gutes Haar gelassen hatte. Von dem Mann, von dem ich immer noch nicht sagen konnte, wie ich zu ihm stand. Der mich durcheinanderbrachte, meine Weltordnung auf den Kopf stellte und mich aus meinem bequemen Gleichgewicht schleuderte. Von dem Mann, der mir Rätsel aufgab – nicht nur was die Roman-Tischer-Sache anging.

»Darf ich?«, schob er hinterher.

»Was?«

»Es wiedergutmachen.«

»Wie stellst du dir das vor?«

»Ich würde gern für dich da sein. Dein Freund sein. Dir zeigen, dass du mir wichtig bist, dass ich es ehrlich meine. Dass sportliche, beliebte Männer zuverlässig sein können. Dass du keine Angst vor ihnen haben musst. Darf ich das?«

Ich nickte, und mehr als ein Flüstern brachte ich nicht hervor, als sich ein »Ja« über meine Lippen schlich.

Rätselraten

Am nächsten Morgen wachte ich lange vor dem Klingeln des Weckers auf. Obwohl ich kaum Schlaf bekommen hatte, sprang ich frisch und energiegeladen aus dem Bett. Ich beschloss, mir eine ausgiebige Dusche zu gönnen, die ich in vollen Zügen genoss. Mit entrücktem Gesichtsausdruck stand ich dort, während das warme Wasser mit einem leichten Rieseln über meinen Körper rann und ihn wohlig wärmte.

John und ich hatten bis nach Mitternacht beieinander gesessen. Unsere Unterhaltung war in einem wunderbaren Fluss dahingeströmt. Er hatte mir Anekdoten aus der Kindheit erzählt und von den Anfängen seiner Fußballkarriere berichtet – mit all seinen Träumen und Hoffnungen, die ihn als Jugendlicher beschäftigt hatten. Das, was er mir über sein Studium und die damit verbundenen Zukunftspläne preisgab, deckte sich eins zu eins mit der Geschichte aus Roman Tischers Roman.

Um dieses Thema hatten wir allerdings einen großen Bogen gemacht. Ich hatte nicht den Mut aufgebracht, den Fund vor meiner Haustür zu erwähnen. Doch wenn ich noch ein Fitzelchen an Zweifeln gehabt hätte, dann wäre mir spätestens am vorangegangenen Abend klargeworden, dass Roman Tischer ein absoluter Insider im Hinblick auf Johns Leben sein musste.

An der Stelle, an der er mir berichtete, er habe auch während des Studiums ein Einkommen erzielt, hatte sich mein Gedankenkarussell schneller gedreht. Wenn ich die Zeiten überschlug, dann deckte sich seine Studentenzeit ungefähr mit dem Erscheinen von Roman Tischers Erstlingswerk. Ich hatte zwar keine Vorstellung davon, wie jemand, der ein komplexes Studium absolvierte, gleichzeitig zum Bestseller-Autor aufsteigen konnte, aber trotzdem sprach einiges für diese Theorie.

John hatte mir nicht nur viele Einblicke in sein Leben gewährt, sondern er hatte mir auch eine Fülle von Fragen gestellt. Mit sichtlicher Faszination hatte er meinen Ausführungen gelauscht und oftmals nachgehakt, um mehr über mich in Erfahrung zu bringen. Seine tiefen Blicke, mit denen er mir in die Augen sah und die jedes Körnchen Erkenntnis aufzusaugen schienen, hatten mich heftig aus dem Konzept gebracht. Immer wieder war mir in den Sinn gekommen, was ich zu Henrik gesagt hatte: dass ich mir von einem Mann, der mich näher kennenlernen will, Aufmerksamkeit und Interesse wünschen würde. Damit hatte mich John überschüttet. Er war beides: ein glänzender Erzähler, der Anekdoten so humorvoll präsentieren konnte, dass ich häufig in lautes Lachen ausgebrochen war, und ein hervorragender Zuhörer, der konzentriert bei der Sache blieb. Ich hatte jede Sekunde in seiner Gegenwart genossen und wäre am liebsten den Rest der Nacht in unserem gemütlichen Fass sitzen geblieben.

Nachdem John mich nach Hause gefahren hatte, hatte er den Motor abgestellt und mir ein weiteres Mal einen Blick zugeworfen, der mein Herz zum Stolpern brachte.

Verlegen und vollkommen durcheinandergewirbelt bedankte ich mich bei ihm für den wundervollen Abend und wagte es zu meinem eigenen Erstaunen, mich zu ihm hinüberzubeugen und ihn zu umarmen. Er hielt mich viel länger, als es einer freundschaftlichen Umarmung angemessen gewesen wäre, und ich konnte nicht leugnen, dass ich das genoss und dabei ein sanftes Prickeln durch meinen Körper lief. Erst nach einer gefühlten Ewigkeit drückte ich ihm einen hektischen Kuss auf die Wange und sprang aus dem Auto.

Ein Stöhnen entfuhr mir. Ungläubig schüttelte ich den Kopf. Wie war das möglich? Ich stand unter der Dusche, griente wie ein Honigkuchenpferd und stöhnte schwärmerisch beim Gedanken an den Abend mit John. Es erschien mir, als wäre ich plötzlich eine andere geworden, die nichts mehr mit der »alten« Alice zu tun hatte. Eine Frau, die ungestüm ihr Herz verschenkte an den Mann, den sie für ihren Feind gehalten hatte. Komischerweise fühlte sich das ausgesprochen gut an – frei und unbeschwert, von einer zähen Last befreit. Blieb nur noch eine Frage, die mich allerdings gehörig verunsicherte: Hatte ich mein Herz wirklich an John verschenkt oder steigerte ich mich bloß in der Nach-Henrik-Ära in die nächste unsinnige Geschichte?

Ich seufzte. Immerhin war das ein Pluspunkt. Selbst wenn ich mich mittlerweile im John-Gefühlschaos verlor, war ich mir wenigstens hundertprozentig sicher, dass die Schwärmerei für Henrik beendet war. Ich konnte nicht den Hauch eines Gedankens an ihn in meinem Kopf, geschweige denn in meinem Herzen, entdecken.

Bestens gelaunt machte ich mich auf den Weg in mein Wunderland. Auch an diesem Morgen hielt ich auf der anderen Straßenseite inne und betrachtete die sonnengelbe Fassade, die mich sofort noch heiterer stimmte. Komischerweise erschien mir das Schwarz des Nachbarhauses auf einmal nicht mehr bedrohlich, sondern eher wie ein schicker Kontrast, der das Leuchten meiner Sonne intensivierte. Schwarz-gelb, gab es nicht sogar einen Fußballklub, der diese Farben hatte?

In Johns Schaufenster schimmerten die Trikots in allen erdenklichen Tönen, und das Gesamtbild wirkte ausgesprochen fröhlich – als würden die beiden Geschäfte zusammengehören und sich gegenseitig ergänzen. War das mit John und mir genauso? Ich prustete laut, als ich mich bei diesen Gedanken erwischte.

In Johns Laden brannte bereits Licht, und ich befand, dass ich ihm ein Dankeschön für die Einladung schuldete. Mit klopfendem Herzen näherte ich mich seiner Tür und spickte hindurch. Auch an diesem Morgen war sein Gesicht hinter den Monitoren verschwunden und er hämmerte in atemberaubendem Tempo in die Tasten. ›Roman Tischer beim Schreiben seines neuesten Werks?‹, schoss es mir durch den Kopf.

Nach einem tiefen Atemzug trat ich ein und machte umgehend auf mich aufmerksam, bevor mich der Mut wieder verließ. »Guten Morgen, John.«

»Alice!«, rief er begeistert aus und sprang sofort auf. »Wie nett, dass du vorbeikommst. Wie geht es dir? Gut geschlafen?«

Ich lächelte ihn an. »Hervorragend, danke. Und vor allem danke noch mal für den wirklich wunderschönen Abend gestern.«

John kam auf mich zu und stoppte erst unmittelbar vor mir. »Ich habe dir zu danken, Alice. Es war so schön, mit dir zu reden, dass ich am liebsten die Nacht durchgemacht hätte. Können wir das bitte bald wiederholen?« Er schaute mich mit einer Intensität an, die mich schwindlig werden ließ. Ich konnte den goldenen Kranz um seine Pupillen verführerisch funkeln sehen. Spontan überfiel mich der Impuls, ihn zu umarmen und mich an ihn zu schmiegen, doch ich widerstand. Zu ungewohnt und erschreckend fühlten sich diese Empfindungen an.

»Unbedingt wiederholen wir das. Aber nächstes Mal lade ich dich ein. Schließlich habe ich einiges wiedergutzumachen.«

»Wiedergutzumachen?« John legte den Kopf schief und sah mich verwirrt an.

»Na ja, nett geht ja wohl anders. Ich habe dich ziemlich mies behandelt, ohne dass es dafür einen sinnvollen Grund gegeben hätte.«

»Da ist nichts wiedergutzumachen«, lachte er vergnügt auf. »Sieh es einfach so, dass ich Buße getan habe, stellvertretend für deine Schulhofschrecken. Dafür sind die Fußballer und du jetzt quitt.«

»Du bist süß«, entfuhr es mir.

»Für diesen Kommentar von dir nehme ich noch ganz andere Dinge auf mich«, entgegnete John und seine Stimme hatte einen heiseren Klang angenommen.

Ich räusperte mich und trat zurück. Mir fehlte ein Konzept, um mit der merkwürdigen Stimmung umzugehen, die zwischen uns in der Luft hing. »Also, wir sehen uns, wenn du mit Peter und Henrik zum Kaffeetrinken vorbeikommst. Und spätestens am Samstag bei Peters Geburtstag können wir uns ausgiebiger unterhalten. Bis später.« Eilig bewegte ich mich Richtung Tür.

»Alice?«

Meine Hand, die gerade die Türklinke berührt hatte, hielt inne. »Ja?«

»Ich bin sehr glücklich, dass du mir begegnet bist.«

Die Wärme in Johns Stimme ließ mich erschaudern, und ich wagte es nicht, ihn anzuschauen oder zu antworten. Stumm nickte ich und machte mich aus dem Staub.

Mit einem temperamentvollen »Hallo-ho« stürmte Sophie durch die Tür, dicht gefolgt von Clara. Der Tag war in Windeseile dahingerauscht, und ich freute mich redlich, meinen Freundinnen gegenüberzustehen, auch wenn es mir vor den Fragen grauste, die garantiert auf mich warten würden. Die zwei schienen damit keine Zeit verlieren zu wollen, denn dem »Hallo-ho« folgte sofort ein gemeinschaftlich ausgesprochenes »Und?«.

»Und was?«, stellte ich mich dumm und grinste trotz meines emotionalen Ausnahmezustands in mich hinein.

»Und was?«, empörte sich Sophie. »Tu nicht so! Du weißt ganz genau, dass wir wissen wollen, wie dein Date war.«

»Es war kein Date ...«

»... sondern ein nachbarschaftliches Kennenlernen«, fielen mir beide ins Wort.

»Das Thema kennen wir schon, Alice«, ergänzte Clara in gespielter Ruhe.

»Na gut. Es war schön gestern Abend.«

»Schön?«, fragte Sophie mit geweiteten Augen. »Du fandest ein Date mit Mr. Depp schön?« Sie griff mir an die Stirn, als wolle sie meine Temperatur fühlen.

»Ja, warum auch nicht? Ich habe mich eben getäuscht. Er ist nett.«

»Nett!«, prustete Sophie los. »Nett ist die kleine Schwester von ›du weißt schon‹. Geht es vielleicht auch ein bisschen präziser?«

Gequält stöhnte ich auf. »Es war ein wirklich schöner Abend, okay? Wir haben uns stundenlang unterhalten, und die Zeit verging wie im Flug. John kann toll erzählen und mindestens genauso gut zuhören. Und bevor ihr mir damit jahrelang in den Ohren liegt, bringen wir es besser gleich hinter uns: Ich habe mich in ihm getäuscht. Er ist überhaupt nicht der, für den ich ihn gehalten habe.«

Meine Freundinnen warfen sich einen vielsagenden Blick zu. Sophies Informationsbedürfnis war noch lange nicht gestillt, denn sie fragte voller Neugier: »Seid ihr euch nähergekommen?«

Ich verdrehte genervt die Augen. Das war typisch Sophie. Sie wäre wahrscheinlich spätestens nach einer Stunde direkt mit John ins Bett gehüpft, aber bei mir ging eine Annäherung nicht so schnell. »Natürlich nicht«, erwiderte ich.

»Nicht mal ein Kuss?«

»Sophie, du kennst mich schon ein paar Jahre, oder? Eigentlich sollte dir bekannt sein, dass ich nur dann einen Mann küsse, wenn ich ihn liebe oder das zumindest glaube.«

»Und John liebst du nicht?«

»Ich weiß es nicht. Bis gerade eben war er noch mein persönliches Feindbild. Da hätte ich schon gern ein wenig Zeit, um mir anzuschauen, was er vielleicht stattdessen werden könnte.«

Sophie zwinkerte Clara zu: »›Ich weiß es nicht‹, hat sie gesagt. Hast du das gehört? Aus Alices Mund ist das fast schon ein Offenbarungseid.«

Clara lachte: »Stimmt, das lässt tief blicken.«

»Falls ihr es nicht bemerkt haben solltet, ich befinde mich im Raum. Wenn ihr schon über mich lästern müsst, dann tut nicht auch noch so, als wenn ich gar nicht da wäre.«

»Liebste Alice, wir lästern ausschließlich über dich, *wenn* du da bist«, verkündete Sophie. »Außerdem darfst du uns das jetzt ruhig gönnen, nachdem wir monatelang geduldig dein Geschimpfe über Mr. Depp ertragen haben.«

»Jaja«, grummelte ich.

Clara hing ihren Gedanken nach und wirkte abwesend. Fragend sah ich sie an. »Was grübelst du?«

»Ich frage mich gerade, ob du in der Roman-Tischer-Angelegenheit etwas herausgefunden hast.«

»Nein«, erwiderte ich kopfschüttelnd. »Allerdings passt alles, was John mir erzählt hat, eins zu eins zur Biografie Jonathans in dem Roman. Es kann also nur ein absoluter Insider geschrieben haben.«

»Ich sage dir, er ist es«, verkündete Sophie im Brustton der Überzeugung.

Happy End zum Ersten

In Gedanken versunken schlenderte ich nach Hause. Das Gespräch mit meinen Freundinnen hatte mich aufgewühlt. Fast zwei Stunden lang hatten die beiden mir gegenüber gesessen und über mögliche Zusammenhänge spekuliert. Doch wie ich es auch drehte und wendete, all das brachte nichts. Es blieb mir nichts anderes übrig, als die Wahrheit herauszufinden. Vielleicht nicht heute, nicht morgen, aber irgendwann in näherer Zukunft, wenn ich mich traute, John direkt danach zu fragen.

Ohne die Umgebung wahrzunehmen, steuerte ich auf meine Haustür zu, bis ich an der Schwelle beinahe ausrutschte. Irritiert sah ich zu Boden und bemerkte einen braunen DIN-A4-Umschlag, der die Ursache für mein Straucheln darstellte. Voller innerer Fragezeichen hob ich ihn auf. Er war zugeklebt und außen fand sich keinerlei Hinweis auf seinen Inhalt. Ich warf meine Jacke in der Garderobe achtlos in die Ecke und stürzte in die Küche. Meine Erfahrungen der letzten Zeit mit auf einer Türschwelle liegenden Gegenständen sorgten nicht gerade dafür, dass ich entspannt mit diesem neuerlichen Fund umging. Eilig griff ich nach einer Schere und schlitzte den Umschlag auf. Ein Stapel Papier lag darin, der gelocht und mit einem Ringstreifen zusammengeheftet war. Ich konnte weder eine persönliche Notiz noch einen Anhaltspunkt hinsichtlich des Absenders finden. Lediglich das bedruckte Deckblatt ließ mich vermuten, was auf mich wartete. Dort stand:

Liebe Alice,
hier eine kleine Inspiration, wie die Geschichte ausgehen könnte …

Das Herz schlug mir bis zum Hals. Die Ankündigung »Fortsetzung folgt« war offensichtlich ernst gemeint gewesen. Das, was ich hier in der Hand hielt, war ein Teil von Roman Tischers Buch. Es waren nur ein paar Seiten, und, so wie ich das Deckblatt interpretierte, schien es der Schluss zu sein. »Alles auf eine Karte« lautete die Überschrift, und darunter prangte das mittlerweile vertraute »Jonathan«. Ich atmete tief durch, griff mir das Manuskript und eilte in meinen Wintergarten. Noch beim Dorthinlaufen begann ich zu lesen.

Jonathan war nervös. Er hatte keinen Zweifel daran, dass Alice ihre Vorbehalte ihm gegenüber aufgegeben hatte und dass sie zwischenzeitlich einen Freund in ihm sah. Doch ob es ihm tatsächlich gelingen könnte, ihr Herz zu erobern und seine Liebe erwidert zu sehen, darüber tappte er im Dunkeln. Seit Monaten war er hoffnungslos in sie verliebt und hatte das Gefühl, die Ungewissheit nicht mehr länger zu ertragen. Eine Entscheidung musste her, unbedingt! Er beschloss, alles auf eine Karte zu setzen. Im schlimmsten Fall würde es ihm eine Enttäuschung bescheren, aber das war besser, als weiterhin in diesem unbefriedigenden Schwebezustand zu verharren. Er hatte sich etwas Besonderes für sie ausgedacht, für das er eine Menge alter Kontakte mobilisiert hatte. Zum Glück reichten seine Beziehungen immer noch, um schier Unmögliches möglich zu machen.

Alice hatte sofort zugestimmt, sich auf einen – wie er es angekündigt hatte – »speziellen Ausflug« einzulassen, ohne Fragen zu stellen. Dass ihr Vertrauen mittlerweile so ausgeprägt war, stimmte ihn optimistisch. Er ließ einen letzten Blick über die vorbereiteten Utensilien gleiten, die er in einem Picknickkorb verstaut hatte, dann nickte er zufrieden. Alles war perfekt geplant. Jetzt konnte er sich nur noch selbst Erfolg wünschen. Mit einem entschiedenen Durchatmen verließ er den Laden und begab sich zu seiner Nachbarin.

»Bereit?«, fragte er, nachdem er die Tür zu ihrem Wunderland hinter sich geschlossen hatte.

Alice lächelte ihn herzlich an. Diese kleine Geste von ihr genügte, um sein Herz beinahe vor Glück zerspringen zu lassen. Ein paar Wochen früher hätte er es nicht für vorstellbar gehalten, sich jemals von ihr einen derartigen Blick einzufangen. Das machte ihm Mut.

»Ja, ich fahre nur noch schnell den Rechner runter. Dann bin ich bereit. Verrätst du mir immer noch nicht, was du vorhast?«

Er schüttelte energisch den Kopf. »Nein, sonst kommst du womöglich doch nicht mit.«

Kurz verdunkelte sich ihre Miene und sie sah ihn erschrocken an. »So schlimm?«

»Sorry, ich wollte dich nicht erschrecken«, lachte er. »Nein, gar nicht schlimm. Nur so viel: Ich möchte dir einen Teil meiner Welt zeigen.«

Alice hatte ihr Lächeln wiedergefunden und nickte beruhigt. »Ich möchte sehr gern einen Teil deiner Welt kennenlernen«, wisperte sie verlegen. Erneut gebärdete sich sein Herz in unkontrollierten Sprüngen.

»Dann nichts wie los!«, ermunterte er sie.

Je näher sie ihrem Bestimmungsort kamen, desto aufgeregter wurde er. Was, wenn sie sich weigern würde, diesen Ort zu betreten? Oder wenn er sie mit seiner Überraschung überforderte, weil sie noch nicht so weit war?

Die Umrisse des mächtigen Stadions, das in der Ferne aufragte, konnte er bereits erkennen, und sein Puls wechselte in wilden Galopp. Er fuhr von der Bundesstraße ab, um auf dem Stadiongelände zu parken. Unsicher sah er in Alices Richtung, die ihn erstaunt musterte.

»Was machen wir hier?«, fragte sie ihn irritiert.

»Ich möchte dir gern etwas zeigen. Etwas, das mich über viele Jahre meines Lebens begleitet hat.«

Im Moment hatte er nackte Angst, wie sie reagieren würde. Doch von ihr kam nur ein überraschtes »Okay«, bevor sie ausstieg und die Wagentür ins Schloss fallen ließ. Er gab sich einen Ruck, sprang ebenfalls aus dem Wagen und dirigierte sie zu dem Eingang, an dem er sich mit Max verabredet hatte. Sie wurden bereits erwartet.

»Max – Alice«, machte er die beiden miteinander bekannt.

»Bleibt alles wie besprochen?«, hakte Max nach.

»Alles wie besprochen«, bestätigte er.

Obwohl er schon oft ein Bundesliga-Stadion betreten hatte, als Spieler bei einem Pokalspiel oder als Zuschauer, überwältigte es ihn, als er nach unzähligen Stufen den Durchgang in die Arena passierte. Das Stadion war zwar menschenleer bis auf sie beide, doch trotzdem konnte er die Atmosphäre der wogenden Menschenmasse, die ungehindert ihren Emotionen freien Lauf ließ, spüren, als sei sie gerade anwesend. Kurz schloss er die Lider und saugte die Stimmung in sich auf.

»Wow!«, erklang es neben ihm. Sofort kehrte er in die Wirklichkeit zurück. Mit aufgerissenen Augen und geöffnetem Mund stand Alice da und wanderte mit ihren Blicken durch die riesige Fußballarena.

Eine Weile überließ er sie ihrem Staunen, dann fragte er: »Wie findest du es?«

»Gewaltig«, antwortete sie. »Das sieht viel größer aus als im Fernsehen. Und in so einem Stadion hast du gespielt?«

Verlegen schüttelte er den Kopf. »Nur selten. Die Zweitliga-Stadien sind erheblich kleiner. Aber manchmal, bei einem Pokalspiel zum Beispiel, habe ich in einem Bundesliga-Stadion gespielt. Das war jedes Mal aufregend und etwas ganz Besonderes.«

»Ich war noch nie in einem Stadion. Es fühlt sich an, als wäre hier alles voll mit Menschen, obwohl niemand da ist. Faszinierend!«

Er strahlte glücklich. Wie schön, dass sie das fühlen konnte! Es war ihm wichtig, dass sie verstand, dass Fußball mehr war als ein Spiel. Es war Emotion pur, Begeisterung, Leidenschaft, Energie und Leben. Dieser Sport bedeutete ihm viel, auch heute noch nach all den Jahren.

»Wollen wir uns setzen?«, fragte er.

»Gern. Und du kommst hier einfach so rein?«

»Beziehungen!«, antwortete er achselzuckend mit einem verlegenen Lächeln. »Ich dachte, wir machen hier ein kleines Sonnenuntergangspicknick.«

»Sonnenuntergangspicknick«, wiederholte sie ungläubig. »Du bist wirklich verrückt!«

»Vielleicht ein bisschen«, räumte er schmunzelnd ein.

Er breitete warme Decken aus und förderte eine Thermoskanne Tee aus seinem Korb hervor. Dann schnappte er sich eine Piccolo-Flasche Sekt mit zwei Gläsern und stellte sie bereit.

»Was um Himmels willen hast du denn alles dabei?«, wunderte sich Alice.

Er wurde einer Antwort entbunden, weil in diesem Moment aus den Stadion-Lautsprechern leise Musik erklang. Max hatte für ihn die neueste Kuschelrock-Scheibe eingelegt. Kopfschüttelnd starrte sie ihn an. »Nein, du bist mehr als verrückt«, ließ sie verlauten, doch es klang so liebevoll, dass die Hoffnung in ihm stieg, er würde sich heute nicht komplett zum Affen machen.

Der letzte Schatz, den er aus seinem Korb barg, war eine XXL-Packung mit den köstlichsten Sushi-Varianten, die er in der Mittagspause in einem japanischen

Restaurant besorgt hatte. Erneut schüttelte Alice den Kopf und murmelte: »Unglaublich!«

Friedlich nebeneinandersitzend genossen sie ihr exklusives Picknick und beobachteten das Einsetzen der Dämmerung. Geraume Zeit später stöhnte Alice zufrieden auf: »Ich bin pappsatt«, legte ihren Teller beiseite und ließ ihren Kopf an seine Schulter sinken. Er traute sich kaum, sich zu bewegen. Nur ja nichts tun, was sie veranlassen könnte, eine andere Sitzhaltung einzunehmen! Selbst mit dem Atmen war er vorsichtig. Doch als plötzlich die Stimme des Stadionsprechers erklang, richtete sie sich verwundert auf.

»Eine wichtige Durchsage für Alice. Ich wiederhole: Eine wichtige Durchsage für Alice. Alice, schau bitte auf die Anzeigetafel!«

Sie setzte sich kerzengerade hin und schien nicht zu begreifen, was um sie herum geschah. Gebannt starrte sie in Richtung der riesigen Tafel, deren Beleuchtung schlagartig aufflammte. Ein gigantisches rotes Herz erschien, das ein paar Mal in wildem Beat aufblinkte. Aus den Lautsprechern schmetterte sich James Blunt mit »You're beautiful« die Seele aus dem Leib, und nach einer kurzen Pause prangte in Leuchtbuchstaben »Ich liebe dich, Alice!« auf der Anzeigewand.

Das Kapitel endete an dieser Stelle, und mein Herz hämmerte so sehr, dass ich es in jeder Faser meines Körpers spüren konnte. Eine eindeutige Liebeserklärung, nicht mehr durch die Blume, sondern in aller Klarheit in

Worte gegossen. Ausgesprochen und unwiderruflich. Jonathan liebt Alice. Und damit untrennbar verbunden die Frage: Liebt auch John Alice? Ließ sich das noch als Fiktion abtun? Als Fantasie eines Autors, der von der Realität zu seinem neuesten Werk inspiriert wurde? Nein, ich konnte, ich durfte mir nichts vormachen – nicht, wenn ich den Vermerk auf dem Deckblatt berücksichtigte. Die Seiten hatten vor meiner Haustür gelegen und sie richteten sich direkt an mich, waren eine Einladung, einer Idee zu folgen, die dem Autor wichtig war. Bei ehrlicher Betrachtung verblieben maximal zwei Möglichkeiten: Jane startete einen Verkupplungsversuch ohne Johns Wissen oder John offenbarte mir seine Gefühle. Ich wusste nicht, welche der beiden Varianten mir lieber wäre. Wenn Jane hinter allem steckte, stünde ich nicht unter Zugzwang, sondern könnte es langsam und behutsam angehen lassen, schauen, in welche Richtung sich meine Empfindungen entwickelten. War es John, dann wartete er auf eine Reaktion von mir. Ich seufzte schwer. Wie hatte es nur geschehen können, dass mein geordnetes Leben, das mich über Jahre in einer entspannten Reise durch das Reich der unbeschwerten Fülle geführt hatte, so kompliziert geworden war?

Entschlossen blätterte ich weiter. Schließlich war ich noch nicht am Ende angelangt. »Glück der unerwarteten Sorte« hieß das vermutlich letzte Kapitel, denn ich spürte nicht mehr viel Papier in meiner Hand. Und darunter stand »Alice«.

Alice starrte perplex auf die Anzeigetafel und fragte sich, ob sie ihrem Namen alle Ehre machte und in ein Wunderland geraten war. Geschah das wirklich? War es überhaupt vorstellbar, dass sie nicht träumte und hier mit Jonathan im Stadion saß, um eine gigantische Liebeserklärung gemacht zu bekommen. Sie kniff die Augen zusammen, schüttelte sich und sah erneut auf die Lettern, die ihr weiterhin entgegenstrahlten. »Ich liebe dich, Alice!« stand dort auch beim zweiten Anlauf. Sie merkte, wie ihr das Blut in die Wangen schoss und ihr Puls wilde Kapriolen vollführte. Sie konnte Jonathans Blick spüren und wusste, dass er auf eine Reaktion wartete. Doch alles um sie herum schien sich zu drehen und ließ sie den Überblick verlieren. Jonathan liebte sie. Ihr personifiziertes Feindbild offenbarte ihr seine Liebe. Er hatte keine Mühen gescheut, etwas Einzigartiges zu organisieren. Viel zu viel Aufwand für einen Fake! Starr vor Schreck saß sie da.

»Alice«, hörte sie es neben sich flüstern. »Alice, bin ich zu weit gegangen?« Jonathans Stimme klang besorgt. Nicht nur besorgt, geradezu panisch.

War er zu weit gegangen? Konnte man überhaupt zu weit gehen, wenn man sich zu seinen Gefühlen bekannte? Wohl kaum! Aber wie sollte sie damit umgehen? Er erwartete eine Antwort, zurecht! Sie schloss die Augen. Erinnerungen zogen an ihr vorbei, als würde sie ihr Leben in den letzten Wochen wie einen Film betrachten. Jonathan, der immer wieder gutgelaunt ihren Laden betreten hatte und sich durch keine Gemeinheit in die Flucht schlagen ließ. Jonathan, der sie nach Hause begleitete und sich um ihre

Sicherheit sorgte. Jonathan, der sie gehalten hatte, als ihre Jugenderinnerungen aufgebrochen waren. Jonathan, mit dem sie einen wundervollen Abend im Restaurant erlebt hatte. Sie sah ihn vor sich, wie er sie über all die Monate betrachtet hatte, mal schelmisch, mal verwegen, ab und zu wütend und dann wieder voller Wärme und Mitgefühl. War er es? Der Mann für den Rest des Lebens? Der Mann, der die Symbiose aus Ernsthaftigkeit und Leidenschaft bereithielt, nach der sie sich sehnte? Ihr Verstand sperrte sich. Aber ihr Herz hatte längst seine Stimme erhoben und ließ keinen Zweifel daran, was es wollte. Und ihr Herz war es, das sie dazu brachte, den Kopf zu drehen.

Jonathan sah sie immer noch unverwandt an. Trotz aller Sorge, welche Antwort er gleich bekommen würde, waren seine Augen gefüllt mit Liebe und Feuer. Sie brannten sich auf ihrer Suche nach Erfüllung tief in Alices Seele. In diesem Moment kapitulierte ihr Verstand und überließ ihrem Herzen das Terrain. Ein erstauntes Strahlen breitete sich auf Jonathans Miene aus, als er die Veränderung in ihrem Blick bemerkte. Er umfasste ihr Gesicht mit seinen Händen, so behutsam, als wäre sie aus Glas. Seine Augen wanderten zärtlich darüber hinweg und sein Mund näherte sich ihrem. Als sich ihre Lippen vorsichtig berührten, hatte sie das Gefühl zu verglühen. Von nun an gab es kein Halten mehr. Sie küsste ihn mit all der Leidenschaft, die sich in ihrem ganzen bisherigen Leben in ihr aufgestaut hatte. Mit einem erregten Seufzen erwiderte er ihren Kuss. Alice spürte, dass sich gerade ihr allergrößter Traum erfüllte, und wunderbarerweise war sie dabei hellwach.

Zitternd ließ ich die Seiten sinken. Okay, da war es: das Happy End mit einem romantischen Kuss, der den Protagonisten die Gewissheit bescherte, nach der sie so lange gesucht hatten. Und was war mit mir? Wäre das auch mein Happy End?

Was mich zum Zittern brachte, war nicht die Tatsache, dass ich mir diese Frage stellte. Nein. Was mich zum Zittern brachte, war, dass diese Frage schwarz auf weiß auf dem Papier stand.

Liebste Alice, wäre das nicht ein wunderschönes Happy End im wahren Leben?

Die Frage überforderte mich. Auch wenn meine Schulhofschrecken ihren Schrecken verloren hatten, war es ein himmelweiter Unterschied, mit einem von ihnen nur gut befreundet zu sein oder ihn am Ende sogar zu lieben. Wenn ich wenigstens wüsste, ob ich John eine Antwort schuldete oder ob ich mich bei Jane für das ganze Gefühlschaos bedanken durfte ...

Ich gab mir einen Ruck. Keine Sekunde länger würde ich diese Ungewissheit ertragen! Ich wollte wissen, woran ich war. Sofort!

Mein Handy lag in Reichweite. Ich griff es mir und wählte Janes Kontakt. Ich schien das Glück auf meiner Seite zu haben, denn sie nahm nach ein paar Klingeltönen das Gespräch an.

»Alice, wie schön!«, meldete sie sich überrascht.

»Hallo, Jane«, antwortete ich und fand, dass ich merkwürdig blechern klang.

Auch ihr war das offensichtlich nicht entgangen, denn sie fragte mitfühlend: »Alles in Ordnung bei dir?«

»Nein, nicht wirklich. Jane, wenn es für mich unendlich wichtig wäre, eine ehrliche Antwort zu bekommen, würdest du mir dann versprechen, sie mir zu geben?«

»Äh«, kam es sichtlich überfordert zurück. »Das klingt irgendwie ziemlich dramatisch. Ich weiß ja nicht, worum es geht. Aber sagen wir mal so: Ich verspreche dir, dich nicht anzulügen. Wenn du mich etwas fragst, was ich nicht beantworten will, werde ich das sagen. Okay?«

»Okay!«, antwortete ich erleichtert. Das klang fair. »Schreibst du nur Krimis, Jane? Oder schreibst du auch Liebesromane?«

An Janes Ende der Leitung wurde es still. Das Einzige, was ich hörte, war mein Herzklopfen, das so laut in meinen Ohren schallte, dass ich das Gefühl hatte, nichts anderes mehr wahrzunehmen. »Jane, bist du noch da?«

»Ja, ich bin noch da. Ich versuche nur verzweifelt, den Grund für diese Frage zu verstehen, aber vielleicht muss ich das ja auch gar nicht. Also, die Antwort ist: Ich schreibe ausschließlich Krimis. Ich habe noch nie einen Liebesroman geschrieben, könnte mir aber vorstellen, es irgendwann einmal auszuprobieren.«

»Aber was ist jetzt? Arbeitest du gerade am Manuskript für einen zukünftigen Liebesroman?«

»Alice, was ist eigentlich los? Du klingst vollkommen durcheinander. Ich verstehe die Fragen nicht. Nein, ich schreibe nicht an einem entsprechenden Manuskript.«

Meine Nervosität stieg. Jane klang so überrascht und orientierungslos, dass ich keinen Zweifel daran hatte, dass sie mir die Wahrheit sagte. »Jane, noch etwas anderes. Kennst du Roman Tischer?«

Ihre Erwiderung kam zögerlich. »Du meinst den Bestseller-Autor? Klar, ich habe alle seine Bücher gelesen.«

»Das meinte ich nicht. Weißt du, wer Roman Tischer ist? Im wirklichen Leben? Weißt du, wer sich hinter dem Pseudonym verbirgt?«

»Alice, wieso fragst du das alles? Was ist bloß los?«

»Es geht um ein Manuskript von Roman Tischer, das bei mir gelandet ist. Weißt du, wer er ist?«

»Wir hatten einen Deal, Alice. Wenn ich nicht antworten will, antworte ich nicht. Diese Karte möchte ich jetzt ziehen. Kein Kommentar.«

»Okay, Jane. Danke. Dieses Statement reicht mir.«

»Alice, kann ich dir helfen? Du klingst vollkommen durcheinander. Soll ich vorbeikommen?«

»Nein, danke. Das ist wirklich lieb von dir, aber es gibt da etwas, was ich nur allein auf die Reihe bekommen kann. Trotzdem tausend Dank für das Angebot.«

»Gern. Melde dich, wenn ich helfen kann. Versprochen?«

»Versprochen!«

Happy End zum Zweiten

Die nächsten Tage tigerte ich wie in Trance durch den Alltag. Ich funktionierte eher, als dass ich bewusst agierte. Weder bei der Arbeit noch bei sonstigen Aktivitäten brachte ich die Konzentration auf, die ich gebraucht hätte. Zum Glück hatte ich in den vergangenen Jahren genug Routine angehäuft, um meine Kunden und Kundinnen dennoch kompetent beraten zu können, aber alles andere überforderte mich.

John ging ich aus dem Weg, und er handhabte es genauso. Selbst der morgendlichen Kaffee-Männerrunde blieb er fern. Ich war ihm dankbar für seine Zurückhaltung, denn ich hätte nicht gewusst, wie ich mich ihm gegenüber verhalten sollte. Dass ich diejenige war, die am Zug war, schien uns beiden klar zu sein. Nur wie dieser nächste Zug aussehen könnte, war mir ein Rätsel.

Erschreckenderweise entsprach sogar die Schilderung der Gefühlslage der Buch-Alice exakt meinem Innenleben, nur dass ich die Stimme meines Herzens nicht hören konnte. Vielleicht wollte ich sie ja auch nicht hören. Es tat mir leid, John warten zu lassen, und mir war bewusst, wie unangenehm dieser Schwebezustand für ihn sein musste. Doch mit einer halbgaren Larifari-Aussage wollte ich ihm auf keinen Fall gegenübertreten.

Je näher der Samstag rückte, desto mehr stieg meine Nervosität. Nachts schlief ich kaum, und tagsüber zerriss mich mein unaufgeräumter Gefühlszustand. Noch nicht einmal Clara und Sophie konnten mich ablenken. Zu meiner Erleichterung hatten sie schnell begriffen, dass ich Ruhe brauchte, und bestürmten mich nicht weiter mit John- oder Roman-Tischer-Themen. Wobei für mich zugegebenermaßen kein »oder« mehr existierte. Nachdem Jane mir glaubhaft versichert hatte, nicht Roman Tischer zu sein, gab es bei realistischer Betrachtung nur noch eine einzige Person, die dafür in Frage kam.

Unglaublich! Wenn ich darüber nachdachte, wie viele Jahre ich mir überlegt hatte, was für ein Mensch sich wohl hinter diesem Pseudonym verbarg, dann erschien es mir geradezu surreal, dass es ausgerechnet jemand war, dem ich das nie zugetraut hätte und der mir überdies seine Liebe gestand.

Am Samstagabend machte ich mich immer noch orientierungslos auf den Weg zu Peter. Mein Herz klopfte wie bei einem Marathon, und ich fühlte mich einem Herzinfarkt näher als der Erkenntnis, was ich tun sollte. Bewusst war ich später losgegangen, als es sonst meiner Art entsprach, denn ich wollte erst ankommen, wenn Peters Haus schon von ein paar Gästen bevölkert war, hinter denen ich mich verstecken konnte.

Die Rechnung ging auf. Bei meinem Eintreffen herrschte bereits reges Treiben. Peter hatte deutlich mehr Leute eingeladen als angekündigt, doch das überraschte mich nicht. Schließlich war es nicht die erste Party, bei der er das so handhabte.

Seine Sportkameraden standen mit Bierchen gerüstet beieinander und schienen sich königlich zu amüsieren. Aus dem Augenwinkel sah ich Jane und John im Gespräch mit einer kleinen Gruppe, und ich vermied es, in ihre Richtung zu schauen.

Peter begrüßte mich euphorisch. »Wunder-Alice! Wie schön, dass du endlich da bist. Alles okay bei dir? Du bist doch sonst immer die Erste.« Prüfend schaute er mir direkt in die Augen, aber ich wich seinem Blick aus.

»Ich musste noch etwas erledigen.« Um weiteren Fragen aus dem Weg zu gehen, drückte ich ihm sein Geschenk in die Hand, das er strahlend entgegennahm.

»Ich packe nachher aus. Im Moment ist hier Remmidemmi, und ich sollte gucken, dass das Catering Fahrt aufnimmt.« Sein Blick schweifte durch den Raum, in dem der Partyservice bereits zugange war. »Alice, da ist noch eine Sache ...«

Sein Tonfall klang ernst und er betrachtete mich mit einer gehörigen Portion Sorge. Beklommenheit stieg in mir auf. »Was ist passiert?«, fragte ich und bereitete mich auf das Schlimmste vor, ohne eine Ahnung davon zu haben, was das Schlimmste sein könnte.

»Es geht um Henrik.«

»Ach, um Henrik«, stieß ich erleichtert aus. »Ich dachte schon, es wäre etwas mit Mama und Papa.«

»Nein.« Überrascht musterte er mich. »Das klingt ja so, als sei Henrik nicht wichtig für dich?«

»Doch, als guter Bekannter schon, aber sonst nicht, nicht mehr!«, gab ich cool zurück.

»Nicht mehr?« Peter runzelte die Stirn und schien kaum glauben zu können, was er hörte.

»Nein. Was ist mit Henrik?«

»Ich wollte dich schonend darauf vorbereiten, dass er nicht allein hier ist. Er hat jemanden mitgebracht, genaugenommen eine Frau. Und wie es aussieht, ist sie seine Freundin.«

»Was?«, entfuhr es mir. »Dann ist er nicht schwul?«

Peter fuhr sich irritiert mit der Hand über den Nacken. Ich stellte ihn wohl vor größere Rätsel. Klar, er konnte ja auch nicht ahnen, welch verrückte Wendungen mein Leben in den letzten Tagen genommen hatte. »Schwul? Wer behauptet denn sowas?«

»Ach, nichts weiter. Mir war nur so eine Vermutung zu Ohren gekommen.«

»Aha!« Peter schien dem Frieden immer noch nicht zu trauen. »Und das wäre dir egal gewesen?«

»Mittlerweile schon. Ihr hattet das ja alle nur als ein Strohfeuer betrachtet, und anscheinend hattet ihr Recht.«

»Ach, Alice«, seufzte Peter und drückte mich fest an sich. »Jetzt bin ich echt erleichtert. Ich hatte mir mordsmäßige Sorgen gemacht.«

»Alles gut«, lachte ich in seiner Umarmung.

Verstohlen schlich ich mich in den Raum und versuchte, einen weiten Bogen um John und Jane zu machen, als unvermittelt Henrik mit einer jungen Frau vor mir auftauchte. Spontan stieg ein Lachen in mir auf, das ich mühsam unterdrückte. Die Gedanken, die mir bei der ersten Begegnung mit Henrik durch den Kopf geschossen waren, galten in gleicher Weise für sie: ›Zeitlos und wie aus einem anderen Jahrhundert‹, dachte ich sofort.

Mit feuerroten Wangen sprach er mich an. »Alice, darf ich dich mit Henriette bekanntmachen? Henriette ist eine Arbeitskollegin von mir. Und wir sind, nun ja ...« Er räusperte sich und sein Gesicht nahm einen noch tieferen Rotton an. »Und wir sind, also, was ich sagen wollte, nun ja, wir sind ein Paar.«

»Oh, wie wunderbar, Henrik! Das freut mich sehr für dich!« Dann wandte ich mich seiner Freundin zu. »Schön, dich kennenzulernen. Das ist ja wirklich nett – Henrik und Henriette. Als wenn das Schicksal das so gewollt hätte.«

Ich strahlte sie begeistert an, erntete jedoch einen eher ernsten Blick. »Ich wollte mich noch bei dir bedanken, Alice.«

»Bei mir? Wieso? Wofür?«

»Henrik sagte mir, dass er bloß den Mut gefunden hätte, mich um eine Verabredung zu bitten, weil du ihm so gute Tipps gegeben hast.«

Plötzlich fiel es mir wie Schuppen von den Augen. Deswegen hatte er sich mit mir treffen wollen! Es war nie ein Date gewesen. Er wollte nur von mir erfahren, wie er sich seiner Traumfrau nähern könnte. Meine Güte, was war ich dumm gewesen! Henrik hatte bergeweise Zeichen gesendet, dass er nicht an mir interessiert war, und ich hatte keines davon sehen wollen.

»Es freut mich, wenn ich helfen konnte«, murmelte ich, nickte den beiden zu und lief in Richtung der Fensterfront, die einen wunderbaren Blick auf Tübingen bereithielt. Zwar war die Dunkelheit bereits eingebrochen, aber das Lichtermeer zauberte einen ganz besonderen Charme über die Stadt.

Für einen kurzen Moment entspannte ich mich, bis ich die Stimme hinter mir hörte, vor der ich am liebsten davongerannt wäre.

»Hallo, Alice.« John klang unsicher und angespannt.

»Hallo, John«, murmelte ich, ohne den Mut aufzubringen, mich umzudrehen.

Ich spürte seine Hand auf meiner Schulter, und die winzige Berührung reichte, um mich – so paradox das klingen mag – gleichzeitig nervlich zu entspannen und körperlich außer Rand und Band geraten zu lassen.

»Geht es dir gut?«, erkundigte er sich so besorgt, dass ich mich irritiert fragte, wovon er sprach.

Vor lauter Überraschung drehte ich mich zu ihm um und sah mich einem liebevollen und ratlosen Blick gegenüber. »Natürlich. Wieso?«

»Na, wegen ihm!«, antwortete er und neigte den Kopf in Henriks Richtung.

»Ach so, wegen Henrik. Ja, sicher. Ich freue mich für ihn. Anscheinend war ich sogar, ohne es zu wissen, Liebesberaterin.« Verschmitzt lächelte ich ihn an.

»*Du* warst Henriks Liebesberaterin?« John starrte mich derart entgeistert an, dass ich unwillkürlich lachen musste. Meine Unsicherheit löste sich mehr und mehr in Luft auf.

»Ja, genau«, bestätigte ich. »Allerdings unbewusst. Gerade habe ich erfahren, dass unser vermeintliches Date dazu diente, ihn mit weiblichen Insider-Informationen zu beliefern, wie er sich der Frau seiner Träume nähern könnte.«

»Wie bitte? Henrik hat dich benutzt, um an Liebestipps zu kommen? Ohne mit offenen Karten zu spielen? Und das Ganze, obwohl er nicht übersehen konnte, dass du dich für ihn interessierst? Das ist wirklich das Allerletzte. Na, dem werde ich aber die Meinung geigen! Wie konnte er dir das nur antun?«

Perplex starrte ich John an. Seine Augenbrauen waren zusammengekniffen, die Wangen intensiv gerötet, die Schultern hatte er hochgezogen und die Hände zu Fäusten geballt. Kurzum, die Empörung sprang ihm aus allen Poren. Sein Verhalten ließ mein Herz schneller schlagen. Meinetwegen regte er sich so auf, und sein Bedürfnis, für mich einzutreten, rührte mich.

Beruhigend legte ich eine Hand auf seinen Arm und sah ihn mit einem dankbaren Lächeln an. »Das ist lieb von dir, dass du dich um mich sorgst. Glaub mir, es ist alles gut. Ich denke, dass Henrik unbedacht, aber nicht böswillig gehandelt hat.«

»Trotzdem. Ein paar Gedanken über die Gefühle seiner Mitmenschen sollte er sich schon machen!«

»Mag sein, da fehlt ihm womöglich die Empathie. Lass es gut sein, John. Es ist alles in Ordnung!«

»Wirklich?«

»Ganz bestimmt! Vor wenigen Tagen sagte ich dir ja, dass das mit Henrik wahrscheinlich ein Strohfeuer war. Inzwischen darfst du das ›wahrscheinlich‹ streichen. Ich bin nicht mehr in ihn verliebt.«

»Nein?« Johns Blick enthielt immer noch eine Nuance Skepsis, doch ich schüttelte so vehement den Kopf, dass ich zuschauen konnte, wie sie verschwand. Leise hakte er nach: »Bist du eventuell in jemand anderen verliebt?«

Mein Herz trommelte einen unglaublich schnellen Rhythmus und war in Versuchung »Ja« zu rufen, aber mein Verstand intervenierte. »Vielleicht. Ich weiß es nicht. Es ist kompliziert und überfordert mich gerade.«

Ich war selbst erstaunt, dass ich es schaffte, ihn dabei direkt anzusehen, obwohl mich genau das beinahe einknicken ließ. Seine goldschimmernden Augen, die mich zugleich voller Liebe und mit einem gehörigen Maß an Ängstlichkeit musterten, lösten einen nur schwer zu beherrschenden Impuls in mir aus, mich sofort in seine Arme zu stürzen.

»Kompliziert, aha. Was ist denn kompliziert?«

»Mein Männerbild. Ich bin noch mit Aufräum- und Sortierarbeiten beschäftigt. Und sinnvollerweise sollte ich das erst mal beenden, bevor ich mich in ein neues Gefühlschaos begebe.«

»Ja, vielleicht solltest du das. Vielleicht solltest du aber auch einfach auf dein Herz hören und alle Grübeleien über Bord werfen.«

»So wie die beiden?«, fragte ich, während ich mit offenem Mund auf das Bild starrte, das sich mir in Johns Rücken auf der anderen Seite des Raumes bot. Dort stand Peter, hatte die Arme um Jane geschlungen und war gerade dabei, sie hingebungsvoll zu küssen. Es wirkte nicht so, als würde er wahrnehmen, dass er sich in einem Haus voller Menschen aufhielt.

»Oha!«, entfuhr es John. Eine Weile betrachtete er sichtlich überrascht die Szene, dann grinste er mich breit an. »Ja, wie die beiden.« Sein Blick war die pure Versuchung, und ich war lediglich Winzigkeiten davon entfernt, es Peter und Jane nachzumachen, doch dann gewann die Angst vor meiner eigenen Courage.

»Ich verschwinde mal in die Küche, um mich um das Catering zu kümmern«, murmelte ich und ergriff die Flucht, bevor er protestieren konnte.

Den ganzen Abend über schaffte ich es, John aus dem Weg zu gehen. Dafür brachte ich echte Opfer und unterhielt mich entgegen meiner sonstigen Gewohnheit angeregt mit Peters Sportkameraden. Überrascht stellte ich fest, dass sich meine Vorurteile ihnen gegenüber ebenfalls als haltlos erwiesen. Wenn ich die Tatsache beiseiteließ, dass sie wie die Schulhofschrecken von einst aussahen, fand ich keine weitere Gemeinsamkeit. Sie waren aufgeschlossen, interessiert und verbreiteten mit ihrer guten Laune eine fröhliche Stimmung. Ich konnte mich nicht erinnern, wann ich zuletzt so viel gelacht hatte. Seit sehr langer Zeit fühlte ich mich das erste Mal wieder jung, unbeschwert und lebendig. Die Schwere war einer Leichtigkeit gewichen, und das genoss ich in vollen Zügen.

Als ich irgendwann auf die Uhr sah, traute ich meinen Augen kaum. Es war bereits nach Mitternacht, und ich beschloss, den Heimweg anzutreten. Mit einem neckischen Kopfschütteln und einem gespielt vorwurfsvollen »Ts, ts, ts!« verabschiedete ich mich von Peter und Jane, die das mit einem achselzuckenden Lachen quittierten.

Gerade öffnete ich die Tür, um in die Nacht hinauszutreten, da tauchte John hinter mir auf.

»Warte, Alice, ich bringe dich nach Hause.«

»Ich vermute mal: Widerstand ist zwecklos«, seufzte ich.

»Exakt«, bestätigte er entschieden und warf sich seine Jacke über. »So, wir können.«

Die ersten Meter spazierten wir schweigend nebeneinander her. Noch nie war ich mir seiner Nähe so bewusst gewesen wie in diesem Moment. Alles in mir kribbelte, und ich fragte mich, wie es nun mit uns weitergehen sollte. Ich war am Zug, aber wohin wollte ich ziehen? Mein Herz stand sperrangelweit offen, doch mein Verstand konnte den Gedanken immer noch nicht zulassen, dem vermeintlichen Feind Liebe entgegenzubringen.

Als wir die Hauptstraße wieder verlassen hatten, an der uns unser Weg eine Zeitlang entlanggeführt hatte, und in ein ruhiges Wohngebiet eingebogen waren, ergriff John das Wort. »Alice, hast du morgen Lust auf einen speziellen Ausflug?«

»Spezieller Ausflug« – diese Formulierung hallte in mir nach. Hatte Jonathan sich in Roman Tischers Buch nicht genauso ausgedrückt, als er Alice ins Stadion einlud? Wiederholte sich jetzt womöglich auch dieser Teil der Geschichte eins zu eins?

»Lass mich raten: Ein spezieller Ausflug ins Fußball-Stadion?«, flüsterte ich.

John warf mir einen überraschten Seitenblick zu. »Ins Fußball-Stadion? Nein, wie kommst du denn auf die Idee?«

Verwirrt blieb ich stehen. Langsam, aber sicher hatte ich die Faxen dicke. Er musste doch genau wissen, wovon ich sprach, wenn es sein Buch war, das vor meiner Haustür gelegen hatte. Und von wem sollte es sonst sein? Ich merkte, wie Wut in mir aufstieg. Es reichte! Das dauernde Hin und Her hatte genug an meinen Nerven gezerrt, all die Unsicherheit, die vielen Fragezeichen, das ganze Gefühlschaos. Ich hatte keine Lust mehr, dieses ständige Rätselraten zu ertragen. Kaum meinte ich ein Geheimnis gelüftet zu haben, erwies es sich gleich wieder als Irrtum.

Ohne groß darüber nachzudenken, warf ich mich ihm im hellen Schein einer Straßenlaterne in den Weg und baute mich mit in die Hüften gestemmten Fäusten vor ihm auf. »Sag mal, veräppelst du mich?«, fauchte ich ihn an.

John hielt meinem aufgebrachten Blick mit ausdrucksloser Miene stand, allerdings nur für einen Moment. Dann brach das verwegene, freche Lächeln durch, für das ich ihn vor Kurzem noch gehasst hätte. Langsam nickte er.

»Du veräppelst mich?«, hakte ich nach. Erneut nickte er und sah aus, als würde er am liebsten in lautes Lachen ausbrechen. »Du!«, stieß ich empört hervor. Doch obwohl ich ihm unbedingt meine geballte Wut entgegenschleudern wollte, bekam ich es einfach nicht hin. »Du bist Roman Tischer?«, fragte ich, um endlich das Reich der Spekulationen verlassen zu können.

Mit Nachdruck bewegte er den Kopf auf und ab und musterte mich eingehend, bevor er entschuldigend mit den Achseln zuckte und die Handflächen nach oben streckte. »Enttäuscht?«

Ich schüttelte den Kopf. Er imitierte meine Bewegung im Zeitlupentempo und schaute mich dabei mit hochgezogenen Augenbrauen fragend an. Ich wiederholte mein wortloses Nein.

Ein paar Sekunden starrten wir uns regungslos an, dann brach plötzlich ohne Vorwarnung mein Herz auf – in einer Intensität, die meinen Verstand chancenlos zurückließ. Ich sah, wie er, verlegen wie ein kleiner Junge, vor mir stand und nicht wusste, was diese Offenbarung für ihn bedeutete. Ich sah sein weiches Lächeln, das bis zu den Augen reichte, die mich sehnsuchtsvoll und prall gefüllt mit Liebe betrachteten. Und auf einmal erkannte ich in aller Klarheit, dass ich mir nichts inniger wünschte, als von genau diesen dunkelbraunen, goldschimmernden Augen durch den Rest meines Lebens begleitet zu werden. Ohne meinem Denkvermögen eine Gelegenheit zum Protest zu geben, stellte ich mich auf die Zehenspitzen, schlang die Arme um seinen Hals und küsste ihn. Erst als meine Lippen auf seinen lagen, wurde mir bewusst, was ich gerade tat.

John war sichtlich überrumpelt. Kurz zuckte er erschrocken zurück und schaute mich überrascht an. Doch nur Augenblicke später breitete sich ein umwerfendes Strahlen auf seinem Gesicht aus und er zog mich an sich. Behutsam erwiderte er den Kuss und spielte sanft mit meinen Lippen. Ein glückliches Seufzen entfuhr mir, und ab diesem Moment verloren wir uns aneinander. Wir küssten uns mit einer Leidenschaft, die mir den Boden unter den Füßen wegzog und mich vergessen ließ, dass ich mitten auf einem Gehweg stand. Alles in mir war nur noch Wonne und überschäumendes Glück.

Erst das empörte Räuspern eines älteren Ehepaares, dem wir den Weg versperrten, brachte uns in unsere Umgebung zurück. John und ich warfen uns einen verlegenen und zugleich sehr verliebten Blick zu. Dann zog er mich in seinen Arm und wir schlenderten eng umschlungen weiter in Richtung meines Zuhauses.

Vor der Haustür angekommen, blieb ich stehen und drehte mich ihm entgegen. Behutsam legte ich eine Hand an seine Wange und betrachtete ihn ungläubig. Unfassbar, dass diesem Mann mein Herz gehörte, obwohl mir das noch vor wenigen Wochen als das größte No-Go aller Zeiten erschienen war. »Kommst du mit rein?«, wisperte ich. »Ich habe so viele Fragen.«

»Gern«, antwortete er und auch seiner Stimme war anzumerken, dass er sich im emotionalen Ausnahmezustand befand.

»Magst du einen Kaffee, Espresso, Cappuccino?«

»Ein Espresso und ein Wasser wären wunderbar.«

Ich war vor John hergelaufen und hatte ihn in die Küche gebeten. Die Theke, die den offenen Kochbereich vom Wohnbereich abgrenzte und an der zwei Barhocker einander gegenüberstanden, schien mir der ideale Ort zu sein, um erstmals in meinen eigenen vier Wänden mit ihm zusammenzusein. Ich war nervös. Eben auf der Straße war ich plötzlich von Gefühlen überwältigt worden, von deren Existenz ich zuvor nur eine vage Ahnung gehabt hatte. Erst war John mein feindlicher Nachbar gewesen und dann ein erstaunlich angenehmer Freund. Im Moment überforderte mich der Gedanke noch, dass mein Herz ihn zum Mann für den Rest des Lebens auserkoren hatte.

Mit glühenden Wangen hantierte ich in der Küche. John saß wortlos an der Theke und verschlang mich mit Blicken. Ohne in seine Richtung zu sehen, konnte ich es spüren, und es diente nicht gerade der Wiederherstellung meines inneren Gleichgewichts.

»So«, murmelte ich, als gefüllte Gläser und Espressotassen vor uns standen, und setzte mich ihm gegenüber.

Sofort griff er nach meiner Hand und streichelte sie, was mir eine Gänsehaut am ganzen Körper bescherte.

»Was möchtest du wissen?«

»Erst mal die Roman-Tischer-Sache. Das hat mich in der letzten Zeit Tag und Nacht beschäftigt.«

»Hm, das tut mir ja leid«, antwortete John. »Ich dachte, es wäre ein eleganter Weg, um dir meine Gefühle zu gestehen.«

»Sehr elegant«, lachte ich, »und reich an möglichen Fehlinterpretationen.«

»Fehlinterpretationen? Wieso?«

»Na ja, zunächst war ich mir sicher, das Buch sei von Henrik ...«

»Von Henrik?«, unterbrach er mich und sah mich perplex an.

»Es lag für mich auf der Hand. Ich hoffte, er würde meine vermeintlichen Gefühle erwidern und angesichts seiner Schüchternheit diesen Weg wählen, um mir seine Liebe zu zeigen. Henrik liebt Bücher. Da erschien mir das logisch. Erst, als ich bis zum ›Fortsetzung folgt‹ gelesen hatte, stellte ich entsetzt fest, dass das unmöglich sein kann. Sämtliche Zusammentreffen zwischen dir und mir waren realitätsgetreu wiedergegeben, während die Szenen mit Henrik und mir dem Reich der Fantasie entsprangen.«

»Und dann wusstest du, dass das Buch von mir ist?«

Ich schüttelte den Kopf. »Im Leben nicht. Ich war überzeugt davon, dass die Geschichte von Jane stammt. Schließlich ist sie Autorin.«

John sah mich ungläubig an.

»Erst Clara hat mich auf die Idee gebracht, dass du der Autor sein könntest, doch ich hielt das für abwegig. Bis gerade eben auf der Straße war ich mir nicht sicher.«

»Sowas!«, murmelte er ratlos. »Und ich dachte, es sei alles klar. Aber spätestens nach den letzten Kapiteln hast du doch bestimmt durchschaut, dass du es mit mir zu tun hast.«

»Nein, es hätte immer noch Jane sein können oder jemand, dem du von uns erzählt hast. Die Ungewissheit hat mich beinahe wahnsinnig gemacht. Es gab so viele lose Enden, dass ich das nicht geordnet bekam. Obendrauf mein eigenes Gefühlschaos – das war eine ordentliche Menge, die auf einmal verdaut werden musste.«

John stützte seinen rechten Ellenbogen auf der Theke auf und griff nach meiner Wange. Behutsam strich er mir ein paar verirrte Haarsträhnen aus dem Gesicht und sah mich mit einem Blick an, der einen Eisberg schmelzen lassen könnte. Ich war froh, dass ich saß, denn die Knie wurden mir so weich, dass sie mir im Stehen wahrscheinlich nicht mehr gehorcht hätten. »Meine Wunderfee, ich wollte dich nicht verwirren. Ich dachte, ich könnte dir auf diesem Weg einen Schubs geben und dir den Teil von mir zeigen, den du partout nicht kennenlernen wolltest.«

»Ich habe mich selten dumm benommen«, seufzte ich. »Aber du warst so ein perfektes Abbild meiner Schulfeinde, dass ich nicht klar denken und dir unvoreingenommen begegnen konnte.«

»Und jetzt?«, fragte er, und der nächste Eisberg war fällig.

»Das solltest du selbst wissen«, scherzte ich. »Es ist keine alltägliche Routine von mir, Männern auf der Straße um den Hals zu fallen. Also scheine ich mein Urteil ja wohl revidiert zu haben.«

»Gut so!«, flüsterte John, stützte sich auf beide Ellenbogen und beugte sich so weit vor, dass er mich küssen konnte. Ein Kuss, bei dem mir Hören und Sehen verging. Für einen Moment vergaß ich, wo ich war und was ich unbedingt noch in Erfahrung bringen wollte, bevor meine Neugier nach kurzer Besinnung zurückkehrte.

»Erzähl mir von dem Roman-Tischer-Ding! Wie ist das alles gekommen? Wie bist du Bestseller-Autor geworden? Und warum schreibst du unter Pseudonym?«

»Puh, das ist wirklich eine lange Geschichte. Reicht dir für heute Nacht die Kurzform?«

»Ja, aber nur für heute Nacht. Morgen möchte ich die ausführliche Version.«

»Okay. Ich hatte dir ja von Emma erzählt, meiner Ex-Freundin. Zwar haben wir uns einvernehmlich getrennt und wussten beide, dass es der einzig richtige Weg war, doch trotzdem hat es wehgetan. Wir waren vier Jahre zusammen. Mit der Trennung platzte auch ein Lebenstraum – zumindest zunächst einmal. Ich bin damit nicht gut klargekommen und habe irgendwann angefangen, alles, was mich beschäftigt, in die Tasten zu klopfen. Sämtliche Gefühle habe ich mir von der Seele geschrieben: die Trauer, die Ängste und meine Hoffnungen, dass es beim nächsten Mal anders endet. Und dann realisierte ich, dass das fast schon einen Roman abgab. Auf einmal war die Idee geboren, aus meiner persönlichen Geschichte ein Buch mit Happy End zu kreieren.«

»Lieber Himmel!«, stieß ich aus, während ich mir mit der Hand gegen die Stirn schlug. »Dein erster Roman, die Story von der Sportärztin Emilia und Handballer Jannik, das war deine persönliche Geschichte!«

»Mit Abwandlungen, ja«, schmunzelte John, »und vor allem mit alternativem Ende.« Nachdenklich strich er über den Rand der Kaffeetasse. »Mir hat die Geschichte gefallen, und ich dachte, warum soll ich sie nicht auf den Markt bringen? Ich habe mich ins Thema Selfpublishing eingelesen, mir Tipps von Jane geholt und es dann einfach gemacht. Dass ich nicht unter meinem Namen veröffentlichen wollte, war mir von Anfang an klar. Zum einen, weil alles so persönlich war, und zum anderen, weil es mir für die Geschäftsidee, einen Fußballladen aufzubauen, eventuell das falsche Image verpasst hätte. Heute finde ich diesen Gedanken hirnrissig. Ich stehe zu meinen Büchern, aber der Erfolg ist inzwischen so groß, dass ich viel ruhiger leben kann, wenn keiner weiß, wer ich bin. Mit Jane habe ich gehirnt, wie ich mich nennen könnte, und dabei ist irgendwann Roman Tischer entstanden. Keine Ahnung, wo die Idee herkam. Sie war plötzlich da. Tja, das war es in Kurzform.«

»Nein.« Ich schüttelte energisch den Kopf. »Da ist noch die Frage nach dem Bestseller-Autor und den anderen Veröffentlichungen!«

»Du willst es ganz genau wissen, was?«, neckte er mich mit einem atemberaubenden Lächeln. »Dass das Buch ein Bestseller wurde, hat mich überrollt. Kein Mensch kannte mich zuvor, aber aus unerfindlichen Gründen stiegen die Verkaufszahlen in unvorhersehbare Höhen. Meine Lust zu schreiben war geweckt, und auf einmal sind in den unterschiedlichsten Alltagssituationen ganze Geschichten in mir aufgeploppt. Also habe ich einfach weitergemacht. Ich bin sozusagen der Bestseller-Autor, der nie einer sein wollte.« Er amüsierte sich über seine eigenen Worte und sah mich mit hochgezogenen Augenbrauen an.

»Okay, du Bestseller-Autor, der nie einer sein wollte, was hat dich veranlasst, aus mir eine Geschichte zu machen?«

John griff ein weiteres Mal nach meiner Wange und schenkte mir einen zärtlichen Blick. »Die Idee war seit unserer Begegnung auf dem Markt in mir. Du hast mich tief berührt, und ich würde sagen, es war Liebe auf den ersten Zusammenprall.« Er grinste mich unverschämt frech an, und ich konnte kaum fassen, dass ich das zum Niederknien fand. »Da war etwas an dir, etwas Verletzliches, Ängstliches, und gleichzeitig ganz viel Stärke, Kraft, Temperament und Leidenschaft. Diese Mischung hat mich in ihren Bann gezogen, und es war genauso, wie ich es im Buch beschrieben habe: Ich war mir sicher, dass wir uns wiedersehen. Und als ich realisiert habe, dass du meine Nachbarin bist, habe ich einen Freudentanz in meinem Laden aufgeführt, auch wenn mir deine

Abneigung nicht gerade Grund dazu gegeben hat.« In seinen Augen stand ein Meer aus Liebe. »Mir war klar, dass ich notfalls die nächsten Jahrzehnte damit verbringen würde, dein Herz zu erobern.«

»Das waren dann wohl erstaunlich kurze Jahrzehnte«, flüsterte ich, während mich meine eigene Liebe überschwemmte. Ich erhob mich, umrundete die Theke und drückte mich fest an ihn. »Ich kann es selbst nicht fassen, aber ich glaube, ich liebe dich wirklich.«

John erwiderte die Umarmung und fuhr mit hauchzarten Bewegungen über meinen Rücken. Hätte mein Verstand noch einen Funken Widerstand leisten können, wäre er spätestens in diesem Moment erloschen. »Dann ist es jetzt wohl meine Herausforderung, aus dem ›ich glaube‹ ein ›ich weiß‹ zu machen«, murmelte er direkt an meinem Ohr, was die Nackenhärchen umgehend zum Stehen brachte. »Ich hätte da eine Idee, wie mir das vielleicht gelingen könnte.«

Überraschung!

Ich liebe es, am Sonntagmorgen auszuschlafen und mich nach dem ersten Aufwachen noch einmal gemütlich unter die Decke zu kuscheln, um ein weiteres Mal ins Reich der Träume zu verschwinden. Doch an diesem Morgen gab es ein verlockenderes Alternativprogramm.

Eine große Hand, die eine wohlige Wärme verströmte, ruhte auf meiner Hüfte. Ich blinzelte gegen die Helligkeit an und sah auf Johns entspanntes Gesicht, das selbst im Schlaf frech zu lächeln schien. Seine kurzen, dunklen Locken standen in verschiedene Richtungen ab und sein Brustkorb hob und senkte sich gleichmäßig. Versonnen betrachtete ich ihn und versuchte, jedes noch so kleine Detail wahrzunehmen und mich damit vertraut zu machen. Er hatte es geschafft, nicht in Jahrzehnten, sondern in wenigen Stunden, das »Ich glaube« in ein überzeugtes »Ich weiß« zu verwandeln. Wir waren heute Nacht eins geworden, und das ging weit über die explosive körperliche Chemie hinaus, die zwischen uns bestand. Alles, was er mir entgegenbrachte, war pure, reine, vorbehaltlose Liebe, und dieses Gefühl war so stark, dass ich gar keine andere Wahl hatte, als mich davon mitreißen und erfüllen zu lassen. Alle meine Freunde hatten recht gehabt – auch wenn sie es mir nur durch die Blume gesagt hatten: John war der Mann, mit dem ich glücklich sein konnte und – mehr als das – glücklich sein würde.

Vorsichtig ließ ich meine Fingerkuppen über seine Augenbrauen gleiten und folgte ihrem Schwung. Dann lockte mich seine obenliegende Wange, die vorwitzig unter der Bettdecke hervorlugte, während die andere im Kissen vergraben war. Ich betrachtete die lange Lachfalte, die vom Mund aufwärts wanderte und regelmäßig eines der beiden Grübchen hervorzauberte, und fuhr sie entlang. Obwohl ich mir alle Mühe gab, nicht mehr als den Hauch einer Berührung auf Johns Haut ankommen zu lassen, reichte das, um ihn aufzuwecken. Für einen winzigen Moment lag ein erstaunter Ausdruck auf seinem Gesicht, bevor sich ein glückliches Leuchten darauf ausbreitete. Mit einem wohligen Seufzen zog er mich in seinen Arm und streichelte meinen Kopf.

»Ich liebe dich, Alice«, flüsterte er.

»Ich liebe dich auch.«

Nicht mehr ganz so schlaftrunken murmelte er: »Beweise, bitte!«

»Ich dachte, ich hätte es dir heute Nacht ausgiebig genug bewiesen.«

»Nein, ich bin noch lange nicht überzeugt«, erklärte er mit frechem Unterton und schob die Bettdecke beiseite.

Erst Stunden später hatten wir uns mühselig aus dem Bett gekämpft, um uns ein leckeres Mittagessen zu brutzeln. Wir standen schnippelnd in der Küche, als die Türglocke erklang.

»Wer ist das denn jetzt?«, murmelte ich vor mich hin.

Von John kamen nur ein fragender Blick und ein Achselzucken.

Wild entschlossen, den ungebetenen Gast schnellstmöglich wieder loszuwerden, öffnete ich die Haustür.

»Peter, du?«, rief ich erstaunt aus. »Was verschafft mir das seltene Vergnügen, dass du mich hier besuchen kommst.«

»Ich dachte mir, es kann nicht mehr lange dauern, bis du mich mit Anrufen oder WhatsApp-Nachrichten bombardierst. Also wollte ich dir zuvorkommen.«

Er schob sich an mir vorbei, bevor ich ihn bremsen konnte. Nachdem er schwungvoll die Tür zum Wohnbereich aufgerissen hatte, blieb er abrupt stehen. »John!«, stieß er perplex hervor. Dann drehte er sich zu mir um und fragte entgeistert: »Was um alles in der Welt macht John bei dir?«

»Er schneidet Zucchini«, erwiderte ich lässig und hatte Mühe, mir ein Kichern zu verkneifen.

Peter rollte genervt mit den Augen. »Ach, sag bloß! Du weißt genau, dass das nicht der Kern meiner Frage war.«

»Nicht?«, fragte ich gespielt überrascht und klimperte unschuldig mit den Wimpern.

Inzwischen war John hinter mich getreten, um mich mit beiden Armen einzufangen und mir einen Kuss auf den Scheitel zu drücken. »Das macht John bei ihr!«, erwiderte er mit einem unüberhörbaren Lachen in der Stimme, während mir die Röte in die Wangen schoss und ich mich an seinen Händen festklammerte.

Das Erstaunen hatte Peters Miene immer noch fest im Griff, doch dann erschien ein breites, strahlendes Grinsen. »Nee, echt jetzt?«, stammelte er ungläubig.

Anerkennend klopfte er John auf die Schulter und entriss mich ihm in eine stürmische Umarmung. »Leute, ich freu mich so für euch! Und, Alice, ich freu mich für dich. Endlich mal jemand, der dein komisches Männerbild sprengt und wirklich zu dir passt. Wow, ist das schön!«

Peter war derart aus dem Häuschen, dass er völlig vergaß, warum er eigentlich gekommen war. Auf die Geschichte, wie Jane und er zusammengefunden hatten, schien ich noch eine Weile warten zu müssen. Dafür scherzte er während des kompletten Mittagessens, zu dem wir ihn spontan eingeladen hatten, über mögliche zukünftige Verwandtschaftsverhältnisse. Das Ganze gipfelte in der Feststellung, dass er ja nun gar nicht mehr mein Bruder, sondern stattdessen mein Schwipp-Schwager sei ...

Unser Coming-out als Liebespaar fand am Nachmittag seine Fortsetzung. Dorothea funkte mich an und fragte, ob ich Lust hätte zu skypen. In letzter Zeit hatten wir es wieder geschafft, uns zumindest alle paar Tage virtuell zu treffen. Ich antwortete ihr, dass ich gleich online käme, und wählte ihren Kontakt.

Ihr freudiges Gesicht erschien auf dem Monitor. Sofort legte sie los: »Alice, wie schön, dich ...«, und brach dann mit weit aufgerissenen Augen abrupt ab.

»Was?«, stammelte sie. »Was ist denn bei dir passiert?« Einen Moment schien sie sich sammeln zu müssen, bis sie ihre Eindrücke sortiert bekam. »Du bist in deinem Haus. Und John ist bei dir. Bedeutet das das, was ich glaube?« Ihre Miene stand voller Fragezeichen.

Statt darauf einzugehen, zog ich John zu mir und küsste ihn. »Beantwortet das deine Frage?« Ich lachte und warf Dorothea einen kecken Blick zu.

»Nein, das gibt's ja nicht«, strahlte sie über beide Backen und stieß ein triumphierendes »Wusste ich's doch!« aus.

»Was wusstest du?«, fragte ich schelmisch.

»Ich wusste, dass ihr perfekt zusammenpasst! Und ich habe so gehofft, dass genau das passiert. Deswegen habe ich John den Laden gegeben. Deswegen wollte ich, dass du ihn kennenlernst und ihm eine Chance gibst, dein verqueres Männerbild zu korrigieren.«

»Mein verqueres Männerbild, danke auch!«

»Was wahr ist, muss wahr bleiben. Du hast ein verqueres Männerbild!«

»Ich hatte, liebe Dorothea. Ich hatte! Was wahr ist, muss wahr bleiben.«

In unserem Lachen löste sich das letzte bisschen Anspannung, das in den vergangenen Monaten das Verhältnis zwischen Dorothea und mir belastet hatte, und unsere alte, über Jahrzehnte gewachsene Vertrautheit kehrte endlich zurück.

*

Wie immer war Sophie noch gar nicht richtig in meinem Laden, als sie am Montagabend die ersten Fragen abfeuerte. »Wie war Peters Geburtstag? Wie lief es mit Henrik und John?« Clara schüttelte lachend den Kopf und ich warf ihr einen amüsierten Blick zu.

»Hallo, Sophie. Ja, ich finde es auch schön, dich zu sehen«, grinste ich, »und hallo, Clara!«

»Jaja, schon gut. Warum soll ich mich mit unnötigen Floskeln aufhalten. Es gibt Wichtigeres. Also, leg los!«

»Sophie, Clara, wie wäre es mit einem Tee?«

Sophie verdrehte die Augen. »Mann, Alice, mach mich nicht wahnsinnig! Her mit dem blöden Tee. Hauptsache, du erzählst endlich, ob es was Neues gibt.«

Immer noch vor mich hin schmunzelnd verschwand ich Richtung Küchenzeile und bereitete eine große Kanne zu, während sich meine Freundinnen an ihren Stammtisch setzten. Aufreizend langsam gesellte ich mich zu ihnen und schenkte uns ein.

»Henrik hat eine Freundin«, verkündete ich.

Ein einstimmiges »Was?« erklang.

»Ja. Sie war bei Peters Geburtstag dabei und er hat sie mir vorgestellt. Anscheinend hat er sich bei unserem Pseudo-Date Tipps für das Erobern eines Frauenherzens abholen wollen.«

Das zweite »Was?« vibrierte durch den Raum.

»Mädels, es wird allmählich langweilig«, scherzte ich.

»Oje, Alice, das tut mir so leid!«, beteuerte Clara und legte mitfühlend ihre Hand auf meinen Arm. Auch Sophie biss sich mitgenommen auf die Lippe.

»Ist es sehr schlimm für dich?«, hakte Clara vorsichtig nach.

»Nö, kein Problem«, entgegnete ich lässig. Gerade wollte ich erzählen, dass die Sache mit Henrik ins Reich der Vergangenheit gehörte, als die Türglocke erklang und ein freudestrahlender John das Wunderland betrat.

»Guten Abend, allerseits«, schmetterte er in den Raum.

»Hallo, John«, antwortete Sophie sichtlich entzückt, während Clara ihm freundlich zunickte.

Mit frecher Miene blinzelte er uns an. »Bin ich in eurer Runde erwünscht oder habt ihr eine geschlossene Mädelsversammlung ohne Zutritt?«

Sophies Antwort kam wie aus der Pistole geschossen. »Dich nehmen wir jederzeit gern in unsere Runde auf.« Erst danach schien ihr bewusst zu werden, dass ich das möglicherweise anders sah und sie warf mir einen schuldbewussten Blick zu.

John hatte sich bereits einen Stuhl gegriffen, den er direkt neben meinen stellte. Schneller als ich mir den nächsten Schritt überlegen konnte, hatte er schon seine Hand unter mein Kinn gelegt, mein Gesicht zu sich gedreht und mir einen zärtlichen Kuss auf die Lippen gedrückt. »Hallo, Wunderfee«, flüsterte er.

Sophie hatte die Szene mit offenem Mund beobachtet. Nach einem Moment des Abwartens, ob er sich dafür eine Ohrfeige oder Ähnliches einfangen würde, kreischte sie los: »Lieber Himmel, Alice, du hast dir das Sahneschnittchen geschnappt!«

Clara, die ebenfalls mehr als verwundert aussah, lachte: »Wer hätte das gedacht ...«

John und ich wandten uns einander zu und unsere Blicke versanken ineinander. Erneut küssten wir uns, was mich meine Freundinnen vergessen ließ. Erst als Sophie empört ausrief: »Jetzt ist es aber auch mal wieder gut«, kehrte ich in die Realität zurück. Verlegen sah ich die beiden an und erklärte: »Manchmal endet ›Tür an Tür mit Mr. Depp‹ eben als ›Tür an Tür mit Mr. Right‹!«

Happy End zum Dritten

– zwei Jahre später –

Mit einem versonnenen Lächeln schlenderte ich durch die Innenstadt. Es war herrlich, Zeit zu haben und in aller Ruhe Leckereien für das Abendessen einzukaufen. Sophie kümmerte sich um den Laden und rechnete vor der Mittagszeit nicht mit mir. Mein Arztbesuch war schneller vorbeigegangen als erwartet. Das verschaffte mir unverhofft die Gelegenheit, gemütlich über den Markt zu bummeln, dem ich in den vergangenen Wochen viel zu selten einen Besuch abgestattet hatte.

Es war ein genauso traumhafter Tag wie damals, als John mich umgerannt hatte. Angesichts dieser Erinnerung schmunzelte ich vor mich hin. An dem Marktstand, an dem ich gerade vorbeischlenderte, gab es wunderbares, frisch aussehendes Gemüse. Ich entschloss mich spontan, heute Abend eine vegetarische Lasagne zu kochen. Voller Vorfreude steigerte ich mich in den reinsten Kaufrausch, und binnen kürzester Zeit versammelte sich im Einkaufskorb eine verlockende, üppige Farbenpracht. Ich hatte den Markt beinahe schon verlassen, als ich am Blumenstand, der einen krönenden Abschluss meines Einkaufs bot, einen wunderschönen Strauß aus orangefarbenen Gerbera und roten Rosen entdeckte. Meine Lieblingsfarben an meinen Lieblingsblumen, da konnte ich einfach nicht widerstehen. Ich befand, dass er sich hervorragend auf dem Esstisch machen würde und für das geplante Festmahl das Tüpfelchen aufs i wäre. Nachdem die Blumenhändlerin ihn in Zeitungspapier eingewickelt hatte, legte ich ihn behutsam obenauf in den Korb und schlenderte weiter.

Gerade war ich dabei, das turbulente Treiben des Marktes zu verlassen, als ich aus den Augenwinkeln eine schnelle Bewegung wahrnahm. Ein Mann kam um die Ecke gestürmt und rannte geradewegs in mich hinein. Vor Schreck ließ ich den Korb fallen, taumelte zurück und die Einkäufe verteilten sich auf dem Boden.

Ein erschrockenes »Hoppla!« erklang, und ein Paar besorgter, dunkelbrauner Augen sah mich an. »Bitte entschuldigen Sie! Ich war in Gedanken und habe Sie einfach übersehen.«

Ich musterte mein Gegenüber. Der Mann war ungefähr in meinem Alter, groß, sportlich und außerordentlich gutaussehend. Im Moment bestand seine Miene aus purer Betroffenheit, doch ich konnte mir lebhaft vorstellen, wie sie sich veränderte, wenn ein freches, verwegenes Lächeln darauf lag. Er war eine erwachsene Kopie meiner einstigen Schulhofschrecken.

»Ach, gar kein Problem. Ist ja nichts weiter passiert. Außerdem war ich selbst unaufmerksam. Vielleicht könnten Sie mir ja beim Zusammensammeln meiner Mahlzeit behilflich sein.« Mit verschmitztem Gesichtsausdruck sah ich ihn an.

»Selbstverständlich, das ist ja wohl das Mindeste. Was halten Sie denn davon, wenn ich Sie darüber hinaus heute Abend zum Essen einlade?« Das erwartete verwegene Lächeln kam zum Vorschein.

»Das ist charmant von Ihnen«, lachte ich, »aber es gibt leider ein Nein.«

Während er in die Knie ging, um das Gemüse zusammenzuklauben, und bereits den Mund zum Protestieren geöffnet hatte, fiel sein Blick auf meinen Bauch. Entsetzt starrte er mich an. »Oje, Sie sind ja schwanger!« Er richtete sich sofort wieder auf und musterte mich mit besorgter Miene. »Geht es Ihnen wirklich gut?«

Ich blinzelte ihn schelmisch an. »Es ging mir nie besser! Und aus diesem Grund sind auch meine Exklusivrechte für gemeinsame Abendessen unwiderruflich vergeben.« Um diesen Worten Nachdruck zu verleihen, hob ich meine rechte Hand, an der der wunderschöne Ehering steckte, den John und ich zusammen unter Sophies Anleitung geschmiedet hatten, und wackelte mit dem Ringfinger.

»Schade für mich«, murmelte er mit einem Augenzwinkern, füllte den Korb und gab ihn mir lächelnd zurück.

Mit trotz meines zusätzlichen Gewichts federleichten Schritten hüpfte ich dem Wunderland entgegen. Die Dämonen waren längst vertrieben.

* Happy End *

Flanke zum Danke

Ja, ich gebe es zu: Die Überschrift ist in etwa so gut wie Johns misslungener Scherz über das »junge Gemüse«. Trotzdem konnte ich der Versuchung nicht widerstehen, dieses Buch über einen Fußballer, mit dem ich von Herzen mitgefiebert habe, standesgemäß abzuschließen.

Bei wem soll nun meine Flanke ankommen? Ein besonders großes Dankeschön geht an Torsten Sohrmann, der dieser Geschichte das »zweite Gesicht« gegeben hat. Auch wenn ich das erste Cover sehr gemocht habe, standen die Zeichen irgendwann auf Veränderung. Mit jedem weiteren Buch, das in die Veröffentlichung kam, wurde es schwieriger, den Titelbildern einen Wiedererkennungswert zu verleihen. Das hat mich dazu veranlasst, mit Torsten von Buchgewand ein durchgängiges Konzept auszuarbeiten, das meinen Geschichten einen wiedererkennbaren »Stempel« aufdrückt. Deswegen tauschte ich nach und nach sämtliche Cover gegen neue aus, die eindeutig nach »Corinna Kohfink« aussehen. Tausend Dank, lieber Torsten, für Deine tolle Arbeit und das immer inspirierende Miteinander!

Eine weitere Danke-Flanke geht an alle konstruktiven Rezensent*innen. Eure Wertschätzung, Euer Wohlwollen, Eure bereichernde Kritik und Eure wärmenden Worte, die mein Herz mit einer riesengroßen Freude erfüllen, sind die Nahrung, die mich stets aufs Neue motiviert, Bücher zu schreiben und zu veröffentlichen. Und, das gebe ich ehrlich zu, *Ihr* seid es auch, die mich die destruktiven Worte ertragen lassen, die manche Menschen meinen, in der Anonymität des Internets in die Welt tragen zu müssen.

An dieser Stelle möchte ich einen riesengroßen, innigen Dank und quer durch Deutschland reichenden Herzensgruß an meine Kollegin Katharina Lindner senden, die in ihrem faszinierenden und verstörenden Roman »Die meisten Likes« darüber geschrieben hat, wie groß die Versuchung ist, im virtuellen Raum in die Entmenschlichung zu geraten. Deine Gedanken, liebe Katharina, haben mir so sehr geholfen, das eine oder andere nicht allzu persönlich zu nehmen!

Eine Danke-Flanke spiele ich auch an Papyrus. Dies ist mein erstes Buch, das mit Hilfe dieser professionellen Autoren-Software entstand. Es war eine unfassbare Erleichterung und Qualitätssteigerung im Schreibprozess.

Ein besonders herzliches Dankeschön geht an Euch, liebe Leserinnen und Leser. Dank Eurer Treue und Eurer Bereitschaft, sich auf eine »neue« Autorin einzulassen, konnte »Hitzewallungen im Kühlschrank« im Frühjahr 2021 bis auf Rang 3 der Genre-übergreifenden Kindle-eBook-Charts klettern. Nie im Leben hätte ich davon auch nur zu träumen gewagt. Einen Riesen-Herzensdank dafür!

Und ein weiteres Super-Danke an alle, die mir tatsächlich eine E-Mail geschrieben haben. Ihr könnt Euch gar nicht vorstellen, wie glücklich Ihr mich damit macht.

Zeitfracht Medien GmbH
Ferdinand-Jühlke-Straße 7,
99095 - DE, Erfurt
produktsicherheit@zeitfracht.de